Jenny Colgan
Die geheime Weihnachtsbibliothek



PIPER

Jenny Colgan

# Die geheime Weihnachtsbibliothek

Roman

Aus dem Englischen von
Sonja Hagemann

PIPER

*Mehr über unsere Autorinnen, Autoren und Bücher: www.piper.de*

Wenn Ihnen dieser Roman gefallen hat, schreiben Sie uns unter Nennung des Titels »Die geheime Weihnachtsbibliothek« an *empfehlungen@piper.de*, und wir empfehlen Ihnen gerne vergleichbare Bücher.

Von Jenny Colgan liegen im Piper Verlag vor:
*Die kleine Bäckerei am Strandweg* (Reihe)
*Floras Küche* (Reihe)
*Happy-Ever-After-Reihe:*
Band 1: Happy Ever After – Wo das Glück zu Hause ist
Band 2: Happy Ever After – Wo dich das Leben anlächelt
Band 3: Happy Ever After – Wo Geschichten neu beginnen
Band 4: Weihnachten in der kleinen Buchhandlung
Band 5: Winterträume in der kleinen Buchhandlung
Band 6: Die geheime Weihnachtsbibliothek
Sommerhimmel über dir und mir
In unseren Träumen ist immer Sommer



Deutsche Erstausgabe
ISBN 978-3-492-32176-1
Oktober 2025

Titel der englischen Originalausgabe:
»The Secret Christmas Library«, Hodder & Stoughton,
an Hachette UK Company, London, 2025

Piper Verlag GmbH, Georgenstraße 4, 80799 München, *www.piper.de*
Für direkten Kontakt und Fragen zum Produkt wenden Sie sich an: *info@piper.de*
Satz: Fotosatz Amann, Memmingen
Gesetzt aus der Dante
Druck und Bindung: CPI books GmbH, Leck
Printed in the EU

# Kapitel 1

London trug an alldem ja keine Schuld. Die Stadt sah in der kalten Vorweihnachtszeit sogar wunderschön aus: Überall prunkten riesige rote Schleifen, in Schaufenstern blinkten Lichter in kleinen, schneebedeckten Häuschen, und der der Stadt von Norwegen geschenkte Christbaum am Trafalgar Square funkelte mit aller Kraft.

Es wurde früh dunkel, die beschlagenen Fenster der Pubs zeigten, dass dort die Leute im Warmen zusammensaßen, plauderten und lachten und auf Weihnachten anstießen. Männer im Smoking und elegant gekleidete Frauen stiegen in Parfümwolken aus Taxis und setzten den Fuß auf feuchten Asphalt, auf dem sich das Blitzen der Lichterketten über ihren Köpfen spiegelte. Schlittschuhläufer flitzten über die Eisfläche im alten gepflasterten Hof von Somerset House.

Nein, es lag nicht am zauberhaften, glänzenden, leuchtenden, teuren London, dass Mirren Sutherland so bedrückt war, so viel war ihr durchaus klar. Es lag an ihr selbst. Und an der Jahreszeit.

Dass London sich so blitzend und glitzernd präsentierte, erinnerte sie nur daran, auf was für ein tolles Weihnachtsfest sich andere Menschen freuten, ganz anders als sie. Ihre Mutter musste am ersten Weihnachtsfeiertag arbeiten, einer ihrer Brüder würde im Urlaub sein, und sie hatte leider den Fehler gemacht und ihren Freundinnen gegenüber so getan, als würde ihr das gar nichts ausmachen, weil sie noch jede Menge andere Pläne hatte. Jetzt war es zu spät, um zurückzurudern.

Letztes Jahr war Weihnachten einfach wunderbar gewesen, vor dem dieses Jahr graute ihr allerdings.

Mirren war seit jeher ein Bücherwurm, immer voller Bedenken, dass ihr der Lesestoff ausgehen würde. Deshalb fühlte sie sich eigentlich nur sicher, wenn sich auf ihrem Nachttisch ein halbes Dutzend ungelesener Taschenbücher stapelte. Sie war in drei Büchereien angemeldet, hatte zwei Kindles und für den Notfall eine Reihe von Douglas-Adams-Romanen im Badezimmer, falls sie sich dort mal aus Versehen einsperren sollte.

Letztes Jahr hatte sie kurz vor Weihnachten einem Buch hinterhergejagt, das ihre Großtante in ihrer Kindheit aus den Augen verloren hatte. Am Ende ihres Lebens hatte sie Mirren gebeten, es für sie aufzuspüren.

Dafür hatte Mirren Buchhandlungen im ganzen Land durchforstet und irgendwann Unterstützung vom umwerfend attraktiven Theo Palliser bekommen, der im Auftrag eines Antiquariats unterwegs gewesen war. Gefunden hatte Mirren das Buch am Ende aber ganz allein, versteckt im Seesack des ersten Mannes ihrer Urgroßmutter.

Das Buch hatte sich als unbezahlbares Einzelstück herausgestellt, eine von Aubrey Beardsley illustrierte Verssammlung von Robert Louis Stevenson.

Zusammen mit der wahren Besitzerin, June, der mit Beardsley verwandten besten Kindheitsfreundin ihrer Großtante, hatte Mirren beschlossen, es der British Library zu schenken. Sie hatten es bei einer schicken Zeremonie übergeben, und Mirren hatte sogar einen Finderlohn bekommen, den sie auf allgemeines Anraten hin in die Anzahlung einer kleinen Wohnung investiert hatte.

Theo Palliser war zu der Zeremonie nicht gekommen. Eigentlich hatte Mirren ja gedacht, dass das mit ihnen was werden könnte. Aber sobald der Reiz des Neuen verflogen war, hatte er sie einfach geghostet.

Mirren arbeitete wieder als Baukostenplanerin, in einem Umfeld, in dem sich niemand für Bücher interessierte, ihre Großtante war gestorben, und das Leben kam ihr jetzt noch langweiliger vor als vor ihrem großen Abenteuer.

Deshalb verlor sie sich manchmal in Tagträumen, in denen Theo und sie zusammen um die Welt reisten und seltene Bücher aufstöberten … Aber er war ja in sein Schickimickidasein zurückgekehrt, in das Reich stiller Bibliotheken und teurer Erstausgaben, und sie maß jetzt wieder Lagerhäuser mit Rattenbefall aus, in denen das x-te Studentenwohnheim entstehen sollte.

Für Buchdetektivinnen gab es eben nicht viel Bedarf – was sie wusste, weil sie tatsächlich die Stellenanzeigen durchsucht hatte.

Da sie für ihre neue, winzig kleine Wohnung eine Hypothek abbezahlte, die einem das Wasser in die Augen trieb, wäre ein Wechsel der Arbeitsstelle für sie in diesem Moment auch eher riskant gewesen.

Und sich zu wünschen, dass an Weihnachten irgendetwas Magisches passieren würde, war doch kindisch, dessen war sie sich durchaus bewusst.

Heute hatte Mirren bei der Arbeit nicht viel zu tun, daher beschloss sie, früh Mittagspause zu machen. Nachdem sie auf die Straße getreten war, stellte sie irgendwann wieder einmal fest, dass ihre Füße von ihrem nichtssagenden Bürogebäude an der Euston Road aus wie von selbst einen ganz bestimmten Weg eingeschlagen hatten: Mirren überquerte die verkehrsreiche Durchgangsstraße, lief am leuchtend weißen Krankenhaus vorbei und flüchtete rüber nach Bloomsbury.

Oh, wie Mirren dieses elegante Viertel von London liebte, das sich ganz Büchern und dem Studieren und Lernen verschrieben hatte! Hier befand sich das British Museum, das ihren wertvollen Fund beherbergte, das Zeugnis ihres kurzen Moments im Rampenlicht.

Darüber hinaus drängten sich hier Universitäten, Bibliotheken, Verlage und Archive, dazu gab es zauberhafte Plätze und elegante Gärten. An vielen alten Gebäuden befanden sich blaue Plaketten, die an ehemaligen Wohnhäusern von berühmten Schriftstellern angebracht waren – von J. M. Barrie, Virginia Wolf, Yeats, H. G. Wells, Charles Dickens ... und so weiter und so fort.

Mirren betrachtete die Weihnachtsdekoration in den Schaufenstern der kleinen Geschäfte, an denen sie vorbeikam, und kürzte den Weg oft durch schmale Kopfsteinpflastergässchen zwischen großen, hohen Häusern mit enormen Türklopfern aus Messing ab. Diese Gebäude waren in Dickens' Jugend schon alt gewesen.

Natürlich regnete es mal wieder, und Mirren schob sich die dunklen Locken unter die senfgelbe Strickmütze. Sie hoffte nur, dass ihre Haare durch die Feuchtigkeit nicht zu krisslig werden würden. Unterwegs kam sie an etlichen lauten Gruppen vorbei, die Partyhüte trugen oder gerade Restaurants in Fachwerkhäusern betraten. Auf die Weihnachtsfeier der Firma hatte Mirren nur wenig Lust. Viel Arbeit hatte es dieses Jahr nicht gegeben, weshalb von den coolen Leuten alle gegangen waren, die keine heftige Hypothek abbezahlten.

Wahrscheinlich würden sich am Ende nur sie und die aus der Buchhaltung im Gemeinschaftsraum zusammensetzen und ein paar Ingwerplätzchen essen.

Jetzt erreichte Mirren das Museum, das die Breite eines ganzen Häuserblocks hatte und dessen riesige Kuppel von Säulen gestützt wurde. Auf der enormen Treppe war so viel los wie immer. Vor allem Touristen, die sich gern die Mumien und das angelsächsische Schiffsgrab ansehen wollten, ließen hier ihre Taschen durchsuchen. Vor dem Eingang stand ein großer Christbaum, und das Innere des Gebäudes war mit weiteren Bäumen und jeder Menge Lichter geschmückt.

Im Herzen des Museums lag ein großräumiges Atrium mit Glasdach, der Great Court, in dessen berühmtem runden Lesesaal Girlanden aus Efeu und Stechpalmen hingen.

Mirren nickte den Securityleuten zu, die sie bereits als regelmäßige Besucherin kannten. Sie fand es toll, wie riesig die Säle des Museums waren, wie viele Leute sich hier immer drängten. Türen mit dem Symbol eines Löwen kennzeichneten verschlossene Räume mit besonders wertvollen Exponaten, die im Fall eines Feuers vordringlich gerettet werden mussten, wie sie wusste. Unterhalb des Museums gab es eine verlassene U-Bahn-Station, in der noch mehr Gegenstände gelagert wurden.

Und im Zentrum all dessen befand sich im Ausstellungsbereich des runden Lesesaals ihr eigener Beitrag, ihr Buch. Na ja, das Buch, das sie gefunden hatte. Wenn sie es besuchte, schwelgte Mirren gerade jetzt wehmütig in den Erinnerungen daran, wie glücklich sie letztes Jahr an Weihnachten gewesen war. Dann erfüllte sie ein Gefühl von Stolz, aber nur so lange, bis sie in ihr trauriges Büro zurückkehrte und überlegte, ob sie dieses Jahr über Weihnachten drei Tage auf dem Sofa ihres Bruders verbringen sollte, während ihre Mutter um sie herumflatterte und alle sie bedauerten.

Aber das hier, das machte sie glücklich.

Mit wehendem Schal eilte sie flink die breite alte Treppe hinauf, deren Stufen von den Füßen der Besucher nach zweihundert Jahren ganz ausgetreten waren.

# Kapitel 2

Im Lesesaal angekommen machte sich Mirren auf den Weg in einen Nebenraum. Obwohl sie doch so oft herkam, war sie jedes Mal aufs Neue beeindruckt. In dem fast völlig dunklen Bereich war es kühl, weil die Temperatur streng kontrolliert wurde. Hier konnte man hineinspazieren – *jeder Mensch auf dieser Welt* konnte einfach hineinspazieren – und einige der unglaublichsten Bücher aller Zeiten bewundern.

Die Folio-Erstausgabe eines Shakespearestücks. Eine Bibel aus dem vierten Jahrhundert. Ein handgeschriebenes Manuskript von *Middlemarch*. Das hier war einfach ein Paradies für Bücherliebhaber.

Und da, ganz am Ende, befand sich die manchmal von einer Menschentraube umgebene Vitrine mit ihrem Buch: *Im Versgarten*, mit handgezeichneten Illustrationen von Aubrey Beardsley.

Mirren nahm auf einem der sechseckigen roten Hocker Platz und wartete auf Leute, die es sich ansehen wollten.

Natürlich drückten sich hier und da gelangweilte Kinder herum, die man zum Zweck der Bildung ins Museum geschleift hatte. Die interessierten Mirren aber nicht. Sie wartete auf Menschen, die von dem Buch absolut begeistert waren, die mit »Oooh!« und »Aaah!« die eleganten Linien der zauberhaften Zeichnungen kommentierten, die Anmerkungen von Stevenson höchstpersönlich am Rand. Sie war auf keiner Schatzinsel gewesen, hatte aber doch einen Schatz gefunden. Und wenn sie ein paar schwierige Tage durchmachte, wie im Moment, wurde es Mirren durch die Freude anderer über das Buch ganz warm ums Herz.

Es gab sogar ein Schild, das mit winzigen Buchstaben die Information darbot:

> London, 2024: Gefunden von Mirren Sutherland
> und gespendet von June Wilson, der Nichte von
> Aubrey Beardsley.

Heute stand ein großer Mann mit rotblondem Haar vor der Auslage und betrachtete das Buch konzentriert. Ein wenig abgenutzte Kleidung wie die, die er trug, war im British Museum nicht ungewöhnlich.

Glücklich lächelte Mirren in sich hinein. Obwohl ihr dieser Mann völlig unbekannt war, fand sie ihn sympathisch, einfach nur, weil er das Buch zu schätzen wusste.

Plötzlich drehte er sich um und winkte eine der Museumswärterinnen heran.

Mit einem ungewöhnlichen Akzent, den Mirren nicht einordnen konnte, fragte er: »Hier steht, dass das Buch gefunden wurde …«

Mirren spitzte die Ohren.

»Ja?« Anders als den Sicherheitsleuten war der Wärterin das junge Mädchen mit den großen grauen Augen und den dunklen Locken, das so oft herkam, noch nie aufgefallen. Oder falls doch, hatte sie es sich zumindest nicht anmerken lassen.

»Wie wurde es denn gefunden?«

Mirren war überrascht. Nach *ihr* hatte sich bisher noch

nie jemand erkundigt. Normalerweise fragten die Besucher, ob es im Museum noch andere Arbeiten von Beardsley gab, womit sie für gewöhnlich seine pikanten Bilder meinten.

»Es wurde auf einem Dachboden entdeckt.«

»Oh«, sagte der Mann enttäuscht. »Ich dachte, wenn hier ›gefunden‹ steht, dann hat die Person möglicherweise aktiv danach gesucht.«

Die Wärterin zuckte mit den Achseln. »Das weiß ich nicht. Vielleicht war es ja ein wirklich großer Dachboden.«

Der Mann schwieg und betrachtete lange das Buch. Dann zog er ein Handy hervor, das so alt aussah wie ein Blackberry.

Die Wärterin bedachte ihn mit dem grimmigen Blick, mit dem sie jeden anstarrte, der im Ausstellungsbereich sein Handy benutzte, was er aber gar nicht bemerkte.

»Äh, über eine oder einen Mirren Sutherland scheint Google nichts zu wissen«, sagte er. »Aber umso mehr über Helen Mirren und Donald Sutherland. Die haben ja einiges zusammen gedreht.«

Mirrens Herz machte eine Satz. Moment mal, da *googelte* dieser Typ sie also? Sie blinzelte heftig und war sich überdeutlich dessen bewusst, dass sie gerade eine fremde Unterhaltung belauschte.

»Hm, keine Ahnung.«

Mirren stand auf und trat einen Schritt vor. »Ähem«, machte sie leise und räusperte sich.

Als keiner der beiden reagierte, zog sie sich wieder in die Dunkelheit zurück.

»Na ja«, sagte die Wärterin und ging weg.

Mirren blieb mit dem Mann allein zurück und hatte wieder einmal das seltsame Gefühl, dass in diesem Moment ihre Anwesenheit nirgendwo erforderlich war. Ob sie sich nun unter den neun Millionen Seelen dieser großen Stadt befand oder nicht, war völlig unerheblich, weil niemand sie vermissen würde, wenn sie nicht hier wäre.

Natürlich hatte sie eine Familie, die sie liebte, wie sie sich immer wieder in Erinnerung rief. Aber in dieser Familie wurde Liebe ziemlich oft dadurch gezeigt, dass man an ihr herumkrittelte und wissen wollte, wann sie sich endlich eine bessere Arbeit suchen würde, oder erwähnte, dass ihre alten Klassenkameradinnen ja mittlerweile alle ein Baby hatten, jede einzelne von ihnen.

»Entschuldigen Sie?«, sagte Mirren etwas lauter und wagte sich wieder aus der Dunkelheit hervor.

Die Wärterin schaute auf, Mirren blickte jedoch in die andere Richtung und ging auf den Mann zu.

»Ja?« Er sah sie an. Sie schätzte ihn auf Anfang dreißig, er war dünn und hätte dringend mal zum Friseur gemusst, da sein dichtes, rotblondes Haar viel zu lang war. Das Gesicht mit kräftigem Kinn und braunen Augen mit Schlupflidern dominierte eine lange, elegante Nase.

Plötzlich lief Mirren rot an, weil sie doch tatsächlich in London einen fremden Menschen angesprochen hatte. Gott, wie lächerlich! Sie hätte wohl besser nichts gesagt, aber jetzt war es zu spät.

»Entschuldigen Sie bitte, aber … ich bin Mirren. Mirren Sutherland«, fügte sie klärend hinzu.

»Äh, wer? Was?«

Mirren schaute zu der Vitrine mit dem Buch hinüber.

Er folgte ihrem Blick und sah dann wieder sie an.

»Na ja, ich hab … durch Zufall Ihr Gespräch mitbekommen.«

Er wirkte zunehmend unbehaglich. »Sie wollen also sagen, dass Sie …«

»Ja, ich bin diejenige, die das Buch gefunden hat.«

Er wirkte nicht im Geringsten überzeugt. »So, so, Sie waren also gerade zufällig hier und …?«

»Genau«, bestätigte Mirren. »Möchten Sie vielleicht meinen Führerschein sehen?«

Seine Lippe zuckte ein wenig, weil er das natürlich wollte, seine guten Manieren aber nicht zuließen, dass er darauf bestand.

Mirren wühlte in ihrer Handtasche herum und zeigte ihm schließlich ihren Bibliotheksausweis der British Library, auf den sie unglaublich stolz war.

»Ah«, machte er, wirkte aber immer noch verwirrt. »Und Sie waren ausgerechnet jetzt hier im Museum … rein aus Zufall?«

Mirren runzelte die Stirn. »Ich arbeite in der Nähe und besuche manchmal eben gern mein Buch.«

Er grinste, was sein etwas spitzes und ernstes Gesicht völlig veränderte, zum Strahlen brachte. Endlich verstand er, was hier vor sich ging. »Sie kommen also und beobachten die Leute, die sich Ihr Buch angucken!«

»Na, ich mache im Leben ja auch noch andere Dinge«, murmelte Mirren ein wenig einschnappt.

»Warten Sie, bis Sie jemanden darüber sprechen hören, um sich dann in die Unterhaltung einzumischen? Das ist schon ein merkwürdiges Hobby. Oooh … oder warten Sie etwa darauf, dass jemand *über Sie* spricht?«

»Das ist doch kein *Hobby*«, entgegnete Mirren steif. Jetzt zog er sie eindeutig durch den Kakao, und das passte ihr gar nicht.

»Handelt es sich um etwas, was Sie regelmäßig aus freiem Willen tun? Dann muss ich Ihnen leider eröffnen, dass das ganz stark nach einem Hobby klingt.«

So langsam wurde Mirren echt sauer. Für wen hielt sich dieser Typ eigentlich? »Ich liebe dieses Buch eben, und ich hab die Person geliebt, für die ich es aufgespürt habe«, entgegnete sie spitz.

Er hob die Hände. »Natürlich. Sorry, tut mir leid, ich wollte mich nicht über Sie lustig machen. Aber sind Sie einfach nur auf dem Dachboden darüber gestolpert?« Sein Blick zeigte deutlich, dass er nicht bloß höflich sein wollte. Er wollte das wirklich wissen.

»Nein!«, erklärte Mirren. »Ich hab im ganzen Land danach gesucht. Und am Ende hab ich es auf dem Dachboden entdeckt, zu einem Zeitpunkt, als bereits halb Großbritannien hinter dem Buch her war.«

»Das kann ich mir vorstellen«, sagte er. »Aber Sie haben es ausfindig gemacht.«

Er warf einen Blick auf seine Armbanduhr und setzte eine leicht gequälte Miene auf. »Ein Meeting«, murmelte er. Dann zog er eine kleine weiße Visitenkarte hervor, auf der in Reliefdruck sein Name und seine Telefonnummer standen – sonst nichts.

»Jamie McKinnon«, las Mirren.

»Hmhm«, machte er. »Leider kein Buchaufstöberer.«

Verständnislos schaute sie ihn an.

»Wenn Sie je Interesse an einem Job haben, dann rufen Sie mich doch an.«

Ein Job?, dachte Mirren. Aber auch: ein Job!

# Kapitel 3

Die Sache wurde immer geheimnisvoller: Als Nächstes fiel Mirren auf, dass auf der Visitenkarte doch tatsächlich eine Festnetznummer stand, so eine lange Zahlenreihe wie früher, bei der die Nummer an sich kurz war, die Vorwahl in Klammern aber lang.

Zurück im Büro googelte Mirren diese Nummer als Erstes. Auf wen sie zugelassen war, konnte sie nicht in Erfahrung bringen. Der Vorwahl zufolge lebte dieser Typ aber irgendwo in den schottischen Highlands, an der Nordostküste.

Am nächsten Tag zeigte ihre Chefin ihr den Dienstplan für die Tage zwischen den Jahren.

»Jetzt bist nur noch du eingetragen«, sagte sie ein wenig mitleidig, »weil Imran gerade gekündigt hat.«

»Himmel«, murmelte Mirren. »Es ist also keiner mehr da.« Sie sollte sich wirklich etwas Neues suchen, das war ihr schon klar. Aber sie konnte einfach nicht die Energie aufbringen, um das in Angriff zu nehmen, um Tausende Lebensläufe loszuschicken und zu hoffen, dass sie irgendwie den Jackpot knacken würde. Und ihre Arbeit hier war eben unentbehrlich, um die Hypothek zu bezahlen.

»Niemand braucht über Weihnachten dringend eine Baukostenplanerin!«, protestierte sie verzweifelt. Außer den Feiertagen hatte sie keinen einzigen Tag frei.

»Wir müssen den Kunden doch den kompletten Service anbieten können«, sagte ihre Chefin, die eigentlich ganz nett war, nur eben furchtbar, furchtbar müde.

Genervt kehrte Mirren zu ihrem Schreibtisch zurück. Es ging ja auf Weihnachten zu, wer hielt sich schon über die Feiertage mit Baukostenplanung auf? Alle waren viel zu sehr damit beschäftigt, Parfümwerbung zu gucken und sich darüber zu beschweren, wie klein heute die Packungen mit Minischokoladenmix waren. Scheinbar hatten die früher mal die Dimensionen eines Boilers gehabt.

Seufzend starrte Mirren auf ihren Bildschirm. Nun konnte sie nicht einmal mehr ins Museum fliehen und dort ihr Buch besuchen, weil die Wärterin jetzt wahrscheinlich wusste, wer sie war. Wie peinlich, wenn die allen erzählen würde, dass Mirren Sutherland gern in der Nähe ihres Ausstellungsstücks herumlungerte.

Spontan beschloss sie, dass sie dem Typen aus dem Museum eine SMS schicken würde, aber die kam nicht durch. Gott, wie lächerlich! Wahrscheinlich ignorierte er solche technischen Errungenschaften. Vermutlich fuhr er in seiner Freizeit ein Dreirad und fand, dass man doch lieber wieder mit Schillingen und Halbkronen bezahlen sollte. Zumindest hatte er keinen auffälligen Bart getragen. Mal abgesehen davon, dass er ein wenig abgewetzte Klamotten getragen hatte, hatte er doch relativ normal gewirkt.

Die Heimfahrt zu ihrer kleinen Wohnung in Südlondon war lang, und Mirren hockte dabei eng mit Millionen anderer Menschen mit dicker Daunenjacke und grimmigem Gesichtsausdruck auf engstem Raum. Alle waren auf dem Weg in die gleiche Richtung und wünschten sich, der Rest müsste nicht auch dorthin.

Zu Hause angekommen empfand Mirren ihr Apartment als winziger denn je. Sie sah nach, ob sie hinten im Kühlschrank nicht vielleicht etwas zu essen entdeckte, was sie ganz vergessen hatte. (Das war leider nicht der Fall.) Dann schnappte sie sich ihr Handy, nur um es sofort wieder wegzulegen. Sie würde doch nicht so verrückt sein, irgendeinen komischen Typen anzurufen, den sie in einem Museum angequatscht hatte!

Aber irgendwann nahm sie es doch wieder zur Hand. Was sollte sie heute Abend denn sonst machen? Durch Instagram scrollen und sich angucken, wie toll das Leben aller anderen doch war? Dem verdammten Theo Mr Ghosting Palliser Rache schwören? Wieder raus in die Kälte gehen, meilenweit bis zur Bushaltestelle laufen, um zurück ins Zentrum zu fahren und in einer Kneipe viel Geld loszuwerden, in der sie vor lauter Lärm ja doch den Gesprächen kaum folgen konnte?

Es klingelte ewig, und Mirren war drauf und dran, wieder aufzulegen. Ihretwegen konnte er sich ruhig weiter mit der geheimnisvollen Aura eines Antiquariatsfetischisten in Museen herumdrücken, das war ihr doch egal!

Mit einem Mal hatte sie große Lust, ein Bad zu nehmen, was natürlich nicht ging, weil sie keine Wanne hatte.

Leider konnte sie hören, wie gerade ihr Nachbar von nebenan duschte, und das war kein gutes Zeichen, weil darauf normalerweise jede Menge lauter Sex mit seinem Freund folgte.

Aber da nahm plötzlich jemand ab.

# Kapitel 4

»Hallo, ist das zufällig die Buchauffinderin?«, erklang am anderen Ende eine amüsiert klingende Stimme.

Als sie ihn jetzt außerhalb des würdevollen Museums hörte, wurde Mirren klar, dass er nach Schottland klang. Sein Akzent ließ aber nicht an die typischen Schotten denken, nicht an laute, witzige Glasgower. Er rollte das R, zog die Wörter jedoch nicht lang, sondern sprach beinahe abgehackt.

Wieder war Mirren irritiert. Es lag an seinem Tonfall. Offensichtlich hatte er nach ihrer Begegnung im Museum keine Sekunde daran gezweifelt, dass sie ihn anrufen würde. Ja, da lag das Problem – er klang überheblich.

»Sie haben mich doch gebeten, Sie anzurufen!«, konterte Mirren.

»Ja, hab ich«, räumte er ein.

»Haben Sie denn kein Handy?«

»Doch«, antwortete er. »Sie haben mein Handy doch gesehen. Nur Empfang hab ich hier leider keinen.«

»Wie meinen Sie das?«

»Sie wissen sicher auch, dass die Telefongesellschaften den Empfang zu neunundneunzig Prozent garantieren. Na ja, ich lebe in diesem einen Prozent.«

»Aber soll das Festnetz nicht auch bald digital funktionieren?«

»Ja, das hab ich gehört«, antwortete er finster. »Dann muss ich wohl wieder Briefe von Hand schreiben.«

»Sicher würde Ihnen das nichts ausmachen«, entfuhr es Mirren, bevor sie sich auf die Zunge beißen konnte. Das hatte wohl ein wenig respektlos geklungen.

»Was soll das denn heißen?«, fragte Mr McKinnon.

»Oh«, machte Mirren, fing sich aber schnell wieder. »Wenn Sie Interesse an jemandem haben, der ein Buch für Sie findet, dann sind Sie doch sicher ein Mensch ... der noch gern Papier und Stift benutzt.«

»Ah, ja!« Er lachte ganz locker. »Das stimmt, klar. Also, hi! Ich suche tatsächlich jemanden, der ein Buch für mich ausfindig macht, und einem Schild im British Museum zufolge sind Sie da vielleicht die Richtige.«

»Und warum können Sie das nicht selbst übernehmen?«

»Oh, Sie lassen sich aber bitten«, sagte Mr McKinnon. »Ich war eigentlich davon ausgegangen, dass wir nur noch über das Honorar sprechen müssen.«

Mirren schwieg einen Moment. »Wo vermuten Sie dieses Buch denn?«

»Es befindet sich bei mir zu Hause.«

»Soll das ein Witz sein?«

»Leider nicht.«

»Und Sie sind nicht einfach nur ein Freak, den es anturnt, mit fremden Frauen zu sprechen?«

Er lachte. »Im British Museum?«

»Stimmt schon«, murmelte Mirren. »Da wäre die London Library wohl passender.«

»Also, hören Sie. Ich wohne in einem wirklich großen Haus. Und ich denke, dass sich hier irgendwo ein Buch befindet, das mir mein Großvater vermacht hat. Aber ich kann es einfach nicht finden.«

»Das *denken* Sie?«

»Das Buch wurde … in seinen Unterlagen … erwähnt.«

Das klang ziemlich vage, trotzdem stieg fast gegen ihren Willen in Mirren ein Anflug von Aufregung auf. Hier bot sich ihr nun das Abenteuer dar, nach dem sie sich so gesehnt hatte und das sie aus ihrem Alltagstrott herausreißen würde. Es hatte sogar mit Büchern zu tun, wofür sie ja immer zu haben war. Sie versuchte sich die Riesenneugier nicht anmerken zu lassen, als sie fragte: »Um was für ein Buch geht es hier?«

»Ah, ja. Äh …«

»Was denn?«

»Das weiß ich nicht.«

»Sie wollen also, dass ich mich für Sie bei Ihnen zu Hause auf die Suche nach einem Buch mache. Sie wissen aber nicht, wie es heißt oder wo es steckt.«

»Ja, so könnte man es zusammenfassen.«

»Und wo genau wohnen Sie?«

»In Nordschottland.«

Mirren schaute aus dem Fenster, über die endlosen, immer gleichen viktorianischen Reihenhäuser hinweg, die inzwischen alle in enge Wohnungen und winzige Studioapartments wie ihres unterteilt worden waren. Bis zum Ende der unglaublich langen Straße sah man überall kleine Plastikchristbäume glitzern.

Der Regen fiel so träge, als wäre ihm zwar klar, dass es in Südlondon im Dezember natürlich regnen musste, als hätte aber selbst er keine große Lust darauf. Hier kam etwas Neues des Weges, etwas, was anders war. Ganz anders als Dienstpläne und Hypotheken und … oh. Die Hypothek durfte sie nicht vergessen.

»Würde sich die Sache denn für mich lohnen?«, fragte Mirren plötzlich. »Wir reden hier von einem bezahlten Auftrag, oder? Ich bin nämlich Baukostenplanerin und müsste ja eigentlich zur Arbeit.«

»Na ja«, sagte Mr McKinnon, »ich würde Sie bezahlen, wenn Sie das Buch finden.«

»Okay, Sie erwarten also von mir, dass ich für lau an einen merkwürdigen Ort mitten im Nichts fahre?«

»Die Reisekosten würde ich natürlich übernehmen.« Er verstummte einen Moment. »Okay, Sie haben recht. Mir war nicht klar, wie seltsam das rüberkommt. Soll ich vielleicht Ihren Chef anrufen? Oder ... Ihren Vater?«

»Nein, wohl eher nicht«, sagte Mirren. Sie fragte sich, was ihr Dad wohl dazu sagen würde. Der wohnte drei Straßen weiter und zeigte seine Liebe für sie vor allem dadurch, dass er gelegentlich bei ihr hereinschaute und kommentierte, in was für einem üblen Zustand die elektrische Installation ihrer neuen kleinen Wohnung war, was sie als Baukostenplanerin doch eigentlich wissen sollte.

Mirren sehnte sich so sehr danach, Ja zu sagen. Aber sie musste endlich erwachsen werden, ihre albernen Ideen über Reisen und Abenteuer aufgeben. »Das klingt schon spannend, aber ich kann hier leider nicht weg.«

Es war die richtige Entscheidung, sagte sie sich. Einfach wegen eines komischen Kerls mitten im Nichts ohne Handyempfang nach Schottland zu verschwinden, war eine viel zu verrückte Idee.

Na gut, falls er sie ermorden wollte, hatte er sich dafür einen ziemlich umständlichen Plan zurechtgelegt, und man musste ja auch bedenken, dass *sie auf ihn* zugegangen war – sogar zweimal, wenn man den Anruf mitzählte. Aber das machte es womöglich noch schlimmer. Vielleicht war ihm das mit dem Mord ja erst in den Sinn gekommen, als sie ihn angesprochen hatte. Oje.

In Wirklichkeit ging sie nicht davon aus, dass er ein Mörder war. Sie hielt ihn eher für einen exzentrischen Büchermenschen und konnte es sich nicht leisten, wegen so jemandem das Wesentliche aus den Augen zu verlieren. Nicht schon wieder. Nicht, wenn ihr bei der letzten Suche nach einem Buch das Herz gebrochen worden war.

Aber die Sache hatte schon Spaß gemacht.

Nein! Der verdammte Theo Palliser. Der hätte sich das wohl nicht zweimal sagen lassen und sich sofort begeistert in dieses Abenteuer gestürzt. Zu diesem Zeitpunkt hätte er bestimmt längst die Details geklärt. Aber sie konnte einfach nicht.

Schließlich war sie keine professionelle Buchauffinderin. Mal abgesehen davon, dass das eben kein richtiger Beruf war, hatte sie beim letzten Mal auch einfach nur Glück gehabt. Nach dem Ende des Telefonats steckte Mirren die Nase in das Buch, das sie vor Kurzem angefangen hatte, und war schnell von der typischen Weihnachtsromanze um einen Prinzen gefesselt.

Obwohl sie ganz genau wusste, dass es nicht gut für sie war und sie damit nicht schon am Dienstag anfangen sollte, ließ sie sich letztlich Fast Food liefern.

Nach dem ungesunden Essen schlief Mirren schlecht und kam am nächsten Tag, der fies und grau war, nicht nur übel gelaunt ins Büro, sondern war auch noch spät dran.

Ihre Chefin hingegen war untypisch fidel. »Es ist ein Auftrag reingekommen, für kurz vor Weihnachten!«, rief sie triumphierend. »In Schottland. Keine Ahnung, warum der Typ sich nicht für jemanden vor Ort entschieden hat. Er hat wohl diverse Firmen kontaktiert, bis er bei uns gelandet ist und nach dir gefragt hat.«

Mirren riss die Augen auf. »Ach ja?«, sagte sie und versuchte, ganz lässig zu klingen.

»Du sollst dir das Gebäude mal anschauen und gucken, ob man da noch anbauen kann. Oder ging es um einen Abriss? Ich weiß gar nicht, er hat nicht viele Details genannt.«

Mirren lächelte. »Okay.«

»Er hat auch schon ein Zugticket für dich gebucht.«

Danach ging es Mirren schlagartig besser. Im Büro war es trist, ihre Mutter hatte immer zu tun, sie selbst war pleite, und es hörte einfach nicht auf zu regnen – aber sie hatte einen Auftrag, bei dem es um Bücher ging und der sicher interessant werden würde. Sie überlegte, was Mr McKinnon wohl genau im Sinn hatte. Vielleicht würde es am Ende ja nur darum gehen, dass sie seine ganze Bibliothek erfasste und katalogisierte. Das würde dann doch eher langweilig werden, aber sie würde das schon hinkriegen.

In ihrer Fantasie sah sie ein hübsches Haus voll perfekter Bücherregale vor sich, in denen zauberhafte alte Ausgaben interessanter Bücher zu allen möglichen Themen standen. Hoffentlich erwartete er nicht von ihr, dass sie den Wert solcher Ausgaben bestimmte, weil sie davon keine Ahnung hatte. So etwas wäre eher eine Aufgabe für Theo Palliser … Eigentlich wollte sie an den ja nicht mehr denken, aber ihre Finger bewegten sich auf das Suchfeld bei Instagram zu. Dabei mahnte sie sich immer streng, das bloß sein zu lassen. Sie folgte ihm auch nicht, aber sie … guckte von Zeit zu Zeit, was er so trieb.

Ah, da war er ja. Er hatte ein kurzes Video hochgeladen, in dem er ein uraltes Buch von Henry Fielding in die Kamera hielt. Die dunklen Haaren fielen ihm zerzaust bis über die Augenbrauen. Unter dem Namen @thatlondonbookboy stellte er regelmäßig mit glühendem Blick neue Bücher vor, die bei ihnen im Geschäft reingekommen waren, und hatte damit eine kleine Fangemeinde von Bücher liebenden jungen Männern und Frauen gewonnen. Wenn sie seine Followerzahlen sah, wurde Mirren jedes Mal wütend und eifersüchtig. Außerdem musste sie ein falsches Profil benutzen, um seine Storys anzugucken, was alles nur noch umständlicher machte. Toll sah er aus! Augenblicklich schloss sie die App. Bei ihr standen jetzt auch coole Buchsachen an! Zum x-ten Mal betrachtete Mirren die Fahrkarte für einen Zug, den sie noch nie genommen hatte, den Caledonian Sleeper. Der fuhr über Nacht von London bis hoch in die schottischen Highlands, und es gab neben den normalen Waggons mit Sitzen auch Schlafwagen. Leider war ihr Ticket nicht für einen davon, was eine ziemliche Enttäuschung war. Sie würde also zehn Stunden lang aufrecht sitzen müssen. Eigentlich galt es als wunderschöne, romantische Reise, aber das war wohl nur der Fall, wenn man in einem bequemen Bett lag. Wie super das wäre! Na ja, immerhin war es eine Reise.

Mirren packte einen kleinen Koffer und schnappte sich ein Reisekissen, das ihrer Mutter gehörte. Wenn sie bei der Suche Erfolg haben würde, hatte sie überlegt, dann würde sie Mr McKinnon vielleicht bitten können, dass er für den Rückweg ein Flugticket springen ließ.

Noch war ja nicht ganz klar, was genau man von ihr erwartete, aber wenigstens wurde sie mal aus ihrer Routine und Tristesse herausgeholt.

Mirren dachte daran, wie sie sich während der Pandemie geschworen hatte, dass sie danach nicht einfach zu ihrem alten Leben zurückkehren würde – doch genau das hatte sie getan. Eigentlich war sie doch viel zu jung, um in so einen

Alltagstrott zu verfallen. Mirren glaubte nicht, dass ihre Mission gefährlich war, aber sie konnte durchaus ein Reinfall werden. Trotzdem war es endlich mal was anderes.

Ihr war sogar kurz der Gedanke gekommen, dass Mr McKinnon vielleicht wirklich ihre Dienste als Baukostenplanerin in Anspruch nehmen wollte, obwohl die Vorstellung beinahe noch unheimlicher war. Na ja. Jedenfalls war es ein Auftrag, und wenn sie bei dem Typen ein ungutes Gefühl bekommen würde, dann würde sie ihm mit einem dicken Wälzer eins überbraten und die Beine in die Hand nehmen.

Spät am Abend schloss Mirren die Tür ihrer kleinen Wohnung ab und machte sich erwartungsvoll auf den Weg zum Bahnhof. Ihre Aufregung währte aber nicht lange.

# Kapitel 5

In Großbritannien gab es viele schmucke Bahnhöfe, die Euston Station in London gehörte allerdings definitiv nicht dazu. Es handelte sich um einen gedrungenen grauen Kasten mit niedriger Decke, der nach Stress und Nervosität roch.

Alle Versuche, ihn – mit überall verteilten Klavieren und bunten Fotos von Patchworkfamilien bei einem Ausflug aufs Land – ein wenig freundlicher zu gestalten, unterstrichen nur noch, wie schäbig und grau hier alles war, so als würden Züge heute immer noch Ruß ausstoßen.

Es gab zig Fast-Food-Restaurants, und überall starrten Leute erst auf ihr Handy und dann hoch zu den Anzeigetafeln. Wenn eine dieser Personen zusammenzuckte, weil sie den von ihr gesuchten Zug entdeckt hatte, zuckten andere auch, wie ein Schwarm aufgescheuchter Vögel.

Wurde das Gleis endlich angezeigt, dann schienen die Leute plötzlich um ihr Leben zu rennen, wobei alte, schwache oder schwer beladene Reisende leider den Kürzeren zogen. Das führte zu Scham und Traurigkeit, zu Gefühlen, die der Zement des Gebäudes in sich aufgesogen zu haben schien. Sobald man die Busse hinter sich gelassen hatte, die ihre Fahrgäste vor dem Bahnhof ausspuckten, nahm man sofort die schlierige Patina aus Sorge wahr, die sich über alles gelegt hatte.

An diesem kalten, nassen Dezemberabend war der eisige,

schmutzige Bahnhof kein sehr weihnachtlicher Ort, vor allem nicht für eine junge Frau, die davor in sich zusammengesunken laut schluchzte. Damit übertönte sie sogar die Sänger der Heilsarmee, die sich um eine Spende von wehmütigen Pendlern bemühten, an denen auf dem Heimweg nach der Weihnachtsfeier im Büro hier und da ein Lamettafaden haftete.

»Aber ich bin doch auf Zack!«, schluchzte Mirren. »Und ich bin ja Londonerin, ich *lebe* hier! Eigentlich dachte ich, solche Typen nehmen nur naive Touristen ins Visier, die gerade erst eingetrudelt sind.«

Die ganze Sache hatte sich in nur Sekunden abgespielt. Mirren war aus der U-Bahn gekommen, hatte die Straße überquert, auf ihrem Handy die Fahrkarte aufgerufen, und schwupps! Mit einem E-Bike war eine Gestalt aus der Dunkelheit herangerast, hatte ihr im Vorbeifahren das Handy aus der Hand gerissen und war dann im nassen Lichtergewirr der Frontscheinwerfer und Rücklichter auf der Euston Road verschwunden.

Der freundliche Polizist im Dienste der Transportfirma fand es zwar nicht sehr passend, Touristen so ein Pech zu wünschen, aber er tat am Ende seiner langen Schicht alles, um der weinenden Frau zu helfen.

»Na ja«, sagte er und deutete auf ein nahes Poster, in dem darauf hingewiesen wurde, dass hier Langfinger unterwegs waren. »Deshalb empfehlen wir ja, das Handy nicht so offen zu zeigen.«

»Aber ich bin doch am Bahnhof, und meine Fahrkarte ist auf meinem Handy«, schniefte Mirren. »Als sehr gewagt habe ich das daher nicht empfunden.«

Leute drehten sich zu ihr um, als sie laut die Nase hochzog. Sie zupfte an den dunklen Locken, die unter ihrer

Wollmütze hervorschauten, was eine alte Angewohnheit von ihr war.

»Kommen Sie mit ins Büro, wenn Sie Anzeige erstatten wollen«, sagte der Polizist.

»Mein Handy brauche ich aber! Können Sie das nicht wieder beschaffen?«, bat Mirren verzweifelt. »Hier sind schließlich überall Kameras!«

»Nein«, sagte der Polizist. »Sie haben wohl wenig Erfahrung mit gestohlenen Handys, was?«

Es erschien fast unmöglich – aber das Büro, in das man mitgenommen wurde, wenn einem an der Euston Station etwas Schlimmes passiert war, war noch übler als der Rest des Bahnhofs. Darin standen zwei Stühle, aus denen die Polsterung quoll, vor einem niedrigen verschrammten Tisch mit einer billigen Schachtel Papiertaschentücher.

»Also, wollen Sie die Geschichte von Anfang an hören?«, fragte Mirren, während sie sich setzte und der Beamte sich etwas zum Schreiben nahm.

»Eigentlich nicht«, antwortete er. »Was ich Ihnen gleich mitgebe, ist für Ihre Versicherung, okay?«

»Ich brauche mein Handy aber unbedingt!«, protestierte Mirren. »Das kommt mir fast so vor … als wären die mit der Guillotine angerückt und hätten mich von meinem Dæmon getrennt. Verstehen Sie, was ich meine?«

»Ja, natürlich«, sagte der Mann. Solche Sprüche bekam er jeden Tag Hunderte Male zu hören.

»Warum unternimmt denn niemand etwas dagegen?«

»Das sind diese jungen Kerle mit ihren Fahrrädern«, sagte der Polizist. »Die sind blitzschnell.«

»Das klingt ja fast, als fänden Sie die cool.«

»Ich hab ›schnell‹ gesagt, nicht ›cool‹.«

»Sie sollten elektrische Stolperdrähte anbringen«, versetzte Mirren mit weitaus mehr Nachdruck als bei ihr üblich. Wie die meisten Leseratten war sie im Alltagsleben eigentlich kein fieser Mensch. »Damit könnten Sie sie am Eingang des Bahnhofs stoppen.«

»Dadurch würden Sie aber auf die Straße katapultiert«, entgegnete der Mann bedächtig.

»Ja.«

»Also schlagen Sie die Todesstrafe vor?«

»Dann wäre mit dem Treiben wenigstens Schluss«, murmelte Mirren bockig.

»Ja, das schon.«

Eine Weile saßen sie schweigend da, während er das Formular für die Versicherung ausfüllte.

»*O Gott*«, murmelte Mirren, »das darf nicht wahr sein. Ich muss doch einen Zug erwischen, und meine Fahrkarte habe ich auf dem Handy!«

»Was das angeht, sind wir vorbereitet«, sagte der Polizist und hielt einen Laufzettel hoch. »Wohin fahren Sie denn?«

»Nach Schottland«, antwortete Mirren.

»Ach, wie nett«, sagte er. »Mit dem Nachtzug?«

»Könnten Sie bitte damit aufhören, so zu tun, als wäre hier alles in Ordnung?«, schnaubte sie. »Wissen Sie, ich bin nämlich bestohlen worden, und ich bin unterwegs zu einer neuen Arbeit, und es ist einfach alles *schrecklich.*«

»Es ist doch niemand ums Leben gekommen …«, wandte der Polizist ein.

»Aber auch nur, weil keiner auf meine Stolperdrahtidee hört.«

»… und Sie fahren kurz vor Weihnachten nach Schottland«, fuhr der Beamte mit freundlichem Lächeln fort. »Es könnte schlimmer sein.«

Der nette Polizist wartete, während Mirren mit dem bestimmt dafür vorgesehenen Festnetztelefon bei ihrer Bank anrief, um den Zugang fürs Onlinebanking sperren zu lassen. In diesem schmuddeligen, tristen Büro der Euston Station wollte Mirren jetzt eigentlich nur noch nach Hause. Die Wohnung war zwar klein und hatte zu wenig Schalldämmung und nun wirklich kein Zwischengeschoss, so oft das auch behauptet worden war, aber sie war ihr kleines Reich. Dort würde sie die Tür hinter sich schließen und endlich allein sein können.

Aber dann fiel es ihr wieder ein. Selbst ihre U-Bahn-Fahrkarte hatte sie auf dem verdammten blöden Handy, und auch ihr Uber-Nutzerkonto, mal abgesehen von den ganzen Kontaktdaten und Informationen über all ihre Bekannten und auch über sie selbst. Im Prinzip hatte sie circa 2009 ihr komplettes Gedächtnis einem Gerät anvertraut, und jetzt wusste sie nicht einmal die Handynummern von ihren Brüdern oder sonst irgendwem, der ihr helfen könnte. Mal abgesehen davon war das hier ja eine Dienstreise. Man erwartete sie, daher sollte sie besser in die Gänge kommen.

»Okay«, sagte der Polizist, »Ihr Zug fährt bald.«

»Und das geht wirklich ohne die Fahrkarte?« Sie hielt den Laufzettel hoch.

Er nickte. »Sie können sich doch ausweisen, oder?«

»Mein Portemonnaie haben sie ja nicht geklaut, nur das Handy. Und wissen Sie, wenn Sie nur wollten, könnten Sie das über den Ortungsservice ausfindig machen.«

Der Polizist, der einen langen Tag hinter sich hatte, räusperte sich. Heute hatte er einen Exhibitionisten verhaftet und einen Kinderwagen davon abgehalten, auf die Gleise zu rollen, daher fühlte er sich nicht völlig nutzlos. Aber man musste schon sagen, dass sich die Opfer von diesen E-Bike-Typen heutzutage immer ungehaltener zeigten.

»Na, dann bringe ich Sie mal rüber zu Gleis 1, junge Dame, da wird man sich um Sie kümmern. Morgen früh werden Sie dann am Bahnhof abgeholt und kaufen sich schnell ein neues Handy, und damit ist die Sache erledigt. Trinken Sie gleich erst einmal eine schöne Tasse Tee. Oder vielleicht ein Gläschen Whisky?«

»Okay«, murmelte Mirren, die fror und bedrückt war, sich ganz erbärmlich vorkam. »Das werd ich mal probieren.«

Den Weg zum Gleis des Nachtzugs, das sich etwas abseits am Rand des Bahnhofs befand, legte man durch einen langen Tunnel aus Beton zurück.

Neidisch betrachtete Mirren die Werbeposter, auf denen Fahrgäste sich unter strahlend weißen Decken kuschelten.

Der Caledonian Sleeper war grünblau, und Mirren sah, dass die Hälfte eines Abteils mit Sesseln ausgefüllt und der Rest des Platzes für Fahrräder und Gepäck gedacht war. Für einen Zug sah er wirklich ganz bequem aus, aber sie würde immer noch die ganze Nacht aufrecht sitzen, und zwar neben einer wildfremden Person, weil auf dieser Strecke immer alles ausgebucht war. Es waren schon etliche Fahrgäste an Bord, überwiegend Männer, von denen manche große Seesäcke dabeihatten. Hier und da schlief bereits einer. Ein paar Frauen strickten. Mitleidig betrachtete Mirren ein Ehepaar, das sich sowohl um ein Baby als auch um ein etwa zweijähriges Kind kümmern musste. Sie selbst tat sich allerdings auch leid.

Was auch immer in Schottland auf sie wartete, sie würde morgen früh nicht in Topform sein, um es in Angriff zu nehmen. Plötzlich wurde ihr klar, dass sie gar nicht nach

Einzelheiten dazu gefragt hatte, wann und wo genau sie abgeholt werden würde. Es würde sie doch jemand abholen, oder nicht? Tatsächlich konnte sie sich nicht einmal mehr an den Namen des Bahnhofs erinnern … Aber nein, das würde schon alles klappen. Morgen früh würde er ihr wieder einfallen. Oder jemand würde ihr erlauben, auf seinem Laptop ihre E-Mails zu checken.

Und dann würde vielleicht ein Abenteuer beginnen, sagte sie sich und rieb sich die Arme, um etwas warm zu werden. In diesem Moment fühlte sich das Ganze aber so gar nicht wie eins an. Gerade stieg eine Gruppe von offensichtlich angeheiterten Männern in das Abteil mit den Sitzen, kramte Dosen hervor und stieß mit Flaschen in dünnen Plastiktüten an. O Gott, die hatten eindeutig vor, hier eine Party zu feiern.

»Danke«, sagte Mirren zu dem Polizisten.

»Viel Glück!«, sagte er und zwinkerte ihr zu. »Ich kann Ihnen versprechen, dass Sie von Schottland begeistert sein werden.«

»Guten Abend, *Madam.*« Eine Zugbegleiterin in schmucker grün-blauer Uniform mit karierter Weste und kleinem Hütchen trat an Mirren heran. »Haben Sie eine Schlafwagenreservierung?«

»Nein«, antwortete Mirren traurig und sah dabei zu, wie die Männer im Zug auf und ab liefen. Das Baby konnte sie schon von hier aus schreien hören. »Ich denke, es ist nur ein Sitzplatz.«

Die Frau nahm ihren Laufzettel entgegen, warf einen Blick auf ihren Führerschein und suchte dann lange auf ihrem Klemmbrett nach dem Namen, während Mirren bibbernd dastand. Hier auf dem Bahnsteig war es bitterkalt, dabei befand sie sich doch achthundert Kilometer südlich von ihrem Ziel. Sie fragte sich, ob sie vielleicht eine dickere Jacke hätte mitnehmen sollen als ihre grüne im Matrosenstil, die sie so gern trug.

»Ah«, sagte die Frau irgendwann. »Da haben wir Sie ja. Dann kommen Sie mal mit.«

Sie nickte ihrer Kollegin zu und hatte ein ziemliches Tempo drauf, als sie in Richtung Zuganfang losmarschierte.

Mirren musste sich ganz schön ranhalten, um nicht zurückzufallen. Da sie nun aus dem Gebäude traten, wurde es immer kälter und kälter. Der Zug stieß hier und da Dampfschwaden aus wie ein Feuer spuckender Drache.

Wie lang dieser Zug war! Sie kamen an Waggon um Waggon vorbei. Als sie die ersten Abteile mit Sitzen hinter sich gelassen hatten, wurde es ruhiger. Neidisch blickte Mirren durch die Fenster in die gemütlichen kleinen Kabinen hinein, die mit kariertem Teppichboden ausgelegt waren. Die Betten waren makellos weiß bezogen, und es gab auch eine Dusche und ein kleines Waschbecken, auf dem eine Wasserflasche und sauber angeordnete Toilettenartikel auf die Fahrgäste warteten.

Mirren wurde das Herz ganz schwer. Während sie so traurig und durchgefroren war, sah das alles so gemütlich aus. Aber sie würde man zu einem weiteren Abteil mit Sitzen ganz vorne bringen.

Inzwischen liefen sie fast völlig ungeschützt durch die pechschwarze, rußige Londoner Nacht und näherten sich dem Anfang des Zuges. Die Farbe des ersten Waggons hinter der Lok war nicht Grünblau, sondern ein dunkles, sattes Rot. Statt großer Fenster mit abgerundeten Ecken gab es hier welche, die man noch runterschieben konnte, und altmodische Türen zum Zuschlagen. Dieser Waggon war hier offensichtlich von einem anderen Zug eingefügt worden, war von einer ganz anderen Machart, ein anderes Modell als die schicken modernen des Caledonian Sleeper. Na super. Jetzt würde sie also den ganzen Weg auf einem Uraltsitz verbringen.

»Da wären wir«, sagte die Frau und legte den Finger an die Mütze, als die Tür aufschwang.

Mirren schleppte ihren kleinen Rollkoffer die Stufen hinauf und wandte sich nach rechts, um das Abteil zu betreten. Eigentlich hatte sie eine automatische Tür erwartet, aber man musste sie per Hand öffnen. Als Mirren sie durchschritten hatte, blieb sie wie angewurzelt stehen.

# Kapitel 6

»Das gibt's doch nicht …«, hauchte Mirren und blinzelte. Es war bereits ein ziemlich verwirrender Abend gewesen. Aber das hier … das konnte doch nicht sein.

Hinter der Tür befand sich ein Waggon ohne Trennwände, sodass sich vor ihr nun etwas erstreckte, was an einen sehr langen, schmalen Saal erinnerte. Er war wesentlich größer, als Mirren von außen gedacht hätte. Noch konnte ihr Gehirn nicht recht verarbeiten, was sie da sah. Denn dieser Waggon – oder dieser Saal, wie man das auch nennen wollte – war gestaltet wie … na ja, anders konnte man es wohl nicht ausdrücken: Er sah aus wie eine Bibliothek.

Eine verblichene Stofftapete bedeckte die Wände rund um die Fenster mit bordeauxroten Vorhängen aus bedrucktem Stoff, die mit Kordeln zusammengebunden waren. Und um die Fenster herum, selbst darüber, standen Bücher, alte Bücher in Regalen mit kleinen Querstreben, durch die auch in einer scharfen Kurve nichts herausfallen würde. An den Seiten standen bequeme, eher ein wenig kitschige Sofas, ein schrankähnlicher Sekretär, an den man sich zum Schreiben setzen konnte, und ein kleiner Flügel, den Mirren ungläubig anstarrte. Es gab sogar eine kleine Bar mit Kristallkaraffen. An den Wänden hingen Gemälde von Jagdszenen, Messingleuchten spendeten warmes Licht, und ganz am Ende entdeckte Mirren sogar einen richtigen Kamin, vor dem zwei Sessel standen.

»Das gibt's doch nicht …«, hauchte sie wieder.

Jetzt kam hinter der Theke der Bar ein Mann mit Krawatte hervor, den sie noch gar nicht bemerkt hatte.

»Wo bin ich hier gelandet?«

»Willkommen im McKinnon-Waggon«, sagte der Mann. »Kann ich Ihnen etwas zu trinken anbieten?«

Mirren lief an ihm vorbei.

»Das *gibt's* doch nicht …«, wiederholte sie und war total sauer, weil sie ohne Handy keine Fotos machen konnte. »Ist das hier der Waggon für zukünftige Mordopfer?«

Der Mann lächelte nachsichtig. »Oder hätten Sie vielleicht lieber etwas Warmes zu essen, *Madam?*«

Mirren achtete nicht auf ihn, sondern hielt auf den Kamin zu. Wie sie schließlich erkannte, brannte darin gar kein echtes Feuer, sondern nur eine Imitation, die aber sehr realistisch wirkte und auf jeden Fall ordentlich Hitze abgab. Nach dem eisigen Bahnsteig hatte Mirren hier wohlige Wärme in Empfang genommen, und sie konnte sich nichts Schöneres vorstellen, als sich eins der Bücher zu schnappen und in einen der gemütlichen Sessel zu sinken.

Jetzt bemerkte sie, dass dort bereits jemand saß.

Aber der Barmann ließ nicht locker. »Ich habe mir erlaubt, für Sie einen Grog fertig zu machen«, erklärte er, »da den viele unserer Passagiere gern trinken, wenn sie an Bord kommen. Aber falls Sie etwas anderes bevorzugen, müssen Sie es nur sagen.«

Was auch immer das war, es roch toll.

»Nein, das ist schon okay«, sagte Mirren, griff nach dem dickwandigen Glas und sog dankbar das Aroma von Whisky, braunem Zucker, Nelken und Honig ein. »Vielen Dank.«

Jetzt drehte sich die Person auf dem Sessel zu ihr um, und Mirren rechnete eigentlich damit, dass es der seltsame Mann aus dem Museum sein würde.

»Ha, Mirren Sutherland? Unfassbar! Ich hatte mich schon gefragt, ob wir uns hier wohl über den Weg laufen würden!« Es war Theo Palliser, der ghostende Buchhändler, höchstpersönlich.

# Kapitel 7

Nach einer Woche, in der Mirren viele überraschende Dinge passiert waren, war das hier vielleicht das Verblüffendste.

Augenblicklich war sie stinkwütend darüber, dass er sie hier so sah: mit verheultem Gesicht voll verschmierter Wimperntusche, einem Reisekissen – einem verdammten Nackenkissen, das ihr um den Hals hing – und der für das Wetter viel zu dünnen, durch den Bahnhof ganz schmuddeligen Jacke.

Sie hatte nämlich ganz vergessen, wie attraktiv er war, wie betörend gut er aussah, dünn und blass, mit riesigen dunklen Augen. Seine schmalen Augenbrauen waren ständig hochgezogen, als wäre er immer drauf und dran, etwas Schelmisches zu sagen, was auch meistens der Fall war.

Seine geschliffenen Manieren, der funkelnde Blick, seine Gewitztheit und Abenteuerlust machten ihn einfach unwiderstehlich. Leider hatte Mirren im Laufe der langen letzten Monate ja feststellen müssen, dass sie das nicht als Einzige so empfand.

»Was machst du denn hier?«, fragte Mirren.

»Miss Sutherland«, erwiderte er übertrieben förmlich.

»Wieso bist du denn …?« Sie schaute sich um. »… wo auch immer wir hier sein mögen.«

»Ich bin auf einer Büchermission«, erklärte Theo lächelnd. »Mein Onkel hat mich geschickt.«

»Ich dachte, für den arbeitest du nicht mehr.«

»Ah, noch ein letzter Auftrag und so, du weißt schon … Gut siehst du aus.«

Mirren verzog das Gesicht, weil das so offensichtlich nicht der Fall war. Mal abgesehen davon hätte sie jetzt auch gern gefaucht: »Warum hast du mich nicht mehr angerufen? Wo hast du gesteckt?« Stattdessen umklammerte sie bloß heftig ihr Getränk, als sich der Zug mit einem Ruck in Bewegung setzte und langsam aus dem Bahnhof fuhr.

»Was *ist* das hier?«, fragte sie. »Werde ich etwa gerade entführt?«

»Fantastisch, oder nicht?«, entgegnete Theo lediglich.

»Aber was läuft denn hier?«

»Na ja, es geht doch um Jamie McKinnon«, sagte Theo, als würde das alles erklären.

»Ja. UND?«, fragte Mirren.

»Und der sagt dir nichts?«

»Wikipedia hat leider nichts hergegeben.«

Theo lächelte. »Ja, das kann ich mir vorstellen. Die Familie achtet gut darauf, bloß keine Schlagzeilen zu machen.«

»Okay, jetzt hör schon mit deinem arroganten Schickimickigetue auf«, sagte Mirren verärgert. »Ja, bla, bla, bla, ihr Schickis kennt euch natürlich alle untereinander.«

Theos Onkel führte eine unglaublich exklusive antiquarische Buchhandlung und brachte die unfassbar teuren Bücher oft durch fragwürdige Mittel in seinen Besitz. Auf Mirren blickte er in etwa mit derselben Verachtung hinab wie auf einen Hundehaufen unter dem Schuh.

Theo war sein mittelloser Neffe, der auf seine Unterstützung angewiesen war – und deshalb manchmal für ihn die schmutzige Arbeit erledigte.

»Nein, das stimmt nicht«, widersprach Theo. »Persönlich kenne ich ihn nicht. Aber sein Name sagt mir natürlich etwas.«

»Der Name eines Typen … der einen eigenen seltsamen Zugwaggon hat?«

Theo blickte sich um. »Ja, ziemlich cool, oder?«

»Du versuchst hier gerade, so zu tun, als wärst du nicht schwer beeindruckt. Dabei könnte das hier doch der Rückzugsort eines James-Bond-Schurken sein!«

»Das tu ich ja gar nicht«, sagte Theo lächelnd. »Ich bin sogar sehr beeindruckt. Von dem Waggon hatte ich zwar schon gehört, ich hätte aber nicht gedacht, dass der noch fahren darf.«

»Dass es so was noch gibt …«

»Na ja, Jamies Familie war früher mal unglaublich reich. Denen haben die halben Highlands gehört.«

»Das klingt nach einem politischen Minenfeld.«

»Ja, ganz klar, absolut. Aber dann kam Jamies Großvater, den das alles nicht sonderlich interessiert zu haben schien. Er hat wohl einen Großteil des Landes verloren und sehr zurückgezogen gelebt. Sein Ding waren Bücher, und deshalb hat die Familie heute davon jede Menge, ansonsten aber keinen roten Heller mehr. Der Großvater war wohl ein ziemlicher Idiot, hat sich mit seiner Tochter zerstritten und das Anwesen verwahrlosen lassen. Er ist dieses Jahr verarmt gestorben.«

»Ah«, machte Mirren. »Aber der Waggon ist ihnen noch geblieben …?«

»Genau. Das mit den Privatwaggons war früher nicht ungewöhnlich. Die Familie hat der Eisenbahngesellschaft einst erlaubt, Gleise über ihr Land zu verlegen. Die Bedingung dafür war, dass sie im Gegenzug einen Bahnhof und einen eigenen Waggon bekommt, der ihr so lange zu Verfügung stehen wird, wie die Gleise genutzt werden. Das ist hundertfünfzig Jahre später wohl noch der Fall.«

»Also sagen die einfach Bescheid, dass sie ihren Waggon brauchen, so, wie andere Leute sich ein Taxi rufen?«

»Ja, so sieht es wohl aus.«

Mirren grinste breit, beschloss, Theos unmögliches Verhalten zu einem anderen Zeitpunkt anzusprechen, und ließ sich in den anderen riesigen, bequemen Sessel sinken.

Theo sah genauso aus wie vor einem Jahr und erinnerte immer noch ein bisschen an einen Vampir – falls Vampire denn Gazelle-Sneaker von Adidas trugen und einen verschmitzten Gesichtsausdruck zur Schau stellten.

Mirren rief sich streng in Erinnerung, dass er ein Mistkerl war und sie deshalb auf keinen Fall wieder auf ihn abfahren durfte. Sie wärmte sich die Füße und nippte vorsichtig an ihrem Glas. Der Grog war einfach köstlich.

»Sitzen wir die ganze Fahrt über hier?«

»Ah, nein«, antwortete Theo ein wenig selbstgefällig. »Geh doch mal gucken.«

Jenseits des Kamins befand sich eine Schiebetür, hinter der sich ein weiterer Bereich des Waggons verbarg. Er musste wohl mal ein alter Güterwagen gewesen sein, inzwischen gab es darin aber einen schmalen Gang zwischen Schlafwagenabteilen. Mirren entdeckte drei Abteile mit jeweils zwei Einzelbetten, die mit weißem Bettzeug frisch bezogen waren. In den Abteilen stand zwar eine Waschschüssel, am Ende des Ganges gab es aber auch ein Badezimmer mit einer Messingbadewanne. Verblüfft betrachtete Mirren sie und pfiff durch die Zähne.

Als sie in den Hauptbereich des Waggons zurückkehrte, war dort ein Tisch mit weißem Tischtuch gedeckt.

Ihr fiel auf, dass Theo mittlerweile Anzug und Krawatte trug. »Sag jetzt nicht, dass du dich fürs Abendessen umgezogen hast.«

»Doch, natürlich!«, antwortete er überrascht.

Mirren schaute auf ihren schmuddeligen Pullover hinunter, den sie den ganzen Tag angehabt hatte, und rieb sich über das verheulte Gesicht. »Okay«, murmelte sie. »Gib mir fünf Minuten.«

Sie legte ihren Koffer auf ein makellos weiß bezogenes Bett mit einer Tagesdecke und musste sich sofort festhalten, da der Zug schwankte. Sich zugleich in einem Schlafzimmer und einem Zug zu befinden, war verwirrend, aber absolut charmant.

Während sie das einzige Kleid, das sie mitgenommen hatte, herauskramte, sausten sie an einem hell erleuchteten Bahnhof mit dem Schild »Watford« vorbei.

Bei Watford fiel ihr normalerweise eher Fußball ein.

Sie fragte sich, was die Leute da draußen wohl dachten, wenn sie ihren Waggon sahen. Aber vielleicht dachten sie ja gar nichts, vielleicht bemerkten sie den nicht einmal. Und möglicherweise war das wirklich etwas ganz Alltägliches. Mirren wusste zum Beispiel, dass die königliche Familie auch einen Privatwaggon hatte, und heute Nacht waren vielleicht so einige Leute mit ihrem persönlichen Eisenbahnwagen unterwegs.

Der Boden ihres Schlafabteils war mit einem verblichenen Karoteppich bedeckt, die Wände schimmerten mattgrün, und es gab auch hier warme Messingleuchten und richtige Vorhänge in dunklem Rot mit Quastenbändern.

Mann, Mann, dachte Mirren und betrachtete sehnsüchtig das Bett. Daran könnte sie sich durchaus gewöhnen.

Nach einer Katzenwäsche zog sie das Kleid an, eins in hübschem Ziegelrot, mit dem sie sowohl bei einer Weihnachtsveranstaltung als auch bei einem formellen Geschäftstreffen gut dastehen würde, je nachdem, was so auf sie wartete.

Die lockigen Haare würde sie offen tragen. Nachdem sie ein bisschen dezentes Make-up aufgetragen hatte, schminkte sich Mirren auch den Mund, wischte den Lippenstift jedoch sofort wieder ab. Nein! Sie würde sich nicht für diesen Kerl herausputzen, der letztes Jahr so charmant gewesen war, ihr Interesse für Bücher geteilt hatte – sie dann aber ohne einen Blick zurück hatte hängen lassen, um in den Schoß seiner reichen Familie und sein bequemes Leben zurückzukehren.

Als sie im leise zuckelnden Zug wieder den Hauptbereich des Waggons betrat, waberte dort ein köstlicher Duft durch den Raum. Einen Moment fragte sie sich, wie es wohl bei der Party der betrunkenen Männer aussah. Sicher komplett anders als hier. Sie hatte nämlich einen gedeckten Tisch mit weißem Leinentischtuch vor sich, und die von Klaviermusik untermalte Szene war so zauberhaft, dass sie beinahe wieder geheult hätte, wenn auch aus ganz anderen Gründen als zu Beginn des Abends.

Der Barmann, der offensichtlich ein Butler war, rückte für sie einen Stuhl vom Tisch ab. »*Madam.*«

Mit einem kleinen Grinsen schielte sie zu Theo hinüber, dessen Miene aber neutral blieb. An so ein Tamtam war er augenscheinlich gewöhnt – weil er ja ein aufgeblasener feiner Pinkel war, wie sie sich streng in Erinnerung rief. Aber sie hatte ganz vergessen, was für tolle Haare dieser feine Pinkel hatte. Er trug sie ein bisschen zu lang, sie standen hier und da ein wenig ab, und die Koteletten gefielen ihr wirklich, so altmodisch sie auch waren. Himmel, sie musste damit echt aufhören!

»Ein Glas Wein, *Madam?*«, fragte der Butler und zog den Stopfen aus einer Karaffe.

Mirren seufzte und erinnerte sich daran, dass Wein bei ihr selten zu vernünftigen Entscheidungen führte. »Ja bitte.«

Was hier so gut roch, war französische Zwiebelsuppe, wie sich herausstellte.

»Du kannst auch noch einen weiteren Gang bestellen, wenn du möchtest«, erklärte Theo. »Aber es ist ja schon nach neun.«

»Nein, nein, die Suppe ist perfekt«, sagte Mirren und sog das köstliche Aroma in sich auf.

Gekrönt war sie von getoasteten Baguettescheiben voll geschmolzenem Emmentaler, gewürzt mit jeder Menge schwarzem Pfeffer.

»Du meine Güte«, seufzte Mirren. »Die ist superlecker!«

»Ja, oder?«, sagte Theo. »Das Süppchen ist quasi nur ein Transportmittel für ein abendliches Käsebrot.«

Sie lächelte, während der Butler herantrat, ihnen noch einmal nachschenkte und die Karaffe zwischen ihnen abstellte.

»Falls Sie Nachtisch wollen, finden Sie im Kühlschrank Caranachan, und Sie können sich natürlich an allem frei bedienen«, sagte er mit Blick auf den Barbereich. »Aber wenn Sie sonst keinen Wunsch mehr haben …?«

»Danke«, sagten die beiden jungen Leute und schauten ihm hinterher, als er auf die Tür hinter dem Kamin zuging.

In einem Augenblick war er da, im nächsten war er auch schon verschwunden.

»Hat der sich gerade etwa … in Luft aufgelöst?«, fragte Mirren.

»Ja. Ich frage mich bei Butlern oft, ob die wohl nachts einfach verpuffen und am nächsten Morgen wieder neu entstehen.«

»Ach, wie witzig«, höhnte Mirren, musste aber gegen ihren Willen schmunzeln.

Sie aß die wärmende Suppe komplett auf, die mit einem Schluck Brandy verfeinert worden war, und ertappte sich dann selbst dabei, wie sie mit einer weiteren Scheibe des leckeren Brotes die Schale auswischte.

Lächelnd sah Theo ihr dabei zu. »Du hattest ja wirklich Hunger.«

Sie runzelte die Stirn. »Hab ich so spät am Abend sonst eigentlich nicht, aber es war ein harter Tag.«

Als sie ihm von ihrem Handydiebstahl erzählte, gab er sich angemessen mitfühlend. Trotzdem dachte sie insgeheim, dass dieser Typ ja nur ihr Handy gestohlen hatte. Theo hingegen hatte ihr ihr Selbstbewusstsein gestohlen, den Glauben an sich selbst als eine Frau, die es wert war, gedatet zu werden.

»So«, wechselte sie irgendwann abrupt das Thema. »Dann erzähl mir mal von diesem Buch, das abhandengekommen ist.«

»Auf keinen Fall«, entgegnete er mit amüsiertem Gesichtsausdruck und nahm einen Schluck Wein.

Etwas prasselte gegen die Fenster, und Mirren stellte fest, dass es hagelte.

»Wie kann man denn in seinem eigenen Haus ein Buch verlieren?«

Er zuckte mit den Achseln und blieb provokant gleichmütig. »Na ja«, sagte er. »Du weißt schon …«

»Weiß ich *nicht!*«

»Okay, umso besser«, sagte Theo plötzlich. »Dann findest du es wenigstens nicht als Erste und heimst dafür den ganzen Ruhm ein.«

»Was?«, entfuhr es Mirren.

»Ach, nichts«, sagte Theo. »Das ist ja ein cooles Schild mit deinem Namen im British Museum. Neben dem Buch, das wir beide gefunden haben.«

»Du hast es ja nicht gefunden! Du hattest längst aufgegeben und warst wieder nach Hause gefahren!«

»Aber ich hab dir schließlich geholfen!«

»Mich hat niemand nach der Liste mit den Leuten gefragt, die mir dabei geholfen haben.«

»Und, hättest du mich erwähnt, wenn du gefragt worden wärest?«

Ein paar Sekunden saßen sie schweigend da, während der Zug ein Pfeifen ausstieß.

»Du bist doch derjenige, der sich nicht bei mir gemeldet hat«, sagte Mirren leise. »Du hast mich geghostet.«

»Ich wollte den richtigen Zeitpunkt abpassen«, sagte Theo. »Weil ich dich bei deiner Pressetour nicht stören wollte.«

»Soll das ein Witz sein? Von wegen Pressetour! Ich hab darauf gewartet, dass du mich anrufst, aber das hast du nicht. Ich hab dir Nachrichten geschrieben, aber du hast dich nicht zurückgemeldet. Für so was gibt es ein Wort, Theo.«

Bockig schaute er sie an. »Mir war nicht klar gewesen, dass alle so einen Riesenwirbel um dich machen würden.«

»Ach, du Armer!«, schnaubte Mirren. »Und es war kein Riesenwirbel. Es wurde *ein Foto* gemacht.«

»Und du stehst auf dem Schild.«

»Ich lass für dich gern auch noch so ein Schild anfertigen!«

Wieder machte sich Schweigen breit.

»Ich hatte gedacht, dass es sich zumindest finanziell gelohnt hätte, aber dein Finderlohn scheint ja nicht einmal hoch genug gewesen zu sein, um dir davon eine neue Jacke zu kaufen.«

»O mein Gott, jetzt halt schon den Mund.« Nach kurzem Schweigen fügte sie hinzu: »Doch, war er.«

»Na, schön für dich.«

»Ja, vielen Dank auch, ich bin trotzdem noch knapp bei Kasse. Aber wie nett, dass du dich so für mich freust. Allerdings dachte ich, dass du mittlerweile in einer anderen Buchhandlung arbeitest.«

»Tu ich auch«, sagte Theo. »Das hier ist ein Auftrag außer der Reihe.«

»Also für deinen Onkel.«

Er spitzte die Lippen.

Sie betrachtete ihn im sanften Licht. Mit so einem Schmollmund sah er fast noch schärfer aus, was ja beinahe unmöglich war.

»Wenn ich das richtig sehe, weißt du über dieses Buch auch nichts«, mutmaßte sie.

Dass er weder bejahte noch verneinte, ließ sie sicher werden: Er hatte genauso wenig Ahnung wie sie.

»Na gut«, stichelte sie schließlich. »Ich hab das Buch beim letzten Mal gefunden, und ich werde auch dieses Mal wieder die Nase vorn haben.«

»Wie schön für dich«, murmelte Theo. Er griff nach seinem Glas und ging zu dem Regal hinüber, das am nächsten dran war. Seine Miene erhellte sich, als er einen Titel entdeckte, den er kannte. Mit einem Buch von Edward Gibbon in der Hand kehrte er zu seinem Sessel vor dem Kamin zurück. Ihr Gespräch war damit offensichtlich beendet.

Mirren hätte gern den Tisch abgeräumt, wusste aber nicht, wohin mit dem schmutzigen Geschirr. Klar, sie befand sich hier im Reich der Schickimickis, die nie auf die Idee kommen würden, ihr Geschirr selbst wegzubringen. Also ließ sie einfach alles stehen und ging ins Bett, ohne auch nur Gute Nacht zu sagen.

# Kapitel 8

Es stellte sich heraus, dass es in einem himmlischen Bett, das von beruhigendem Rattern untermalt sanft geschaukelt wurde, nach einem köstlichen Mal und einem Glas Wein so gut wie unmöglich war, nicht sofort ins Reich der Träume zu entschlummern. Im dunklen Abteil wurde Mirren auf der weichen, nachgiebigen Matratze und den perfekt fluffigen Kissen augenblicklich vom Schlaf übermannt.

Als sie am nächsten Morgen aufwachte, wusste sie zunächst nicht einmal, wo sie sich befand. Dann kehrten die Erinnerungen an den Vorabend und all ihre unbeantworteten Fragen zurück. Der Zug war immer noch in Bewegung. Mirren ging kurz zur Toilette und trank ein Glas Wasser, bevor sie den Vorhang zur Seite zog.

Es war stockfinster, und man spürte durch die Scheibe hindurch, wie kalt es draußen war. Mirren kniff die Augen zusammen, um außer ihrem Spiegelbild noch etwas zu erkennen, und konnte sehen, dass Frost auf den Pflanzen neben den Gleisen lag. Sie frage sich, wo sie wohl waren.

Plötzlich stieg ihr der Duft von frischem Kaffee in die Nase, und mit einem Mal sehnte sie sich so sehr danach, dass sie auch in Kauf nahm, als Erstes am Morgen dem blöden, dämlichen Theo zu begegnen.

Die Vorstellung, ein Bad zu nehmen, war schon verführerisch, aber der Kaffee ging nun mal vor, deshalb schlüpfte sie in Jeans und einen Pullover und schlenderte ganz lässig zum Hauptbereich des Waggons hinüber, so als würde sie ständig in privaten Schlafwagen übernachten.

Der Butler war zurück und sah wieder absolut makellos aus. Unglaublich. Das Geschirr von gestern Abend war abgeräumt und der Tisch neu gedeckt.

»Frühstück, *Madam?*«

Offenbar waren irgendwo unterwegs Zeitungen an Bord gebracht worden, weil am Rand des Tisches fein säuberlich der *Scotsman*, die *Times* und der *Inverness Courier* ausgelegt waren. Theo hatte sich bereits hinter der *Racing Post* versteckt und brummte nur zum Dank, als der Butler vor ihm einen riesigen Teller mit Speck, Würstchen, Tomaten und Pilzen abstellte.

»Wie kannst du nur so viel verputzen und dabei so dünn bleiben?«, fragte Mirren. Sie hoffte jetzt doch, dass er nach dem gestrigen Abend ein paar Worte mit ihr reden würde.

»An mir nagt der Gram darüber, dass jemand ein unbezahlbares Buch gefunden und mich nicht beteiligt hat«, kam von ihm grunzend zurück.

Ja, es war besser, ihn zu ignorieren und lieber das Frühstück zu genießen, korrigierte sich Mirren. Und das war mit dem heißen, gebutterten Toast, den weich gekochten Eiern mit intensiv gelbem Dotter und jeder Menge Kaffee genau das Richtige.

Nach und nach erschienen in den Zugfenstern rechts am Himmel erste roséfarbene Schlieren, bis die Sterne im Osten zu verblassen begannen. Fasziniert schaute Mirren dabei zu. Raureif lag über der leeren Welt da draußen, die in einen Schein aus frostigem Pink getaucht war. Sie fuhren durch riesige Flachlandbereiche, passierten Berge, die sich in der Dämmerung schemenhaft abzeichneten, zuckelten über Viadukte und Brücken, die enorme Seen überspannten und von denen aus man gerade eben erkennen konnte, dass im Wasser hier und da Eis schwamm. Es war ein atemberaubender, bildträchtiger Sonnenaufgang, und Mirren bereute definitiv den Verlust ihres Handys.

Als erste Strahlen über schneebedeckte Gipfel fielen, wurde der Zug nach und nach langsamer, was Mirren schade fand. Am liebsten wäre sie hier für immer eingezogen. Sie schaute aus dem Fenster, um zu sehen, ob eine Station nahte. Aber soweit sie das erkennen konnte, waren sie nirgendwo. Hier gab es keinen richtigen Bahnhof, sondern nur einen kleinen Bahnsteig mitten im Nichts. Drum herum befanden sich Felder voller Hochlandrinder mit geschwungenen Hörnern und Fell in leuchtendem Orange. Die Erntezeit war jetzt nur eine vage Erinnerung, und Frost funkelte auf den brachliegenden Feldern, die darauf warteten, dass das alte Jahr zur Neige ging. Dann würde eine ganz neue Welt anbrechen, aber noch war es nicht so weit, noch lag all das in scheinbar weiter Zukunft.

Inzwischen war die Sonne vollständig aufgegangen und stand so hoch, wie sie das im Dezember eben tat, also nicht sehr hoch. Sehr lange würde sie dort auch nicht verharren, aber jetzt ließ sie Eis wie Diamanten glitzern, sodass selbst matschige Furchen wunderschön aussahen. Mirren schaute zum Himmel hinauf, wo zwei Falken kreisten. Noch nie hatte sie sich London so fern gefühlt.

Hier und dort war in der Ferne ein Bauernhaus zu erkennen, jedoch nichts, was man als Stadt oder auch nur als Dorf bezeichnen konnte. Der Zug hatte aber eindeutig einen Halt eingelegt.

»*Madam*«, erklang die Stimme des Butlers, und Mirren

sah beschämt, dass er ihren Koffer gepackt hatte und in der Hand hielt. Angestrengt ging sie im Kopf durch, was er dabei wohl zu sehen bekommen hatte, aber er stand mit völlig neutraler Miene da.

»Äh, danke«, sagte sie verlegen und lief zur Belustigung von Theo rot an.

Der verspeiste ein letztes Stück Würstchen und erhob sich dann ganz gemächlich.

»Müssen wir hier denn nicht raus?«, fragte Mirren, die bereits auf dem Weg zur Tür war.

»Doch«, sagte Theo, immer noch amüsiert. »Aber die warten auf uns, das ist doch der Witz an der Sache.«

Wieder ging es Mirren auf den Keks, wie überheblich er sich gab. »Unglaublich, was für ein Abschaum ich bin. Ich bin doch tatsächlich ohne meinen eigenen Privatzug aufgewachsen, kannst du dir das vorstellen?«, sagte sie, während sie dem Butler dankte und sich fragte, ob sie ihm wohl ein Trinkgeld geben sollte. Dann fiel ihr ein, dass sie das gar nicht konnte, weil sie kein Bargeld dabeihatte. Als sie sah, dass Theo ihm diskret etwas zusteckte, war sie nur noch genervter. Na ja, das war jetzt eben nicht zu ändern. Mirren holte tief Luft, zupfte in Erwartung der Kälte draußen Jacke und Schal zurecht und verharrte, bis die Türen entriegelt wurden. Als sie die Stufen hinunterstieg, wartete eine völlig fremde Welt auf sie.

# Kapitel 9

Unter Schnaufen und Prusten setzte sich der Zug wieder in Bewegung und fuhr über eine Kehre zurück in die Richtung, aus der sie gekommen waren. Offenbar war das hier die Endstation. Zu ihrer Überraschung bemerkte Mirren am Ende ihres Waggons eine kleine Aussichtsplattform. Die war vermutlich für Fahrten gedacht, bei denen schönes Wetter herrschte und der Waggon hinten angekoppelt wurde.

Mit einem Seufzen sah sie den Zug in der Ferne entschwinden. Das war wirklich eine tolle Erfahrung gewesen.

Nachdem er von dannen gezogen und damit das Getöse verstummt war, blieben sie an diesem eisigen weißen Morgen ganz allein zurück, und Mirren konzentrierte sich wieder auf ihre Umgebung.

Die Plattform war aus blassem altem Holz, mit kleinen Holztreppen bis zur Höhe der Zugtür, jeweils eine an beiden Gleisen. Eine hölzerne Überführung, die nicht im Geringsten sicher aussah, verband beide Seiten miteinander.

Mirren drehte sich einmal komplett im Kreis und ließ die Aussicht auf sich wirken, die einfach umwerfend war. Auf der einen Seite lagen Berge mit großen Bereichen in verwaschenen Winterfarben, in einem Bordeauxrot, das beinahe ins Blaue überging. An den Hängen zeichneten sich dunkel Nadelbäume in ordentlichen Reihen ab, und in einer anderen Richtung lag ein riesiger See, über den träge Vögel hinwegzogen, die zweifellos auf der Suche nach Frühstück waren.

Etwas näher dran war der Einfluss der Zivilisation deutlicher: Eine im Moment völlig leere Straße schlängelte sich bergauf zwischen Weiden mit Schafen und Hochlandrindern voran zu sanften Hügeln, die weniger hoch und schroff waren als die imposanten Berge in Richtung Westen. Zwischen diesen Hügeln lag in einiger Entfernung ein Haus – sogar ein ziemlich großes, wie es schien –, und jenseits davon glitzerte im frühen Morgenlicht golden ein kleines Stück der Nordsee.

Mirren war schon mal im Winter in Schottland gewesen und hatte eigentlich gedacht, dass sie dieses Mal gut vorbereitet war, aber das war nicht der Fall. Sie machte die Jacke bis oben hin zu, wickelte den Schal fest und setzte ihre Mütze auf, aber das reichte längst nicht.

Theo stand da und sah aus wie ein Mann, der wünschte, er würde noch rauchen. Das traf tatsächlich zu, und er trug vermutlich immer noch stets ein Feuerzeug bei sich, um galant auszuhelfen. Ansonsten war keine Menschenseele zu sehen, und auch zu hören gab es nur das vereinzelte Zwitschern von Vögeln und das Rauschen des Windes in Bäumen.

Mirren atmete einmal tief ein. Die Luft war zwar kalt, aber klar und sauber, von wunderbarer Frische. Als Mirren sie ein zweites Mal in die Lungen sog, bemerkte sie, dass von ihren Schultern ein wenig Anspannung abfiel. Sie hatte kein Handy dabei, um Fotos zu machen oder jemandem Nachrichten zu schreiben oder irgendwo etwas zu posten – aber das störte sie plötzlich nicht mehr, als wäre sie hier an einem Ort, der aus der Zeit gefallen war. Dann kam ihr in den Sinn, dass gerade niemand von ihrem Verbleib wusste. Na ja, gut, ihrer Mutter hatte sie für den Notfall die Adresse gegeben, und sie hatte ihren Freundinnen erzählt, dass sie in die Highlands fahren würde. Bei der Arbeit wussten sie es natürlich auch. Wo sie sich jetzt, in genau diesem Moment, befand, wusste aber kein Mensch. Und was für eine seltsame Nacht sie hinter sich hatte! Unversehens wurde ihr klar, dass sie sich gerade zum ersten Mal seit Langem wieder lebendig fühlte.

Mirren ignorierte Theo, schaute die Straße entlang und machte sich nicht einmal Sorgen darüber, ob sie abgeholt werden würden oder nicht.

»Ich frage mich, ob wir wohl festsitzen«, sagte Theo, starrte auf sein Handy und schüttelte es, als würde dadurch der Empfang besser. »Was Uber angeht, hab ich hier so meine Zweifel.«

In genau dem Moment entfuhr Mirren allerdings ein Ausruf, und sie deutete in die Ferne. Auf der schmalen Straße, die durch das Tal und die sanften Hügel führte, bevor sie das Haus erreichte, bewegte sich ein Punkt in ihre Richtung.

# Kapitel 10

Der große, ein wenig misstrauische Typ, dem Mirren in London begegnet war, wirkte auf der heimischen Scholle viel entspannter. Als er in einem schmuddeligen Land Rover mit einem Dach aus Plane vorfuhr, sprang blitzschnell ein kleiner schwarz-weißer Schäferhund heraus.

»Oooh«, machte Mirren und lächelte. »Hallo, Süßer! Hey, Schätzchen!« Als er sie ignorierte, ging sie in die Hocke. »Na, komm doch mal her«, lockte sie.

»Der Hund ist bei der Arbeit«, kam von Mr McKinnon, und Mirren verstummte.

»Hi«, sagte er dann und räusperte sich. »Es hat also alles gut geklappt.«

Trotz des Dämpfers blieb Mirren unverzagt: »Die Zugfahrt war echt super.«

Mr McKinnon lächelte. »Kann ich mir vorstellen. Viele der alten Vorzüge sind uns nicht geblieben, aber …«

»Es ist so toll, einen ganzen Waggon für sich zu haben.«

»Na ja, die nutzen ja auch ziemlich viel von unserem Land, daher passt das schon … Und Sie müssen Theo Palliser sein.«

Theo reichte ihm die Hand. »Schön, Sie kennenzulernen.«

»Ich dachte, Sie beide kennen sich«, sagte Mirren.

Gemeinsam drehten die beiden sich zu ihr um, Mr McKinnon mit seinem helleren Haar, etwas älter und breiter gebaut, Theo größer, mit schwarzem Haar und blasser Haut.

Er wirkte nicht einmal verlegen. »Na ja, wir bewegen uns in den gleichen Kreisen.«

»Tatsächlich?«, fragte Mr McKinnon.

Voller Genugtuung nahm Mirren es zur Kenntnis. So einen großen Heimvorteil, wie von ihm angenommen, würde Theo hier vielleicht doch nicht haben.

»Okay«, sagte er jetzt und rieb sich die langen Finger. »Wollen wir? Es ist ja ziemlich frisch.«

Leider war es im Inneren des Land Rovers nicht viel wärmer als draußen.

Der Hund nahm hinten bei der Öffnung der Plane eine geduckte Haltung ein und schien die Umgebung bis zum Horizont auf mögliche Gefahren zu kontrollieren.

Sehnsüchtig schaute Mirren zu ihm hinüber. Er war so ein schönes Tier, und sie hätte ihn gern gestreichelt, ihn hinter den Ohren gekrault, aber das wäre wohl keine gute Idee. »Wie heißt der denn?«, fragte sie.

»Roger«, antwortete Mr McKinnon kurz angebunden.

»Schäferhund Roger? Im Ernst?«

»All unsere Schäferhunde heißen Roger«, erklärte Mr McKinnon. »Seit ungefähr 1840, denke ich.«

»Wie jetzt? Wenn einer stirbt, nennen Sie den nächsten einfach wieder Roger?«

»Genau«, sagte Mr McKinnon. »Das sind Arbeitstiere. Die muss man nur irgendwie identifizieren können.«

»O mein Gott!« Mirren war entsetzt. »Armer Roger.«

Als er seinen Namen hörte, drehte sich der Hund zu ihr um.

»Na ja, für den bedeutet Roger vermutlich einfach nur ›Hund‹«, überlegte sie.

»Das gilt doch für alle Hundenamen«, warf Theo nervig ein.

Mirren ignorierte ihn und schwor sich, den Hund zu streicheln, falls sich ihr eine Gelegenheit dazu bieten sollte. Sicher irgendwann später, da der Hund im Moment weiter gleichmütig die Berge überwachte.

Mirren schaute aus dem Fenster. Die enge Straße schlängelte sich durch Hügel, bis sie eine Stelle erreichten, an der ein riesiges rostiges Tor zwischen zwei Säulen offen stand.

Auf den verwitterten, mit Moos bedeckten Säulen ruhte jeweils eine leicht angeschlagene riesige, aus Stein gehauene Ananas.

Mirren musterte sie. »Was sollen die denn hier?«

»Na ja«, antwortete Mr McKinnon. »Das ist eine eher kolonialistische Symbolik, die heute nicht mehr als politisch korrekt gilt. Leider wiegen die Dinger eine Tonne, daher bleiben sie vorerst, außer, ich erbe zufällig noch einen Kran.«

Die Straße führte im Zickzack, gesäumt von Bäumen, immer weiter bergauf. Nachdem sie einen Wald aus kahlen Eichen durchquert hatten, erreichten sie einen Vorsprung. Die Straße hätte vom Tor aus auch direkt zum Haus führen können, daher war sie offenbar bewusst mit diesem Schlenker angelegt worden. Von hier aus konnte man durch eine Schneise zwischen den Bäumen genau in der Mitte nämlich das Gebäude sehen.

Als Mr McKinnon das Auto zum Stehen brachte, sprang Roger heraus und rannte zum Haus. Das lief offensichtlich immer so ab.

Mirren sagte lieber erst einmal nichts, damit man ihr nicht anmerkte, wie verblüfft und sprachlos sie von dem

Anblick war, der sich da bot. Lieber wollte sie ganz unbeeindruckt wirken. Als sie zu Theo hinüberschielte, trug auch der eine ganz lässige Miene zur Schau, aber das war ja sein üblicher Gesichtsausdruck.

Was sie da vor sich hatten … war allerdings schon der Hammer. Als Mr McKinnon von seinem »Haus« gesprochen hatte, hatte sich Mirren so etwas nun wirklich nicht vorgestellt. Na, kein Wunder, dachte sie plötzlich. Kein Wunder, dass er dieses Buch bei sich zu Hause nicht finden konnte. Das war nämlich gar kein Haus, sondern vielmehr ein Schloss. Eingerahmt von Hügeln und dem Meer dahinter erinnerte es Mirren an Cair Paravel in Narnia. Das grauweiße Gebäude war hier und da von kleinen Türmchen mit Zinnen gekrönt. Von diesem Punkt aus konnte man schlecht einschätzen, wie groß es wirklich war, aber es schien einfach kein Ende zu nehmen.

»Meine Fresse«, sagte Theo und stieß einen Pfiff aus.

Wieder schielte Mirren kurz zu ihm hinüber. So unbeeindruckt war er wohl doch nicht.

»Ja«, sagte McKinnon. »Hier ist eindeutig die beste Aussicht darauf.« Als er sie anschaute, wirkte er plötzlich ein bisschen verlegen. »Deshalb wollte ich es Ihnen gern von hier aus zeigen.«

Das Sonnenlicht glitzerte auf den Fenstern. Wie viele das Gebäude haben mochte? Es waren Dutzende und Aberdutzende. Mirren fragte sich, wer die wohl alle putzte. Der Hauptbereich bestand aus einem Viereck, an das sich aber weitere Gebäudeteile schmiegten, die zum Teil so aussahen, als wären sie später angebaut worden. Die Türmchen waren ringsum mit Butzenfenstern versehen, deren spiralförmige Anordnung vermutlich dem Verlauf von Wendeltreppen darin entsprach.

Das Schloss war über eine Brücke mit der Buckelpiste verbunden, an der zwei Wachhäuschen aus einfachem grauen Stein standen. Rund um das Haupthaus gab es etliche niedrigere Gebäude aus Stein: Scheunen, Ställe und kleine Wohnhäuschen. Es handelte sich eigentlich eher um ein kleines Dorf. Auf dem höchsten der Türme flatterte stolz das schottische Andreaskreuz, auf einem anderen eine lange Dreiecksflagge in Rot und Gelb, die der Wind in Richtung Meer zeigen ließ.

Wie gebannt betrachtete Mirren das Anwesen. Es war unfassbar romantisch, und sie ließ sehnsüchtig den Blick darüberwandern. Man musste sich nur mal vorstellen, dass man in einem Gebäude mit einer flatternden Fahne auf einem Turm wohnte, wie eine Prinzessin aus einem Märchen. Es war einfach zauberhaft.

»Das ist ja … wunderschön«, hauchte sie.

»Ja, von hier aus schon«, sagte Mr McKinnon kläglich. »Von jetzt an geht es nur noch bergab.«

»Wann haben Sie es geerbt?«, fragte Theo.

Mirren war überrascht über seinen mitleidigen Tonfall.

»Im Frühling«, antwortete Mr McKinnon.

»Und sind Sie der Älteste? Oder der älteste Sohn?«

»Sowohl als auch. Außerdem wollte es sonst niemand haben.«

»Das kann doch wohl nicht sein«, brach es aus Mirren heraus, und die beiden Männer schauten sie überrascht an.

»Und ob«, versicherte Mr McKinnon. »Keiner will es, und alle hoffen nur, dass ich es schnell verkaufe und sie ausbezahle. Selbst wollen sie aber nicht die Person sein, die es abstößt.«

»Aber warum sollte man das machen?«, fragte Mirren, die immer noch in ihrer romantischen Traumwelt gefangen war.

»Äh«, machte Mr McKinnon. »Na ja. Sie werden schon sehen.« Mit ein wenig bedrückter Miene ließ er wieder den Motor an, sie setzten sich erneut in Bewegung und zuckelten die holperige Straße entlang auf die Wachhäuschen zu.

Je näher sie kamen, desto heftiger starrte Mirren. Dieses Schloss – das man nun wirklich nicht als Haus bezeichnen konnte, wie Mr McKinnon es getan hatte – wurde immer größer, ragte riesig vor ihnen auf.

Nachdem sie aus dem Land Rover gestiegen waren, wurde allerdings auch offensichtlich, in was für einem Zustand sich das Gebäude befand. Die steinernen Wände waren beschädigt, in den Fugen fehlte Mörtel, und die Farbe blätterte von den Fensterrahmen. Die Brücke wirkte heruntergekommen und schien dem Einsturz nahe. Was aus der Ferne wie ein strahlend weißes Schloss ausgesehen hatte – ein leuchtendes Cair Paravel zwischen zwei Hügeln –, stellte sich aus der Nähe als eher schmuddelig heraus. Mitten auf dem Vorplatz befand sich ein Brunnen ohne Wasser, und an den Seiten standen Schrottfahrzeuge, um die herum Gras aus dem Kies spross.

Hier aus der Nähe beantwortete sich auch die Frage, die sich Mirren vorhin gestellt hatte: All die Fenster putzte offensichtlich niemand.

Mirren runzelte die Stirn. Jetzt meldete sich die Baukostenplanerin in ihr zu Wort, für die zweifellos klar war, dass dieses Gebäude in keinster Weise den baurechtlichen Vorschriften entsprach, da über die Außenwände sogar hier und da Risse verliefen. Von einer gesunden Bausubstanz konnte nun wirklich nicht die Rede sein.

Unter ihrer Hand bröckelte es, als Mirren die Mauer berührte. Allerdings wusste sie, dass solche alten Bauwerke meist solide waren. Von den neuen Gebäuden, mit denen sie von der Arbeit aus zu tun hatte, würden manche kaum einem Sturm trotzen können. Wenn dieses Schloss seit mehreren Hundert Jahren hier stand, dann würden sie wohl auch heute darin sicher sein. Dennoch wünschte sie, sie hätte einen Helm mitgebracht.

»Sind Sie hier eingezogen?«, fragte Theo.

Mr McKinnon nickte.

»Und wo haben Sie vorher gewohnt?«

»In Edinburgh. Da hatte ich eine Stelle im Botanischen Garten.«

»Sie sind Gärtner?«, fragte Mirren. Eigentlich fand sie das ganz cool, Mr McKinnon runzelte allerdings die Stirn, weil es wohl sarkastisch geklungen hatte.

Theo schnalzte missbilligend mit der Zunge. »Das war doch nur vorübergehend, bis sein Moment gekommen ist«, sagte er in einem Tonfall, als müsste das Mirren sonnenklar sein. Dann machte er eine Geste in Richtung der weitläufigen Ländereien. »Und hier können Sie Ihre Berufserfahrung sicher gut einbringen, oder?«

Mr McKinnon verzog nur das Gesicht und erwiderte darauf nichts.

»Sie leben jetzt also hier«, sagte Mirren, der es peinlich war, dass es womöglich so geklungen hatte, als blicke sie auf Gärtner herab.

»Na ja, äh …« Mr McKinnon wirkte verlegen. »Das wird doch von mir erwartet, schließlich bin ich der Erbe. In meiner Kindheit hab ich viel Zeit hier verbracht, und jetzt gehört alles mir.«

Er klang so gar nicht glücklich.

# Kapitel 11

Die Eingangstür knarrte so laut, als würde hier jemand Soundeffekte aus einem Horrorfilm abspielen, worüber Mirren nervös lachte.

Mr McKinnon schien es nicht einmal zu bemerken.

Ein leicht muffiger Geruch, den Mirren gar nicht schlimm fand, hing in der Luft, als sie den Eingangsbereich mit einem Fußboden aus großen Steinplatten betraten. An der rechten Wand sprang Mirren ein tiefer Riss ins Auge. Über ihnen befand sich ein Zwischengeschoss mit Geländer, das die gesamte Länge des Eingangsbereichs einnahm. Der war einfach immens, drei Stockwerke hoch.

Sie schaute nach oben und betrachtete den imposanten Kronleuchter, der voller Spinnweben war. Ganz sicher war sie nicht, weil sich die Decke so weit oben befand. Mirren hatte aber den Eindruck, als sei sie früher einmal blau gestrichen gewesen und als könnte man noch schwach die Umrisse von Sternen erkennen, die einst in sattem Gold geleuchtet hatten.

»Wow!«, sagte Mirren, mahnte sich dann aber, damit aufzuhören. Sie klappte den Mund wieder zu, schließlich war sie kein Fisch.

Jetzt ging eine kleine Seitentür auf, durch die eine strahlende junge Frau hereinkam. Sie war klein und rund, von natürlicher Schönheit, mit großem Busen, rosigen runden

Bäckchen und einer weichen Mähne von rostbraunem Haar. Mit riesigen braunen Augen blickte sie die Ankömmlinge amüsiert an.

»Mein Herr und Gebieter«, sagte sie und lachte, als sie Mirrens entsetzte Miene sah.

»Lass das, Bonnie!«, knurrte Mr McKinnon. »Das ist nicht witzig.«

»Ich weiß«, sagte die junge Frau, wobei allerdings weiter ein Lächeln ihre Lippen umspielte. »Ich wollte bloß mal ausprobieren, wie es sich anhört.«

»Bitte nicht«, murmelte Mr McKinnon. »Die Situation ist so schon seltsam genug.«

Bei diesen Worten wurde ihre Miene traurig. Sie ging zu ihm hinüber. »Ich weiß«, sagte sie sanft. »Das sollte bloß die Stimmung ein bisschen auflockern.«

Sie hatte ein schlichtes schwarzes Kleid an, und jetzt fiel Mirren auf, dass sie ein Trockentuch über der Schulter trug. Arbeitete sie etwa hier? Dann war sie aber eine sehr selbstbewusste Angestellte. Es handelte sich doch um eine Angestellte, oder? Ob es hier Personal gab? Vielleicht waren dem die schmutzigen Fenster gar nicht aufgefallen.

Mit einem etwas gezwungenen Lächeln wandte sich Bonnie jetzt an Mirren und Theo. »Willkommen. Sie sind also das Team der Superschnüffler?«

Charmant wie immer reichte Theo ihr die Hand. »Wie schön, Sie kennenzulernen«, sagte er lächelnd.

»Na ja, als Team würde ich uns eigentlich nicht bezeichnen«, wandte Mirren ein, was ein wenig seltsam und pampig klang, vor allem, weil Mr McKinnon im gleichen Moment »Ja, genau!« gesagt hatte.

Bonnie wirkte verwirrt. »Na ja, auf jeden Fall heiße ich Sie herzlich willkommen in Forres Castle.« Ihr Akzent war ein zauberhafter Singsang. »Haben Sie im Zug schon was gegessen?«

Beide nickten.

»Dann brauchen Sie wohl kein zweites Frühstück, außer, Sie haben einen besonders gesunden Appetit. Aber kommen Sie, wir bringen erst einmal Ihr Gepäck auf Ihre Zimmer, bevor ich uns einen Tee mache.« Sie folgten ihr durch die seitliche Tür und einen langen Flur entlang. Auf der linken Seite gingen davon etliche Türen ab, und an den Wänden waren zig helle Rechtecke zu sehen.

Neugierig betrachtete Mirren sie.

»Mussten Sie die verkaufen?«, fragte Theo mitfühlend, und Mr McKinnon nickte betrübt.

»Das war doch sowieso nur zigmal dein eigenes Gesicht, und zwar bis zurück vor vierhundert Jahren«, fügte Bonnie fröhlich hinzu. »Wir lassen einfach ein paar neue anfertigen, dafür brauchen wir dir bloß eine Perücke aufzusetzen. Ich glaube, wir haben noch welche in einer Schachtel auf dem Dachboden vom Ostflügel, falls die Mäuse sie nicht gefressen haben.«

»Dann gehen wir mal lieber davon aus, dass sie denen zum Opfer gefallen sind«, seufzte Mr McKinnon.

Ihr vertrauter Umgang miteinander warf bei Mirren die Frage auf, in welcher Beziehung sie wohl zueinander standen. Die junge Frau behandelte ihn beinahe wie einen Bruder. Aber sie schien hier doch zu arbeiten, oder? War sie vielleicht seine Freundin? Nein, dann würde sie wohl kaum mit dem Trockentuch hier herumlaufen. Mirren konnte es einfach nicht einordnen.

Mr McKinnon führte sie ein paar Stufen hinunter zu einer Wendeltreppe, über die sie in einem Turm drei Stockwerke in die Höhe zu stiegen schienen. Mittlerweile hatte Mirren völlig die Orientierung verloren. Oben kamen sie an einem langen Korridor heraus, dessen Wände mit einer seltsamen roten Stofftapete bedeckt waren und der sich bis ins Unendliche zu erstrecken schien.

Das ganze Gebäude roch muffig, wirkte kalt und ungeliebt, wie ein weitläufiges gruseliges Hotel.

»Wow«, entfuhr es Mirren wieder, aber weniger begeistert.

Hier war vor allem auffällig, dass der Gang von Bücherregalen gesäumt war, kilometerlangen Bücherregalen, so weit das Auge reichte.

Mirren und Theo, die beide Bücher liebten, ließen den Blick über die Stapel darin wandern. Sie lagen ohne jede Ordnung kreuz und quer herum. Es gab alle möglichen Arten von Büchern: alte Gerichtsunterlagen, Jagdhandbücher, Romane, Biografien, Haushaltsbücher … wild durcheinandergewürfelt.

»O Mann«, sagte Theo und schaute auf. »Hier fehlt ja jegliches System.«

»Jap«, sagte Bonnie unverzagt fröhlich.

»Ja, darüber sprechen wir noch«, fügte Mr McKinnon hastig hinzu.

Auf halber Höhe des Flurs befand sich zu ihrer Linken eine imposante Doppeltür, die wohl auf die vordere Seite des Gebäudes hinausgehen würde. Als Bonnie sie öffnete, machten Mirren und Theo einen Schritt nach vorn, nur um sogleich ehrfürchtig zu erstarren.

Sie befanden sich in einem Zwischengeschoss auf halber Höhe eines weiteren riesigen Raumes: einer Bibliothek.

Selbst an diesem eisgrauen Tag strömte durch die großen Doppelfenster Licht herein. Eine goldene Wendeltreppe führte vom Zwischengeschoss hinunter zu den endlosen Reihen von Regalen, zwischen denen hier und da elegante Schreibtische verteilt waren. Mirren konnte erkennen, dass es sich bei den Büchern um ältere gebundene Ausgaben handelte, die aber ebenfalls kunterbunt durcheinanderlagen.

Bei einem Blick in ein nahes Regal sah sie, dass es auch hier oben keinerlei Klassifizierung zu geben schien, da eine frühe Dickens-Ausgabe neben einem handgeschriebenen Kochbuch mit Rezepten aus Blairgown aus dem 19. Jahrhundert stand. Daran lehnte eine Sammlung von Rupert-Bär-Jahrbüchern aus den 1970er-Jahren.

Die hätte sich Mirren jetzt gern geschnappt und es sich damit irgendwo bequem gemacht, wenn es hier nicht so kalt gewesen wäre, dass ihr Atem als Wölkchen in der Luft zu sehen war.

»Die Bibliothek«, murmelte Theo kopfschüttelnd.

»Nein«, stellte Bonnie klar, »die Ostbibliothek.«

Als die beiden sie anstarrten, schenkte sie ihnen ihr warmes Lächeln. »Ja, Sie haben so einiges vor sich. Der alte Laird hatte ein ziemliches Faible für Bücher.«

Ja, das konnte man wohl sagen.

Sie verließen die Ostbibliothek und folgten dem Korridor, um am Ende ein paar weitere Treppen hinauf- und hinunterzugehen, die alle von Bücherregalen gesäumt waren oder auf denen sich einfach lauter Bücher stapelten. Nachdem sie den x-ten endlosen Flur entlanggelaufen waren, öffnete Bonnie zwei einander gegenüberliegende Türen.

»Wie sollen wir je wieder den Weg zurück finden?«, fragte Theo.

»Ach, das kriegen Sie schon hin«, lächelte Bonnie.

Mirren betrat den Raum zu ihrer Rechten. Natürlich standen auch hier Bücherregale, und den Stapel auf dem niedrigen antiken Tisch krönte zuoberst ein dicker Vogelführer von Ausabon. Mirrens Blick wanderte aber schnell zu etwas ganz anderem, was ihr ein Strahlen aufs Gesicht zauberte – ein wahrhaftiges, waschechtes Himmelbett.

»Das gibt's doch nicht!«, rief sie aus. »Und darin schlafe ich?« Dann fügte sie noch schnell hinzu: »Wirklich hübsch«, damit es bloß nicht so klang, als sei das für sie etwas Außergewöhnliches. Dabei wäre sie am liebsten losgerannt und hätte sich daraufgeworfen. Ein echtes Himmelbett! Das Bettzeug und die Vorhänge waren wie die Wände auf dem Gang aus dunkelrotem Stoff. Gut, das war alles ein bisschen staubig, aber damit würde sie schon klarkommen.

Wie aufgeregt Mirren war, schien Bonnie gar nicht bemerkt zu haben. »Ich würde die Vorhänge schließen«, empfahl sie. »Es wird hier ziemlich frisch.«

Mirren schaute sich um. Tatsächlich war es trotz geschlossener Fenster eiskalt. Sie nahm mal an, dass die vermutlich ohnehin zu verzogen waren, um sie zu öffnen (was absolut zutraf). »Und könnte ich vielleicht … die Heizung anstellen?«

Bonnie lächelte, und jetzt wurde Mirren klar, was an diesem Zimmer noch ungewöhnlich war: Es gab keinen Heizkörper.

»*Aye*, was auch immer Sie wollen«, antwortete Bonnie und deutete mit einer Kopfbewegung auf den Kamin, neben dem ein Stapel Holz lag. »Ich mache das Feuer schon für Sie an«, versprach sie, als sie Mirrens fassungslosen Gesichtsausdruck bemerkte, »und bereite es auch für die Nacht vor, da sollte es eher glühen als flackern.«

»Danke«, sagte Mirren.

»Soll ich Ihnen ein bisschen Zeit geben, um erst einmal richtig anzukommen?«

»Nein! Ich würde allein niemals den Weg zurück finden.«

»Ja, stimmt schon.«

Theos Zimmer auf der anderen Seite des Flurs war ganz ähnlich wie ihres, nur etwas kleiner und ohne Himmelbett. Man blickte von dort aus auf einen mit Unkraut übersäten Innenhof. Mirren kam sich ziemlich privilegiert vor, bis sie bemerkte, dass er ein richtiges Federbett hatte und nicht nur staubige alte Decken.

Es gab nur ein Badezimmer, und das auch noch weit weg am Ende des Flurs, sodass man vom Zimmer aus in der kalten Nacht wohl einen Sprint dorthin einlegen musste. Inzwischen bereute Mirren es, nicht heute Morgen im Zug gebadet zu haben. Hier hatte man an den Kran der Badewanne einen Schlauch mit einem Duschkopf montiert, der nicht so aussah, als würde man damit richtig duschen können. Zwei abgenutzte Handtücher hingen an einem Halter, und der rissige Fußboden mit schwarz-weißen Kacheln sah nicht sehr einladend aus. Als Mirrens Blick dem unvermeidlichen Bücherstapel folgte, der bis zu einem Koppelfenster hoch oben an der Wand ging, erkannte sie, dass man von hier aus nicht nur die Türme mit ihren flatternden Fahnen sah, sondern auch auf das stahlgraue Meer dahinter schaute.

Es war ein Anblick von unfassbarer wilder Schönheit. Beinahe sah Mirren die alten hölzernen Segelschiffe vor sich, auf denen Männer aus dem reichen Skandinavien zurückkehrten und Wolle, Seide und Tongefäße mitbrachten.

»Wie schön«, seufzte sie.

Bonnie nickte. »Na, kommen Sie, dann gehen wir zurück nach unten und trinken erst einmal ein Tässchen.«

Mirren orientierte sich immer noch nicht. Sie durchquerten eine Tür, die in eine getäfelte Holzwand eingelassen und daher nur schwer zu erkennen war, und liefen eine andere Treppe hinunter. Schließlich betraten sie etwas, was offensichtlich ein ganz anderer Bereich des Gebäudes war. Die Decken waren hier niedriger, die Fenster kleiner, und man blickte auf den Wald hinaus, durch den sie vorhin gekommen waren.

Mirren konnte nicht sagen, ob sie je zuvor so einen Ausblick gehabt hatte. Als Stadtmensch durch und durch bemerkte sie natürlich, dass hinter der Scheibe kein einziges Anzeichen von modernem Leben zu sehen war: nichts außer Feldern, Wäldern und Wegen, so weit das Auge reichte, kein Auto, kein Dach, keine Antenne oder Stromleitung.

Irgendwo da draußen mussten die Gleise verlaufen, von diesem Punkt waren sie aber nicht zu erkennen. Noch nie war Mirren so weit weg von … na ja, von einfach allem gewesen. Um ein Foto zu machen, tastete sie instinktiv nach ihrem Handy, bevor ihr wieder einfiel, dass sie es ja nicht mehr hatte. Das machte die Situation nur noch unwirklicher.

Hier schien es überall seltsame Treppen und Stufen zu geben. Bonnie öffnete eine große Tür und führte sie wieder einmal drei Stufen hinunter, an deren Fuß sich eine weitläufige Küche mit angrenzender Spülküche befand. Der Raum war riesig, genau wie der Tisch aus unbehandeltem Holz, der darin stand, und das an einen Trog erinnernde Spülbecken. Ein großer alter Agaherd strömte Wärme aus, und Mirren trat mit ausgestreckten Händen heran. Ihr war gar nicht klar gewesen, wie sehr ihr die Kälte in die Knochen gekrochen war.

»Sie holen sich noch Frostbeulen«, sagten Bonnie und Mr McKinnon wie aus einem Munde, bevor sie Blicke tauschten.

»Was soll das denn sein?«, fragte Mirren.

»Weiß ich auch nicht so genau«, antwortete Mr McKinnon. »Aber das hat Bonnies Großmutter früher immer gesagt.«

»Setzen Sie sich doch«, sagte Bonnie. Sie wandte sich an Mirren. »Ihrem Gesichtsausdruck zufolge hat Jamie Ihnen noch gar nichts erklärt, oder?«

Mr McKinnon hob beide Hände. »Die sind ja gerade erst angekommen.«

Mirren schüttelte den Kopf. »Nein, nicht viel … Nur etwas über …« Sie war nicht sicher, wie viel Bonnie wusste, und verstummte. Vielleicht war das etwas, worüber nicht gesprochen werden durfte.

Ein alter Kessel begann auf dem Herd zu pfeifen. Ohne sich nach ihren Wünschen zu erkundigen, füllte Bonnie die Teekanne. Dann machte sie eins von den etlichen Türchen des alten Herdes auf und zog einen Teller mit warmem Mürbeteiggebäck hervor, der mit Puderzucker bestäubt war.

Obwohl Mirren vorhin erst ein riesiges Frühstück verspeist hatte, war der Duft unwiderstehlich. Sie nahmen alle an einer Ecke des Tisches Platz, und Bonnie schob den Teller hinüber zu Mirren, der langsam wieder warm wurde.

»Na, dann mal los, mein Herr und Meister«, forderte Bonnie Jamie mit ihrem leicht spöttischen Tonfall auf. »Erzähl es ihnen.«

# Kapitel 12

Okay«, sagte Mr McKinnon, nachdem er zwei Stücke Gebäck verputzt hatte. »Dieses Haus ist – mit der ein oder anderen Unterbrechung – schon seit, äh, Jahrhunderten im Besitz meiner Familie. Also wirklich lange. Es gab da ein paar Kriege und … äh … andere Vorfälle …«

»Ist das ein Euphemismus für das Abschlachten von Bauern?«, fragte Mirren, wurde aber mit einem Blick zum Schweigen gebracht.

»Ich will nicht behaupten, dass das komplette Vermögen meiner Familie mit untadeligen Mitteln zusammengetragen wurde«, fuhr Mr McKinnon fort. »Zum einen, weil mit untadeligen Mitteln zusammengetragene Vermögen nicht existieren, zum anderen, weil wir das Geld auch nicht mehr haben. Na ja, vor ein paar Generationen war jedenfalls der Krieg ein schwerer Schlag, und danach wurden das ganze Personal und die Instandhaltung einfach unbezahlbar.«

Bonnie nickte. »Früher haben hier mal fünfzig Leute gewohnt und gearbeitet«, erklärte sie. »Aber …« Sie hob die Hände.

Vermutlich war sie die Letzte, die vom Personal noch übrig war, dachte Mirren.

»Es kommt ein bisschen was durch die Besichtigungen rein«, sagte Mr McKinnon. »Die meisten Besucher klagen allerdings nur über die Temperaturen im Haus und seinen üblen Zustand und die ganzen Bücher überall, und empfinden die zehn Pfund als reinsten Wucher. Unsere Tripadvisor-Bewertungen sind fürchterlich, und wir sind auch bei der letzten Inspektion für Gesundheitsschutz und Sicherheit durchgefallen.«

»Das wundert mich nicht«, murmelte Mirren.

»Die Tripadvisor-Leute haben uns doch auf dem Kieker«, fügte Bonnie finster hinzu.

»Ach, na ja«, wandte Mr McKinnon ein. »Ich glaube kaum, dass wir achthundert Menschen böse Absichten unterstellen können, nur weil sie uns eine mittelmäßige Bewertung gegeben haben.«

»O doch!«, beharrte Bonnie unerschütterlich.

»Na ja, jedenfalls war die Stimmung nach dem Krieg übel – wir hatten vier Männer hier vom Anwesen verloren, einen Butler und drei Hilfsgärtner.«

»Die Goodwin-Jungen«, fügte Bonnie hinzu.

»Allerdings war das nichts im Vergleich zum ersten Krieg, in dem über ein Dutzend gefallen sind. Drüben beim Friedhof steht für alle ein Denkmal.«

»Sie haben einen eigenen Friedhof?«, sagte Theo.

Mr McKinnon zuckte auf eine Weise mit den Achseln, die wohl zum Ausdruck bringen sollte: Ja, wir haben einen Friedhof, aber das ist doch nichts Besonderes, und eigentlich ist es mir eher peinlich.

»Na ja«, sagte er schließlich, »meinen Urgroßvater hat der Krieg jedenfalls tief getroffen. Und das Anwesen war auch beschlagnahmt worden, um hier Soldaten auszubilden. Mein Urgroßvater war in der Air Force, aber nach einer Verletzung am Bein haben sie ihn nach Hause geschickt, und dann hat er hier festgesessen. Er hat versucht, herauszufinden, was mit all unseren Männern passiert ist, und die Sache hat ihm furchtbar zugesetzt. Am Ende hatte er … Na ja, heute würde man es wohl einen Nervenzusammenbruch nennen. Die Armee hat das Anwesen an die Familie zurückgegeben, aber es war in einem üblen Zustand, und das Personal ist nicht zurückgekehrt. Diejenigen, die den Krieg überlebt hatten, haben sich bessere Arbeitsstellen gewünscht, sind zur Uni gegangen oder haben etwas anderes gemacht. Und manche sind auf dem Schlachtfeld geblieben.« Er nahm einen langen Schluck Tee, und Bonnie füllte noch einmal den Kessel mit Wasser.

»Er … er ist gestorben.« Mehr wollte Mr McKinnon dazu offensichtlich nicht sagen. »Und mein Großvater hat alles geerbt. Damals war er noch sehr jung und ist meiner Meinung nach einfach nicht klargekommen. In meiner Kindheit war er schon alt, und ich muss sagen, dass alles nur immer schlimmer geworden ist. Er begann sich fürs Büchersammeln zu interessieren. In meiner Familie waren immer schon alle begeisterte Leser. Ich glaube, er hat angefangen, nach und nach Gegenstände hier vom Anwesen zu verkaufen. Alles instand zu halten, konnte er sich nicht leisten, und die Steuerlast wurde auch immer größer. Er hat hier und da ein Gemälde oder etwas Geschirr veräußert, aber dann hat er von dem Geld Bücher gekauft. Jede Menge Bücher. Am Anfang waren es noch bekannte Bücher oder wertvolle Ausgaben, am Ende hat es aber immer mehr an eine Sucht erinnert …«

»Dann war er wohl ein Messie«, überlegte Mirren laut. »Mit der Besonderheit, dass Platz für ihn eben kein Problem war.«

»Ja, so könnte man es ausdrücken. Früher war es noch nicht so schlimm, oder?«, sagte Mr McKinnon zu Bonnie, die ihn mit sanfter Miene ansah. »Als wir klein waren.«

»Ach, ich weiß nicht«, entgegnete sie. »Meine Mutter hat

sich auch damals darüber beschwert. Wir haben es wohl einfach nicht wahrgenommen.«

»Vielleicht hat es uns sogar gefallen«, murmelte Mr McKinnon.

»Ja, das hat es wohl«, sagte Bonnie.

»Mann, was haben wir damals für Buden gebaut!«, sagte Mr McKinnon. »Bei Esme waren das immer welche nur für Mädchen, in die ich nicht reindurfte.«

»Ich aber auch nicht«, schnaubte Bonnie.

Mirren unterbrach nicht und ließ die beiden in ihren Erinnerungen schwelgen. Das Ganze erinnerte sie an *Das Haus am Eaton Place*. Sie fragte sich allerdings immer noch, ob hinter der Beziehung der beiden mehr steckte.

»Na ja, wie auch immer«, sagte Mr McKinnon. »Mein Großvater hat meine Großmutter geheiratet, die ja, äh …« Wieder tauschte er Blicke mit Bonnie. »Also, und dann haben sie kurz vor dem Ende ihrer Ehe ein Kind bekommen … meine Mutter …«

»Wie auch immer es dazu gekommen ist«, sagte Bonnie.

Mr McKinnon zog zwar eine Grimasse, Bonnie wirkte jedoch nicht so, als wäre sie gerade zu weit gegangen. Dabei war es aus Mirrens Sicht nun nicht die feine Art, über Großmütter anderer Leute herzuziehen. Aber vielleicht dachte so ja nur das einfache Volk.

»… die hat dann meinen Vater geheiratet und sich wieder von ihm scheiden lassen, und jetzt lebt er mit seiner dritten Frau in Dubai, und sie lebt mit ihrem zweiten Mann, Klempner Jim, in Perth. Das in Australien, nicht das hier um die Ecke. Inzwischen laufen mehrere Halbgeschwister von mir in der Weltgeschichte herum, die ich nicht kenne, dann gibt es noch mich und Esme, und na ja, mein Großvater ist im Frühling gestorben.«

»Ein schönes Durcheinander«, murmelte Bonnie.

Mirren runzelte die Stirn. »Und warum hat Ihre Mutter nicht geerbt?«

»Weil unser albernes Erstgeborenenrecht immer noch Männern den Vorrang gibt«, sagte Mr McKinnon. »Im Parlament wollen sie das schon lange ändern, aber dann kommt immer was dazwischen, was mehr als nur vier Familien im Jahr betrifft. Auf der Liste der Prioritäten steht es eben nicht sehr weit oben.« Er zuckte mit den Achseln. »Meine Mutter will das alles sowieso nicht. Sie hat ausgegeben, was sie konnte, und hat sich dann vom Acker gemacht. Und sie ist genauso ein Messie wie mein Großvater.«

»Man kann ihr ja kaum Vorwürfe machen«, wandte Bonnie unverzagt ein.

»Nein«, sagte Mr McKinnon. »Aber jedenfalls hab ich das Problem jetzt an der Backe.«

Theo schaute sich um. »Okay«, sagte er und nickte. »Ich denke, die Situation ist klar. Mit so etwas habe ich es oft zu tun.«

Es nervte Mirren, dass er offensichtlich das Kommando an sich reißen wollte. Aber es stimmte ja, er hatte bei solchen Dingen mehr Erfahrung als sie.

Mit konzentrierter Miene auf seinem schönen Gesicht hob er die Hand und zählte die Möglichkeiten an seinen langen Fingern ab. »Wäre der National Trust vielleicht interessiert?«

»Die Heritage Foundation? Nein, das haben wir schon probiert. In Schottland gibt es etwa zweitausend Schlösser. Das ist ungefähr so, als wollte man einem Zoo eine Kuh schenken. Der hintere Bereich hat ihnen gut gefallen – die steinernen Türme und die Kapelle sind uralt. Aber davor steht ja leider das Sahnetortenzeug mit Erkern.«

»Das finde ich gerade toll.«

»Nicht nur Sie, aber das ist wohl ordinär und steht im Weg. Die sind da sehr anspruchsvoll.«

»Okay. Hotelketten?«, fuhr Theo fort.

»Aus irgendwelchen Gründen, die was mit Falken und Fledermäusen zu tun haben, kann man hier zwar Gebäude bauen – Häuser oder ein Hotel –, aber es darf keine Straße angelegt werden.«

Theo runzelte die Stirn. »Hierher führt also nur diese Buckelpiste? Gott, Sie sitzen ernsthaft in der Tinte.«

»Hmhm«, bestätigte Mr McKinnon, auf dessen Schultern die Last der Welt zu ruhen schien.

Mirren bemerkte, dass Bonnie ihm sanft den Arm tätschelte.

»Aber Sie haben doch den Bahnhof!«, wandte Mirren ein. »Und Ihr Waggon ist total super …« Sie verstummte, als alle sie anschauten. »Ich meine … So pleite können Sie wohl nicht sein, wenn Sie einen eigenen Waggon haben.«

»Der gehört uns ja nicht«, erklärte Jamie. »Dessen Nutzung ist ein Sonderrecht, eine skurrile Vertragsklausel. Und einen richtigen Bahnhof können wir hier auch nicht bauen. Mal abgesehen davon, dass er dann nicht durch eine Straße mit dem Haus verbunden werden könnte.«

»Wegen der Fledermäuse«, zählte Theo an einem weiteren Finger ab.

»Du hattest einen Finger für *Fledermäuse* vorgesehen?«, fragte Mirren.

»Du weißt offensichtlich nicht viel über alte schottische Schlösser«, sagte Theo.

»Ach, du aber schon?«

Einen Moment herrschte Schweigen in der Küche, während Mr McKinnon und Bonnie sich anschauten.

»Entschuldigung, aber sind Sie beide … verheiratet?«, fragte Bonnie.

»Nein!«, rief Mirren ein wenig zu hastig, woraufhin alle sie anguckten, was nur noch peinlicher war.

Allerdings wirkte Theo völlig ungerührt. Unverzüglich hielt er einen weiteren Finger hoch. »Und Falken, ja?«

Mirren spürte, wie ihre Wangen zu brennen anfingen.

Mr McKinnon schaute traurig durchs Fenster nach draußen. »Hier steht schon seit fünfhundert Jahren etwas, was als Forres Castle bekannt ist. Aber die einzelnen Bereiche wurden alle zu unterschiedlichen Zeiten gebaut. Die Kapelle stammt aus dem 14. Jahrhundert, stellen Sie sich das mal vor! Wofür die Menschen wohl damals gebetet haben?«

»Vielleicht für Zentralheizung?«, fragte Mirren.

Mr McKinnon rieb sich den Kopf. »Ich kann … ich kann einfach den Gedanken nicht ertragen, es aufzugeben, das alles zu verlieren. Aber der ganze Papierkram … und dann das Testament.« Mit einem Mal sah er viel älter aus. »Eigentlich hatte ich damit gerechnet … dass noch irgendetwas übrig ist. Aber da ist nichts mehr, einfach gar nichts, bloß Schulden und böse Erinnerungen.«

Bonnie blinzelte. »Sag doch so was nicht.«

»Du weißt doch selbst, dass uns nichts geblieben ist«, seufzte er. »Nicht genug, um weiterzumachen. Nichts, um dich zu bezahlen.« Er nickte Bonnie zu, die nur die Augen verdrehte, als wäre das die geringste ihrer Sorgen.

»Ach, jetzt kommen Sie schon«, sagte Theo und stand auf. »Sicher würde irgendein Multimillionär Ihnen das gern abnehmen. Es ist schließlich atemberaubend.« Er trat vor und zog, mit gewissen Schwierigkeiten, die Küchentür auf. Licht fiel über die Stufen herein. An deren oberem Ende begann ein ordentlicher Küchengarten, der offensichtlich immer noch genutzt wurde. Er war von einer Hecke eingefasst, und im hinteren Bereich konnte man durch einen Durchgang die Ländereien dahinter sehen.

»Das sollte man eigentlich meinen«, bestätigte Mr McKinnon. »Aber selbst für die ist es eine Nummer zu groß. Und viele von ihnen würden am liebsten alles abreißen und etwas komplett Neues bauen. Aber das ist auch nicht erlaubt. Und unsere Nachbarn möchten gern die Haltestelle kaufen, damit sie den Zug nutzen können. Aber das ist alles, was sie wollen: ein kleines Stück Land, das das Anwesen auseinanderreißen würde und durch das wir unsere Privilegien verlieren würden, sonst nichts.«

»Moment mal – Sie können es nicht verkaufen, Sie können es nicht abreißen lassen, aber es kann auch für sonst nichts genutzt werden …«, fasste Mirren zusammen. »Die Regierung hilft Ihnen nicht gerade weiter, was?«

»Das kann man wohl sagen«, meinte Mr McKinnon.

»Ein absoluter Klotz am Bein«, sagte Theo. »Das sollte eigentlich Ihr Symbol am Tor sein und nicht eine Ananas.«

Zum ersten Mal an diesem Morgen lächelte Mr McKinnon. »Hm«, machte er.

»Okay, ihr könnt gern hier sitzen bleiben und weiterjammern«, sagte jetzt Bonnie. »Aber ich hab zu tun.« Sie verschwand in den Tiefen des Hauses.

Mr McKinnon schaute ihr hinterher und erklärte dann: »Eins haben wir allerdings in den Papieren meines Großvaters gefunden, einen einzigen interessanten Hinweis.«

Mirren hätte gern einen Witz gemacht, um die angespannte Atmosphäre etwas aufzulockern, und sah zu Theo hinüber. Der konzentrierte sich aber völlig auf ihren Gastgeber.

Mr McKinnon schob die Hand in die Innentasche des alten Tweedjacketts, das er über seinem Pullover trug, und zog ein langes Kuvert aus Pergamentpapier hervor.

# Kapitel 13

»Also, mein Großvater …«

»Wie hieß der eigentlich?«, fragte Mirren.

Theo und Mr McKinnon starrten sie an.

»Äh, natürlich auch James«, sagte Theo.

»Hör auf damit!«, knurrte Mirren. »Guck mich nicht jedes Mal so an, wenn ich irgendetwas über die seltsamen Gepflogenheiten von hochherrschaftlichen Häusern nicht weiß. Ich will nun wirklich nicht in der Wer-gehört-dazu-Olympiade antreten, daher brauchst du mir auch nicht mit ›natürlich‹ zu kommen.« Sie zeigte ihm den Mittelfinger.

Mr McKinnon lachte. »Sie haben völlig recht.«

»Okay, kapiert«, sagte Theo, wenn auch mürrisch.

»Und wie war er so?«, fragte Mirren. »Also, Ihr Großvater?«

»In der Todesanzeige stand ›kein einfacher Mensch‹«, sagte Mr McKinnon lächelnd. »Schrullig, von Büchern und Puzzles und Kreuzworträtseln besessen … Ich denke, er hatte durchaus ein gutes Herz. Aber er hat sich von der Welt zurückgezogen, und ich glaube nicht, dass er irgendjemanden wirklich an sich herangelassen hat. Aber niemand lernt doch seine Großeltern je vollständig als Menschen kennen … das sage ich mir zumindest selbst.«

»Ist er hier gestorben?«

Traurig nickte Mr McKinnon. »Eines Nachts ist er einfach aus dem Haus gewandert und da draußen an Unterkühlung gestorben. Bonnie …« Er verstummte. »Na ja.«

»O Gott«, murmelte Mirren, »wie tragisch!«

»Er war alt und krank«, stellte Mr McKinnon klar. »Vielleicht … tja, wir werden es nie wissen.«

Theo blinzelte. »Unfassbar!« Er schaute sich um. »Er hat also nach dem Scheitern seiner Ehe nie wieder jemanden kennengelernt? Nicht mal irgendeine reiche amerikanische Erbin?«

Mr McKinnon schüttelte den Kopf. »Nein.«

»War er schwul?«

»Sie reden hier von meinem Großvater!«

»Ja«, schnaubte Theo. »Es hatte ja auch noch nie jemand einen schwulen Großvater.«

»Theo!«, empörte sich Mirren.

»Was denn? Das ist doch keine Beleidigung.«

»Nein, aber schon sehr persönlich.«

Plötzlich wirkte Mr McKinnon verdrossen. »Äh«, sagte er. »Er war wohl bloß … Ich weiß auch nicht. Aber nein, das glaube ich nicht. Wahrscheinlich war er einfach nur ein bisschen seltsam, und deshalb …« Er stand auf und machte die Tür eines alten Küchenschranks auf. Der war randvoll mit Büchern über Wünschelrutengänger.

»Du meine Güte!«, stöhnte Theo. »Trotzdem glaube ich nicht, dass sich eine fest entschlossene Erbin von so etwas hätte abschrecken lassen.«

»Jetzt hör schon auf damit!«, sagte Mirren. »Also, was befindet sich in dem Umschlag?«

Mr McKinnon setzte sich wieder und tippte mit dem Finger nachdenklich auf das Kuvert. Dann wischte er sich mit einem Küchentuch, das über der Stuhllehne hing, die Hände ab und zog ein Blatt dickes Paper heraus. »Das hat er uns hinterlassen.«

Jenseits des Fensters flog eine Möwe am strahlend blauen Himmel über die Felder.

Mirren und Theo standen auf und stellten sich hinter Mr McKinnon, um über seine Schulter den Text zu lesen.

*An meinen Erben*
*Am End der Wege, die uns das Leben beschert*
*Liegt ungelesen ein Buch von großem Wert*
*Unterm Stern*
*Der beleuchtet weder Land noch Meer*
*Greif nach der Feder, mach dich auf den Weg*
*Bevor du bei den Beeren eine Paus einlegst*
*Dort wartet es, einst mein*
*Nun dein*
*Am Ende von Zeit und Gezeiten*
*Mein Freund, wenn du es kannst begreifen*
*Im Licht der letzten Sonne wirst du sehen*
*Wie Füße auf verschlungenen Pfaden gehen*
*Wenn jedes Lied verklungen in der Brise*
*Denn nie verdarben Liebende noch so wie diese*
*Dann strebe nach der Kron aus Gold*
*Am Ende ist das Glück dir sicher hold*
*Mein lieber James, wenn ein Blatt aus Pergament*
*Als Schlussstrich dir die Antwort nennt*

Sie starrten auf den Text.

»Das war's?«, fragte Mirren. »Das ist alles, was Sie haben?«

»Ein wertvolles Buch«, wiederholte Theo, ließ sich die

Sache durch den Kopf gehen und nickte ernst. »Inmitten all der anderen.«

Als Mr McKinnon ebenfalls nickte, schaute sich Theo ein wenig skeptisch um.

»Himmel«, murmelte Mirren. »Sind Sie denn absolut sicher, dass das nicht nur … was weiß ich, dichterische Ergüsse sind oder so?«

»Nein, nein«, stellte Mr McKinnon klar. »Er hat zu Lebzeiten gelegentlich erwähnt, dass sich hier im Haus ein unglaublich wertvolles Buch befindet. Als ich elf war, hab ich ihn danach mal gefragt. Er hat geantwortet, dass er nicht mehr verraten kann, weil meine Mutter es sonst verkaufen und das ganze Geld für Kleider ausgeben würde.«

»Harte Worte«, befand Mirren.

»Ach, nein. Meine Mutter hätte es tatsächlich verkauft und alles für Kleider ausgegeben.«

»Was sagt denn das Internet dazu?«, erkundigte sich Theo und zog sein Handy hervor.

»Leider rein gar nichts«, musste Mr McKinnon zugeben. »Man findet Sachen zu ein paar alten Gemälden, die uns mal gehört haben, aber das war's. Vor dem Krieg hat das ganze Personal sorgfältig über alles Buch geführt. Es wurde notiert, wie viele silberne Löffel wir haben, wie viele Flaschen Burgunder im Keller lagern und so weiter. Alle Kaufbelege wurden dem Haushaltsbuch hinzugefügt. Aber als das Personal weg war, wurde einfach improvisiert, und ich glaube nicht, dass meine Familie noch irgendetwas aufbewahrt hat. Mein Großvater hat damals am Mittag ein Gemälde verscherbelt und den Erlös aus dem Verkauf am Nachmittag schon wieder ausgegeben.« Das brachte er ohne Bitterkeit vor.

»Ich dachte, die Aufgabe besteht darin, Anwesen wie diese

für die nächste Generation zu bewahren«, wandte Mirren sanft ein, die nur ungern schlecht über einen Toten sprechen wollte.

»Ich weiß«, sagte Mr McKinnon. »Meiner Meinung nach hat er wohl darauf gehofft, dass ich die Sache wieder hinbiege.« Er reckte die Hände in die Luft. »Dabei weiß ich nicht einmal, wo ich anfangen soll.«

In diesem Moment kam hinter einer Wolke ein breiter Sonnenstrahl hervor, durch den die Welt dunkel und hell zugleich war.

Mirren hielt es nicht auf ihrem Stuhl. Sie stand auf, zog sich die Jacke an und ging zur Küchentür hinüber. »Darf ich?«, fragte sie und zeigte nach draußen.

Mr McKinnon zuckte mit den Achseln. »Ja, warum nicht?«

# Kapitel 14

Theo war mit seinem Handy beschäftigt, weil er Nachforschungen darüber anstellen wollte, welches wertvolle Buch seinen Weg hinauf in den Nordosten von Schottland gefunden haben könnte. Allerdings verzog er schnell das Gesicht, als er feststellte, dass er keinen Empfang hatte.

Es wäre Mirren ja lieber gewesen, wenn das nicht der Fall gewesen wäre, aber sie fand es sehr attraktiv, dass er so souverän die Führung übernehmen wollte.

Mirren machte die Tür auf, und Mr McKinnon folgte ihr nach draußen in den erstaunlich ordentlichen Küchengarten mit der gepflegten Hecke. In langen Reihen wuchsen hier Möhren und Kohl, die mit Netzen geschützt waren, und es gab ein kleines Gewächshaus, in dem sich im Sommer vermutlich Tomatenpflanzen drängten. Jetzt standen darin große Töpfe mit Kräutern wie Rosmarin und Minze. Der Kies war sorgsam geharkt, und man konnte sich beim Anblick dieses Gartens beinahe vorstellen, wie es hier einst zugegangen war, als es noch Gärtner und Diener gegeben hatte, als Köche herausgeeilt waren, um für den Abend Zutaten für ein Bankett bei einem Ball oder einer Feier zusammenzusuchen. Damals waren sicher Kutschen knirschend die lange Einfahrt entlanggerattert, denen Schalen mit offenem Feuer den Weg erhellt hatten.

Mirren durchquerte den Garten und durchschritt den

Durchgang, wie gebannt von der Welt, die dahinter zu sehen war. Es kam ihr vor, als würde sie hier durch das Gartentor von *Alice* treten. Vor sich hatte sie allerdings keine Rasenfläche zum Krocketspielen, sondern lang gezogene, verwilderte Felder mit nicht abgeernteter Gerste.

Mr McKinnon sah sie die betrachten. »Früher hatten wir mal Pachtbauern, aber …« Er zuckte mit den Achseln. »Die brauchen Schulen und Geschäfte, und ihre Kinder ziehen am Ende sowieso weg …«

Mirren nickte und betrat einen kleinen Pfad. »Verstehe.«

Man konnte den Wind in den Bäumen rauschen und hier und da Wintervögel geschäftig zwitschern hören, sonst aber rein gar nichts.

Für Mirren, die in London geboren und aufgewachsen war, war das Fehlen von Lärm einfach unglaublich. Keine Sirenen, kein Hupen, keine rückwärts raussetzenden Lkw oder quietschenden Reifen von jungen Typen, die sich Rennen lieferten, kein Rattern von unterirdischen Zügen. Hier hatte sie eine Welt vor sich, an der die Zeit spurlos vorbeigegangen war.

Als sie losmarschierte, hatte Mirren zunächst Bedenken, dass ihre Schuhe im Matsch versinken würden, der war allerdings hart wie Stein. Auch eine Pfütze war zugefroren, wie sie feststellte, als sie mit der Fußspitze darauftrat.

»Es wird ganz schön kalt«, sagte Mr McKinnon, schaute besorgt zum Himmel hoch und schnüffelte.

»Was wollen Sie denn da erschnüffeln?«, fragte Mirren.

»Schnee. Obwohl es dafür noch ein bisschen früh ist. Normalerweise müssen wir uns eher im Februar einen Weg ins Freie schaufeln.«

»Wie riecht denn Schnee?«, erkundigte sich Mirren und schnupperte versuchsweise.

»Hm, das kann ich schlecht sagen. Wie saubere Bettwäsche vielleicht.«

»Okay.«

Sie lief den kleinen Erdwall am Ende des Feldes hoch. Und klar, das hatte sie ja gewusst: Dahinter befand sich das Meer, das durch die Flut gerade hoch stand und gegen die Felsen donnerte, auf denen das Schloss stand.

»*Wow!*«, rief Mirren aus und rückte näher an die Kante heran, während sie versuchte, mit Blicken alles zu erfassen. Die Sonne verschwand immer wieder hinter Wolken, bis ihre Strahlen plötzlich auf die unheilvolle graue Felswand fielen und sie auf ganzer Höhe erhellten.

Vom Haupteingang aus hatte das Schloss elegant ausgesehen, groß und streng, ein Herrensitz, der beeindrucken und ein Sinnbild für das Vermögen der Besitzer hatte sein sollen. Es war dazu gedacht gewesen, im Laufe der Jahrhunderte mit teuren und edlen Dingen gefüllt zu werden, mit fantastischen Gemälden, die inzwischen aber verkauft waren, mit wertvollen Büchern, die verloren gegangen waren.

Von hinten sah die Sache allerdings ganz anders aus.

Mirren stand hier an einer gewaltigen feuchten Felswand, die unter ihr aus dem strudelnden Wasser ragte. Der älteste Teil des Schlosses, der aus riesigen, inzwischen vermoosten Steinen erbaut war, begann an dieser Stelle, als würde er dem Felsen selbst entspringen, schien hier nicht gebaut worden, sondern eher dem Gestein entwachsen zu sein. Es war offensichtlich, dass hier keine Gäste mit Kutschen für einen Ball erwartet worden waren. Dieser Bereich war vielmehr eine Festung.

Mirren ging näher an den Rand heran – an dem zwar ein Geländer stand, aber ein altes und wackeliges.

»Vorsicht!«, mahnte Mr McKinnon.

Sie blickte darüber. Eigentlich hatte Mirren keine Höhenangst. Als sie tief unter sich das Meer gegen die Felsen krachen sah, wurde ihr aber doch bang. Sie war so klug, lieber einen Schritt zurückzutreten, worüber ihr Auftraggeber offensichtlich erleichtert war.

»Ich weiß nicht, in was für einem Zustand die Felskante ist«, sagte er. »Auch deshalb können wir nicht einfach das Anwesen für die Öffentlichkeit zugänglich machen. Weil, na ja, alle dabei draufgehen könnten.«

»Äh, ja«, sagte Mirren. »Aber dieses Kliff ist der Wahnsinn!«

Mr McKinnon lächelte verhalten. »Angeblich wurden Stücke davon gelöst, um damit Wikinger zum Teufel zu jagen, die aus dem Osten kamen. So alt sind diese Felsen.«

»Sicher mit durchschlagender Wirkung.«

»Ja, schon möglich«, sagte er, überlegte aber einen Moment. »Die Geschichte wäre allerdings glaubhafter, wenn nicht vierzig Prozent der Leute im Ort mit Nachnamen Anderson heißen würden und über zwei Meter groß wären.«

In sicherer Entfernung von der Kante liefen sie weiter am Rand entlang. Obwohl gelegentlich die Sonne durch die Wolken brach, war es selbst seit ihrem Eintreffen vorhin deutlich kälter geworden. Mirren versank tiefer in ihrer Matrosenjacke, die für den milden, feuchten Londoner Winter wunderbar war. Inzwischen war sie gar nicht mehr sicher, ob die hier ausreichend sein würde.

Als sie eine Stelle erreichten, an dem Ginster den Pfad überwucherte, blieben sie stehen und drehten sich um.

Von hier aus war das Schloss in seiner Gesamtheit zu sehen, die Türmchen, die flatternden Fahnen, die Außengebäude und die kleine Kapelle.

»Es ist einfach unglaublich«, murmelte Mirren verträumt.

Mr McKinnon schaute sie an. »Ich weiß«, sagte er, ließ seinen schweren Stiefel auf eine zugefrorene Pfütze krachen und sah dabei zu, wie das Eis zu diamantförmigen Stücken zersprang. »Und ich … kann den Gedanken einfach nicht ertragen. Nach Hunderten von Jahren will nicht ich derjenige sein, durch den alles vorbei ist.«

»Könnten nicht *Sie* eine reiche amerikanische Erbin heiraten?«

Wieder sah er sie an. »Wie ich sehe, fahren Ihr Kollege und Sie die gleiche Linie.«

»Er ist nicht mein Kollege«, sagte Mirren hastig, und er zog die Augenbrauen hoch.

»Tja, was glauben Sie denn, warum ich in St Andrews studiert habe?«, sagte er, ohne auf ihre Antwort einzugehen. »Aber ich fürchte, selbst für die war Forres eine zu üble Bruchbude.« Er lächelte.

Wieder kämpfte sich ein Sonnenstrahl zwischen den Wolken hervor. Dieses Mal fiel er auf die Fenster des Schlosses und ließ sie in intensivem Wintergold erglühen.

Mirren hörte die Wellen krachen. »Was passiert jetzt damit?«

»Ich weiß es nicht«, musste er zugeben. »Uns bleibt bis Januar Zeit, um die Erbschaftssteuern zu zahlen – und dann …« Er zuckte mit den Achseln.

»Und was dann?«

»Dann wird die Regionalverwaltung jede Menge Zeit mit der Entscheidung darüber vertrödeln, was damit zu tun ist. Sie werden es zum Verkauf anbieten, aber wegen der Probleme mit der Straße wird niemand es kaufen oder in ein laufendes Unternehmen verwandeln. Außerdem ist es finanziell belastet, was auch nicht hilft …«

»Wenn Sie das Buch und damit Geld hätten«, sagte Mirren. »Was würden Sie dann damit machen? Gehen wir mal davon aus, dass es sich um viel Geld handelt …«

Mit dem Meer im Rücken stand Mr McKinnon da und starrte zum Schloss hinüber. »Ich würde gern nach all der Zeit endlich die Gärten wieder eröffnen«, sagte er schließlich. »Sie so herrichten wie früher, mit den Originalpflanzen, die einst hergebracht wurden.«

»Wie Ananas zum Beispiel?«

»Vielleicht. Das wäre etwas, woran ich Freude hätte. Alles andere, dieses Haus, Geld und Materielles … Das hat alles nicht die Bedeutung, die viele ihm zuschreiben. Aber wenn wir es schaffen könnten, dass uns Kinder hier besuchen wollen … wir vielleicht im kleinen Rahmen wieder Landwirtschaft betreiben könnten …«

Mirren nickte. Als sie seine feierliche Miene sah, neckte sie: »Das klingt, als wollten Sie hier eine Sekte gründen.«

Er musste gegen seinen Willen lachen und sah jetzt nicht mehr ganz so besorgt aus. »Ha! O Gott, tatsächlich sind die Einzigen, die Interesse zeigen, immer Befürworter alternativer Lebensstile.«

»Und Sie brauchen uns, um Sie vor denen zu retten«, grinste Mirren.

»Genau.«

»Na, dann spucken wir wohl mal besser in die Hände«, sagte sie, und sie machten sich auf den Weg zurück zum Schloss.

# Kapitel 15

Nachdem sie das Schloss durch eine Seitentür betreten hatten, die Mirren bisher noch nicht gesehen hatte, kam es ihr drinnen kaum wärmer vor als draußen. Sie befanden sich hier offensichtlich in einem älteren Bereich des Gebäudes. Die Wände der Korridore waren uneben und glänzten, weil sie mit einer seltsamen Industriefarbe in einem dreckigen Cremeton gestrichen waren.

Mr McKinnon bemerkte, dass es Mirren aufgefallen war. »Ah, ja«, sagte er. »Die Wandfarbe stammt aus der Zeit, als das Schloss im Krieg beschlagnahmt war. Wir haben es noch nicht geschafft, uns darum zu kümmern.«

Mirren kniff die Augen zusammen. »Und ich dachte schon, ich wäre spät dran damit, meinen Boiler warten zu lassen.« Dann betrachtete sie mit gerunzelter Stirn die Leitungsrohre. »Wo führen die denn hin?«

»Dass ich Sie als Baukostenplanerin engagiert habe, war doch nur ein Vorwand«, rief Mr McKinnon ihr in Erinnerung.

Mirren lächelte.

»Und das Wort ›Boiler‹ sollte man in diesem Haus besser nicht erwähnen. Die alten Dinger scheinen nur noch wie durch ein Wunder zu funktionieren.«

Zurück in der Küche ging Mirren sofort zum Herd hinüber, um ihre eiskalten Hände davorzuhalten.

»Machen Sie das nicht«, mahnte Mr McKinnon. »Lassen Sie Ihren Körper einfach langsam wieder auf Temperatur kommen.«

»Ich soll in Pinguinmodus umschalten? Wohl eher nicht. Wir werden doch nur drei Tage hier sein.« Mit einem Mal traf sie die Erkenntnis, was für eine Mammutaufgabe sie vor sich hatten. Dieses Schloss war groß wie eine Stadt. Es ging einfach immer weiter und weiter, wobei jede zur Verfügung stehende Oberfläche voll mit leider in keinster Weise geordneten Büchern war.

Theo befand sich nicht mehr in der Küche, wo sie nur seine Umhängetasche und auf dem Tisch sein Handy vorfanden.

Sie entdeckten ihn in der ebenfalls riesigen Waschküche auf der anderen Seite des Flurs. Neben mehreren Waschbecken, Schränken und wenig Vertrauen erweckenden Rohren gab es dort eine Doppeltrommelwaschmaschine, die älter zu sein schien als Mirrens Mutter, und eine Mangel. Unter der Decke hing ein großes, langes Trockengestell, das mit einem Flaschenzug bewegt werden konnte. Die Tür ganz hinten führte zu einem Raum, in dem wohl früher mal Bettwäsche aufbewahrt worden war. An den mit verblichenem Papier ausgekleideten Regalen verwies je ein kleines Kupferstichplättchen auf den entsprechenden Bereich des Hauses: Ostflügel blau, Ostflügel rot und so weiter und so fort, Regal um Regal.

Vermutlich hätte es Mirren nicht überraschen sollen, dass sich nur in einem einzigen Regal unten rechts auch wirklich Bettwäsche befand. Alle anderen waren komplett voll mit Büchern. In jede Ecke und Lücke waren Bücher gequetscht.

Theo saß auf dem Fußboden neben einem Stapel, den er

bereits durchgeguckt hatte, und sein schönes Gesicht wirkte geradezu verstört.

»Was ist los?«, fragte Mirren.

»Ich hab hier …« Hilflos reckte er die Hände in die Luft. »Wer kauft denn nur dreihundert Bücher über Frösche?«

Mr McKinnon griff nach dem nächstgelegenen. Es war das uralte gebundene Buch eines Geistlichen mit dem Titel *Frösche und Amphibien der Region Norfolk Broads, mit zahlreichen Illustrationen*.

»Oh, ich wusste gar nicht, dass es in Norfolk Broads so viele unterschiedliche Amphibien gibt«, sagte er und blätterte darin. Er schaute auf. »Aber ich fürchte, das ist nicht das Buch, nach dem wir gesucht haben.« Er zeigte ihnen die wenig kunstvolle Zeichnung einer ungewöhnlich großen und unproportionierten Kröte.

»Was soll das nur?«, stammelte Theo. »Ich hab schon so einige Wohnungen entrümpelt, aber das hier ist ja buchstäblich geisteskrank.«

Einen Moment herrschte Schweigen.

»Ich bin mir sicher, dass er ein netter Mensch war, nicht wahr?«

Jamie zuckte mit den Achseln. »Na ja, er hat einfach überall zugeschlagen, bei Haushaltsauflösungen, in Secondhandläden. Er hat … Bücher wohl schlicht geliebt und wollte vielleicht gern ein Exemplar jedes einzelnen Buches auf der Welt besitzen. Während um ihn herum alles in die Brüche gegangen ist, war er auf einer Mission.«

»Ich hab zum Beispiel jede Menge Bildbände über Drachen«, wandte Mirren ein, die den alten Mann gern weiter verteidigen wollte.

»Was? Jetzt sei du mal still.« Theo griff nach den nächsten Büchern und blätterte darin herum. »Nein … nein … bitte keine Eidechsen, nein!« Er stand auf und wischte sich die Hände ab. »Laird McKinnon …«

»Nennen Sie beide mich doch bitte Jamie. Mit meinem Titel werde ich eigentlich nur angesprochen, wenn ich in Schwierigkeiten stecke.«

»Okay. Sie wissen ja, dass ich viel Erfahrung mit antiquarischen Büchern habe«, sagte Theo.

»Das hoffe ich doch wohl.«

»Ich muss Ihnen leider sagen … dass die meisten davon zwar alt sind, aber eben nur … alter Ramsch.«

Jamie nickte.

»Wie viele Kilometer an Fluren gibt es hier denn? Wie viele Räume?«

»Äh, gut drei Kilometer. Und vielleicht so sechzig Räume?«

»O verdammt«, stöhnte Mirren.

»Plus …«

»… Dachböden und Keller«, brachte Theo seinen Satz zu Ende. »Hören Sie mal, es tut mir leid. Wenn wir die alle in Ruhe durchgehen würden, bräuchten wir dafür …«

Einen Moment sprach keiner ein Wort.

»Na, dann machen wir uns besser an die Arbeit!«, rief Mirren so fröhlich, wie sie es denn hinbekam.

Es sah ja fast aus, als würde Theo gleich seine Sachen holen und einfach verschwinden.

Sie wollte nun wirklich nicht, dass ihr Ausflug hierher schon vorbei war. »Zeigen Sie mir noch mal das Gedicht.«

# Kapitel 16

Jamie schlug vor, dass sie in den Chinesischen Salon gingen, den Raum im Schloss, in dem sie für gewöhnlich Besucher empfingen. Es war einer der wenigen, die von Bonnie instand gehalten und gepflegt wurden, mit denen man angeben konnte.

Auf ihrem Weg dorthin kamen sie noch an zig anderen wohl einst repräsentativen Räumen vorbei, da sie etliche riesige Doppeltüren sahen, die einen Hinweis auf die Dimensionen der Räumlichkeiten dahinter gaben. Allerdings blätterte die Farbe vom Holz, und manchmal fehlte auch die Klinke.

Mirren betrachtete den Läufer, der in diesem Korridor lag, und dachte, wie wunderschön der einst gewesen sein musste. Neben kleinen Vögeln zierten ihn gemusterte türkisfarbene Bereiche, um die sich goldene Ranken wanden. Inzwischen konnte man all das aber nur noch erahnen. Und da die Ränder des Teppichs mit Bücherstapeln fixiert waren, kam es Mirren so vor, als würde sie durch ein Meer von ihnen waten. Im Vorbeigehen las sie hier und da einen Titel: Da gab es eine Geschichte der Schule von Raworth, ein Handbuch über Teegeschäfte und einen relativ neuen Jack-Reacher-Roman. Theo hatte schon recht, hier herrschte keinerlei Ordnung.

Auf halber Höhe des Korridors blieb Jamie vor einer weiteren Doppeltür stehen und öffnete sie mit angespanntem Gesichtsausdruck. Ganz offensichtlich hoffte er darauf, dass ihnen der Salon gefallen würde.

Schon komisch, dachte Mirren. Den Eigentümer eines riesigen Anwesens würden viele Menschen sicher für einen der glücklichsten Menschen auf Erden halten. Er war aber so besorgt und unglücklich, empfand sein Vermächtnis als so eine Last. Obwohl sie eigentlich nie vorgehabt hatte, mal für begüterte Erben Mitleid zu empfinden, bedauerte Mirren ihn ernsthaft.

»Ein kolonialer Albtraum«, flüsterte Theo ihr in einem kurzen solidarischen Moment zu, als sie eintraten, und Mirren musste zustimmen.

Dennoch war der Chinesische Salon unbestreitbar wunderschön. Die mit emsigen Bienen und Schmetterlingen verzierten Tapeten waren zwar ein wenig verblasst, leuchteten aber weiterhin in Türkis, Gold und Rot. In mehreren Ecken standen bunt bemalte Paravents. Nirgendwo lag Staub, der Raum war sauber, und Mirren entdeckte zu ihrer Begeisterung, dass im Kamin vor Kurzem ein Feuer entzündet worden war. Dankbar eilte sie hinüber.

Am besten gefiel ihr der große Weihnachtsbaum in einer Ecke, der den Raum mit dem Duft nach Tannenzweigen erfüllte. Es durfte wohl eher schwierig gewesen sein, den hier reinzukriegen, aber da stand er nun, wunderschön und voll mit altem, angeschlagenem Christbaumschmuck, Glaselementen und sorgfältig von Hand bemalten Holzfiguren. Kitsch aus Massenproduktion und billiges Lametta suchte man hier vergebens.

Beim Blick aus dem Fenster sah Mirren ein Schimmern von Silber und Zinn – das Meer. Obwohl gerade erst Mittag war, schien der Himmel darüber bereits dunkler zu werden.

Die Aussicht blieb trotzdem beeindruckend und war ja bereits seit Hunderten von Jahren unverändert die gleiche. Sie wurde nicht von Bohrinseln verschandelt und auch nicht von Tankschiffen, obwohl da draußen mit Sicherheit welche unterwegs waren. Unterhalb des zauberhaften Salons war nichts weiter zu sehen als die Felswand und das klatschende Wasser an ihrem Fuß, das Meer vor ihnen und der Cromarty Firth in der Ferne. Hier lag nichts zwischen ihnen und Norwegen, und es waren einst Schiffe übers Meer gekommen, um Handel zu treiben oder vielleicht Dörfer zu überfallen.

Mirren ging zum Fenster hinüber und stellte sich ganz nah an die Scheibe. Jetzt hatte sich ihr Spiegelbild über die Aussicht gelegt, und es kam ihr so vor, als würde sie in eine fremde Geschichte eintauchen, in die Geschichte der vielen Menschen, die durch dieses Schloss gewandelt waren. Wie aufregend! Die Männer waren natürlich losgezogen und hatten ihre Heldentaten verrichtet. Aber wie viele Frauen und junge Mädchen hatten wohl an dieser Stelle verharrt, nach draußen geschaut und von fernen Küsten geträumt? Die Töchter, die Reichen, die Gelangweilten, die Verwöhnten, die Bräute, die Mütter, die Zimmer- und Dienstmädchen, eine stille Schar von Frauen ohne Stimme, die vor langer Zeit einst in diesem Salon gekommen und gegangen waren.

Plötzlich musste Mirren daran denken, dass sie ja schottischer Abstammung war – ihre Vorfahren waren gen Süden gezogen, als die Bergwerke zugemacht hatten. Eine Frau mit ihrem familiären Hintergrund hätte hier allerdings nicht in einem langen Kleid am Fenster gestanden und von Reisen und Bällen geträumt. Sie hätte zum Personal gehört.

Als ihr das gerade durch den Kopf ging, marschierte Bonnie durch eine versteckte Seitentür herein.

»Ach, das wäre doch nicht nötig gewesen«, sagte Jamie, betrachtete das Tablett in ihrer Hand und strahlte sie an.

Bonnie strahlte zurück und stellte das Tablett ab.

Darauf standen eine große Kanne mit einer Wärmehaube, durch die der Tee heiß bleiben würde, und ein großer Teller mit einfach köstlich aussehenden, hoch aufgegangenen Rosinenscones. Dazu gab es noch offensichtlich hausgemachte Marmelade in einem uralten Glasschälchen – Stachelbeere, wie Bonnie verkündete – sowie Kaffeesahne und Zucker, Butter und Clotted Cream, serviert auf wunderschönem blau-weißem Chinoiserie-Porzellan, von dem aber fast alle Stücke hier und da angeschlagen waren.

»Da für ein richtiges Mittagessen wohl keine Zeit bleibt, habe ich mir überlegt, dass wir vielleicht den Nachmittagstee vorziehen«, sagte Bonnie.

»Eine gute Idee«, befand Jamie.

Selbst Theo, für den Essen nicht besonders wichtig war, schaute interessiert auf. Er war auf eine Leiter gestiegen, um ein viktorianisches Buch über die Betreuung von Kindern aus dem Regal zu ziehen. Nach dem Durchblättern war sein Gesichtsausdruck ziemlich entsetzt.

Sie nahmen vor dem flackernden Feuer Platz und tranken Tee, während sich draußen der Himmel langsam verfinsterte. Als Jamie irgendwann die Fensterläden schloss, wurde der Raum gemütlich und mehr oder weniger warm genug, um die Jacke ausziehen zu können. Den Pullover natürlich nicht.

Die Männer genossen ihre Scones ganz in Ruhe, Mirren stürzte sich hingegen gierig auf ihren, den sie mit einem großen Klacks von der hausgemachten Marmelade versehen hatte.

Dann bat sie um den Umschlag mit dem Gedicht und

verzog sich damit an einen kleinen Sekretär in einer Ecke. »Ist es in Ordnung, wenn ich mich da dransetze?«, fragte sie.

»Ja«, antwortete Jamie. »Keine Sorge, alles, was irgendetwas wert war, wurde schon vor Jahren veräußert.«

»Um mehr Bücher zu kaufen«, schlussfolgerte Theo.

»Daher wird er wertlos sein, vielleicht sogar eine Nachbildung.«

»Okay«, nickte Mirren und nahm an dem Schreibschränkchen Platz.

Das wirkte allerdings recht filigran und zerbrechlich. Sie kam sich daran riesig und nicht sehr elegant vor. Als sie eine der Schubladen oberhalb der mit Leder ausgestatteten Schreibplatte aufzog, entdeckte sie zu ihrer Überraschung und Begeisterung einen Stapel Pergamentpapier, ein Tintenfässchen und einen alten Füllfederhalter. »Oh!«, rief sie aus. »Darf ich die Sachen benutzen?«

»Wie gesagt: Das können Sie bei allem hier im Haus voraussetzen«, betonte Jamie.

Mirren machte sich mit dem Füller auf die Suche nach einem Badezimmer und wusch ihn dort aus. Dann ging sie zurück und füllte ihn mit dem Kolben genüsslich mit frischer schwarzer Tinte.

»Hach«, sagte sie. »So einen hab ich ja seit Jahren nicht mehr benutzt.«

Die Spitze der Feder war in Ordnung, und das Blatt war zwar ein wenig rau, saugte die Tinte aber wunderbar auf, als Mirren probeweise ein komplexes A zu Papier brachte.

Mit ihrer Arbeit zufrieden lächelte Mirren und begann dann mit Kalligrafieschrift, den Rest der Zeile zu kopieren.

»Wo haben Sie das denn gelernt?«, fragte Jamie, der ihr jetzt über die Schulter blickte.

Sie errötete ein wenig. »In meiner … äh, Jugend, hatte ich mal so eine Phase.«

Auch Theo warf einen Blick auf das Papier. »Mein Gott, Sutherland. Was für ein Nerd warst du damals nur? Hattest du für so was Zeit, weil du am Abend des Abschlussballs lieber zu Hause gehockt hast?«

Mirren warf ihm einen finsteren Blick zu und machte sich daran, die Substantive aus dem Text herauszusuchen.

Wege, Leben, Wert, Feder … Das Licht der letzten Sonne bezog sich vielleicht auf den Westen. Land und Meer, Sonne und Sterne … hier gab es ja ein bisschen was von allem. Und dann die goldene Kron …

»Was soll das hier bedeuten? Haben Sie irgendwo goldene Kronen?«

»Ich würde mal davon ausgehen, dass irgendwelche goldenen Kronen wohl als Erstes verkauft worden wären«, sagte Jamie. Er fuhr sich durchs Haar. »Es ist durchaus möglich, dass das alles nur … ich weiß auch nicht … Geschwätz ist. Er hat Rätsel und Puzzles geliebt, lauter solche Sachen. So ein merkwürdiger Kauz. Ich würde nicht völlig ausschließen, dass er uns einfach nur aus dem Jenseits heraus aufs Glatteis führen will oder dass er bloß *geglaubt* hat, etwas Kostbares zu besitzen. Vielleicht dachte er, *irgendetwas* unter all den Büchern muss doch etwas wert sein.«

Theo stieß geräuschvoll Luft aus. »Bei Pferderennen zu wetten, wäre vermutlich eine bessere Investitionsstrategie. Das hier ist doch nur Unsinn, den sich der alte Herr zusammengereimt hat, bevor er die Flatter gemacht hat. Bloß dummes Zeug.«

»Aber … nein, so dürfen wir einfach nicht denken. Er hat fest darauf beharrt, dass hier etwas Wertvolles versteckt ist«, widersprach Jamie. »Und es gibt eigentlich keinen Grund dafür, dass ich ihm nicht glauben sollte.«

»In Ordnung.«

Wieder blickte Jamie Mirren über die Schulter. »Ob mit ›Mach dich auf den Weg‹ eventuell wortwörtlich die Piste bis zum Haus gemeint ist? Vielleicht sollen wir von hier aus zum Bahnhof fahren.«

»Aber da gibt es keine Bücher, oder?«, wandte Theo ein.

»Nein, leider nicht.«

»Greif nach der Feder und mach dich auf den Weg«, murmelte Mirren. »Soll man mit der Feder zuerst irgendetwas aufschreiben?« Sie runzelte die Stirn. »Moment mal, Theo, was hast du da eben gesagt?«

»Dass es am Bahnhof keine Bücher gibt?«

»Nein, davor.«

»Dass sich der alte Herr Unsinn zusammenfantasiert hat, bevor er die Flatter gemacht hat.«

»Flatter … Vielleicht ist mit der Feder doch eher ein Vogel gemeint. Haben Sie auf dem Anwesen Geflügel?«

»Ja, ein bisschen was von allem«, antwortete Jamie. »Hühner, Enten, Gänse … Ich glaube, wir hatten früher sogar ein Gänsemädchen.«

»Was ist denn ein Gänsemädchen?«

»Na ja, die hat sich unten am Ententeich um die Tiere gekümmert.«

»Und stehen da auch irgendwo Bücher rum?«

»Da gibt es ein Gartenhäuschen … Aber ist das nicht alles ein bisschen weit hergeholt?«

»Wenn es hier um Tiere geht, dann sind die Beeren in Wirklichkeit vielleicht Bären mit Ä«, sagte Mirren. »Unterm Stern, der beleuchtet weder Land noch Meer …«

»Worauf wollen Sie hinaus?«, fragte Jamie. »Meinen Sie,

das hat wirklich was zu bedeuten? Vielleicht wollte er da nur poetisch sein.«

Theo runzelte die Stirn.

»Und was, wenn damit … der Norden gemeint wäre?«, rief Mirren aus. »Da gibt es weder Land noch Meer, sondern nur Eis! Es geht um Tiere in der Arktis!«

»Aber wir sind doch schon im hohen Norden«, murmelte Theo verwirrt. »Die Temperaturen sind zumindest arktisch. Gibt es hier eigentlich Bären?«

Aber Jamie hörte gar nicht zu. »Ich fasse es nicht!«, rief er aus. »Ob er uns womöglich … in die Nordbibliothek schicken wollte?«

# Kapitel 17

Wie von der Tarantel gestochen, sprangen alle drei auf. Bevor sie losgingen, schnappte Mirren sich noch einen letzten Scone. Die waren nämlich superlecker.

»Und nehmen Sie die Sachen zum Schreiben mit«, sagte Jamie. »Ihre Methode funktioniert offensichtlich.«

»Die Sachen von Hand zu kopieren?«, sagte Mirren. »Meinen Sie?«

»›Offensichtlich‹ würde ich jetzt nicht sagen«, wandte Theo ein. »Noch haben wir ja nichts gefunden.«

»Ich hab monatelang auf diesen Text gestarrt, ohne zu irgendeinem Schluss zu kommen.«

»Warum haben Sie nicht jemanden im Internet um Hilfe gebeten?«, fragte Mirren verwundert.

»Eine super Idee«, murmelte er. »Mir haben jetzt nur noch Hunderte von Freaks gefehlt, die hier einfallen und das Haus auseinandernehmen. Ganz genau.« Er erschauderte. »Das wäre doch, als würde ich jeden hierher einladen, der sich in den Tiefen des Internets herumdrückt. ›Hey, bei mir zu Hause ist ein Schatz versteckt, und die Türen schließen nicht richtig, weil sie völlig verzogen sind!‹«

Außerhalb des Salons fühlte sich das Schloss kälter denn je an. Die Temperaturen sanken, und es wurde immer dunkler. Als sie hinter Jamie den Korridor entlangliefen, hielt Mirren einen Moment inne und lauschte. Sie konnte den Wind um das Haus pfeifen hören.

»Am besten gehen wir …« Jamie verzog einen Moment das Gesicht.

»Finden Sie sich etwa in Ihrem eigenen Schloss nicht zurecht?«, fragte Mirren und schüttelte ungläubig den Kopf.

»Doch«, versicherte er rasch. »Ich überlege nur, welcher der kürzeste Weg ist. Okay, dann kommen Sie mal mit!«

Er marschierte nach links, an einem kleinen Podest vorbei, auf dem einem fleckigen Schild zufolge früher mal eine Rüstung gestanden hatte. Sie folgten ihm bis zum Ende des Gangs, wo er scharf nach links abbog und durch eine Öffnung verschwand, die sich als in der Vertäfelung versteckte Tür herausstellte. Durch sie betraten sie ein Treppenhaus mit grauen Steinwänden. Beim Anblick der winzigen Bleiglasfenster wurde Mirren klar, dass sie sich in einem der kleinen Türmchen befanden. Sie konnte ihren Atem in der Luft als Wölkchen sehen, und man hörte Wasser tropfen. Inzwischen war es so dunkel, dass die steinernen Stufen der Wendeltreppe über und unter ihnen in Finsternis verschwanden.

Theo schaltete die Taschenlampenfunktion an seinem Handy an. »Das ist leider alles, wofür das Ding hier gut ist«, sagte er bedauernd, nachdem er noch einmal den Empfang überprüft hatte: Es gab einfach keinen.

Sie folgten Jamie, der sich offensichtlich problemlos orientierte, die Treppe hinauf, bis sie mehrere Stockwerke weiter oben ihr Ziel erreichten.

Mirren war nur froh, dass nicht sie die mit Spinnweben übersäte Tür aufmachen musste. Ja, das sah hier ganz nach einem Paradies für Spinnen aus. Jetzt standen sie in einem stillen, staubigen Korridor. Es handelte sich erkennbar nicht um einen öffentlichen, sondern um einen privaten Bereich mit viel niedrigeren Decken. Die große hölzerne Tür sah so aus, als sei sie seit Jahrzehnten nicht geöffnet worden.

Mirren beschloss, die Spinnweben am besten zu ignorieren. Eigentlich war sie ja auch für Spinnen, sie wollte nur nicht, dass ihr welche in den Kragen krochen.

»So, welche Tür war es noch mal?«, murmelte Jamie. Er zählte und machte dann die vierte auf.

Mirren entfuhr ein Schrei, und selbst Theo zuckte zurück, als Jamie das Licht einschaltete.

Der Raum war voll mit ausgestopften Tieren – Dachse, Waschbären und sogar ein Löwe starrten sie mit glasigen Augen an.

Als Mirren eine zum Angriff aufgerichtete Kobra entdeckte, klammerte sie sich am ersten Arm fest, den sie zu fassen kriegte. Es stellte sich heraus, dass er zu Theo gehörte, der genauso schockiert aussah wie sie selbst. Sie fühlten sich hier wirklich unwohl. Hinter der Armee aus mottenzerfressenen Tieren befanden sich natürlich weitere Bücherregale. Mirren hoffte nur, dass sie sich nicht zwischen den Viechern hindurchquetschen mussten, um die zu erreichen. Dazu war sie nun wirklich nicht bereit.

»*Snakearoonie!*«, begrüßte Jamie die Kobra begeistert. »Mensch, das ist ja schon ewig her!«

»Sind Sie etwa ... alte Freunde?«, fragte Mirren, als der erste Schock überwunden war.

»Ah, Bonnie und ich haben uns hier früher gern Tiere geschnappt und sie im Schloss in den Schlafzimmern verteilt. Das hat für den ein oder anderen Schreckensschrei gesorgt.« Liebevoll tätschelte er die Glaskuppel der präparierten Schlange.

»Kein Wunder«, knurrte Mirren. »Aber wenn Sie auch

nur daran denken, so etwas bei mir zu probieren, bin ich in fünf Sekunden hier verschwunden.«

»Und ich ebenso«, fügte Theo mit möglichst würdevoller Stimme hinzu.

Jamie grinste, machte das Licht aus und schloss die Tür.

»Das finde ich jetzt nur noch schlimmer«, sagte Mirren. »Zu wissen, dass die alle da drin sind, in der Dunkelheit lauern und überlegen, wie sie uns am besten um die Ecke bringen.«

»Das ist doch nur eine Sammlung«, sagte Jamie.

»Ja, eine Sammlung grauenhafter Bestien.«

Er marschierte bereits weiter. »Wo ist sie nur gleich, wo war denn …? Ah, natürlich.«

Sie erreichten eine schwere hölzerne Doppeltür mit schwarzen Nägeln.

»Ah«, sagte Jamie und suchte in den tiefen Taschen seiner Wachsjacke herum. Sie trugen hier alle im Inneren des Gebäudes ihre Jacke. Schließlich zog er einen großen Schlüsselring hervor.

»Wann hat diesen Raum zum letzten Mal jemand betreten?«

Jamie schüttelte den Kopf. »Keine Ahnung.«

»Für mich klingt es so«, sagte Mirren, »als hätte Ihr Großvater … eigentlich Hilfe gebraucht. Als wäre es ihm gar nicht gut gegangen.«

»Es ist nicht ungewöhnlich, dass ein McKinnon im fortgeschrittenen Alter exzentrisch wird«, sagte Jamie. »Ich war ja oft hier, aber Hilfe hat er keine gewollt. Er wollte mit mir immer nur über neue Bücher reden, die er gekauft hatte, und über Kreuzworträtsel.«

»Und Ihre Mutter hat nie …«

»Sie stand bei der Scheidung auf der Seite ihrer Mutter

und hat mit ihrem Vater dann kaum noch gesprochen«, erklärte Jamie. »In den Ferien hat sie Esme und mich hier abgesetzt und ist schnell verschwunden, um zu verscherbeln, was auch immer sich verscherbeln ließ.« Er versuchte, unbeschwert zu klingen, was ihm aber nicht sehr überzeugend gelang. Endlich fand er den richtigen Schlüssel – einen großen aus schwarzem Eisen mit einem komplexen Schlüsselbart.

Knarzend öffneten sich die hölzernen Türen.

Die Luft im Raum war wie in einem Grab.

Jamie suchte nach dem Lichtschalter, einem vorsintflutlichen runden Ding. Die meisten der Glühbirnen funktionierten allerdings nicht mehr. Es entzündeten sich nur ein paar in einem uralten, staubigen Kronleuchter unter der Decke und spendeten schwaches Licht.

Genau wie zuvor bei der Ostbibliothek gab es auch hier zwei Stockwerke, und sie hatten die Bibliothek im oberen Bereich betreten. Vielleicht waren die ja alle so angelegt.

Man blickte durch die Fenster nicht gen Osten aufs wilde Meer oder gen Westen, wo die wunderschönen letzten Strahlen der ersterbenden Wintersonne zu sehen waren. Stattdessen schaute man auf die raue Landschaft der Hügel im Norden, wo jetzt, so spät im Jahr, nur noch Heidekraut wuchs. Dort weideten unverwüstliche Schafe, es wechselten sich zig Schattierungen von Grau ab, und alles wirkte ganz kalt und unwirtlich.

Mirren erschauderte.

Hier war wohl seit Jahren niemand mehr gewesen, da die Bücher, die sich so unordentlich in den Regalen quetschten wie überall, mit einer dicken Staubschicht bedeckt waren. Im Zwischengeschoss und unten drängten sich in Regalen und Schränken wohl Tausende.

»Was auch immer wir suchen … ist also hier?«, fragte Mirren.

Wie erschlagen von den Ausmaßen ihrer Aufgabe standen sie da. Sie beschlossen, den Raum strategisch zu unterteilen.

In einem der Schreibtische, die dort herumstanden, fand Jamie alte Klebezettel. Jedes Regal, das sie bereits durchgeguckt hatten, würden sie mit einem davon versehen, und wenn die runterfallen würden, na ja, dann würden sie sich schon etwas überlegen.

Alles, was nur im Entferntesten antik oder wertvoll oder vielversprechend aussah, zogen sie heraus, um es später zu untersuchen.

Besondere Ausgaben bekannter Werke würde sich Theo ansehen, der damit Erfahrung hatte. Auch, was mit dem Anwesen zu tun hatte oder von Hand geschrieben war, legten sie beiseite, falls es irgendetwas bedeuten sollte. Jamie würde bestätigen können, ob die Handschrift von seinem Großvater stammte oder nicht.

Mirren wünschte, sie hätte Handschuhe. Sicher gab es irgendeine Krankheit, die man sich dadurch einfangen konnte, dass man mit alten Büchern hantierte, irgendwas, was mit Sporen zu tun hatte. Sie wusste jedoch nicht, wie sie das Thema höflich zur Sprache bringen sollte.

Aber sie hatte sich doch Abwechslung gewünscht, wie sie sich in Erinnerung rief, und hatte hier in diesem verrückten alten Schloss in den Highlands nun endlich ihr Abenteuer. Okay, in ihrer Fantasie war es dabei weniger um das Indexieren von Büchern gegangen und erst recht nicht um das von Büchern über – sie griff wahllos nach einem in Reichweite – die besten Partien beim internationalen Schachturnier in Bradford. Aber vielleicht vergaßen die Menschen bei ihren Abenteuern im Nachhinein ja die langweiligeren Aspekte.

Mit gesenktem Kopf saßen sie da, während langsam die Dämmerung hereinbrach.

Irgendwann zog Jamie los und suchte aus anderen Räumen ein paar Glühbirnen zusammen.

Mirren hoffte nur, dass er dabei die Tiergötter nebenan nicht gestört hatte.

Jetzt hatten sie mehr Licht, und sie schalteten auch ein altes Radio an, das auf einem der Schreibtische stand und zum Glück noch funktionierte. An Sendern stand leider nur das gälische Lokalradio zur Verfügung, wenn man sich nicht die Funkkommunikation russischer Schiffe anhören wollte, und die fröhlichen Folkmelodien hielten sie wenigstens auf Trab.

Während sie Stapel um Stapel durchging, fragte sich Mirren, was James wohl gemeint haben konnte. Um was für ein Buch ging es hier? Wirklich reiche Leute kauften und verkauften Bücher für viel Geld, das wusste sie. Es ging dabei darum, etwas zu besitzen, was niemand sonst haben würde, Raritäten oder besondere Ausgaben. Das war doch immer so: Wer bereits jeden gewöhnlichen Gegenstand besaß, jedes normale, in Massen hergestellte Ding in seinem Besitz hatte, musste sein Geld irgendwo anders ausgeben und investierte es in sinnlose Objekte, die sonst niemand brauchte oder wollte: in Verlobungsringe mit Diamanten so groß wie ein Hühnerei, obwohl die künftige Ehe wohl nicht lange halten würde, in Raketen, die am Ende explodierten, Mensch, sogar in Kunst, die nur im Internet existierte. Solche Leute ließen sich so riesige Häuser bauen, dass sie nicht einmal alle Räume darin nutzen konnten und man sich leicht darin verlief.

Durchs Fenster sah Mirren, dass die wilde Landschaft des Nordens mittlerweile in völlige Dunkelheit getaucht war. Sie fragte sich ernsthaft, was für ein Sinn eigentlich hinter alldem steckte. Mirren hatte keine Ahnung, sie verstand die Welt eben nicht, nicht so richtig. Vielleicht hatte der alte Laird ja auch viel von seinem Geld weggegeben. Vielleicht hatte er hungrige Kinder in der Gegend gespeist oder Menschen zu Arbeit verholfen. Oder vielleicht war sie ja auch nur jung und naiv, verstand wirklich nicht, wie die Dinge liefen. Sie sah sich in der staubigen, vergessenen, vollgestopften Bibliothek um. Sie hatte einem Mann gehört, der Jamies Erzählung zufolge völlig allein gestorben war, mit seiner in weiter Ferne lebenden Tochter zerstritten, ohne eine enge Beziehung zu den Enkeln, die sich untereinander den Schwarzen Peter der Erbschaft zugeschoben hatten … Vielleicht hatte der alte Herr die Welt auch einfach nicht verstanden.

Halbherzig blätterte Mirren durch eine Reihe gebundener Bücher aus dem Jahr 1956, die auf die Schulabschlussprüfungen in Mathematik vorbereiteten. Sie musste ganz klar zugeben, dass die Aufgaben darin viel schwerer aussahen als die zu ihrer eigenen Schulzeit. Das allein fand sie schon verblüffend.

Na ja, jedenfalls war das hier die reinste Schatzhöhle. Als sie sich umschaute, dachte Mirren daran, wie sehr sie in ihrer Kindheit Bücher geliebt hatte. Einst hatte sie mal gehofft, jedes einzelne auf dieser Welt lesen zu können.

Als sie schließlich alt genug gewesen war, um zu erkunden, was es jenseits der kleinen Kinderecke ihrer Stadtviertelbücherei noch so gab, war ihr klar geworden, dass sie dieses Ziel wohl nie erreichen würde. Der Wunsch bestand jedoch weiterhin, manchmal würde sie sich am liebsten hinsetzen und nicht mehr aufstehen, bis sie jedes einzelne Buch gelesen hatte, bis sie in jedes der Länder zwischen Buchdeckeln gereist war, deren Könige getroffen, etwas über ihre eigentümlichen Bräuche gelernt und sich vielleicht sogar verliebt hatte.

Möglicherweise hatte auch dieser alte Mann gedacht, dass er jedes einzelne Buch auf der Welt besitzen könnte.

»Wie war Ihr Großvater eigentlich so?«, fragte sie Jamie.

Er runzelte die Stirn. »Wie meinen Sie das?«

»Na ja, ich meine … War er ein warmherziger Mensch? Nahbar? Witzig? Sie haben doch Ihre ganzen Ferien hier verbracht.«

Er wirkte ein wenig unbehaglich. »Also … Er war ja das Familienoberhaupt. Sie wissen schon.«

»Weiß ich nicht«, entgegnete Mirren. »Meine Eltern sind geschieden, und die Eltern meines Vaters sehe ich fast nie. Ich habe die Hälfte meiner Großeltern auf einen Schlag verloren.«

»Ja, ich auch«, sagte Jamie mit trauriger Miene. »Na ja. Er war … mürrisch, würde ich mal sagen, und hat die Nase immer in irgendein Buch gesteckt. Exzentrisch vielleicht. Man musste in seiner Nähe leise sein …«

»Konnte man mit ihm überhaupt keinen Spaß haben?«

»Mit dem Laird?« Sein Tonfall sagte alles. »Nein«, fuhr er mit schwerer Stimme fort. »Spaß konnte man mit ihm nicht haben, so ganz und gar nicht. Nein.«

»Aber er hatte doch was für Puzzles und Rätsel und so übrig …« Mirren deutete auf den Tisch, wo das Gedicht lag.

»Ja. Manchmal hat er uns ein total schweres Rätsel zu knacken gegeben und ist dann sauer geworden, wenn wir es nicht lösen konnten«, sagte Jamie und verzog bei dem Gedanken das Gesicht. »Ich bin nun wirklich nicht Einstein, und er hat immer ziemlich deutlich gemacht, dass er deshalb enttäuscht war. Lesen tu ich ja gern, aber solche Rätsel waren noch nie mein Ding … Er war einfach ein schwieriger Mensch. Ich hab ihn nie verstanden.« Er senkte den Blick und machte weiter.

Einige der Bücher fielen auseinander, wenn sie sie in die Hand nahmen. Das war die Feuchtigkeit, wusste Mirren. Die wunderschönen, uralten Koppelfenster hatten natürlich nur Einfachverglasung und waren kein Hindernis für Nässe.

Das wäre ein weiterer negativer Punkt bei ihrer Beurteilung gewesen, wenn sie wegen ihrer eigentlichen Arbeit hier wäre. Und vermutlich gab es auch Mäuse, weil das für sie das reinste Schlaraffenland wäre. Ja, hier im Schloss war wirklich einiges los, weil ja noch Spinnen und sicher Fledermäuse mit dazukamen. Okay, über die Fledermäuse würde sie besser nicht nachdenken, nahm sich Mirren vor.

Sie ging zurück nach oben, wo am Rand des Zwischengeschosses direkt neben dem wenig vertrauenerweckenden Geländer ein paar Truhen standen.

Eine davon war voll mit alten Zeitschriften. Die *National-Geographic*-Ausgaben mit ihrem typischen gelben Rand wären sicher etwas wert gewesen, wenn sie nicht so fleckig und wellig gewesen wären.

Eine zweite war voll mit Comics.

»*The Beano!*«, rief Mirren aus.

Jamie schaute auf.

»Und zwar Hunderte von Heften!«, sagte sie.

»Na, das ist nun wirklich ein Schatz«, sagte er. Um sich das mal anzusehen, eilte er die Wendeltreppe hinauf, deren Geländer unter seinen großen Händen unheilvoll schwankte. »Ha! Unglaublich, dieser alte Mistkerl!«

»Was denn?«, fragte Mirren.

Er schüttelte den Kopf. »Eigentlich ist es sogar lustig.

Früher hat er mir Comics verboten, weil ich ›richtige Bücher‹ lesen sollte. Und vom Fernsehen oder dem Internet brauchten wir gar nicht erst zu reden. Und dann hatte er die ganze Zeit die hier!« Er griff nach dem obersten. »Wen mochten Sie am liebsten?«

»Numskulls natürlich«, sagte Mirren. »Mir tun die Kinder von heute leid, die nur *Alles steht Kopf* haben.«

Er lachte. »Ja, da haben Sie wohl recht. Ich hab früher mal wie Plug ausgesehen.«

»Das kann ich kaum glauben.«

»Eine Zeit lang war ich hauptsächlich Adamsapfel.«

Begeistert schnappte sich Jamie welche von den Heften und machte es sich damit bequem.

Mirren nahm die nächste Truhe unter die Lupe und spürte es in Schultern und Nacken ziehen. Es war ein langer Tag gewesen, und nachdem sie stundenlang Bücher aufgehoben und wieder hingelegt hatte, meldeten sich Muskeln, die sie normalerweise kaum benutzte.

»Uff«, stöhnte sie jetzt. »Bloß Schulsachen.«

Aber Jamie war in seine Lektüre vertieft und ignorierte sie.

Auch Theo kam interessiert zu ihnen herauf. »Weißt du, was wir bräuchten?«, sagte er zu ihr. »Eine Thermoskanne.«

»Ich glaube, in der Küche müssten irgendwo welche rumstehen«, murmelte Jamie, der ihnen ein *The-Dandy*-Comic zeigte. »Die wurden früher bei Jagdgesellschaften mitgenommen. Mit Fleischbrühe gefüllt.«

Das fand Mirren eher eklig und verzog das Gesicht.

Theo ließ sich neben Jamie nieder, und die beiden lasen wie zwei Teenager einträchtig zusammen Comics.

»Hey!«, rief Mirren.

»Ach, komm schon«, murmelte Theo. »Nach der stundenlangen Arbeit haben wir uns doch eine Pause verdient.«

»Du bist ganz schön dreckig«, bemerkte Mirren jetzt.

Theo war über und über mit Staub bedeckt, der sich stellenweise sogar über seine glänzenden Haare gelegt hatte.

»Du solltest mal selbst in den Spiegel schauen«, entgegnete er.

»Dafür habe ich keine Zeit«, sagte Mirren, »weil ich hier den Job erledige, für den ich bezahlt werde.«

Theo stöhnte dramatisch auf und legte ein *Dennis*-Comic beiseite.

Sie machte weitere Truhen auf. In einer entdeckte sie ganz hinten einen kleinen braunen Koffer, den ein Wappen und die Initialen JWDMK zierten. Goldene Initialen! Der hatte offensichtlich mal einem Kind gehört, was Mirren seltsam traurig stimmte. Wofür war der denn gedacht?

Als sie ihn knarzend öffnete, entströmte ihm der muffige Geruch alter Tinte. Darin befanden sich Briefe, Nachrichten geschrieben auf zerknittertem, hauchfeinem Luftpostpapier oder mittlerweile gewelltem Briefpapier mit aufgedruckter Adresse.

*Lieber James,*
*danke für deinen letzten Brief. Ich muss leider sagen, dass es dir nicht zur Ehre gereicht, dich so zu beklagen.*
*Ich habe mit deinem Hausvorsteher gesprochen, und er ist der Meinung, dass du Anpassungsschwierigkeiten hast, weil du zu Hause zu sehr verhätschelt wurdest.*
*Das rechne ich mir selbst als Versagen an und denke, es wäre wohl am besten, wenn du in den Osterferien in der Schule bleibst. Der Hausvorsteher teilt diese Einschätzung.*
*Außerdem reise ich nach Capri und befürchte, dass dir das Essen dort nicht bekommen würde.*

Der Brief stammte aus dem Jahr 1952.

Mirren starrte lange darauf. In diesem kleinen Kinderkoffer, der sie so melancholisch stimmte, befanden sich offensichtlich Briefe an den Besitzer.

»Jamie«, sagte sie schließlich und schaute auf. »Wann wurde Ihr Großvater geboren?«

»Kurz vor Ende des Krieges«, antwortete er. »1944. Ich hab ja den Grabstein für ihn in Auftrag gegeben.«

Acht, dachte Mirren mit dem Brief in der Hand. Ein achtjähriger Junge hatte diesen Brief bekommen und dadurch erfahren, dass er in den Osterferien nicht nach Hause durfte.

»Wo ist Ihr Großvater denn …? Oh, vielleicht wissen Sie das gar nicht. Wessen Handschrift ist das?« Sie reichte ihm das Blatt Papier.

»Die von meinem Urgroßvater«, sagte Jamie mit gerunzelter Stirn. »Das ist seine Signatur.«

»Das war also der Vater Ihres Großvaters?«

»Ja.«

»Und der hieß auch …«

»James, genau.«

Mirren nahm weitere Briefe zur Hand.

*Wir waren sehr enttäuscht, zu hören …*

*Leider ist es uns nicht möglich …*

*Wieder einmal hat der Direktor …*

Jamie stand auf und kam herbei, um sich das ebenfalls anzuschauen.

»Er war im Internat wohl nicht sehr glücklich«, sagte Mirren. »Das hier ist eine Sammlung von Briefen, mit denen Ihr Urgroßvater auf seine Klagen antwortet. Na ja, es ist wohl auch nicht toll, wenn man mit sieben von zu Hause weggeschickt wird …«

»Nein, sondern ganz furchtbar«, sagten beide Männer

wie aus einem Munde. Überrascht schauten sie einander an.

»Sie?«, sagte Theo.

»Ich war in Croffley«, erklärte Jamie, »der gleichen Schule wie die, an die diese Briefe adressiert sind. Da wurde ich zehn Jahre lang morgens um acht lautstark aus dem Bett getrommelt.«

Theo nickte. »Ich war in Dunner Hall.«

»Ist das nicht für Weicheier?«

Theo zog eine Grimasse. »Ja, so sagt man wohl.«

Mirren mischte sich ein: »So langsam bekomme ich das Gefühl, dass das Aufwachsen in wohlhabenden Kreisen doch nicht so cool ist, wie ich dachte.«

Theo beugte sich vor und untersuchte den Inhalt des Koffers. »O Gott, ich kann es ja noch halbwegs verstehen, wenn man Kinderzeichnungen aufbewahrt. Obwohl Eltern, die ihre Kinder wegschicken, so etwas wohl nicht machen. Aber das hier …«

Er zog ein Blatt uraltes, zerbröselndes Pauspapier hervor. Es war so dünn, dass es aussah, als würde es gleich zu Staub zerfallen. Mirren betrachtete es. Ganz oben stand in der verschmierten Handschrift eines Kindes »Tire der Arktis«, und darunter waren mehrere Tiere durchgepaust, Eisbären, Polarfüchse und auch Gänse.

Sie durchsuchten den ganzen Koffer, so etwas Interessantes wie die Zeichnung fanden sie allerdings nicht mehr.

Irgendwann kniff Theo die Augen zusammen. »Moment mal!«, sagte er, sauste mit dem Blatt in der Hand die Treppe hinunter und durch den Raum. Er winkte ihnen zu. »Hier drüben«, rief er. »Ich bin mir sicher … dass ich irgendwo …«

In diesem Moment flackerten die Lampen.

Alle schauten nach oben.

»Das passiert schon mal«, sagte Jamie. »Kein Grund zur Sorge.«

»Äh, okay«, sagte Theo. »Haben Sie eine Taschenlampe dabei, nur für alle Fälle?«

»Nein«, sagte Jamie. »Aber ich würde mich hier auch mit verbundenen Augen zurechtfinden. Wie ich schon oft bewiesen habe.«

»Wie schön für Sie«, sagte Mirren. »Ich selbst würde mein Schlafzimmer nicht einmal am helllichten Tag wiederfinden.«

Erneut flackerten die Lampen.

»Das ist okay«, versicherte Jamie, stieg die Treppe hinunter und ging mit gerunzelter Stirn zum Fenster hinüber. »Oh«, machte er. »Na ja. Früher als angekündigt.«

»Was denn?«, fragte Mirren und folgte ihm nach unten, um sich einem der großen Flügelfenster zu nähern.

Wieder das Flackern der Lampen.

Jetzt sah sie es auch: Da fiel Schnee.

»Es schneit!«

»Keine große Überraschung im Winter in Schottland«, bemerkte Jamie. »Es gibt nur einen Berg weiter Skilifte.«

»Werden wir hier feststecken?«, fragte Theo.

Jamie winkte ab. »Ich denke nicht, weil der Schnee ja auch nicht mehr ist, was er mal war. Es wundert mich sowieso, dass schon im Dezember welcher fällt. Früher hatten wir sogar im November welchen, und dann hat man nach Weihnachten hier wochenlang festgesteckt. Wenn ich dadurch nicht zur Schule musste, fand ich das super.«

»Haben Sie diese Zeit mit Ihrem Großvater verbracht?«

»Nein! Aber mit Bonnie natürlich.«

Sie sahen die Flocken fallen.

Wie kalt und trostlos es da draußen war! Mirren war froh, dass sie sich im Gebäude befand. Das Fenster fühlte sich eiskalt an, als sie es berührte.

»Wow«, sagte sie. »In London schneit es so gut wie nie. Und dann fallen nur ein paar Flocken, die sofort zu fiesem Matsch werden. Aber das hier ... das ist richtiger Schnee.«

»Ja, allerdings«, nickte Jamie. »Wir müssen Sie unbedingt mit vernünftiger Kleidung ausstatten.«

Die Lampen flackerten wieder.

»Wird etwa der Strom ausfallen?«

Jamie zuckte mit den Achseln. »Vermutlich. Aber jetzt noch nicht.«

»*Noch* nicht?«

»Noch ... hält die Installation durch.«

»So langsam juckt es mir in den Fingern, auch eine Tripadvisor-Beurteilung zu schreiben«, murmelte Mirren.

»Also ...«, kam Theo jetzt zu dem Thema zurück, wegen dem sie ja hier waren. »Das hier hab ich gefunden. Die Seiten kleben auch nur ein bisschen zusammen ...« Er hob ein Buch hoch, und die anderen beiden kniffen die Augen zusammen, um den Titel zu lesen.

*Bakterien der Arktis.*

»Ich dachte, es gäbe in der Arktis gar keine Bakterien«, sagte Mirren. »Ist es dafür nicht zu kalt?«

»Das ist jetzt nur ein Beispiel«, sagte Theo. »Hier in dieser Ecke stehen jede Menge Bücher über die Arktis und Tiere der Arktis.«

Jamie kam herbei. »Glauben Sie, das hat vielleicht etwas mit den Tiersilhouetten zu tun?«

»Mensch ... Ich weiß auch nicht«, antwortete Theo. »Aber aus irgendeinem Buch muss er sie doch durchgepaust haben.«

»Ja, das ist ein Argument«, sagte Jamie und begann, die staubigen alten Tierführer durchzugucken.

Theo benutzte sein Handy als Taschenlampe.

Jamie hatte sich einen Kerzenhalter mit Kerzenstummel geschnappt und las jetzt bei dessen Licht.

Mirren schaute noch ein bisschen nach draußen. Langsam gewöhnten sich ihre Augen an die Dunkelheit, und sie sah vor dem Hintergrund der Landschaft die Flocken sausen und tanzen. Es war wunderschön, wie sie durch die Luft flitzten und sich drehten.

Die beiden Männer waren mit den Tierführern beschäftigt und machten von Zeit zu Zeit Bemerkungen wie »Dieser Typ hat wohl noch nie einen richtigen Otter gesehen« oder »So langsam sehen für mich alle Vögel gleich aus«.

Mirren hingegen starrte in die einsame Wildnis hinaus. Klar, sie war schon mal gereist, war mit Freundinnen auf Ibiza gewesen und mit ihrer Mutter in Frankreich. Aber dass sie sich hier im selben Land befand, in dem auch London lag, war kaum zu glauben. Nirgendwo gab es auch nur den kleinsten Hinweis auf die Zivilisation, auf andere Menschen. Da draußen war niemand unterwegs, es war nichts zu sehen oder zu hören. Vermutlich war es irgendwie befreiend, um sich herum so viel Platz zu haben und damit anfangen zu können, was man eben wollte. Den alten Mann schien das aber nicht sehr glücklich gemacht zu haben. Und den jungen auch nicht, dachte sie plötzlich. Vielleicht wurde es mit der Einsamkeit hier doch etwas zu viel.

Genau in dem Augenblick, in dem ihr das durch den Kopf ging, blitzten draußen in der eisigen Dunkelheit Lichter auf.

# Kapitel 18

»Was ist das denn?«, fragte Mirren und legte an der Scheibe die Hände um die Augen.

Ein Lichtstrahl, der hier und da flackerte, zerschnitt die Dunkelheit.

Zwischen verstreut daliegenden Büchern schaute Jamie auf. »Vermutlich haben sich da nur ein paar Touristen verirrt, obwohl die normalerweise nicht so weit kommen. Na ja, einmal hat es eine Truppe von jungen YouTubern bis hierher geschafft, die dachten, das Schloss wäre verlassen. Die wollten so ein Lost-Places-Video drehen und wurden dann von meinem Großvater mit einer Donnerbüchse davongejagt.«

»Er hat YouTube-Kids mit einer Donnerbüchse bedroht?«

»Manche von denen sind schon echt nervig«, murmelte sogar Theo.

Mirren starrte ihn an.

»Was denn, das musst du doch wohl zugeben! ›Hey Leute, likt unser Video und abonniert unseren Kanal! Jetzt brechen wir mal in dieses gruselige Schloss ein und hoffen, dass ein alter Knacker mit Donnerbüchse auftaucht!‹«

»Und wie kommt es, dass das Video nicht viral gegangen ist?«, fragte Mirren.

»Männerklüngeleien«, erklärte Jamie. »Mein Großvater hat Beziehungen spielen lassen. Er ist zum Glück mit Leuten aus der lokalen Zeitung zur Schule gegangen, die die

Sache vertuschen konnten. Sorry, das denke ich mir wirklich nicht aus.«

»Sind die Typen etwa *tot?*«, fragte Mirren.

»Nein!«, versicherte Jamie, nur um dann hinzuzufügen: »Ich denke nicht. Und Sie waren doch diejenige, die mich gefragt hat, warum ich mir mit dem Gedicht nicht von Leuten aus dem Internet helfen lasse.«

»Damit *Sie* nicht in Versuchung geraten, die Donnerbüchse rauszuholen?«

»Das ist ganz klar ein Auto«, stellte Theo fest und deutete hinaus. In der verschwommenen Dunkelheit des Schneegestöbers war das Licht jetzt deutlich als zwei separate Strahlen zu erkennen, da draußen erhellten also eindeutig die Scheinwerfer eines Autos die Flocken. Wer am Steuer saß, fuhr unberechenbar, zu schnell für die Wetterverhältnisse und die Zustände der Buckelpiste. Das Auto schwankte hin und her und raste gelegentlich über die Böschung. »Und wer da drin sitzt, hat es wohl ziemlich eilig.«

Jamie kam herbei, um sich das anzuschauen, und fluchte. »Oh, verdammt!«

»Was denn?«, fragte Mirren, während er die Treppe hinaufeilte und durch die Tür verschwand.

Theo und Mirren blickten einander an und sahen dann zu, wie zwei Stockwerke unter ihnen mit einem Satz das Auto zum Stehen kam und eine aufgebrachte junge Frau mit kurzen Haaren heraussprang.

Als Jamie das Gebäude umrundete und auf sie zukam, begann sie sofort damit, ihn anzuschreien. Die Scheinwerfer ihres Land Rovers waren noch an und zeigten, wie heftig der Schnee fiel.

»Mann, Mann, Mann«, sagte Theo. »Und ich dachte, das Landleben wäre ganz entspannt. Aber hier geht es ja zu wie bei den Eastenders, wenn *Eastenders* in einem Schloss spielen würde. Das würde ich mir auf jeden Fall angucken.«

»Ich kann das gar nicht deuten«, murmelte Mirren. »Seine Freundin? Oder Frau?«

»Seine Schwester«, versicherte Theo zuversichtlich. »Sie hat direkt angefangen, ihn zusammenzustauchen. Eine Freundin würde sich mehr Zeit nehmen und es am Ende so hinstellen, als hätte er angefangen.«

»Dich haben wohl schon viele Frauen zusammengestaucht, was?«

»Du ja auch.«

Plötzlich wirkte die Luft in der Bibliothek noch eisiger als ohnehin schon.

Als Mirren wieder den Mund aufmachte, klang ihr Tonfall ganz anders. »Ich ... Ich hab wirklich gedacht, du würdest mich anrufen«, sagte sie, und es schwang keine Wut oder Sarkasmus oder implizite Kritik darin mit. Sie sprach nur ganz aufrichtig über etwas, was sie traurig gemacht hatte. »Deshalb war ich echt fertig. Wir haben uns doch gut verstanden.«

Theo schaute zu Boden. »Ja, das haben wir.« Er kratzte sich den Kopf. »Es tut mir leid.« Als er wieder aufschaute, blickte er sie ganz offen an.

Es war, als hätte die melancholische Nordbibliothek – mit all den Zeugnissen einer traurigen Kindheit und einer unglücklichen Familie – dazu geführt, dass sie bessere Menschen sein wollten, dass sie nicht so viel Zeit vergeuden wollten, wie hier zwischen Stapeln ungelesener Bücher und herumfliegenden Papieren offensichtlich vergeudet worden war. Das schien auch Theo berührt, ihn nachdenklicher gemacht zu haben.

»Wir haben hier eine Aufgabe zu erledigen, und ich will

auf keinen Fall, dass wir dabei streiten«, sagte er. »Und zwar unabhängig davon, ob wir Erfolg haben oder nicht …«

Mirren nickte.

Er atmete einmal tief durch und schüttelte das dunkle Haar, um etwas von dem Staub loszuwerden. »Hör mal, Mirren. Okay, gut, ich war egoistisch. Am Anfang wollte ich mich einfach nicht festlegen, und später hab ich mich deshalb total mies gefühlt. Also hab ich mich nicht gemeldet, um mich nicht mit meinem arschigen Verhalten auseinandersetzen zu müssen«, gab er zu und verzog das Gesicht. »Wenn man jemanden ungerecht behandelt hat, denkt man über diese Person immer schlecht, das ist leider einfach menschlich. Du hast mir durch deine reine Existenz ein schlechtes Gewissen gemacht, weshalb ich am Ende echt sauer auf dich war.«

Mirren musste beinahe lachen. »O Gott«, stöhnte sie, »wie bekloppt. Dafür kann ich doch rein gar nichts. Ich hab überhaupt nichts gemacht.«

»Schon klar«, sagte Theo. »Du bist ja so ein liebes, braves Mädchen. Das hat mich in den Wahnsinn getrieben.«

Jetzt lachte sie richtig. »Ich bin nicht immer nur brav«, versicherte sie in ein wenig herausfordernderem Tonfall.

Mit schelmisch hochgezogenen Brauen schaute er sie an. »Du siehst echt zum Anbeißen aus, das hatte ich ganz vergessen.«

»Ja, vor allem, wenn ich so dick eingemummelt bin«, entgegnete sie, aber er lachte nicht, sondern fixierte sie mit diesem intensiven Blick aus glühenden Augen, die an einen Vampir erinnerten.

Mirrens Herz begann heftiger zu klopfen. Ihr Körper rief ihr gerade in Erinnerung, dass sie schon lange – sehr, sehr lange – keinen Sex mehr gehabt hatte.

»Na, ich bin mir sicher, dass man da was machen kann«, raunte Theo.

In der Bibliothek herrschte Stille, mal abgesehen von ihrem Atem, der plötzlich deutlich vernehmbar war.

»Echt jetzt, unfassbar!«, brüllte da jemand, bevor mit einem Knall die Tür aufflog.

# Kapitel 19

»So, hier hocken also die Verschwörer zusammen?«, schnaubte die Frau, die im Türrahmen erschien, und marschierte mit in die Hüften gestemmten Armen die Treppe hinunter.

Bei Mirren und Theo schoss der Kopf so hastig herum, als hätte man sie bei etwas Verbotenem ertappt.

Jetzt tauchte hinter ihr Jamie auf und schob sich ziemlich unsanft an ihr vorbei. »Mirren, Theo, darf ich vorstellen: meine Schwester, Esme.«

»Ja, sorry, dass ich euer Spielchen durchschaut habe.«

Sie hatte einen entwaffnend schicken Akzent. Jamie merkte man auch irgendwie an, dass er schickimicki war, wenn er sprach. Esme klang hingegen wie Königin Elizabeth in alten Schwarz-Weiß-Aufnahmen aus der Zeit, bevor man ihr nahegelegt hatte, ihre Sprechweise etwas mehr an die ihrer Untertanen anzupassen.

Jamies Schwester war groß und schlank, mit hohen Wangenknochen, die von ihren raspelkurzen Haaren noch betont wurden. Sie hatte die Spitzen in einem Lilaton gefärbt, der bei den 99,99 Prozent der Menschen, die nicht knapp eins achtzig waren, total albern ausgesehen hätte, und war mit Tattoos übersät.

Mit ihrer Hose im Militärstil und den schweren Stiefeln sah sie einfach toll aus, wirklich beeindruckend.

»Es gibt kein Spielchen, Esme«, sagte Jamie. »Na ja, mal abgesehen von einem … Rätsel, das wir lösen wollen.«

»Und warum hast du mir nichts davon erzählt?«

»Darum!«, versetzte Jamie, der sich offensichtlich darum bemühte, ruhig zu bleiben. »Jedes Mal, wenn ich irgendwas erwähne, was mit Forres zu tun hat, stöhnst du nur: ›Mensch, langweil mich doch nicht mit diesem Mist!‹«

»Ja, und dann füge ich noch hinzu: ›Verkauf das verdammte Ding endlich, und überweis mir mein Geld!‹«

»Damit ist aber kein Geld zu machen, Esme.«

»Das ist doch lächerlich! In dem alten Kasten gibt es sechsunddreißig Schlafzimmer, den muss man doch zu Geld machen können!« Sie starrte Mirren und Theo an. »Und diese Typen bezahlst du ja wohl. Mir hat jemand erzählt, dass er den Waggon gesehen hat, daher wusste ich, dass hier *irgendwas* im Busch ist.«

Jamie setzte eine finstere Miene auf. »Ich werde sie von dem Geld bezahlen, das ich mit meiner Arbeit verdient habe. Wie ist denn dein letztes Praktikum gelaufen? Oder legst du mal wieder ein Sabbatjahr ein?«

»Du hast ja keine Ahnung, wie es ist, wenn man sich den Lebensunterhalt in einer kreativen Branche verdient.«

»Du aber auch nicht!«, konterte Jamie, wodurch die Stimmung im Raum plötzlich so eisig war wie die Temperaturen draußen.

Wieder flackerten die Lampen.

»Die Straße ist übrigens so gut wie unpassierbar«, erklärte jetzt Esme. »Die Schneetore haben sie schon geschlossen.«

»Du hättest bei dem Wetter echt nicht fahren sollen«, sagte Jamie mit etwas sanfterer Stimme. »Das ist gefährlich.«

Esme schnaubte. »Jetzt sei mal nicht albern. Der Land Rover und ich, wir kennen das Anwesen doch wie unsere Westentasche.«

Jamie blickte nach draußen. »Auf deinen Land Rover würde ich mich nicht mehr verlassen. Der wird in etwa sechs Minuten wohl unter Schnee begraben sein.«

Fluchend schaute auch Esme durchs Fenster. Dann drehte sie sich um und nahm die drei wieder ins Visier. »Also, worum geht es? Sie sollten wissen, dass über das Schloss schon vor Jahren die Geier hergefallen sind und alles mitgenommen haben. Deshalb auch die Flecken an den Wänden, wo früher mal Gemälde gehangen haben. Alles, was einen gewissen Wert hatte, hat meine Mutter schon vor langer Zeit aufgestöbert und verscherbelt.«

»Esme ...«

»Hat er behauptet, der alte Herr wäre ein wirklich netter Mensch gewesen?«, fragte Esme.

»Zumindest hat er es versucht«, entgegnete Jamie.

»Und dabei das Anwesen in den Ruin getrieben.«

»Er hatte ja auch eine schwere Kindheit«, wandte Mirren ein und hielt einen der Briefe hoch, die sie mit runtergebracht hatte.

Der Spruch, mit dem Esme konterte, hätte kaum nerviger sein können: »Das ist ein Affront all den guten Menschen dieser Welt gegenüber, die ebenfalls eine schwere Kindheit hatten.«

Jetzt fingen die Geschwister an zu streiten und waren bald in eine Meinungsverschiedenheit darüber verwickelt, wo man problemlos Glühbirnen aus der Fassung drehen konnte und wo nicht. Esmes Standpunkt, dass man sie aus Treppenhäusern nun wirklich nicht entfernen sollte, war durchaus nachvollziehbar.

Mirren nutzte den Moment, um zu Theos Stapeln mit den Büchern über die Tierwelt der Arktis hinüberzugehen. Eins davon war für Kinder gedacht. Es handelte sich um ein sogenanntes Bestiarium, und es war offensichtlich der Nachdruck einer sehr viel älteren Ausgabe mit mittelalterlichen Radierungen. Dabei wirkte das gebundene Buch mit staubigem Einband, der mit einer Schnalle geschlossen wurde, bereits uralt. Die Seiten waren unglaublich dick, doppelt so dick wie normales Papier, und durch Feuchtigkeit klebten nach all der Zeit auch noch einige davon zusammen. Dem Impressum zufolge stammte diese Ausgabe aus dem Jahr 1928.

Mirren blies den Staub von den Seiten. Was für ein wundervolles Buch! Es war zwar nur eine Reproduktion, aber dennoch ein wahres Kunstwerk voll seltsamer Kreaturen. Da gab es natürlich jede Menge Pferde und Hunde, aber auch Einhörner, die so präsentiert wurden, als wären sie echt, seltsame Wiesel und Füchse mit buschigem Schwanz und gewitztem Gesichtsausdruck, Drachen aller Größen und Formen. Die Hunde fand Mirren am coolsten. Aus irgendeinem Grund lächelten einige von ihnen, und viele hatten Augenbrauen, die ihnen einen ganz charakteristischen Gesichtsausdruck verliehen. Es gab auch Jagdszenen mit Hirschen und Hirschkühen, die zwischen golden gesprenkelten Apfelbäumen hindurchliefen oder sich vor einem aufwendig gestalteten Hintergrund abzeichneten, bei dem ein sich wiederholendes Gittermuster aus Bäumen einen Wald darstellte. Das Buch war wirklich, wirklich zauberhaft.

»Mann, Mann, Mann«, murmelte Mirren, und Theo lehnte sich vor, um zu sehen, was sie da hatte. Er grinste und murmelte: »Bevor du bei den Beeren eine *Paus* einlegst«, dann blätterte er eine Seite um.

Und da hatten sie es vor sich, ein zauberhaftes Bild von einem Bären im Mondlicht, das mit üppigen, leuchtenden Rot- und Blautönen gestaltet war. Der Bär schien irgendetwas zu zerfleischen, was das Bild aber nicht weniger beeindruckend machte. Theo griff nach dem Pauspapier und legte es darüber. Der Umriss entsprach der Zeichnung.

Sie sahen einander an.

»Und die Wasserrechnung, wer soll die bezahlen?«, rief Esme gerade.

»Na, Großvater hat doch …«

»Was?«

Schweigend schaute Jamie sie an. »Ich weiß es nicht«, sagte er schließlich.

Ein harter Gesichtsausdruck lag auf Esmes scharf geschnittenen Zügen.

Theo und Mirren tauschten Blicke. Offensichtlich wollte er seine Schwester nicht einweihen.

»Ich hab jedenfalls gehört, dass du Leute hierhergeholt hast, und konnte mir natürlich denken, dass du irgendeinen Plan schmiedest, das Land verkaufen oder sonst irgendwie Schadensbegrenzung betreiben willst. Also, was treibt ihr hier? Was willst du ihnen andrehen?« Sie schaute sich in der chaotischen Bibliothek um. »Jetzt mach schon den Mund auf, Jamie! Was ist los?«

»Ich hab mich um die Verantwortung für das alles nun wirklich nicht gerissen.«

»Nun hör schon auf! Du hast immer gewusst, dass du dich darum kümmern musst, schließlich warst du der erste Junge in der Familie seit dreißig Jahren. Du hättest dich dein ganzes Leben auf die Sache vorbereiten sollen.«

»Aber Großvater hatte kein Interesse daran, mir alles zu zeigen … und Mum war ja nicht da.«

Esme schwieg einen Moment. »Äh, das stimmt.«

Mirren blickte wieder den Umriss des Bären an. Er passte ganz genau über den Bären aus dem Bestiarium, war perfekt durchgepaust, wenn es auch ein brauner Bär war statt eines Eisbären.

»Aber das beweist doch nichts«, flüsterte Theo. »Oder?«

Sie betrachteten das Buch ein wenig länger.

»Das bringt uns nicht weiter.«

Vorsicht rückte Mirren das Pauspapier wieder zurecht und presste es auf das Bild des Bären. Dann schnüffelte sie.

»Was ist denn?«, fragte Theo.

»Ich weiß auch nicht«, musste sie zugeben.

Jamie und Esme diskutierten gerade über den Wasseranbieter.

Als Mirren noch etwas fester drückte, gab unter ihren Fingern etwas nach.

»Vorsicht!«, zischte Theo.

Mirren zog das Pauspapier beiseite, und beide starrten das Buch darunter an. Auf der Seite hatte sich etwas bewegt.

Jetzt war Theo derjenige, der sanft mit einem Finger daraufdrückte. Plötzlich löste sich der Bär. Er war nur auf das Papier aufgeklebt gewesen. Eine bärenförmige Vertiefung in der dicken Seite kam zum Vorschein.

# Kapitel 20

Mirren frohlockte und war richtig aufgeregt. In diesem Moment hatte sie gar kein Verlangen, ihre Entdeckung mit den streitenden, nörgelnden Geschwistern zu teilen, und Theo schien es genauso zu gehen.

Ihnen kam die Sache wie etwas Magisches vor, das die beiden gar nicht verdient hatten, vor allem, da sie es offensichtlich gewohnt waren, sich vor Angestellten so aufzuführen. Vermutlich war das typisch für Menschen aus solchen Kreisen, die machten einfach immer, was sie wollten.

Irgendwann sagte Jamie: »Es tut mir leid. Mir ist ja klar, dass die Situation für dich auch Mist ist, Esme. Ich gebe hier mein Bestes, aber ich kann mir das Geld nicht aus den Fingern saugen. Sorry.«

Jetzt musste Mirren wieder daran denken, was für ein gequälter Ausdruck oft auf seinen Zügen lag. Er hatte es sich ja nicht ausgesucht, in diese ätzende Situation hineingeboren zu werden. Und aus der versuchte er jetzt das Beste zu machen. Ihr wurde zunehmend klarer, dass er ein wesentlich sanfterer Mann war, als sie zunächst gedacht hatte, ganz anders als der laute, selbstbewusste Theo.

»Du bist einfach für nichts zu gebrauchen, genau wie alle McKinnon-Männer«, fauchte Esme, woraufhin ihr Bruder nur noch verletzter wirkte.

»Ähem«, machte jetzt Theo, um Jamies Aufmerksamkeit auf sich zu lenken.

»Was denn?«, knurrte Esme.

»Ich fürchte, das ist nur für die Ohren von Laird Jamie bestimmt«, sagte Theo. Sein Ton war dabei zwar höflich, duldete aber keinen Widerspruch.

Esme starrte Theo und Mirren an, als sei sie drauf und dran, sie von Wachpersonal vom Anwesen geleiten zu lassen.

Genau in diesem Moment ging aber die Tür auf, und alle schauten zum lieben, fröhlichen Gesicht von Bonnie hinauf.

»Guten Abend, Miss Esme«, sagte sie.

Selbst Esme musste bei ihrem Anblick lächeln. »Uff!«, sagte sie. »Ich kann einfach nicht fassen, dass du immer noch hier bist.«

»Bin ich in Wirklichkeit auch gar nicht«, entgegnete Bonnie. »Ich bin vor Jahren auf dem Dachboden gestorben und als Geist zurückgekehrt.«

Das wäre witziger gewesen, wenn nicht in diesem Moment der Wind im Schornstein gepfiffen hätte. (In einem von zweiundfünfzig, wie Mirren später erfahren würde.)

Esme lachte. »Diese Typen hier sind üble Geheimniskrämer und absolut nicht dazu bereit, mir irgendwas zu verraten. Sag mir doch bitte, dass du was zu trinken für mich hast.«

»Ich hab was zu trinken für dich.«

»Dem Himmel sei Dank! Wie sieht es mit dem Weinkeller aus?«

»Noch ist er nicht leer, und wir haben auch jede Menge Grappa und Absinth.«

»Perfekt!«

Esme ließ den Blick über sie wandern und wandte sich

kopfschüttelnd ab. »Wühlt ihr hier ruhig weiter im Müll rum, ich geh lieber mit Bonnie mit. Brennt irgendwo ein schönes Feuer im Kamin?«

»Im Chinesischen …«

»Okay, alles wie immer. Wunderbar.«

Während Esme aus der Bibliothek rauschte, verzog Jamie das Gesicht. »Es tut mir leid, meine Schwester ist eine ziemliche Kraftnatur … Was … Sie haben doch nicht etwa was entdeckt, oder?«

Theo hielt das Buch hoch. »Ich bin mir nicht sicher. Oder doch, ja, ich denke schon. Allerdings sollten wir von jetzt an wohl besser mit Handschuhen und Pinzette arbeiten, sonst zerfällt noch alles zu Staub. Dieses Buch ist unglaublich alt und anfällig.«

Während er das sagte, begann das Pauspapier, das mit dem altem Klebstoff in Kontakt gekommen war, sich zu kräuseln und aufzulösen. Alle starrten es an.

Theo zeigte Jamie das bärenförmige Loch im Buch.

Der riss die Augen auf. »Unglaublich, wow! Ich kann nicht fassen, dass Sie so schnell etwas gefunden haben!« Er schüttelte den Kopf. »Mein verdammter Großvater. Statt mir wenigstens ansatzweise zu zeigen, wie man so ein Anwesen verwaltet, hat er seine Zeit und Energie mit diesem ganzen Kram vergeudet.«

»Haben Sie an der Uni Landbewirtschaftung studiert?«

»Genau«, bestätigte Jamie. »Ich habe allerdings abgebrochen, um im Botanischen Garten zu arbeiten, und, na ja, so sieht es jetzt eben aus …«

»Okay«, sagte Mirren und spähte in die Öffnung im Buch. »Wir brauchen wohl wirklich eine Pinzette.«

»Wir haben irgendwo eine, mit der wir bei den Hunden Zecken entfernen«, sagte Jamie. »Ginge die?«

»Nein!«, entgegnete Mirren.

»Keine Sorge«, sagte Theo und zog aus seiner Umhängetasche eine Schachtel Einweghandschuhe und noch etwas hervor, was an die kleinen Sets mit Kosmetik oder Nähzeug in Hotels erinnerte.

»Bist du nur gut auf die Mission vorbereitet, oder warst du eher auf einen Spa-Tag eingestellt?«, stichelte Mirren.

Er öffnete das Set, das eine winzige Schere, Nadeln und tatsächlich auch eine Pinzette enthielt. »Mirren, mir ist ja klar, dass du in dieser Branche eher zufällig gelandet bist. Aber ich bin tatsächlich antiquarischer Buchhändler«, sagte Theo ein wenig genervt. »Ja, ich bin gut vorbereitet … Und Jamie, wenn Sie diese Seite restaurieren lassen, kann ich das Buch für Sie zu einem fairen Preis verkaufen. Mehr bräuchte man daran gar nicht zu machen, das würde als Kuriosität gut ankommen.«

»Was kann ich mir denn unter einem fairen Preis vorstellen?«

Als Theo eine Summe nannte, entgegnete Jamie, dass er damit nicht einmal ein einziges Leitungsrohr im Ostflügel würde erneuern können, und da musste Theo leider zustimmen.

Also konzentrierten sie sich lieber wieder auf das Rätsel.

Sie warteten ab, bis Theo sich Handschuhe angezogen hatte. Dann richtete Mirren das Taschenlampenlicht seines Handys auf das Loch, und Theo schob vorsichtig die Pinzette hinein. Zunächst konnte er nichts finden. Während Mirren ihm zuschaute, fragte sie sich besorgt, ob sie wohl wieder in einer Sackgasse gelandet waren. Hatte ein gestörter alter Mann sie hier aufs Glatteis geführt und lachte jetzt aus dem Grab über sie?

Theo war hoch konzentriert, sein Gesicht unbewegt,

und Mirren musste zugeben, dass sie ihm im gedämpften, flackernden Licht im Raum nicht ungern zusah. Sie musste an *Doktor Bibber* denken.

Theos Hand zitterte nicht, und irgendwann zog er ein kleines, fest zusammengefaltetes Stück Papier hervor. Als er es hochhielt, erkannten sie einen gekonnt gefalteten kleinen Origamischwan. Man konnte sehen, dass er mit winzigen Buchstaben beschrieben war.

# Kapitel 21

Jamie stieß einen Pfiff aus.

»Was ist das nur?«, fragte Mirren aufgeregt.

Sie gingen zum nächsten Schreibtisch hinüber, einem uralten Ding, dessen Schubladen voll mit Schreibfedern, Fingerhüten, alten Füllern und Löschpapier waren.

Jetzt leuchtete Jamie, der am größten war, mit seinem Handy von oben, während Theo das Papier vorsichtig auseinanderfaltete.

Es handelte sich um ein quadratisches Stück altes Papier. Die durch Leerzeichen voneinander getrennten Buchstaben waren mit blauer Tinte geschrieben worden.

»Hm«, machte Theo nach genauerer Betrachtung.

»Ist das deine professionelle Einschätzung?«, fragte Mirren.

Sie schaute sich das genauer an. Tatsächlich handelte es sich gar nicht um Buchstaben. Die winzigen Zeichen waren alle entweder eine Eins oder eine Null.

»Äh, *was?*«, entfuhr es ihr.

»Was, Binärcode?«, murmelte Jamie.

Mirren verzog das Gesicht. »Das verstehe ich nicht. Hat er etwa Computerprogramme geschrieben? Sie haben gar nicht erwähnt, dass er sich mit Computern auskannte.«

Theo schüttelte den Kopf. »Computer benutzen zwar Binärcode, aber den gab es davor auch schon.«

»Das sieht ja aus wie bei *Matrix.*«

»Ja«, räumte Theo ein. »Aber das ist ein uraltes System. Wir müssten die Kombinationen in einen Computer eingeben und dabei höllisch mit der Reihenfolge aufpassen.«

Jamie nickte.

Plötzlich schauten die anderen beiden auf, weil in der Tiefe des Gebäudes irgendwo mit dunklem Scheppern ein Gong ertönte.

»Das verschieben wir wohl besser auf morgen«, sagte Jamie.

Mirren warf einen Blick auf Theos Uhr und stellte überrascht fest, dass es halb sieben war. Es war schon so lange dunkel, dass sie völlig das Zeitgefühl verloren hatte. Sie hatte stundenlang in den alten Büchern herumgewühlt und war ganz eingestaubt.

»Dann ziehen wir uns mal fürs Abendessen um«, sagte Jamie. »Und treffen uns gleich im Chinesischen … in dem Salon, in dem wir vorhin waren.«

»Soll das ein Witz sein?«, fragte Mirren. »Das ist doch eine Dienstreise. Ich hab nur ein einziges Kleid dabei, und das ist eher schlicht.«

Jamie zuckte mit den Achseln. »Das macht doch nichts. Sie können gern gucken, ob Sie vielleicht in irgendwelchen Schränken noch etwas finden. Haben Sie denn was mitgebracht?«, wandte er sich an Theo.

Der nickte.

Ja, natürlich, dachte Mirren.

»Okay, dann drücke ich Ihnen die Daumen wegen des warmen Wassers«, murmelte Jamie noch, während sie bereits den Raum verließen. »Und erwähnen Sie bitte … Esme gegenüber nicht, was wir hier machen. Ich will hier niemanden übers Ohr hauen, aber … wir wissen ja noch nicht einmal, ob an der Sache was dran ist oder ob in Wirklichkeit nichts dahintersteckt.«

»Dann hätte sich aber jemand viel Arbeit für nichts gemacht.«

»Wie ich für dieses Haus«, murmelte Jamie.

Mirren machte sich auf den Weg zurück zu ihrem Schlafzimmer, das sich im dritten Stock auf der Ostseite befand, wie sie sich in Erinnerung rief. Dass es gen Osten lag, konnte man sich leicht merken, weil es aufs Kliff hinausging. Vor dem Fenster würde jetzt nur Dunkelheit liegen, aber sie würde wissen, dass unten am Fuß der dramatischen Steilwand die Nordsee gegen die Felsen klatschte.

Eigentlich hatte Mirren erwartet, dass ihr Zimmer eiskalt sein würde. Als sie hereinkam, stellte sie zu ihrer Begeisterung allerdings fest, dass jemand gekommen war und im Kamin ein Feuer entzündet hatte. Das konnte nur Bonnie gewesen sein.

Neben dem Kamin war Holz gestapelt. Sie legte ein Scheit nach und fand es unglaublich befriedigend, wie schnell es zu brennen begann. Als sie begeistert in die Hände klatschte, flackerten die Lampen unheilvoll, woran sie sich jedoch langsam gewöhnte.

Den draußen immer noch vor dem Fenster wirbelnden Schnee fand sie mittlerweile allerdings eher bedrohlich als entzückend.

Obwohl sie selbst ja mit einem fetten Auto unterwegs gewesen war, hatte Esme doch gesagt, dass die Straßen langsam unpassierbar wurden, und das war schon Stunden her.

Mirren wünschte sich, sie könnte ihre Mutter anrufen und Bescheid sagen, dass bei ihr alles in Ordnung war. Dabei fiel es ihrer Mutter eigentlich nicht groß auf, wenn sie sich mal ein paar Tage nicht meldete. Vermutlich würde sie eher einen Schock bekommen, wenn Mirren sie plötzlich anrief, und annehmen, dass irgendetwas Schlimmes passiert sein musste. Nora fand eigentlich nicht, dass Mirren mit einunddreißig als erwachsen durchging. Aber das würde wohl auch noch so sein, wenn sie einst einundsechzig wäre.

Als sie sich vom Fenster abwandte, bemerkte Mirren plötzlich, dass jemand in eine Ecke des Raumes einen Badezuber gestellt hatte. Daneben lagen auf einem Hocker ein Stück Seife, ein Waschlappen und ein großes Handtuch. Das Wasser im Zuber war angenehm warm. Er war zu klein, um sich darin hinzusetzen oder womöglich hinzulegen. Aber Mirren hockte sich hinein und konnte sich so ganz gut mit dem Lappen waschen. Danach trocknete sie sich mit dem riesigen Handtuch ab.

Von dieser ungewöhnlichen Badeerfahrung glühend schaute sie sich im Raum um. Darin stand ein Kleiderschrank, und Jamie hatte ja gesagt, dass sie sich ruhig bedienen könnte … und mittlerweile platzte sie vor Neugier.

Ins Handtuch eingewickelt ging sie zum Schrank hinüber. Es handelte sich um ein riesiges Ding mit Spiegel in der Tür, das ja durchaus hätte verschlossen sein können.

Als sie am Griff zog, ging der Schrank allerdings auf, und es fielen zwei Mottenkugeln heraus. Mirren schaute hinein und begann zu strahlen. Erwartet hatte sie eigentlich … na ja, nichts Bestimmtes. Sie hatte keine Anhaltspunkte dafür gehabt, was Jamie gemeint hatte. Es hätte ja sein können, dass dort ein paar alte Tweedsachen vor sich hin schimmelten.

Aber nein – der Schrank war randvoll mit Kleidern! Und nicht mit normalen Kleidern, sondern richtigen Abendkleidern, die an gepolsterten Bügeln hingen und zum Schutz in Plastikhüllen steckten.

Mirren begann, sie herauszunehmen. Da gab es ein Blumenkleid im Fünfzigerjahrestil mit weitem Ausschnitt. Es bestand aus einem steifen Material, auf das Stoffblumen genäht waren. Dann fand sie ein hochgeschlossenes viktorianisches Gewand, das sie an die Marke *The Vampire's Wife* denken ließ. Ziemlich ironisch, wenn man bedachte, wer das Zimmer auf der anderen Seite des Flurs hatte, fand Mirren. Dieses Kleid war allerdings viel zu alt und zerfranst. Als Nächstes nahm sie ein silbriges in die Hand, das aussah wie die typischen an Unterkleider erinnernden Modelle aus den Neunzigern. Es war zwar wunderschön, aber viel zu dünn. Zu einem spektakulären Sackkleid in leuchtendem Orange gab es sogar einen passenden Turban.

Schließlich zog Mirren etwas ganz Schlichtes aus dem Schrank, ein Kleid aus superweicher Seide in einem dunklen Rot, das in Bordeaux überging. Es hatte einen weiten Rock und Glockenärmel. Als Mirren es vor sich hielt, fragte sie sich, wer das wohl einst angehabt, wem es einst gehört hatte. Dann bemerkte sie allerdings, dass es immer noch mit dem Preisschild versehen war. Es war ein Designerstück und unfassbar teuer gewesen.

Also hatte dieses Kleid noch nie jemand getragen. Wahrscheinlich würden die McKinnons mehr Geld mit Kleidern auf Vinted machen können als mit dem gesuchten Buch, dachte Mirren. Sie nahm die restlichen Sachen unter die Lupe und fand noch so einige Preisschildchen. Irgendjemand hatte diese Kleider gekauft, sie hier in den Schrank gehängt und dann einfach vergessen.

Als Mirren das bordeauxfarbene Kleid mit Schrägschnitt überstreifte und sich im Spiegel betrachtete, stellte sie fest, dass es unglaublich schmeichelhaft war. Sie lächelte. Das war mal etwas ganz anderes als die Klamotten, die sie sonst so trug. Damit sah sie beinahe aus wie ein Flappergirl aus den 1920er-Jahren, das sich gleich auf den Weg nach unten in den Salon machen würde, um einen Mord zu lösen. Während sie weiter in sich hineinlächelte, zog Mirren ihre schwarzen Schuhe an. Weil die flach und robust waren, hatte sie eigentlich gedacht, dass sie nicht zu dem Kleid passen würden. Tatsächlich verstärkten sie den Eindruck aber noch, weil sie in dieser Kombination aussahen, als könnten sie aus derselben Zeit stammen. Mit Wasser aus dem Badezuber glättete sich Mirren die Locken hinter den Ohren und zog einen sonst nur selten benutzten roten Lippenstift von MAC aus ihrem Kulturbeutel. Sie mischte ihn mit ihrem normalen, eher bräunlichen Lipgloss, bis die Farbe fast exakt der des Kleides entsprach. Dann trug sie noch Wimperntusche auf und griff nach ihrer schwarzen Strickjacke. Die passte zwar gar nicht zum Outfit, aber da konnte sie wohl nicht viel machen. Am Ende legte sie sie aber wieder weg.

Diese Situation war doch ziemlich verrückt: Sie befand sich hier Hunderte Kilometer weit weg von allen, die sie kannten – von ihrer Familie, ihren Freunden und Kollegen. Und dieses Schloss war einfach absurd, eine verfallene Bruchbude, die zugleich aber etwas Magisches an sich hatte. Diesem uralten Gemäuer haftete ein ganz eigener Zauber an, der wohl mit dem wirbelnden Schnee zu tun hatte, mit den hellen Flecken an den Wänden, dem unglücklichen Besitzer und seinen unglücklichen Vorfahren und all den endlosen Regalen voller Bücher.

Das hier war eine Pause von ihrem normalen Leben, eine Auszeit, und sie konnte sich hier benehmen, wie auch immer sie wollte. Schließlich war es nicht so, als würde sie je wieder so etwas erleben, wieder einmal in einem uralten schottischen Schloss von einem scheppernden alten Gong zum Abendessen gerufen werden.

Als sie sich im Zimmer umschaute, fiel Mirrens Blick auf ein weiteres Regal, in dem gebundene Bücher aus den Achtzigern standen: *Die Dornenvögel*, *Mein Jahr in der Provence*, *Lace*. Cool! Die würde sie sich später mal ansehen.

Daneben stand am Fenster ein uralter, mit Leder bezogener Lehnstuhl, über dessen Rückenlehne jemand eine alte Decke mit Schottenkaro gehängt hatte. Der dunkelrote Streifen, der sich vor einem neutralen Hintergrund abzeichnete, entsprach fast genau der Farbe ihres Kleides.

Vorsichtshalber schnupperte Mirren daran, aber die Decke roch ganz okay, nach weicher Lammwolle, der ein leicht rauchiges Aroma vom Feuer anhaftete. Sie bespritzte sie mit etwas Parfüm und legte sie sich dann um die Schultern. Ja, das passte schon besser.

Als sie sich ein letztes Mal im Spiegel betrachtete, hätte sie beinahe einen Rückzieher gemacht, weil sie sich zu fragen begann, ob dieses Kleid und das ganze Outfit vielleicht lächerlich waren.

Aber da erklang ein zweites Mal der Gong in den Tiefen des Gebäudes, und Mirren machte rasch die Zimmertür auf, bevor sie es sich anders überlegen konnte.

# Kapitel 22

Die Tür gegenüber öffnete sich im exakt gleichen Moment. Mirren fiel auf, dass Theos Zimmer komplett in Grüntönen gestaltet war, während ihres ja ganz in Rot gehalten war.

Vermutlich hatten die Farben früher dabei geholfen, die Räume auseinanderzuhalten, als es noch jede Menge Personal gegeben hatte und nicht Bonnie allein wie durch Zauberhand alles erledigt hatte. Im Übrigen fand Mirren sie ja irgendwie gruselig, obwohl sie durchaus freundlich war. Aber es kam ihr so vor, als würde sich Bonnie selbst in eine Kiste packen, wenn sonst niemand im Haus war.

Theo trat in den Flur hinaus, und Mirren starrte ihn an. »*Das* hattest du eingepackt?«

»Natürlich«, sagte Theo. »Wen man in ein Schloss eingeladen ist, bringt man doch Abendkleidung mit.«

Er machte mit Smoking und makellos weißem Hemd wirklich eine gute Figur, nur die Fliege saß ein kleines bisschen schief. Das Haar hatte er sich zurückgegelt, was seinen dunklen Reiz nur noch verstärkte, vor allem, als er sie nun anlächelte. »Toll siehst du aus.«

»Danke«, sagte Mirren. »Allerdings trage ich hier eine Decke. Meinst du, das wird jemandem auffallen?«

Theo verdrehte die Augen. »Nur, wenn du unbedingt verkünden musst: ›Hey Leute, ich trage eine Decke!‹«, sagte er. »Ja, ja, du musst uns unbedingt ständig in Erinnerung rufen, dass du als Arbeiterkind hier die Vertretung der niederen Schicht übernimmst und Parasiten aus der Oberschicht hasst, obwohl du ja gerade für welche arbeitest. Kapiert, Frau Aktivistin! Aber wenn du dich schon mal so hübsch gemacht hast, könnten wir dann vielleicht einfach nach unten gehen, da schick rumsitzen und während des Essens mal nicht streiten?«

Pikiert schaute Mirren ihn an.

»Ach, komm schon, jetzt guck nicht so. Du hast doch gerade ein Kompliment von mir bekommen. Und da du ja immer wieder betonst, dass du an so ein Umfeld nicht gewöhnt bist, muss ich dich vorwarnen: Besonders lecker wird das Essen wohl nicht werden.«

Wie zum Trost bot er ihr dann seinen starken Arm, um sie eine breite Treppe hinunterzugeleiten. Und weil sie nicht wusste, was sie sonst hätte machen sollen, hakte Mirren sich bei ihm unter. Der Duft seines teuren Aftershaves von Penghalion erinnerte sie daran, was letztes Jahr passiert war. Warum musste er nur so gut riechen, verdammt noch mal?

Die meisten Bereiche des Hauses lagen in Finsternis da, vermutlich erst recht, seit Jamie die Hälfte der Glühbirnen rausgedreht hatte.

Unterwegs kamen sie an zig verschlossenen Türen vorbei. Als eine einen Spaltbreit offen stand, bemerkte Mirren dahinter jede Menge große Gegenstände unter weißen Tüchern. Das sah ganz schön gruselig aus.

»Was ist das denn? Geistermöbel?«, fragte sie, bevor sie sich auf die Zunge beißen konnte.

»Ich glaube, das war mal ein Musikzimmer«, antwortete Theo. »Die Tücher schützen wohl die Instrumente.«

Wenigstens war in der Dunkelheit der Chinesische Salon noch einfacher zu finden, da er hell erleuchtet war, wodurch die türkisfarbene Tapete mit den verblichenen Blumen und Vögeln sanft schimmerte.

Im Inneren des Salons war der lange Esstisch mit poliertem Silber und schweren alten Gläsern gedeckt worden. Darauf standen eine Karaffe mit Rotwein und in regelmäßigen Abständen Vasen mit Farnblättern.

Von irgendwoher waberte köstlicher Duft herbei, im Kamin prasselte ein Feuer, und in Armleuchtern flackerten Kerzen.

Sogar am Weihnachtsbaum brannten echte Kerzen, was Mirren unfassbar fand, weil es ja furchtbar gefährlich war. Fasziniert starrte sie die an.

Jamie und Esme warteten auf entgegengesetzten Seiten des Raums und sprachen offensichtlich noch nicht wieder miteinander. Esme starrte mit einer nicht angezündeten Zigarette in der Hand durchs Fenster auf den Schneesturm, der draußen tobte. Sie hätte wohl zu gern geraucht. Jamie stand an einer hölzernen Cocktailbar im Art-déco-Stil und gab gerade ein braunes Getränk in schwere alte Gläser. Sorgfältig versah er jedes Glas mit einer Cocktailkirsche.

»Wie wär's mit einem Old Fashioned?«, fragte er lässig, und Mirren strahlte.

Jamie schien sie verwundert zu mustern.

Natürlich konnte Mirren das nicht wissen, aber er fand ihre Reaktion wirklich merkwürdig. In diesem Haushalt lächelten Leute nur selten ohne Grund. Ach, tatsächlich lächelten Leute doch generell selten. Und irgendwie sah Mirren auch anders aus. Jamie hatte nicht viel Ahnung von Frauenkleidern, aber was sie da anhatte, war wirklich schön.

Ein Grund dafür, dass Mirren mit dem Grinsen nicht mehr aufhören konnte, bestand darin, dass sie im Gegenzug von Jamies Outfit begeistert war. Er trug nämlich ... na, das war wohl auch logisch, oder? So etwas ging hier eben als »Schickmachen fürs Abendessen« durch. Aber sie kam trotzdem nicht darüber hinweg, dass er einen echten, wahren, authentischen Kilt trug.

Über Schottenkaros hatte Mirren bisher nie groß nachgedacht, jetzt fiel ihr aber auf, dass sein Kilt ein Muster aus verblichenen Blau-, Grün- und Orangetönen hatte, das sehr ländlich wirkte. Dazu trug er ein schlichtes weißes Hemd und eine Tweedweste. Abgerundet wurde der Look von einem schweren alten Sporran.

Normalerweise fand Mirren Kilts ja eher lustig, aber dieses Outfit mochte sie. Das passte wirklich gut zu Jamie. Irgendwie wirkte er damit ... einerseits rauer, andererseits entspannter, nicht mehr so nervös.

Er bemerkte ihren Blick und schaute sie an. »Hübsch sehen Sie aus«, sagte er.

»Danke«, murmelte Mirren, lief rot an und nahm das Getränk entgegen, das er ihr reichte. Sie biss sich auf die Lippe. Dass ihm ihr Lächeln aufgefallen war, war ihr nicht entgangen. Und sie wollte sich nicht einmal selbst eingestehen, dass sie so glücklich aussah, weil sie hier in einem wundervollen Kleid den Salon eines Schlosses betreten hatte und ihr der Hausherr einen Cocktail gereicht hatte, was ja schon ein Stoff war, aus dem Fantasien gemacht waren.

»Wow!«, kam jetzt von Esme vom Fenster her. »Diese Farbe steht Ihnen super.«

Dass sie von *ihr* ein Kompliment bekam, verblüffte Mirren nun doch.

Esme selbst trug eine enge Hose und ein helles Oberteil

mit Militärjacke und schweren Stiefeln. Ihr Outfit hatte etwas Piratenhaftes an sich und war sehr sexy, wie Mirren sich ein wenig finster eingestehen musste. Das stachlige Haar stand in alle Richtungen vom Kopf ab, und sie sah einfach toll aus. Plötzlich kam sich Mirren in ihrem roten Kleid lächerlich altmodisch vor, als hätte sie sich für ein Kostümfest verkleidet, und ihr entgingen auch Theos bewundernde Blicke in Richtung Esme nicht.

»Äh, danke«, sagte sie trotzdem. »Bei mir im Zimmer hängen im Schrank jede Menge Kleider.«

Esme verdrehte die Augen. »Himmel, ja. Nur noch ein weiterer Nagel im Sarg des McKinnon-Vermögens, unsere liebe, verschwenderische Frau Mutter.« Sie runzelte die Stirn. »Aber wisst ihr was? Wo sie jetzt ist, braucht sie das ganze Zeug ja nicht. Das werde ich mir mal genauer angucken. Bestimmt sind manche von den Sachen einiges wert.«

»Genau das war auch mein Gedanke«, sagte Mirren.

»Esme!«, rief Jamie missbilligend.

»Was denn? Jetzt sei schon still. Was sich in den Schränken befindet, hast du doch nicht automatisch mitgeerbt.«

»Doch, im Prinzip schon, was mir allerdings egal ist. Das sind aber Mums Sachen!«

Esme verdrehte die Augen. »Wenn du nicht petzt, braucht sie es nie zu erfahren.«

»Wo ist Ihre Mutter denn?«, fragte Mirren und strich sich das Kleid glatt. Jetzt fühlte es sich etwas merkwürdig an, das zu tragen. Die beiden sprachen über ihre Mum, als wäre sie tot.

Mirren nippte an ihrem warmen, köstlichen Getränk. Der Whisky darin war ganz weich und rauchig, nicht so herb und beißend, wie sie Whisky normalerweise fand. Sie schmeckte auch ein leichtes Mandarinenaroma heraus, Nelken und natürlich die Kirsche.

Theo hatte sein Glas schon zur Hälfte geleert.

»Sie konnte sich davonmachen«, erklärte Esme trocken. »Manchmal ist es durchaus von Vorteil, ein Mädchen zu sein.«

»Ihr stand ein kleiner Treuhandfonds zur Verfügung«, führte Jamie weiter aus. »Den hat sie genutzt, um nach Saint-Tropez zu verschwinden …«

»… wo sie mit offenen Armen von einer stets wachsenden Gemeinschaft von Gigolos willkommen geheißen wurde«, kam jetzt wieder von Esme. »Da finden sich einige der schmierigsten Männer auf Gottes Erde. Keine Ahnung, wie weit man heutzutage mit so einem Treuhandfonds kommt. Wir haben nämlich keinen.«

»Und Sie haben gar keinen Kontakt zu ihr?«

»Nur, wenn sie etwas will«, sagte Esme. »Ich bin richtig froh, dass Sie diese Kleider gefunden haben. Damit kann ich ihr eins auswischen.«

»Aber sie ist doch Ihre Mutter …«, wandte Mirren ein.

Die Geschwister schauten sich an.

»Sie war immer unterwegs, als wir klein waren«, erklärte Jamie. »Deshalb haben wir ja auch so viel Zeit hier verbracht.«

Wieder regte sich in Mirren dieses Gefühl. Sie verspürte ein gewisses Mitleid für diese lächerlichen reichen Menschen, die doch alles hatten.

Das musste man ihr wohl angesehen haben, weil Theo ihr einen vielsagenden Blick zuwarf und rasch sein Glas hob.

»Auf einen erfolgreichen Ausgang!«, sagte er, während sich sein typisches, leicht anzügliches Grinsen über seine Züge legte.

Mirren zog ihn beiseite. »Sag mal, findest du nicht, dass irgendjemand Esme ins Bild setzen sollte?«, fragte sie Theo flüsternd.

Theo warf durch ein Fenster einen Blick nach draußen, wo der Sturm tobte. Sie waren hier vom Rest der Welt abgeschnitten.

»Na ja«, antwortete er. »Vorläufig bleiben wir erst einmal alle hier. Und wenn sie uns die ganze Zeit im Auge behält …«

»Aber engagiert hat uns ja Jamie, und das ist sein Schloss.«

»Ich weiß«, sagte Theo. »Aber es ist schon ein Jammer: Ich hab nämlich den Eindruck, dass sie hier diejenige mit Köpfchen ist.«

In diesem Moment schob Esme ihre Zigarette zurück in die Packung und marschierte herbei. »Also, mir hat ja immer noch keiner verraten, was eigentlich Sache ist …«

Schweigen machte sich breit, während Theo und Mirren fragend Jamie anschauten.

Der wirkte hin- und hergerissen. Mirren vermutete mal, dass er einerseits gern mit seiner Schwester teilen wollte, was sie herausgefunden hatten und was ihnen noch Kopfzerbrechen bereitete. Andererseits konnte es sein, dass er Esme einfach nicht traute, und danach sah es ja aus. Vielleicht fürchtete er, dass sie sich genau wie ihre Mutter benehmen und sich unter den Nagel reißen würde, was sie zu fassen kriegte, um dann zu verschwinden.

Sie war nur froh, dass die Entscheidung nicht bei ihr lag.

# Kapitel 23

Esme ging zum Tisch hinüber, wo sie aus der Karaffe Wein in die Gläser goss und nach einem davon griff.

»Jamie führt sich diesbezüglich echt albern auf«, sagte sie und nahm einen tiefen Schluck. »Aber reden wir doch mal Klartext: Sie versuchen hier, irgendetwas zu finden, was mein Großvater hinterlassen hat.«

Niemand machte den Mund auf.

»Und mein Großvater hat ja nichts weiter hinterlassen als jede Menge verdammter Bücher. Also hat es etwas mit Büchern zu tun, oder? Bin ich auf der richtigen Spur?«

Sie nickten alle.

»Und das wolltest du mir nicht verraten?«, sagte sie in anklagendem Tonfall zu Jamie, der zu erröten begann.

»Ich hab befürchtet, du würdest dann behaupten, dass ich etwas von dir zu stehlen versuche. Und das ist nun wirklich nicht der Fall. Als Nächstes habe ich dann mit dem Kommentar gerechnet, was für eine dämliche Idee das doch ist.«

»Es *ist* ja auch eine dämliche Idee«, sagte Esme. »Weißt du noch, die Schatzsuchen, die er für uns organisiert hat?«

Jamie nickte.

»Die waren doch viel zu schwer«, bekräftigte Esme. »Ich glaube, wir waren bei keiner einzigen erfolgreich.«

»Einmal hat Bonnie den Schatz durch Zufall gefunden«, sagte Jamie.

»Was hab ich?«, fragte in diesem Moment Bonnie, die den Raum durch eine andere Tür betrat. Es handelte sich um eine unauffällige Pendeltür an einer Seite, die wohl zur Küche führte. Bonnie trug ein riesiges Tablett, das sie auf dem bestickten Tischtuch absetzte.

»Den Preis für die Schatzsuche gefunden.«

Bonnie verzog das Gesicht. »O Gott, diese lächerlichen Rätsel. Es war doch unmöglich, die zu lösen.«

»Was war das denn für ein Preis?«, fragte Mirren interessiert.

»Na ja, ich war im Stall und hab da ein Päckchen gefunden und es mit ins Haus genommen«, erzählte Bonnie.

»Und Großvater war stinksauer«, sagte Esme. »Er war außer sich vor Wut. Was waren das noch mal für Hinweise?«

»Bei dem Rätsel ging es um irgendwelche Zahlen«, erinnerte sich Jamie jetzt. »Die haben überhaupt keinen Sinn ergeben.«

»Ach ja. Aber was für welche?«

»Das waren astronomische Koordinaten«, sagte Jamie plötzlich.

»Ich war damals *acht* Jahre alt!«, empörte sich Esme.

»Offenbar kannte sich Großvater mit acht schon mit astronomischer Navigation aus. Oder zumindest mit zehn. Ich war ja zehn.«

»Ich wollte mein Lieblingspferd besuchen«, murmelte Bonnie.

»Nachdem wir das mit den Koordinaten herausgefunden hatten, sollten wir ins Observatorium gehen und …«

»Sie haben ein …?«, begann Mirren, die von Theo aber mit einem warnenden Blick zum Schweigen gebracht wurde.

»Und dann sollten wir das wirklich komplizierte Teleskop benutzen, das uralt war und das wir eigentlich auch nicht anfassen durften. Deshalb hätten wir es gar nicht bedienen können. Aber wenn uns das gelungen wäre, hätten wir ein Sternbild gesehen, das wir identifizieren sollten, und zwar …«

»… Pegasus!«, rief Mirren begeistert.

»Es waren sogar zwei, Pegasus und Andromeda«, fuhr Jamie fort. »Wir hätten wissen müssen, dass Pegasus ein Pferd war, auf dem Andromeda geritten ist, und dass wir deshalb das Pferd suchen sollten, auf dem ein gewisser Andy gern geritten ist. Aber wir hatten damals doch ungefähr dreißig Pferde.«

»Das war so dämlich!«, schnaubte Esme.

»Und er war echt wütend«, sagte Jamie.

»Woraus bestand denn jetzt der Preis?«, fragte Mirren.

»Der war wirklich schön«, musste Esme zugeben. »Wisst ihr noch, so ein kleines Pferd aus Gold, uralt, ägyptisch oder so.«

»Mir wäre Schokolade lieber gewesen«, sagte Jamie.

»Ich hab echt gedacht, dass ich es vielleicht behalten darf«, sagte Bonnie. »Nachdem euer Großvater so ausgeflippt ist, hat mich meine Großmutter aber mit in die Küche genommen, wo ich ein Stück Weihnachtskuchen und drei kleine Schokoriegel dafür bekommen habe, dass ich es gefunden hatte. Dann hat sie es zurückgegeben, und damit war die Sache erledigt.«

»Schon«, sagte Jamie, »aber wir haben einen ordentlichen Anpfiff gekriegt.«

»Was ist mit dem goldenen Pferd passiert?«, erkundigte sich Mirren.

»Wer weiß. Vielleicht tragen Sie den Gegenwert gerade am Körper«, sagte Esme. Sie seufzte. »Na ja, und ihr seid wieder mit so etwas beschäftigt?« Sie blickte in die Runde.

Jetzt nahmen erst einmal alle für ein wunderbares Mahl Platz. Da gab es frisches dunkles Brot mit Butter und große Stücke Lachs, den Bonnie selbst geräuchert hatte, wie sie widerwillig zugab. Sie kommentierte, dass schließlich nur wenige Leute eine eigene Räucherkate hatten, daher sollte die doch wenigstens genutzt werden. Den Lachs hatte ihr Onkel im See des Anwesens gefangen, daher aßen sie hier ein Produkt vom eigenen Land. Dass so etwas möglich war, wäre Mirren nie in den Sinn gekommen, wenn man mal von ihren kläglichen Experimenten mit Tomatenpflanzen unter ihrem Oberlicht absah, die nie von Erfolg gekrönt gewesen waren. Es schmeckte unglaublich lecker. Mirren hätte Bonnie ja gern gebeten, sich zu ihnen zu setzen und mit ihnen zu essen, aber sie war bereits wieder in die Küche verschwunden.

»Sagen Sie mal … Arbeitet Bonnie eigentlich Vollzeit für Sie?«

Jamie und Esme nickten.

»Bonnie hat meinen Großvater gepflegt«, erklärte Jamie. »Ihre Familie arbeitet schon seit Generationen für uns, und sie ist die Einzige, die noch geblieben ist.«

»Ihre Großmutter hat dich ja praktisch aufgezogen«, sagte Esme. »Du hast doch immer bei ihr in der Küche gesteckt und um etwas zu essen gebettelt.«

»Sie hat echt super gekocht«, entgegnete Jamie eingeschnappt.

»Aber wenn Sie doch pleite sind, wie bezahlen Sie Bonnie dann?«

»Für die Mitglieder der Familie Airdrie gibt es einen Treuhandfonds«, erklärte Jamie. »Die haben schon seit Ewigkeiten hier gearbeitet, und Bonnies Großmutter hat bei uns angefangen, als sie zehn war.«

»Ach, du meine Güte«, murmelte Mirren entsetzt.

»In dieser Gegend gab es weitaus schlimmere Arbeitsplätze für jemanden aus einer armen Familie«, wandte Jamie ein.

Mirren nickte. »Ich weiß. Meine Urgroßmutter war in London Hausangestellte. Während der Pandemie hat eine Cousine von mir angefangen, sich für Ahnenforschung zu interessieren.«

»Na ja, jedenfalls haben Generationen lang immer welche von den Airdries für uns gearbeitet, als Gärtner oder Jagdführer. Die haben Forres seit jeher als ihr Zuhause erachtet, und als wir nach und nach immer weniger Personal hatten, sind die Mitglieder der Familie als Letzte gegangen. Es gibt einen Treuhandfonds, durch den die Dienstboten im Alter abgesichert sein sollen und …«, er lächelte verlegen, »… die haben damit gut gehaushaltet.«

Mirren musste ein Grinsen unterdrücken. »Also hat Bonnie mehr Geld als Sie.«

»*Jeder* hat mehr Geld als wir«, warf Esme ein.

»Trotzdem arbeitet sie weiter für Sie?«

»Das hier ist genauso ihr Zuhause wie unseres auch«, versetzte Jamie mit Nachdruck.

»Und sie hat hier ihre eigene Räucherkate«, sagte Esme.

»Könnten Sie nicht Bonnie vorschlagen, alles zu kaufen?«, fragte Theo.

»Sie hat wohl längst prüfen lassen, ob das eine lohnende Investition wäre oder nicht«, antwortete Jamie. »Was wir hier brauchen, ist allerdings ein Milliardär, der Forres einfach nur cool findet und dem es egal ist, ob es auseinanderfällt oder nicht. Um den zu finden, müssen wir aber noch etwas länger durchhalten und es irgendwie schaffen, im Januar die Steuern zu zahlen.«

»Genau deshalb solltest du mich ja einweihen«, sagte Esme. »Je mehr, desto besser.«

»Na ja, vielleicht sollten Sie dann als Erstes noch einmal Bonnie in den Stall schicken«, witzelte Theo.

Mirren konzentrierte sich lieber auf den Lachs als auf Theos Spitzfindigkeit. Der war nämlich einfach köstlich, zugleich wild und doch erlesen. Bonnie war eine fantastische Köchin.

Und so etwas wie diesen Wein hatte Mirren noch nie zuvor getrunken, er schmeckte reichhaltig und samtig, mit einer pfeffrigen Note.

Auch Esme brachte jetzt ihre Anerkennung dafür zum Ausdruck. »Wie ich sehe, sind wir im Weinkeller bei den besseren Flaschen angekommen.«

»Ist denn da nichts zu finden, was Sie verkaufen könnten?«, fragte Theo.

»Na, jetzt lassen Sie's aber mal gut sein«, sagte Jamie und zeigte sein seltenes Lächeln. »Irgendwo muss man doch eine Grenze ziehen.«

»Ich weiß noch, wie Großvater für den Großteil des Whiskys eine Auktion veranstaltet hat«, sagte Esme. »Die war der reinste Albtraum. Es sind jede Menge verrückte Typen erschienen, und das Ganze hat an ein Disneyland für Alkoholiker erinnert.«

»Na, das klingt doch mal nach einer guten Idee«, sagte Theo.

»Esme musste Bonnie dabei helfen, überall Kotze aufzuwischen«, murmelte Jamie. »Eine weitere brillante Rettungsidee, die nicht viel gebracht hat.«

Esme schüttelte den Kopf. »Na ja, deshalb lassen wir das besser. Wenn wir schon vor die Hunde gehen, dann sollten wir dabei wenigstens einen vernünftigen Burgunder trinken.«

Bonnie räumte die Teller ab und bedankte sich bei Mirren dafür, wie überschwänglich die den Fisch gelobt hatte.

Als Nächstes brachte sie eine große Porzellanterrine, auf die seitlich von Hand Bilder von genau dem Schloss gemalt worden waren, in dem sie hier gerade saßen. Als sie den Deckel abnahm, stieg allen ein Duft in die Nase, bei dem einem das Wasser im Mund zusammenlief.

»Schon wieder Wild?«, fragte Esme mit leisem Seufzen.

Bonnie lächelte. »Das ist eben, was das Land hergibt, *Madam*. Diesen Monat ist das Budget für Cheeseburger eher begrenzt.«

»Ja, ja«, murmelte Esme, während Bonnie begann, auf neue Teller große Portionen aufzugeben. Dazu gab es noch mehr Brot, zarte grüne Bohnen und Spinat mit einem erfrischenden Zitronendressing.

Genießerisch sog Mirren das Aroma der Gulaschsoße in sich auf, die reichhaltig, vielschichtig und schokoladig roch. »Unglaublich«, seufzte sie.

Bonnie lachte. »So viel Wertschätzung wird meinem Essen normalerweise nicht entgegengebracht.«

»Weil Esme sich für gewöhnlich bei Partys durch die Kanapees futtert«, sagte Jamie.

»Ich bitte dich!«, schnaubte Esme und winkte ab. »Bei Veranstaltungen in der Fashionbranche rührt doch niemand das Essen an. Also wirklich, Jamie!«

Als alle ihren Teller hatten, ging Mirren sicher, dass sie auch die richtige Gabel benutzte, und begann langsam zu essen. Das Gericht, dem Beeren eine gewisse Süße verliehen, schmeckte genauso lecker, wie es roch, und das Fleisch war so zart, dass man es mit dem Löffel hätte zerteilen können.

Sie versuchte, nicht schon wieder ins Schwärmen zu verfallen. Wie still es am Tisch war, zeigte deutlich, dass alle dieses Mahl genossen. Selbst die Geschwister schienen das Kriegsbeil vorübergehend begraben zu haben, und Mirren fühlte sich endlich ein bisschen entspannter.

# Kapitel 24

Nach einem leckeren Essen sieht alles schon ganz anders aus, und diese Mahlzeit war auch noch mit einer wunderbaren Zitronentorte mit Sahne abgerundet worden. Mirren hatte sich mit ihrem Teelöffel darüber hergemacht und zu spät gemerkt, dass alle anderen die mit der Gabel aßen.

Mit vollen Bäuchen machten sie es sich danach auf Sesseln vor dem Kamin bequem.

Bonnie verkündete, dass man die Außentür der Küche schon nicht mehr aufbekam und dass sie womöglich bald aus einem Fenster im ersten Stock würden klettern müssen.

Da Mirren wohl besorgt ausgesehen hatte, versuchte Bonnie sie lächelnd mit der Bemerkung zu beruhigen, dass man sich erst dann Gedanken zu machen brauchte, wenn der Schnee die Fenster des dritten Stocks erreichte.

Mirren hakte nach und wollte wissen, ob sie denn genug Vorräte dahatten.

»Wie jetzt, Vorräte?«, entgegnete Bonnie. »Nein, wir waren ja auch noch nie durch schlechtes Wetter, Schnee, Eis, Sturm, Überflutungen oder Kriege isoliert und haben ja auch keine Ahnung, was wir hier tun. Vorräte? Mensch, was für eine gute Idee. Hätte ich da doch eher dran gedacht!«

Sie lächelte dabei aber so nett, dass Mirren ihr die Stichelei nicht übel nehmen konnte.

Jetzt rückte Jamie mit einer Überraschung heraus: Ihm war doch tatsächlich eingefallen, dass er zwischen den Unterlagen seines Großvaters ein Büchlein über Binärcode gesehen hatte. Das hatte er mitgebracht und begann darin zu blättern. »Okay, dann mal los.«

Mirren wäre ja gern konzentriert bei der Sache gewesen, aber es war ein langer Tag mit vielen neuen Dingen gewesen. Jetzt hatte sie einen vollen Bauch, hatte einen guten Wein getrunken und saß in eine Decke gehüllt vor einem Kamin, ein Gläschen Whisky neben sich auf einem wackeligen lackierten Tischchen. Während sie in die Flammen starrte, drohten ihr die Augen zuzufallen.

»Also«, sagte Theo. »Sind das wohl Zahlen? Vielleicht wieder Himmelskoordinaten?«

»Das denke ich nicht«, sagte Jamie. »Er hat nicht gern Konzepte wiederholt.«

»Erinnerst du dich noch an das eine Mal, als es beim Rätsel ums Morsen ging?«, sagte Esme. »Damals hätte er vor Wut fast geheult.«

»Das mit Fibonacci war am schlimmsten«, fand Jamie. »Ich glaube, da hab ich einfach aufgegeben. Selbst die Erwachsenen konnten dieses Rätsel nicht lösen, und Mum hat angefangen, Großvater anzuschreien. Am Ende hat er den ganzen Weihnachtstag allein in seinem Arbeitszimmer verbracht.«

»Ach ja, und Bonnies Großmutter, Mrs Airdrie, hat uns mit in die Küche genommen, wo wir auf ihrem Fernseher *Top of the Pops* gucken durften«, sagte Esme. »Das war so ein cooles Weihnachten!«

Inzwischen hatte die Küche keinen Fernseher mehr, und Mirren war auch sonst nirgendwo einer aufgefallen. Tatsächlich gab es so gut wie gar keine Hinweise auf das moderne Leben. In Mirrens Zimmer standen ein Grammofon und ein altes Radio. Bei beiden wäre sie wohl kaum dazu in der Lage gewesen, ihnen Musik zu entlocken. Darüber hinaus hatte sie gesehen, dass Jamie ein uraltes Ladekabel hatte, sonst hatte aber nirgendwo eins rumgelegen, und es gab auch keinen Flachbildfernseher, keine X-Box … Hier im Schloss schien vor Ewigkeiten die Zeit stehen geblieben zu sein.

»Na ja, aber Binärcode steht nicht nur unbedingt für Zahlen«, sagte Jamie gerade, »sondern auch für Buchstaben, genau wie der Morsecode auch. Es sind einfach nur Nullen und Einsen statt Punkte und Striche.«

»Oh, oh …«, machte Esme.

Jamie reichte das winzige Blatt Papier Theo, der es mit gerunzelter Stirn betrachtete.

Schläfrig schaute Mirren ihm zu. Er sah einfach so toll aus, war nur leider kein vielversprechender Kandidat für eine Beziehung. Aber war das denn so wichtig? Dann fiel Mirren wieder ein, dass sie vor einem Jahr ja etwas Ähnliches gedacht hatte: Sie hatte ihn einfach atemberaubend gefunden und darauf vertraut, dass sich alles andere schon finden würde. Deshalb hatte sie jegliche Bedenken in den Wind geschlagen und ihr Interesse an ihm deutlich zum Ausdruck gebracht, einfach nur, weil sie ihn so attraktiv gefunden hatte. Mirren hatte sich eingeredet, dass ein kleines Abenteuer doch in Ordnung sein würde, weil sie ja auch nichts Festes wollte. Und was war passiert? Sie war geghostet worden, wodurch sie monatelang mies drauf und sauer auf ihn gewesen war. Das war es wirklich nicht wert. Wer so lange einen Kater hätte, würde danach doch nie wieder trinken.

Um sich auf andere Gedanken zu bringen, blickte Mirren

lieber zu Jamie hinüber, der konzentriert in das Buch blickte. Ihr Gastgeber war jung, wirkte durch seine große, dünne Gestalt aber älter. Seine Schultern waren breit, aber offensichtlich nicht breit genug für die schwere Last, die das Leben ihm auferlegt hatte.

Sein offenes Gesicht und die sanften Augen hätten eigentlich sehr attraktiv sein müssen, genau wie der schöne, volle Mund – den er vermutlich von ein oder zwei Mannequins in seinem Stammbaum geerbt hatte –, aber der ständige Ausdruck von Sorge auf seinen Zügen lenkte von all dem ab.

Theos Nach-mir-die-Sintflut-Gebaren kam einfach viel attraktiver rüber als Jamies Last-der-Welt-Attitüde.

Selbst in schönen Momenten, wenn ihm zum Beispiel in einem schneeumwehten schottischen Schloss vor einem flackernden Feuer das weltbeste Gulasch serviert wurde, wirkte Jamie wie ein Mann, der sich insgeheim fragte, ob er eigentlich den Backofen ausgemacht hatte. Dabei hätte Mirren wetten können, dass er im Leben noch keinen Ofen selbst eingeschaltet hatte.

Jamie spürte offensichtlich ihren Blick, schaute auf und lächelte sie instinktiv an. Das mochte sie an ihm. Er sagte: »Es ist wohl keine sehr gute Idee, nach zwei Old Fashioned und einer halben Flasche Burgunder einen Binärcode entschlüsseln zu wollen, der auf einem winzigen Stück Papier in Form eines Schwans steht.«

»Verschwimmen die Zahlen vor Ihren Augen?«

»Das ganze Buch.«

Mirren starrte ins Feuer, während Theo vorlas: »01000101 … 01001001 … 01001110 … 01010011 …« Irgendwann sagte er: »O Gott, damit säusele ich mich gleich selbst in den Schlaf.«

»E … I … N … S …«, las Jamie vor. »Da steht ›eins‹! Hm. Eins, zwei, drei?«

»Eins zu eins?«

»Die absolute Nummer eins?«, warf Theo ein. »Vielleicht geht's ja um unsere Nationalelf!«

Genervt starrten die anderen ihn an, wobei die Geschwister einander mit einem Mal sehr ähnlich sahen.

»Ja, bestimmt ist die gemeint«, stichelte Bonnie, die gerade den Tisch abräumte, und verschwand durch die Seitentür.

Theo beugte sich wieder über das Papier. »01000001 … 01000011 … 01001000 … 01010100 …«

»A … C … H … T …«

»Acht?«, fragte Mirren, die langsam ein ungutes Gefühl bekam.

»Das würde er doch nicht machen, oder?«, sagte Jamie.

»Natürlich würde der alte Mistkerl das«, sagte Esme und sprang auf. »Er hat einen Zahlencode benutzt und damit Zahlen … durch Zahlen verschlüsselt. Meine Herren!«

»Vielleicht ja auch nicht«, wandte Jamie ratlos ein. »Vielleicht ist das ja eine Adresse, was weiß ich, ›Hausnummer achtzehn an der Regent Street‹ oder so.«

»Dann hätte er aber auch ›achtzehn‹ geschrieben.«

Alle fixierten Theo, der wieder das Blatt ins Visier nahm. »01010110 … 01001001 … 01000101 … 01010010 …«

»V … I … E … R … Verdammt noch mal!«, knurrte Jamie.

»Das sind also Zahlen? Lauter Zahlen? Geben Sie mal her!«

Esme wollte eine Ecke des dünnen Papiers packen, das Theo festhielt.

»Nicht!«, brüllte Jamie. »Das zerreißt doch leicht!«

Genau in dem Moment zerteilten ihre langen Fingernägel das kleine Blatt. Vor Schreck ließ Theo auch die andere Hälfte fallen, und sie segelten beide in Richtung Feuer. Durch den Aufwind der warmen Luft sanken sie dort nicht zu Boden, sondern schwebten gefährlich nah an den Flammen …

Mirren warf sich nach vorn und bekam eins der Stücke zu fassen, während ihr das andere so gerade eben entwischte. Wenn sie jetzt noch ein kleines bisschen …

*Rums!*

Vermutlich waren enorme Schneemassen vom Dach gerutscht, jedenfalls hörte man einen dumpfen Knall, ein Knistern, und dann gingen alle Lampen aus.

# Kapitel 25

Der Raum wurde nur noch durch Kerzen und das Kaminfeuer erhellt, und Mirren brauchte einen Moment, um sich daran zu gewöhnen. Noch konnte sie das elektrische Licht vor ihren Augen flackern sehen, und sie presste kurz die Lider aufeinander.

Als sie die Augen wieder öffnete, kam es ihr so vor, als hätte jemand den Pausenknopf gedrückt, weil sich niemand bewegt hatte. Alle hatten sich nach vorne geworfen, um das Papier zu packen, hatten sich dann plötzlich im Dämmerlicht wiedergefunden und in dieser Position verharrt.

Wirklich gut zu sehen war nur noch, was sich in der Nähe des Feuers befand. Die fernen Ecken des Raumes waren von Dunkelheit verschluckt worden.

Jetzt ertönte in den Tiefen des Schlosses das Echo von lautem Getöse. Das war vermutlich Bonnie, der ein Stapel Teller heruntergefallen war.

Der Lärm riss Mirren aus ihrer Entrückung, beendete den Moment der Erstarrung, in dem die vier Figuren im Licht des Kaminfeuers reglos verharrt hatten.

»Mist!«, fluchte Jamie herzhaft, während sich alle wieder aufrichteten.

Mirren rang um Atem.

»O Gott, haben Sie es, konnten Sie es erwischen?«

Sie war so schockiert und verwirrt, dass sie im ersten Moment gar nicht wusste, was er meinte. Dann betrachtete sie ihre Hände. Zu ihrer Überraschung hatte sie auch die zweite Hälfte des Papiers zu fassen bekommen. Ihre Finger mussten sich ganz automatisch darum geschlossen haben.

»Ja«, sagte sie leise. »Ich hab es.«

Esme stieß geräuschvoll die Luft aus. »Die verdammte elektrische Installation! Liegt das wohl am Wetter, oder hast du die Rechnung nicht bezahlt?«

»Da ist bestimmt eine Sicherung rausgesprungen«, vermutete Jamie. »Die Rechnung bezahlt sich ja durch die Solaranlage selbst.«

»Schätzchen, die Sonne scheint hier doch nicht mehr seit …« Esme zuckte mit den Achseln. »2020?«

»Wenigstens konnten wir in Ruhe essen«, sagte Theo und griff nach einem Armleuchter. »Vielleicht gehen wir mal lieber sicher, dass es Bonnie gut geht und sie nicht irgendwo mit gebrochenem Genick liegt.«

Er öffnete die Tür, hinter der die Treppe zur Küche lag. »Bonnie?«

Ihre Stimme erklang von weit weg. »Ja, alles in Ordnung! Aber die letzten Teile vom Royal-Doulton-Service sind leider hinüber.«

»Das war sowieso hässlich!«, rief Esme zurück.

Am Ende der Treppe erschien ein kleines Leuchten, das sich immer weiter näherte, bis schließlich Bonnies fröhliches, hübsches Gesicht mit im Licht einer Kerze rosigen Wangen erschienen.

Mirren blickte zu Jamie hinüber.

Theo schaute sie lieber nicht an, falls er wieder so einen anzüglichen Gesichtsausdruck aufgesetzt haben sollte.

Bonnie hatte sich ein paar weitere Kerzen unter den Arm

geklemmt. Die verteilte sie auf Armleuchter, Kerzenhalter und alles, was sie an Untersetzern oder Blumentöpfen in die Finger bekam. Als sie fertig war, sah der Raum aus, als hätte jemand einen Heiratsantrag geplant und kein Problem damit, dabei ein erhöhtes Brandrisiko auf sich zu nehmen. »An den Sicherungen liegt es nicht, danach hab ich schon geguckt«, erklärte sie.

»Sie sind ja so patent«, staunte Mirren.

»Hm-hm«, machte Bonnie wegwerfend, als sei allein die Idee, dass der Herr des Hauses die Sicherungen persönlich überprüfte, völlig absurd. (Und so sah Bonnie das tatsächlich.)

Jamie runzelte die Stirn. »Aber an den Leitungen kann es doch wohl nicht liegen. Beim letzten Mal haben sie gesagt ...«

Draußen fiel der Schnee weiter in dichten Flocken.

»Was haben sie gesagt?«, hakte Esme nach.

»Sie haben gesagt, dass sie das Netz verbessern wollten, damit die Leitungen bei Schneefall nicht mehr so anfällig sind.«

»Ja, aber es gibt schließlich jede Menge Orte, an denen wirklich Leute wohnen«, wandte Esme ein. »Und wir befinden uns hier am äußersten Rand des Netzes.«

Jamie nickte. »Ja, dann wird es wohl an den Leitungen liegen. Wie sieht es mit Kerzen aus?«

Bonnie schaute ihn an. »Wir haben, was wir brauchen.«

Nun wandte er sich an Theo und Mirren. »Es tut mir so leid, aber ich kann wirklich nicht sagen, wann wir hier wieder wegkönnen.«

Theo zuckte mit den Achseln. »Wenn das bedeutet, dass ich Weihnachten nicht bei meinem Onkel verbringen muss, wo alle sich die Rede des Königs angucken und dann ab drei

Uhr betrunken rassistische Sprüche klopfen, hab ich damit kein Problem.«

Jamie schaute Mirren an, die natürlich längst wusste, dass Weihnachten für sie nicht besonders werden würde. »Na, ich müsste mal zu Hause anrufen«, sagte sie.

»O verdammt«, knurrte Theo plötzlich. »Mein Akku ist bald leer, dann ist das Thema Telefon gelaufen. Wann kehrt der Strom denn zurück?«

»Darum geht es ja gerade«, erklärte Jamie. »Das kann noch Tage dauern. Erst muss es aufhören zu schneien, damit ein Reparaturteam hier rauskommen kann. Außerdem ist bald Weihnachten.«

Theo zog sein Handy hervor und begann hastig zu tippen. »Ich hätte es echt nicht als Taschenlampe nutzen sollen.«

»Ich müsste mal telefonie…«, meldete sich Mirren erneut.

»Du hast doch kein Handy.«

»Ja, eben,«, sagte Mirren. »Darf ich mir deshalb vielleicht deins ausleihen?«

»Kannst du denn die Nummer deiner Mutter auswendig?«

»Nein!«, stöhnte Mirren. »O Gott, ich schicke ihr wohl besser eine E-Mail.« Sie runzelte die Stirn. »Aber das könnte so klingen, als sei ich entführt worden.«

»Was in gewisser Weise auch stimmt«, sagte Theo. »Und vielleicht haben die McKinnons das ja mit Absicht gemacht.«

»Klar«, sagte Esme trocken. »Wir haben Sie beide wegen des enormen Lösegeldes hierhergelockt, das Ihre Verwandten für Sie zu bezahlen bereit sind.«

Das fand Mirren nicht sehr witzig.

»Ich hatte eigentlich eher auf eine Sekte mit Sexsklaven gehofft«, sagte Theo.

Kerzenlicht funkelte auf Esmes Nasenring, als sie laut schnaubte.

Als Jamie sein altes Handy aus seinem Sporran zog und es Mirren reichte, kam ihr das wie eine seltsam intime Geste vor.

»Ich weiß aber nicht, ob es Netz hat«, sagte er. Tatsächlich zeigte das Symbol für den Empfand nur einen halben Balken an. »Aber versuchen Sie es mal.«

Theo hatte eine nützliche Information: »Hey, meine Nachricht ist durchgekommen!«

Mirren schaute ihn an. »Könntest du vielleicht ...? Wäre es möglich, dass du deine Leute darum bittest, sich mit meiner Mutter in Verbindung zu setzen?« Sie nannte den Namen der Seniorenresidenz, in der ihre Mutter arbeitete. Vermutlich würde Nora trotzdem vom Schlimmsten ausgehen. Aber Nora ging auch dann vom Schlimmsten aus, wenn Mirren nur die Straße runter kurz einkaufen ging, daher bestand da wohl kein großer Unterschied zu ihrer jetzigen Situation.

»Wir haben jede Menge Gänse«, platzte Bonnie dazwischen. »Weihnachten mal etwas simpler zu gestalten, war noch nie unser Ding.«

Sie gaben es vorerst auf, weiter den Code entschlüsseln zu wollen. Die beiden Stücke vom Papier des Schwans legte Jamie vorsichtig zwischen die Seiten eines schweren Pflanzenbestimmungsbuches und schob es auf das oberste Brett des Regals neben dem Weihnachtsbaum.

Esme schenkte für alle Whisky nach, der Mirren nur noch schläfriger machte. Sie legte sich auf ein altes Sofa mit Blumenmuster und starrte ins Feuer.

»Das sind also Zahlen«, spekulierte sie. »Lauter Zahlen. Wofür könnten die nur stehen? Für Längen- und Breitengrad?«

»Wenn man bedenkt, was für Rätsel er uns gestellt hat, als wir fünf waren, fände ich das ein bisschen zu simpel für unseren Großvater.«

»Es wäre ziemlich ironisch, wenn es sich um eine Telefonnummer handeln würde«, meldete sich Theo wieder zu Wort. »Ich meine, unter den gegebenen Umständen.«

»Der alte Herr hat das Telefon gehasst«, sagte Esme verträumt. »Weißt du noch, Jamie? Wenn es geklingelt hat, hat er sich immer so aufgeführt, als würde ihn gleich die Polizei holen.«

Jamie zuckte mit den Achseln. »Ich glaube, er hat in der Schule einen Telefonanruf bekommen, als sein Vater … Na ja. Nach so etwas würdest du vermutlich auch einen Hass auf das Ding entwickeln.«

»Ja, wahrscheinlich.«

Eine Weile herrschte Schweigen.

»Es ist schon unglaublich«, sagte irgendwann Mirren, »was Sie alles über Ihre Vorfahren wissen. Ich wusste bis vor Kurzem gar nichts über die Eltern meiner Großeltern, außer, dass sie eben ganz normale Leute waren, Bauern und Dienstboten. Sie hingegen haben von allen Vorfahren ein Porträt.«

»Na ja, es bleiben nur noch die, die wir nicht verkauft haben. Die wirklich üblen.«

»Das ist wie mit den Royals«, sagte Theo plötzlich. »Von König Charles weißt du doch sogar, wer seine Ururururgroßmutter war.«

»Weiß ich das?«, fragte Mirren.

»Na, Königin Victoria.«

»Ach, klar.«

»Aber über deine eigene Familiengeschichte weißt du nicht so viel.«

»Du etwa über deine?«

»Ein bisschen schon«, sagte Theo. »Ich stamme von solidem niederem Adel ab, unter den sich allerdings Mitglieder eines rumänischen Wanderzirkus gemischt haben.«

Mirren brach in Gelächter aus.

»Was denn?«

»Nichts«, sagte sie. »Aber das beschreibt dich einfach perfekt.«

»Ich bin mir nicht sicher, ob ich eingeschnappt sein oder mich geschmeichelt fühlen soll.«

»Zahlen«, sagte Jamie, als wollte er sie dazu bewegen, dass sie sich wieder aufs Thema konzentrierten. »Was ist in diesem Haus denn durchnummeriert?«

»Im Weinkeller«, antwortete Esme umgehend, »lagern doch lauter Jahrgangsweine.«

»O Gott«, stöhnte Jamie. »Vielleicht haben wir vorhin den letzten Hinweis getrunken.«

»Aber würden die Jahreszahlen nicht mit eins neun anfangen?«, fragte Mirren.

»Früher haben viele mit eins acht angefangen«, sagte Esme traurig.

Bonnie überprüfte gerade die Kerzen, um sicherzugehen, dass nirgendwo Wachs überlief. Sie schaute auf. »Das Geflügel ist durchnummeriert«, sagte sie leise.

Alle wandten sich in ihre Richtung.

»Was meinst du damit?«

»Die Gänse, also die Paare, die zur Zucht benutzt werden. Und die Brieftauben.«

»Aber damit kann es doch nichts zu tun haben«, wandte Esme ein. »Wer weiß, wann diese Zahlen geschrieben wurden? Vermutlich sind die Vögel, die diesen Nummern entsprechen, längst tot.«

»Ich meinte auch nicht die Vögel, die eine Nummer haben«, sagte Bonnie geduldig, »sondern die Ställe.«

»Zahlen auf einem Vogel ...«, sinnierte Theo.

»Vielleicht besteht die Nachricht nicht nur aus Zahlen«, überlegte Jamie. »Bisher haben wir ja nur zwei. Es könnte immer noch eine Adresse sein.«

Als Jamie aufstand, wurde Mirren klar, dass er ein bisschen beschwipst war. Im gleichen Moment musste sie sich eingestehen, dass das auch auf sie zutraf – in ihrem Kopf drehte sich alles.

Sie goss sich aus einer Karaffe etwas Wasser ein, nippte daran und schaute dabei zu, wie er sich vorsichtig durch den dunklen Raum schob.

»Keine Ahnung, ob wir bei diesem blöden Schnee morgen etwas finden werden.« Er drehte sich um. »Aber in der Zwischenzeit ... sollten wir diesen Abend in angenehmer Gesellschaft genießen. Und wir haben Musik, also lasst uns tanzen!«

»Jamie, geh ins Bett«, sagte Esme. »Du verträgst echt gar nichts.«

»Und wir haben ja auch gar keine Musik, so ohne Strom«, mischte sich jetzt Mirren ein.

Als er ihre Worte hörte, begann Jamie zu strahlen und kniete sich neben ein altes Grammofon. Zu ihrer Verblüffung sah Mirren, dass er eine Kurbel an der Seite betätigte, womit man es aufziehen konnte. Dann holte er eine schwere alte Schallplatte hervor und legte sie auf. Als er die Nadel daraufsetzte, kratzte und hüpfte sie, bevor schließlich ein wenig zu schnell ein alter Jazzsong erklang. Eine Schellackplatte mit achtundsiebzig Umdrehungen!

»Aha!«, rief Jamie aus und hielt ihr die Hand hin. »*Madam?*«

»Zu so etwas kann ich nun wirklich nicht tanzen!«

»Unsinn!«, rief er aus und nahm ganz förmlich die Haltung zum Walzertanzen ein. »Das müssen Sie doch in der Schule gelernt haben.«

»Nein«, erwiderte Mirren. »Dafür waren wir zu sehr mit unserer Praxisübung für Ladendiebstahl beschäftigt.«

»Pscht! Lassen Sie sich einfach führen.«

Vermutlich wesentlich forscher, als er es ohne den Whisky gewesen wäre, tanzte er mit ihr vor dem Feuer im Kreis, wiegte sie hin und her.

Theo sprang sofort auf die Füße und forderte Esme auf, die aber nur schnaubte. Dann wandte er sich an Bonnie, die sich nicht lange bitten ließ.

Die beiden Paare wechselten sich dabei ab, um den Teppich herumzutanzen, und das Feuer warf ihre Schatten an die hohen Wände, als sie sich kichernd im Takt der knisternden alten Musik bewegten. Als Theo sich mit der lachenden Bonnie im Arm dramatisch vorbeugte, löste sich das weiche Haar aus ihrem Dutt.

Esme saß hingegen da und starrte wütend auf ihr Handy ohne Empfang.

Draußen schneite es immer weiter und weiter, aber zumindest hier drinnen war es gemütlich. Dieser Raum, so dachte Mirren, war ein winziger heller Fleck in einem kilometergroßen Umkreis von Dunkelheit, der sich bis weit aufs Meer hinaus erstreckte, eine kleine Blase aus Wärme und Fröhlichkeit inmitten der unerbittlichen Landschaft hoch im Norden der Welt, wo tief unter ihnen eisige Wellen gegen Felsen donnerten.

# Kapitel 26

Sie fanden es schade, jetzt auseinanderzugehen, aber es half ja alles nichts. Am nächsten Tag würden sie viel zu tun haben, wie Jamie anmerkte.

»Ich finde das alles ja nicht so dringend, da wir wohl bis März hier festsitzen werden«, lallte Esme, gähnte und machte sich auf den Weg zur Tür. »Bonnie, schaffst du es bis rüber zu deinem Häuschen?«

Bonnie warf einen Blick nach draußen. »Das versuche ich besser nicht, wenn schon die Küchentür blockiert ist. Ich ziehe erst einmal mit ins Haus, bis das alles vorbei ist. Die Tür schaufeln wir dann morgen frei.«

Sie hatte aus der Küche eine Kiste mitgebracht und begann jetzt, Taschenlampen zu verteilen. »Die sind aber nur für den Notfall, weil wir nicht endlos Batterien dahaben. Nutzt hier im Haus also vor allem die Kerzen«, sagte sie. Nach diesem feuchtfröhlichen Abend waren längst alle beim Du. »Aber lasst die nicht über Nacht an, sonst brennt ihr noch alles nieder.«

»Moment mal!«, wandte Mirren plötzlich panisch ein. »Ich werd mein Zimmer ja gar nicht finden!«

»Ihr Frauen habt einfach keinen Orientierungssinn«, neckte Theo sie. Dann fügte er in koketterem Tonfall hinzu: »Ich zeig dir den Weg.«

»Okay«, sagte Mirren, während Bonnie anfing, die Kerzen im Raum auszublasen, bis am Ende nur noch das Kaminfeuer flackerte.

Plötzlich hatte Mirren überhaupt keine Lust, die Wärme zu verlassen und sich raus in die kalten, langen Flure zu wagen, wo sie an dunklen Ecken und finsteren, leeren, gruseligen Räumen vorbeikommen würden. Sie war froh, dass Theo ihr dabei Gesellschaft leisten würde. Diese Korridore wäre sie nur ungern allein entlanggelaufen. Draußen war das Schneegestöber so dicht, dass das Mondlicht völlig verschluckt wurde, und es war so dunkel, dass man nicht die Hand vor Augen sah.

Bonnie zog sich zurück, genau wie Esme, die sich einen Armleuchter schnappte, bevor sie davonstürmte. Dabei kannte sie sich doch so gut aus, dass sie sich vermutlich blind zurechtgefunden hätte.

Während Theo ebenfalls auf den Flur hinaustrat, saß Jamie immer noch da und starrte ins Feuer.

»Na, dann gute Nacht«, sagte er. Plötzlich wirkte er irgendwie zerknautscht, sah müde und traurig aus.

»Gehst du noch nicht schlafen?«

»Ich bleibe noch ein bisschen hier sitzen«, murmelte er und schlang die Finger um sein Glas.

Mirren nickte.

Vor der offenen Tür zog Theo vielsagend die Augenbrauen hoch. »Kommst du?«

»Nur einen Moment.«

Theo grinste. »Okay, dann gehe ich jetzt bis zum Ende des Gangs und verstecke mich da, um dir einen ordentlichen Schreck einzujagen.«

»So groß wird der Schreck wohl nicht werden, wenn du mich vorwarnst.«

»O doch, ich bin nämlich echt gruselig!« Er verschwand.

»Ist alles in Ordnung?«, fragte Mirren Jamie.

Er zuckte mit den Achseln. »Ja, schon.«

»Weißt du, wir schaffen das schon«, sagte sie. »Davon bin ich fest überzeugt. Solange du die Stücke vom Schwan nicht verlierst.«

»Das werd ich nicht.« Er schüttelte den Kopf und legte sofort wieder die Stirn in Falten.

»Warum?«, murmelte er. »Warum sind bloß alle Männer in meiner Familie so bescheuert? Das ist doch einfach nur verrückt.« Er schaute zu ihr hoch. »Was für ein Irrer denkt sich denn so etwas aus und geht danach zum Sterben raus in den Schnee?«

»Er hat bloß die Orientierung verloren«, sagte Mirren. »Das passiert alten Leuten manchmal. Und was das Rätsel angeht – hat er vermutlich gedacht, dass du damit Spaß haben würdest.«

»Vielleicht«, seufzte Jamie schwer. »Oder bei uns liegt der Wahnsinn eben in der Familie.«

»Auf mich wirkst du ziemlich zurechnungsfähig«, sagte Mirren. »Abgesehen davon sind doch alle Familien komplett durchgeknallt.«

»Ach, ist das so?«

»Absolut«, versicherte Mirren und dachte daran, was für ein Theater ihre Mutter wegen Sachen wie eines verlegten Einkaufszettels machen konnte.

»Aber ich sitze hier vor dem Feuer mitten in einer riesigen Bruchbude, die ich nicht auf Vordermann bringen kann, und jage einem Binärcode auf einem Schwan hinterher, damit nicht die Regionalverwaltung eingreift und wer weiß was aus meinem Zuhause macht«, sagte Jamie. »So sieht bei dir ein normaler Dienstag wohl nicht aus, oder?«

»Mirren, ich kann diese Fledermauspose nicht viel länger beibehalten!«, ertönte jetzt eine Stimme vom Flur her.

»Na los«, sagte Jamie. »Lass den armen Kerl nicht warten.«

Mirren hätte gern noch etwas zu ihm gesagt, wusste aber nicht, was angemessen gewesen wäre. Und jetzt wimmelte er sie gewissermaßen auch noch ab.

Während er längst wieder in die Flammen starrte, griff sie nach ihrer Kerze. »Okay.« Dann drehte sie sich aber noch einmal zu ihm um. »Das war nun wirklich kein normaler Dienstag für mich, sondern viel, viel besser.«

»HA!«

»Hör auf damit, Theo, sei nicht so albern!«, mahnte Mirren, obwohl sie ja lachen musste.

Theo hielt sich seine Smokingjacke wie einen Umhang vors Gesicht und grinste von Ohr zu Ohr.

Mirren wollte nur ungern zugeben, dass sie tatsächlich Angst gehabt hatte, als sie nur mit einer Kerze allein das Stückchen Flur entlanggetappt war und sich währenddessen gefragt hatte, ob hinter ihr gleich Schritte zu hören sein würden.

Das Gebäude schien unter dem Gewicht des Schnees zu ächzen, die Luft war eiskalt, und da waren ja all die verschlossenen Türen, hinter denen sich unter weißen Tüchern wer weiß was verbarg … In ihrem Kopf hallte immer noch die Musik des Aufziehgrammofons, die Bilder von fremden, lang verstorbenen Menschen heraufbeschwor. Einst mussten sie hier durch die Säle getanzt sein, davon überzeugt, dass sie diesen Lebensstil ewig aufrechterhalten könnten. Dass es immer so weitergehen würde.

Es wäre ihnen wohl nie in den Sinn gekommen, dass Forres Castle mal bis oben hin mit schimmelnden alten Büchern voll sein würde.

Mirren hätte es gern in seiner Blütezeit gesehen, auf Hochglanz gebracht und immer geschäftig, voller Menschen und mit perfekt organisierten Abläufen.

Aber jetzt, in diesem altersschwachen Zustand, war dieses Schloss wirklich gruselig. Und zu wissen, dass sie gleich jemand erschrecken wollte, hatte auch nicht geholfen.

»Ach, komm schon!«, rief Theo. »Wie oft hast du denn Gelegenheit, bei Nacht durch ein Herrenhaus zu streifen?«

Im schwachen Licht der Kerzen konnte man seine Pupillen nicht erkennen.

Mirren musste kurz an Jamie denken, der allein ins Feuer starrte und eigentlich viel zu jung war, um so traurig zu sein.

Jetzt machte Theo eine Tür hinter einem Vorhang auf, die sie gar nicht gesehen hatte und hinter der sich eine Wendeltreppe in einem der Erkertürmchen verbarg. Darin war es sogar noch kälter, weil die Fenster alt waren und nur Einfachverglasung hatten. Sie hätten sich genauso gut auch im Freien befinden können.

Mirren versuchte, gleichzeitig ihre Kerze zu schützen und in ihre Decke eingewickelt zu bleiben.

»Ich bibbere echt«, sagte Theo, während sie die Treppe hinaufstiegen. »Wenn es doch nur einen Weg gäbe, gleich im Bett schnell warm zu werden.«

»Theo!«, knurrte Mirren. »Wir sind wegen der Arbeit hier.«

Theo zuckte mit den Achseln und sah sie an. »Tatsächlich sind wir doch eingeschneit und werden hier jede Menge Zeit verbringen, die uns nicht bezahlt wird.«

»Du bist unverbesserlich!«, lachte Mirren.

»Danke sehr«, grinste Theo, schob eine seitliche Tür auf

und führte sie durch einen anderen Bereich des Gebäudes. Tatsächlich, jetzt befanden sie sich wieder auf dem Gang, an dem ihre Schlafzimmer lagen. Wie nervig, dass er den Weg problemlos gefunden hatte!

Sie erreichten ihre Türen, und Theo verharrte direkt neben ihr, schaute von oben auf sie hinab. Als sie so ganz nah beieinanderstanden, begann Mirrens Puls wieder zu rasen. Es war schon so lange her, und sie sehnte sich danach, berührt, im Arm gehalten, begehrt zu werden. Ihre Wangen begannen zu brennen. Nein, sagte sie sich, sie würde nicht schwach werden, sich nicht wieder von ihm umgarnen lassen.

Durch ihr Zögern hatte dieser Moment eindeutig zu lange gedauert, und Theo trat von ihr weg. Gequält blickte sie zu ihm hoch. Wenn er sie hier und jetzt gepackt und geküsst hätte … dann hätte sie nicht gewusst, wie sie darauf reagiert hätte.

Stattdessen hatte er ihr Schweigen als fehlende Zustimmung aufgefasst und wandte sich ab. »Na ja, du weißt ja, wo du mich findest«, sagte er leise. »Falls du irgendetwas brauchst.« Dann drehte er sich doch noch um und küsste sie ganz zart auf die Wange. Er roch nach Rauch und Whisky. Mit einem »Gute Nacht« trat er zurück und verschwand hinter der Tür gegenüber.

Als Mirren ihr Zimmer betrat, war sie zugleich aufgewühlt, angeturnt und verwirrt. Das Feuer im Kamin war runtergebrannt, es war aber immer noch angenehm, und Bonnie hatte ihr einen Krug mit Wasser hingestellt. Um ohne Taschenlampe zu lesen, war es zu dunkel, daher machte sie sich gleich fertig, um ins Bett zu gehen und noch ein bisschen in die Glut zu starren.

Als sie sich ins Bett schob, hatte sie eigentlich damit gerechnet, dass es unter den Decken klamm sein würde, sie wurde aber von angenehmer Wärme empfangen. Bonnie, die gute Seele, hatte eine Wärmflasche hineingelegt. Mirren löste die Kordeln rund um den Vorhang und schloss ihn bis auf einen kleinen Spalt am Fußende, weil sie gern das Feuer sehen wollte.

Sie musste zugeben, dass sie Bonnie wohl unwiderstehlich finden würde, wenn Frauen denn ihr Ding gewesen wären.

Wieder einmal dachte sie an die Vertrautheit zwischen dem Hausherrn und Bonnie. Der Umgang der beiden miteinander ließ an Geschwister denken – sogar mehr als bei Jamies tatsächlicher Schwester – oder an Verschworene. Es war schon seltsam. Wenn sie ihr Handy hiergehabt hätte, und auch ein Ladekabel und Netz oder WLAN, dann hätte Mirren Jamie googeln können, um zu gucken, ob sie etwas über seine bisherigen Beziehungen herausfinden konnte.

Einerseits schien er ja nicht viel für Social Media übrigzuhaben. Theo und sie hatten immer mal wieder unwillkürlich nach dem Handy gegriffen und sich erst danach wieder daran erinnert, dass es hier ja nicht funktionierte oder in ihrem Fall gar nicht mehr da war. Aber das war bei Jamie nicht so gewesen. Der Griff zum Handy war bei ihm kein Reflex.

Andererseits stand eine Familie mit einem derartigen Hintergrund doch sicher gelegentlich im Fokus der Öffentlichkeit, sodass vielleicht mal auf Klatschseiten über ihn berichtet worden war. Schließlich hatte er einen Titel und so, daher hätte man online bestimmt irgendetwas gefunden.

Aber Mirren hatte ja überhaupt keinen Zugang zum Internet mehr und auch zu sonst nichts – daher konnte sie nur darauf hoffen, dass jemand aus Theos Verwandtschaft bei ihrer Mutter anrufen würde, damit die kein Sondereinsatzkommando auf die Suche nach ihr schickte.

Es erschien Mirren seltsam, jemanden kennenzulernen und nicht augenblicklich alles über ihn herausfinden zu können. Wie traurig er da vor dem Feuer ausgesehen hatte! Aber vermutlich war bald Bonnie gekommen, um ihn zu trösten.

Mirren starrte die Decke des Himmelbetts an und fragte sich, wer im Laufe der Jahrhunderte wohl hinter diesen schweren Vorhängen aus Brokat geschlafen hatte. Während sie die flackernden Schatten der Flammen betrachtete, kam ihr wieder Theo in den Sinn. Gott, er sah ja so gut aus! Er war unglaublich attraktiv und gar nicht weit weg … Aber das konnte sie nicht machen, das ging überhaupt nicht.

Irgendwann übermannte sie nach diesem langen Tag die Müdigkeit, ihre Glieder wurden unglaublich schwer, sie konnte ihren Gedanken nicht mehr folgen und schlief plötzlich tief und fest.

# Kapitel 27

Als Mirren am nächsten Morgen aufwachte, wusste sie zunächst nicht, wo sie sich befand. Sie hatte wild geträumt, von Nullen und Einsen und Büchern, die über sie hereinbrachen wie das Heer aus Spielkarten über Alice. Als sie die Augen öffnete und um sich herum die roten Vorhänge des Himmelbetts sah, befürchtete sie daher zuerst, darunter begraben zu sein.

Aber dann kehrten die Erinnerungen zurück, und sie wusste wieder, dass sie in einem schottischen Schloss eingeschneit war, was zwar einerseits furchtbar unpraktisch war, andererseits aber auch ziemlich romantisch.

Plötzlich wurde ihr klar, dass es schon recht spät sein musste, mindestens neun Uhr. Draußen wurde es nämlich bereits hell, und heute war doch der 23. Dezember. Die längste Nacht des Jahres lag nur zwei Tage zurück.

Hastig fuhr Mirren hoch. Schneite es noch? Als sie aufstand, um nachzusehen, sprangen ihr zunächst zwei Dinge ins Auge: Das Feuer flackerte wieder hoch, was bedeutete, dass jemand im Zimmer gewesen sein und Holz nachgelegt haben musste. Und dann entdeckte sie sogar ein Tablett mit einer Kaffeekanne. Einerseits war ihr das echt peinlich, andererseits freute sie sich, weil der Kaffee noch warm war. Er war sogar so heiß, das Bonnie gerade erst das Zimmer verlassen haben konnte. Vermutlich war sie dadurch wach geworden.

An so einen Service war Mirren natürlich nicht gewöhnt und fand das schon seltsam. Aber es war auch schön, mal so verwöhnt zu werden.

Sie goss Kaffee in eine teure Porzellantasse, die einen Sprung hatte – so war das wohl mit dem Geschirr hier im Haus –, schlang sich wieder die karierte Decke um die Schultern und blickte aus dem großen Fenster mit dem klappernden alten Rahmen.

Im ersten Moment war sie ein wenig enttäuscht, da es nicht mehr schneite. Eigentlich hätte sie sich gewünscht, dass es immer weiter und weiter geschneit hätte, aber das war wohl ein kindischer Gedanke.

Mirren schaute nach links zu den weißen Hügeln des Nordens und dann geradeaus übers Meer hinweg. Mit einem Mal sah sie, wie dort ein roséfarbener Sonnenstrahl entsprang, der die Felder glitzern ließ. Die plötzlich erleuchtete Landschaft war so wunderschön, dass es ihr den Atem verschlug.

Eine unberührte Schneedecke hatte Mirren bisher noch nie gesehen. Selbst bei ihrem einzigen Skiurlaub in einem riesigen Resort war ziemlich schnell alles matschig gewesen, und sie hatten es nie über die eingefahrenen Anfängerpisten hinaus geschafft.

Das da draußen war etwas ganz anderes, hier hatte sich eine dicke, luftige Decke über die ganze Welt gelegt, und man konnte von hier aus erahnen, wie hoch die Schneeschicht war. Auf den Feldern in der Ferne erreichte sie das obere Ende der Mäuerchen.

Durch den Dampf ihrer Kaffeetasse begann das Fenster zu beschlagen, und Mirren wischte darüber. Einen Moment wünschte sie sich nichts sehnlicher, als ein Foto von dem machen zu können, was sie da sah. Oder nein, eigentlich wäre sie am liebsten nach draußen gegangen, hätte eine Runde gedreht und aus einiger Entfernung Fotos von dem schneebedeckten Schloss gemacht, auf dessen Erkern sicher das roséfarbene Morgenlicht leuchtete, ein Cair Paravel hoch über dem Meer.

Mirren nahm den Fensterrahmen unter die Lupe, fuhr mit dem Finger vorsichtig darüber und schaute dabei zu, wie die Farbe abblätterte. Ja, das alles war aus der Ferne deutlich beeindruckender.

Heute wäre sie bei einem Ausflug nach da draußen aber wohl nicht sehr weit gekommen, da der Schnee mindestens hüfthoch zu liegen schien. Die strahlende Oberfläche war unberührt, ohne jegliche Fußspuren, und vor dem hellen Hintergrund war hier und da der braune Umriss eines Vogels auf Futtersuche zu sehen. Wie wunderschön!

Plötzlich erregte etwas Mirrens Aufmerksamkeit, da bewegte sich irgendetwas am Horizont. Sie kniff die Augen zusammen. Vor dem Weiß zeichnete sich, majestätisch und zauberhaft, ein riesiger Hirsch ab, der ohne Scheu zwischen Bäumen hervorgetreten war. Es handelte sich um kein junges Tier, sondern um eins mit einem beeindruckenden Geweih. Der Hirsch sog die Luft ein und versuchte offensichtlich, sich in der eingeschneiten Landschaft zu orientieren.

Mirren fragte sich, ob der den Schnee wohl auch schön fand oder ob er für ihn eine Herausforderung darstellte. Oder vielleicht beides?

Er trat noch etwas weiter in diese stille Welt hinaus. Der Hirsch, der Schnee, das Schloss, das Meer – die einzelnen Elemente schienen zu erstarren, und Mirren hatte den Eindruck, hier ein riesiges Schachbrett mit weißen Feldern und schwarzem Wald vor sich zu haben, das auf die nächsten Züge der Spielfiguren wartete.

Sie hätte nicht sagen können, wie lange sie dagestanden und den Ehrfurcht gebietenden Hirsch beobachtet hatte. Vielleicht hatte er sie ja auch im Visier? Irgendwann wurde er von etwas aufgeschreckt, sein Kopf fuhr hastig herum, und er verschwand wieder im unwirtlichen Wald.

Jetzt kam ihr plötzlich ein Gedanke: Womöglich hatte Bonnie in ihrem Zimmer vorbeigeschaut, weil sie furchtbar spät dran war, und das war Mirren nur ungern. Deshalb machte sie sich hastig auf den Weg zum Badezimmer. Jamie hatte sie ja schon gewarnt, dass sie nicht über endlos viel warmes Wasser verfügten, aber ein bisschen war noch vorhanden – im Gegensatz zum Strom, denn das Licht konnte sie nicht einschalten. Der Boiler schien aber die Wärme gehalten zu haben. Weil der in ihrer Wohnung bei Stromausfall streiken würde, nahm sie mal an, dass es sich bei dem hier um einen wirklich alten Speicher handeln musste. Mirren ließ etwa eine Handbreit Wasser in die riesige Wanne laufen, die auch als Schwimmbecken hätte dienen können, und wusch sich darin, so gut es ging.

Von Theo war nichts zu sehen oder zu hören, aber das musste nichts heißen. Die Wände und Türen waren hier so dick, dass bei ihm vermutlich eine Party mit DJ hätte steigen können, ohne dass sie etwas davon mitbekommen hätte.

Zurück in ihrem Zimmer machte Mirren das Bett und zog dann die Schubladen des Kleiderschranks auf. Es half ja alles nichts: Sie hatte nur ein paar Klamotten mitgebracht, die für tagsüber angemessen waren, aber eben für Tage in einem normalen Haus. Langsam wurde ihr klar, dass sie da wirklich nicht gut geplant hatte. Allerdings musste man schon sagen, dass bisher ja auch nichts wie erwartet gelaufen war.

In einer Schublade im unteren Teil des Schrankes fand sie mehrere stark nach Mottenkugeln riechende alte Pullover, riesige dicke Wollpullis, die offensichtlich handgestrickt waren. So elegant wie die Abendkleider waren sie nicht, aber in der Not fraß der Teufel ja bekanntlich Fliegen. Wenn sie zu ihren Jeans einen extradicken, kratzigen Pullover in einem gedeckten Beigeton tragen und ihre beiden mitgebrachten Paar Strümpfe übereinanderziehen würde, würde sie zwar nicht so schick aussehen wie am Abend zuvor, aber ihr würde wenigstens halbwegs warm sein. Sie schlang sich noch einen Schal um den Hals und wünschte, sie hätte Handschuhe eingepackt.

Sie traf niemanden an, als sie ihr Zimmer verließ, und war auf dem eisigen Flur froh, warm eingepackt zu sein. Nirgendwo war irgendwas zu hören, und sie war sich nicht sicher, wo man sie jetzt erwartete. Kein Handy zu haben, war schon merkwürdig, sie fühlte sich dadurch von allem seltsam losgelöst.

Mirren trug nicht einmal mehr eine Uhr, seit einer ihrer Brüder ihr zu Weihnachten mal eine Smartwatch geschenkt hatte. Die war ihr dann ständig auf die Nerven gegangen, weil sie ihre Nachrichten nicht schnell genug beantwortete oder nicht genug Schritte gemacht oder nicht lange genug geschlafen hatte. Im Prinzip war es so gewesen, als ob ihr die ganze Zeit ein passiv-aggressives kleines Männchen gefolgt war und ihr auf die Finger geguckt hatte. Wie sie ihrem Bruder damals erklärt hatte, hätte sie für diese Art von Kontrolle auch einfach wieder bei ihrer Mutter einziehen können.

Okay, also, wo war nun die Tür, durch die sie aus dem Erker gekommen waren? Die lag doch am Ende von … Wie lächerlich, so betrunken war sie am Abend zuvor doch nicht gewesen! Aber es war natürlich dunkel gewesen. Jetzt strömte Licht durch die kleinen Bogenfenster herein und zeigte ihr zwei Flure, die im rechten Winkel voneinander in verschiedene Richtungen abgingen.

Wenn der Grundriss des Schlosses quadratisch war, würde Theo aus seinem Zimmer in den Innenhof gucken. Da sie aufs Meer hinausschaute … ging ihr Zimmer definitiv nach Osten raus. Aus dem Chinesischen Salon guckte man gen Süden auf den Vorplatz … Aber wo lag dann die Küche? Sie seufzte und hätte jetzt eine Münze geworfen, wenn sie eine gehabt hätte. Stattdessen bog sie einfach nach links ab. Alle geschlossenen Türen auf ihrem Weg sahen gleich aus, es folgte eine auf die andere, wie in einem riesigen Hotel. Allerdings in einem Hotel, in dem die Gäste schon vor langer Zeit ausgecheckt hatten.

Endlich entdeckte Mirren in einer Ecke eine Tür. Das musste sie sein, oder? Versuchsweise zog sie daran. Zunächst sah es aus, als wäre sie verschlossen, aber sie war wohl nur verzogen, da sie nach einem weiteren Ruck aufsprang.

Dahinter befand sich das Erkertürmchen mit der Wendeltreppe. Erfreut senkte Mirren den Kopf und machte sich Runde um Runde auf den Weg nach unten. Vielleicht waren ja auch alle anderen lange im Bett geblieben, und jetzt wartete ein Frühstück mit frischen Eiern auf sie – Bonnie hatte doch Geflügel erwähnt, oder nicht? Dazu dann noch eine Tasse von dem verblüffend guten Kaffee … Einerseits dachte Mirren jetzt, dass sie Kanne und Tasse in die Küche hätte mitnehmen sollen. Andererseits benahm sich Bonnie ihr gegenüber immer ein bisschen seltsam. Sie schien durchblicken lassen zu wollen, dass sich Mirren gar nicht erst zu bemühen brauchte, weil sie sowie nicht hierherpasste. Und dass Mirren ihr zu helfen versuchte, schätzte sie offensichtlich gar nicht.

Oder sie bildete sich das womöglich nur ein. Es konnte durchaus mit dem Gefühl der Unzulänglichkeit in der Gesellschaft von Menschen zu tun haben, die finanziell gerade vielleicht nicht so gut dastanden, aber einem alten Geschlecht entstammten, einer Welt voller Schlösser und Clans. Sie lebten auf eine völlig andere Art, traten ganz anders auf. Esme und sie hätten unterschiedlicher nicht sein können. Mirren konnte sich nicht vorstellen, dass Esme je von solcher Verunsicherung geplagt wurde wie sie in Bezug auf ihr Leben, die Zukunft, ihre Freunde … Selbstzweifel schien es für diese Frau nicht zu geben, die mit der offensichtlichen Überzeugung durchs Leben ging, dass sie von Geburt an anderen in gewisser Hinsicht überlegen war und deshalb von jedem korrekt behandelt werden musste. Und das taten erstaunlicherweise ja auch alle.

*Die* hätte Theo niemals geghostet, dachte Mirren plötzlich mit einer Gehässigkeit, die sie selbst überraschte.

Mit einem Mal war sie sehr stolz auf sich, weil sie gestern Abend der Versuchung nicht erlegen war. Nur ein letzter Rest Selbstachtung hatte sie davon abgehalten, sich Theo widerstandslos hinzugeben. Aber ein richtiger Single war sie jetzt bereits seit … na ja, wenn Weihnachten war, dann seit fast zwei Jahren. Sie sehnte sich einfach verzweifelt nach Nähe zu einem anderen Menschen, und Theo war eben so unglaublich gut aussehend mit seiner hellen breiten Stirn und dem schwarzen Haar, das bis über die Augenbrauen fiel.

Weil sie ganz in Gedanken versunken war, wurde Mirren erst nach einer Weile klar, wie lange sie diese Treppe mit den ausgetreten Stufen schon hinunterstieg. Unglaublich, wie viele Füße seit alten Zeiten hier entlanggelaufen sein mussten, damit sich ihre Spuren in den Stein eingegraben hatten. Diese Treppe musste zum hinteren, älteren Teil des Gebäudes gehören. Aber mittlerweile war sie sicher schon viel weiter unten als gestern Abend, oder?

Ein plötzliches Geräusch ließ Mirren aufblicken. Mit einem Mal flatterte über ihr ein weißer Vogel, der irgendwohin verschwand. Vermutlich gab es hier im Turm Nester. Na, wenn hier jeder einfach ein und aus gehen konnte, war es kein Wunder, dass es überall so kalt war.

Als Mirren die Wände betrachtete, fiel ihr auf, dass sie ganz glatt waren. Hier gab es keine Türen mehr, und die wenigen Fenster lagen weit auseinander. Sie runzelte die Stirn. Aber das war doch albern, *an irgendeinem Punkt* musste sie ja herauskommen, und wenn es nur an einem Notausgang war. Doch im gleichen Moment fuhr ihr durch den Kopf, dass dieses Gebäude wohl viel älter war als das Konzept des Notausgangs.

Neugierig lief sie immer weiter und weiter. Es wurde dunkler und kälter, aber bei einem Blick nach unten konnte sie dort weiterhin Licht sehen, irgendwohin musste diese Treppe also führen. Vermutlich würde sie gleich bei den Mülltonnen rauskommen.

In der zunehmenden Finsternis hielt sie sich an der Wand fest. Die war feucht, und irgendwann berührte sie etwas Schleimiges. Sie erschauderte und wischte sich die Finger an der Jeans ab. »Uff, igitt!«

Sie hatte wirklich keine Lust, Hunderte von Stufen wieder hinaufzusteigen, daher machte sie weiter, während der Kreis aus weißem Licht immer größer wurde. Aber der sah irgendwie seltsam aus, schien vor ihren Augen zu tanzen. Sie zwinkerte, falls es an ihr liegen sollte, aber nein, da bewegte sich eindeutig etwas …

Die unteren Stufen waren nass und gefährlich glatt, und da begriff sie endlich, wo sie war. Sie kam sich ziemlich dämlich vor, weil sie es aufgrund der Lage des Schlosses doch viel eher hätte merken müssen. Tatsächlich drehte sie noch ein paar letzte Runden auf Stufen voller Algen und erreichte dann die Ecke einer dunklen Höhle. Das sich bewegende Licht waren flache Wellen, die über den Kies rollten. Sie war durch eine geheime Treppe bis an den Fuß des Kliffs gelangt.

Im Durchgang zur Höhle blieb Mirren stehen und wartete darauf, dass sich ihre Augen an das Dämmerlicht dort gewöhnten.

»Das gibt's doch nicht!«, murmelte sie einmal leise, bevor sie es dann laut ausrief. Von den nahen Wänden wurde ein Echo zurückgeworfen. »Hallo?« Hallo ... hallo ... Sie bekam keine Antwort.

Sie schaute sich um und begriff, dass die Höhlenöffnung von außen wohl kaum zu erkennen sein würde. Ein verborgener Fluchtweg – wie aufregend! Kein Wunder, dass zu dieser Treppe keine weiteren Türen geführt hatten. Mirren sah, dass auf dem Kies sogar ein altes, mit Seepocken übersätes Ruderboot lag. Du meine Güte! Sie fragte sich, ob wohl je jemand hierherkam, ob sich überhaupt noch jemand an all das erinnerte. Doch, bestimmt, oder? Sie schaute hinunter auf ihre Füße. Die Wellen schwappten ihr bis zu den Zehen. Bei Flut füllte das Wasser vermutlich die ganze Höhle aus – das war keine sehr angenehme Vorstellung. Mirren ließ den Blick über die Wände wandern, um zu sehen, ob dort irgendwo Ringe eingeschlagen waren, an denen man unglückselige Gefangene festketten konnte, entdeckte aber nichts dergleichen. Dann machte sie ein paar Schritte vor. Leider hatte sie aber nicht bemerkt, dass sie dabei gegen einen Stein stieß, durch den offenbar eine Tür gesichert gewesen war.

Mirren entfuhr ein entsetzter Schrei, als die Tür hinter ihr zufiel. Die war ganz glatt und hatte die gleiche Farbe wie das Felsgestein. Wenn man nicht wusste, dass es sie gab, konnte man sie in der Höhle kaum erkennen. Natürlich war das genau so gedacht, und ihre Fingernägel konnten da nicht viel ausrichten. Diese Tür würde sie nicht aufstemmen können.

»O nein«, murmelte Mirren und blickte aufs Meer hinaus. Was, wenn jetzt die Flut kam?

Nun wurde ihr auch klar, dass sie über die Lage der Höhle rein gar nichts wusste. Womöglich würde ihre einzige Chance sein, raus in die Nordsee zu schwimmen. Im Dezember! Das könnte sie das Leben kosten. Mit einem Mal wurde sie stinkwütend auf Jamie und Esme. Warum hatten die sie denn nicht davor gewarnt?

Mirren war mittlerweile völlig durchgefroren und hatte wirklich Angst. Gleichzeitig fand sie das alles total lächerlich. Vor zwei Tagen hatte sie sich noch über den letzten fehlenden Stempel auf ihrer Kaffeetreuekarte gefreut, und jetzt schien sie hier in einer verdammten Höhle in Schottland in Lebensgefahr zu schweben. Vermutlich würde die Strömung ihre Leiche aufs Meer hinausziehen, und man würde nie wieder etwas von ihr hören. Und dann, dachte sie finster, würde Theo es wohl bereuen, sie geghostet zu haben.

Vorsichtig ging sie bis zur Öffnung der Höhle hinüber, vor der der Wind heftig brauste. Die Wellen waren stahlgrau.

Zu ihrer Rechten bemerkte sie etwas weiter oben einen

Felsen, den sie leicht würde erklimmen können. Sie patschte über den nassen Kies und zog sich hoch. Von dort aus schob sie im oberen Bereich die Hand über den Rand der Höhlenöffnung. Zu ihrer Überraschung, Begeisterung und auch leichten Verlegenheit berührte sie dort kaltes Gras – und Gras wuchs natürlich nicht unter Wasser. Offenbar stieg das Meer nur bis etwas über den Rand der Höhle.

Mirren entdeckte einen weiteren Stein, der an eine Treppenstufe erinnerte, und zog sich auch auf den hoch, und dann auf noch einen und noch einen. Die wirkten zwar willkürlich, Mirren war sich aber ziemlich sicher, dass sie bewusst so angeordnet worden waren. Endlich gelang es ihr, auf ein schneebedecktes kleines Stück Land zu klettern.

Sie kam sich ziemlich dämlich vor, drehte sich um hundertachtzig Grad und versuchte sich zu orientieren. Das Kliff stieg senkrecht aus dem Meer auf – darauf hatte sie vom Fenster ihres Schlafzimmers aus ja geguckt. Das Schloss, das von vorne so förmlich wirkte, sah von hinten viel natürlicher aus, als wäre es von allein aus den Felsen herausgewachsen und bilde einen Teil des Kliffs. Das musste der älteste Bereich sein. Der Eingang zur Höhle lag verborgen unter einem Vorsprung, auf dem unter dem Schnee wohl Gras wuchs. In einiger Entfernung gab es einen ähnlichen Vorsprung, und dazwischen befand sich eine Einbuchtung, die einen natürlichen kleinen Hafen bildete.

Hier unten von den Klippen aus würde wohl kein Plünderer einen Angriff wagen, aber man konnte vor Blicken verborgen ein Boot aus der Höhle zu Wasser lassen und dann – na ja, fahren, wohin auch immer man wollte, nahm sie mal an.

Mittlerweile war sie vollends durchgefroren und spürte ihre Füße kaum noch. Ihr wurde das Herz ganz schwer, als sie nach oben schaute, aber es half ja alles nichts. Sie würde hier auf äußerst würdelose Weise durch den Schnee bergauf kraxeln müssen. Als Mirren sich in Bewegung setzte, meldeten sich bei ihr bald Muskeln zu Wort, die sie schon seit Jahren nicht mehr benutzt hatte. Sie geriet ins Stolpern und landete mit dem Kopf zuerst im tiefen Schnee. Der kratzte im Gesicht, und sie war so wütend auf sich selbst, dass sie laut fluchte.

Irgendwann erreichte sie endlich den Fuß des Schlosses und hielt auf die Rückseite zu. Das stellte sich endlich mal als gute Entscheidung heraus, da sie schnell den Küchengarten ausfindig machte und dann auch die Küchentür fand. Von dort her waren sogar Stimmen zu hören. In einer Ecke lehnte eine Schaufel, mit der der Schnee notdürftig zur Seite geschoben worden war. Im Bereich zwischen der Tür und dem Garten sah man ein Muster sich überkreuzender Fußabdrücke von Mensch, Hund und Vogel.

Mit unglaublich erleichtertem Seufzen öffnete Mirren die Tür und wankte in die herrlich warme Küche. Dort wurde sie zunächst von komplettem Schweigen und dann von immer lauter werdendem Gelächter in Empfang genommen.

# Kapitel 28

»Ruhe jetzt!«, keuchte Mirren, die aber schnell begriff, dass sie wie ein wandelnder Schneemann aussah.

Die anderen saßen in der Nähe des Herdes zusammen, waren offenbar satt und zufrieden und schienen mit etwas beschäftigt zu sein. Auf einem Brettchen lag der Rest von einem Laib Brot, und leere Eierschalen machten deutlich, dass Mirren beim Thema Hühner richtiggelegen hatte. Jemand hatte noch mal Kaffee aufgesetzt, und auf dem großen Tisch aus unbehandeltem Kiefernholz standen Butter und Marmeladengläser.

»Skiunfall?«, fragte Theo träge und zwinkerte ihr zu, um klarzustellen, dass es nur Spaß sein sollte.

»Ich wäre beinahe ertrunken!«, schnaubte Mirren.

»Hattest du etwa genug Wasser für die Wanne?«, fragte Esme, die in einer Ausgabe der *Vogue* von 1985 blätterte und mit einer E-Zigarette so heftig vor sich hin paffte, als wollte sie Jamie provozieren, dazu etwas zu sagen.

»Warum habt ihr uns denn nicht davor gewarnt, dass man am Fußende einer Treppe in einer Höhle landen und dann da festsitzen kann?«, empörte sich Mirren.

Durch den Agaherd wurde ihr in den feuchten Klamotten plötzlich furchtbar warm, was sich wohl bei niemandem positiv auf die Laune ausgewirkt hätte. Es begann sogar, sanft Dampf um sie herum aufzusteigen.

Jamie sprang auf. »Möchtest du vielleicht …?«

Vorsichtig löste er ihren Schal, wobei Eisklümpchen auf den Boden fielen. Alle schauten dabei zu, wie die sofort tauten. Dann zupfte er an ihrem Pullover voll mit schmelzendem Schnee und befahl ihr, den auszuziehen. »Na los«, sagte er. »Du bist ja völlig durchgefroren.«

Aus irgendeinem Grund war Mirren plötzlich den Tränen nahe. Sie hatte gerade ziemlich was mitgemacht und wirklich nicht erwartet, dass Jamie sie so liebevoll behandeln würde. Sie fragte sich, wo das wohl herkam.

»Hier«, sagte Theo, zog seinen teuren Pullover aus und warf ihn ihr zu. »Wo um alles in der Welt hast du gesteckt?«

»Ich …« Mirren schluckte. »Ich bin doch nur eine Treppe runtergegangen …«

»Im dritten Stock?« Jamie schnippte mit den Fingern. »Tut mir leid, da hätten wir dich vorwarnen sollen.«

»Warum hast du nicht einfach die Haupttreppe genommen?«, fragte Esme verblüfft.

»Weil ich nicht in einem Haus mit mehr als einer Treppe aufgewachsen bin«, sagte Mirren.

»Die Tür zu der Treppe da … äh, sollte eigentlich verschlossen sein.«

Jetzt kam Mirren wieder in den Sinn, wie schwierig es gewesen war, die Tür zu öffnen. Vielleicht war sie tatsächlich verschlossen gewesen, der Rahmen aber so verfault wie der Fensterrahmen in ihrem Schlafzimmer. »Ah«, machte sie.

»Hast du kräftig daran gezogen?«, fragte Jamie, dessen Mundwinkel zuckte.

»Ich dachte, das müsste man hier.«

»Und du wolltest nicht etwa spionieren?«

»Nein«, sagte Mirren. »Erstens wollte ich nur frühstücken. Und zweitens dachte ich, dass wir ja dafür bezahlt werden, hier herumzuschnüffeln. Oder etwa nicht?«

»Das ist durchaus ein Argument.«

»Aber ich hab gar nicht geschnüffelt.«

»Ist dir denn gar nicht aufgefallen, dass du längst viel weiter unten warst als die Küche?«, mischte sich Esme ein.

»Man kann die Treppe ja nirgendwo verlassen.«

»Jetzt komm schon, Esme, sie war eben neugierig«, schnaubte Bonnie, die am Herd stand. »Du weißt doch noch genau, wie gern *wir* damals diese Treppe erkunden wollten.«

»Na, da bin ich ja froh, dass ihr das wenigstens nicht durftet«, sagte Mirren und nahm einen langen, sehr willkommenen Schluck Kaffee aus der Tasse, die Bonnie ihr gerade gereicht hatte.

»Wo führt die denn hin?«, fragte Theo.

»Nach unten zu einer geheimen Höhle in der Felswand.«

»Das gibt's doch nicht!«, rief Theo. »Cool! Zum Schmuggeln?«

»Ja, das bestimmt auch, aber vor allem als Fluchtweg Hier oben gab es durchaus Konflikte durch abweichende politische Überzeugungen – für den König, für den jungen Anwärter …«, erklärte Jamie und gesellte sich wieder zu Theo.

Bonnie führte Mirren zu dem Stuhl, der dem Herd am nächsten war, und stellte einen vollen Teller vor ihr ab. Würstchen, Speck, Eier …

»Noch Kaffee?«

»Du brauchst doch nicht …« Mirren versuchte aufzustehen, um sich selbst nachzuschenken, aber Bonnie starrte sie nur finster an. »Okay«, sagte sie schließlich. »Du hast deutlich gemacht, dass du ein guter Mensch bist und helfen willst. Alles klar. Aber jetzt setz dich bitte wieder, und lass mich meine Arbeit erledigen.«

Pikiert ließ sich Mirren auf den Stuhl plumpsen. Wenigstens war das Frühstück köstlich. Bonnie servierte ihr auch noch weiche Kartoffelpfannkuchen, die man – in Dreiecke geschnitten – mit Butter und Salz genoss. Vermutlich würde jeder davon die Lebenserwartung um etwa eine halbe Stunde verkürzen, aber die waren so lecker, dass sich Mirren nicht zurückhalten konnte.

Der Kaffee wärmte sie nach und nach von innen nach außen, bis sie endlich zu zittern aufhörte.

Theo war derweil damit beschäftigt, den Binärcode per Hand zu kopieren, während Jamie ihn entschlüsselte. Es war ziemlich albern, einen Zahlencode zu benutzen, um Zahlen zu verschlüsseln, aber Mirren hatte inzwischen erkannt, dass das für den alten Herrn wohl typisch gewesen war.

»Gott, wie langweilig«, stöhnte Esme und schaute aus dem Fenster. Der Schnee reichte bis zum Fensterbrett, aber zumindest klarte der Tag auf, es zeigte sich ein Hauch von Blau am Himmel.

Als Mirren mit ihrem Frühstück fertig war, starrten die Männer auf die lange Reihe von Zahlen und mussten sich eingestehen, dass die Taubenschlagtheorie wohl nicht mehr haltbar war.

Mirren blickte nach draußen.

Es gab hier zwei Fenster. Eins ging nach vorne raus, wo die Autos unter Schnee vergraben waren, das andere nach Westen, wo der Küchengarten lag. Dort wanderten langsam die Strahlen der aufgehenden eisigen Wintersonne über die Hecke und fielen hell auf deren makellose Schneehaube, die wie Diamanten funkelte in dieser stillen Welt ohne Motorengeräusche, ohne Polizeisirene, selbst ohne ein Flugzeug am Himmel.

Mirren stand auf und ging zum Fenster, um noch mehr in sich aufzunehmen. »Nein, langweilig finde ich das gar nicht«, murmelte sie und berührte die Scheibe, an deren Rändern Eisblumen erblühten. Es war wirklich kalt.

Esme schaute sie mit spöttisch verzogenem Mund an, als wollte sie eine sarkastische Bemerkung machen, schien dann aber ihre Meinung zu ändern. Sie blickte zu den Männern hinüber. »Also, was habt ihr da?«

»Es ist einfach nur eine Reihe von Zahlen«, sagte ihr Bruder mit frustrierter Miene.

»Wollen wir mal probieren, ob das Telefonnummern sind?«, schlug sie vor.

Jamie wollte eigentlich abfällig schnauben, schaute dann aber auf. »Das ist gar keine schlechte Idee.«

»Womit geht die Abfolge denn los?«

»Einen offensichtlichen Anfang gibt es nicht. Der Schwan war überall mit Zahlen bedeckt. Es kommt darauf an, mit welchem Flügel man anfängt.«

Sie betrachteten das Blatt Papier.

»Eine Acht nach einer Null haben wir nicht, oder?«, fragte Theo irgendwann. »Für eine gebührenfreie Nummer?«

Esme schnaubte. »Großvater hätte sich jedenfalls nicht die Mühe gemacht, für so etwas extra eine Nummer einzurichten.«

»Hier haben die Handys ja sowieso keinen Empfang«, sagte Theo. »Und Akku haben sie auch nicht mehr, dummerweise hab ich meins gestern ja den ganzen Tag als blöde Taschenlampe benutzt.«

»Aber das Festnetztelefon funktioniert doch«, warf Bonnie ein, die gerade Teller stapelte.

»Wie bitte? Ist euer Telefon etwa so alt, dass man es auch bei Stromausfall benutzen kann?«, fragte Mirren. »Hat es vielleicht eine Kurbel und einen Hörer in Trichterform?«

Jamie betrachtete immer noch mit gerunzelter Stirn die Zahlen. »Ich glaube nicht, dass wir hier eine Telefonnummer finden. Es gibt ja nirgendwo eine Null-Eins.«

»Vielleicht hat er das Rätsel ja erstellt, bevor das geändert wurde«, sagte Theo. »Welches Format hatten die Telefonnummern hier denn früher?«

»Forres Castle 74262«, sagte Bonnie ganz automatisch.

Alle schauten sie an.

»Was denn? So hat sich meine Großmutter immer gemeldet, und so würde auch ich mich melden, wenn jemand anrufen würde. Früher hat das Telefon eigentlich ständig geklingelt. Wir haben ja sogar unsere eigene Zentrale. Kommt mit, ich zeige sie euch.«

Als sie ihr den Flur entlang folgten, schlang sich Mirren wieder einmal eine Decke um die Schulter, die sie in der Küche gefunden hatte. Das sah zwar albern aus, aber sie wollte nicht jedes Mal entsetzt nach Luft schnappen müssen, wenn sie die wenigen warmen Räume im Gebäude verließ.

Es war verblüffend: Das Telefon befand sich tatsächlich in einem separaten Zimmer mit einer Anlage voller Kabel und Schildchen mit den Namen von Räumen, die Mirren bisher noch nicht gesehen hatte: das Damenraucherzimmer, die Kinderstube, Tagesraum und Stiefelkammer hatten alle einen eigenen Anschluss.

»Wow«, sagte Theo. »Dieses Schloss muss wirklich mal der Wahnsinn gewesen sein, also …«

»… zu seiner Glanzzeit, ja, ja«, murmelte Esme, die trotz

ihrer Genervtheit mit von der Partie war, um zu sehen, ob ihre Idee etwas bringen würde.

Und tatsächlich, das Telefon war so alt, dass es trotz Stromausfall ein Freizeichen gab.

Es war ziemlich mühselig, aber Jamie begann jedes Mal mit einer neuen Anfangszahl, die vielversprechend aussah, und wählte von da aus Nummer um Nummer. Sie hatten ein chinesisches Restaurant in New York an der Strippe, dann gab es jede Menge Besetztzeichen und Kein-Anschluss-unter-dieser-Nummer-Ansagen. Einmal knisterte es so laut, als könnte man den Schnee auf den Leitungen hören, und jemand rief *»Qué? Qué?«* in den Hörer. Sie unterhielten sich auch nett mit einem Mann aus Australien, der großes Interesse daran hatte, was sie da machten, ihnen aber leider nicht weiterhelfen konnte.

Mirren nahm die Telefonbücher unter die Lupe. Leider war keins für London dabei, aber dann kam ihr in den Sinn, dass sie vielleicht bei der Auskunft anrufen könnte. Dass es die tatsächlich noch gab, verblüffte sie ja schon. Da sie noch nie ein Telefon mit Wählscheibe benutzt hatte, brauchte sie eine Weile, um sich daran zu gewöhnen. Sie notierte sich die Nummer der Seniorenresidenz und rief als Nächstes dort an, während Jamie wieder einmal die Zahlen anstarrte und sie zu enträtseln versuchte.

Mit jeder möglichen Kombination würden sie es wohl nicht probieren können, bemerkte Esme, weil sie dann bis zum Sankt-Nimmerleins-Tag damit beschäftigt sein würden. Das half nicht gerade weiter.

»Hallo?«

»Ja, Seniorenresidenz Bright Fields?«

Mirren erkannte die Stimme einer der Rezeptionistinnen, aber es war leider die, die immer schlechte Laune hatte. Die war früher mal Bibliothekarin gewesen und hatte diese Arbeit aufgegeben, als es nicht mehr erlaubt war, streng »Pscht!« zu machen, um Kinder zum Schweigen zu bringen.

»Hallo? Arbeitet Nora Sutherland heute? Ich bin ihre Tochter.«

»Warum rufen Sie sie nicht auf dem Handy an?«

»Ich hab leider mein Handy verloren, deshalb rufe ich Sie an«, erklärte Mirren.

»Wissen Sie denn die Handynummer Ihrer eigenen Mutter nicht?«

»Sie etwa die von Ihrer?«, entgegnete Mirren.

»07588 844833. Das ist doch selbstverständlich, wenn man seiner Mutter nahesteht.«

»Okay, äh, ist Nora denn da?«

»Nein, die hat heute frei.«

Mirren seufzte. »Na gut. Können Sie ihr vielleicht mitteilen, dass ich angerufen habe und dass ich hier wegen des großen Sturms in Schottland festsitze?«

»Was denn für ein Sturm?«

»Der große Schneesturm, durch den der Strom ausgefallen ist.«

»Davon hab ich nichts gehört.«

Jamie und Esme verzogen das Gesicht und schüttelten den Kopf.

»Oh«, machte Mirren.

»Hier regnet es.«

»In Ordnung, alles klar. Sagen Sie ihr bitte, dass ich nach Hause komme, wann ich eben kann … Aber ich muss erst ein Buch aufstöbern.«

Nach kurzem Schweigen fügte die Frau hinzu: »Sie haben dieses alte Buch gefunden, oder?«

»Äh, genau, von Stevenson.«

»Darüber hab ich was in einer Fachzeitschrift gelesen. Ich war ja mal Bibliothekarin.«

»Endlich der Ruhm, den ich verdient habe«, sagte Mirren, während Theo eine finstere Miene aufsetzte.

»Und jetzt suchen Sie wieder nach einem Buch?«

»Ja«, sagte Mirren. Ganz spontan fragte sie: »Wie hätten Sie in der Bibliothek denn ein verschwundenes Buch wieder aufgespürt?«

Die Frau lachte und klang zum ersten Mal nicht mehr schlecht gelaunt. »Ich hätte erst einmal die üblichen Kandidaten in die Mangel genommen … Und wenn ich die ISB-Nummer hätte, hätte ich es wohl irgendwann einfach nachbestellt.«

»Die IS-was?«

Plötzlich fuhr Theo hoch und bedeutete ihr mit hastigen Gesten, das Gespräch zu beenden.

»Hm, vielen Dank. Und, äh, sagen Sie meiner Mutter bitte, dass es mir gut geht, okay?«, konnte Mirren noch sagen, bevor Theo praktisch für sie den Hörer aufs Gerät knallte.

»Was denn?«

»Na, in England denkt eben jeder, dass das Wetter überall ist wie in London«, knurrte Esme.

Aber Theo war immer noch total aufgekratzt. »Nein, nein«, stammelte er. »Ich bin ein Idiot, ich bin ja *so ein Idiot*. Hier verschwenden wir unsere Zeit nun mit albernen Telefonaten …«

»Willst du deine Familie denn nicht anrufen?«

»… und mit irgendwelchen Vögeln …«

»Aber darauf hätte die Feder durchaus hinweisen können«, wandte Jamie leise ein.

Theo nahm das Stück Papier. »Büchern wird eine ISBN zugeteilt, eine Internationale Standardbuchnummer, die aus dreizehn Ziffern besteht. So eine hat heute jedes Buch.«

Einen Moment starrten alle ihn an, dann begann Jamie zu zählen. »Das sind aber nur zehn.«

Theo schüttelte den Kopf. »Es kann trotzdem noch eine ISBN sein, nur ohne den Präfix.«

»Also«, sagte Jamie langsam, »ich hab dich ja gerade deshalb engagiert, damit du so etwas auf den ersten Blick identifizierst.«

»Ja, ja, schon klar, sorry«, murmelte Theo. »Aber das muss auf jeden Fall gecheckt werden. Lasst uns das sofort überprüfen.«

Er schaute sich um, nahm die verstreut daliegenden Telefonbücher in Augenschein und ging dann zu einem weiteren der vielen Bücherregale hinüber, die selbstverständlich auch die Telefonzentrale zierten. Dieses war voll mit Landkarten, Atlanten und Reiseliteratur. »Wenn wir auf der Suche Buch für Buch durchsehen, finden wir das aber nie.«

»Könnten wir die Nummer nachgucken, wenn wir Internet hätten?«

»Schon«, sagte Theo. »Aber selbst dann ... müssten wir das Buch immer noch finden.«

»Wir hätten allerdings einen Titel«, stellte Mirren klar.

Begeistert schauten sich die beiden an.

Mirren sprang auf. »Wir müssen irgendwo Internet herkriegen.«

Theo lachte. »Auf zum Internetbrunnen!«

Jamie und Esme tauschten Blicke.

»Also ... gelegentlich hat man auf dem Anwesen schon Netz ...«, räumte Jamie ein. »Draußen, mitten in der Pampa.«

»Aber es hat doch keiner mehr Akku«, wandte Theo ein.

»Tatsächlich?«, fragte Jamie.

Alle schauten Esme an, die beflissentlich den Blick gesenkt hielt.

»Gib uns doch ein kleines bisschen ab!«, flehte Jamie. »Bitte, bitte! Sonst stecken wir in einer Sackgasse.«

»Meine Powerbank ist auch fast leer«, sagte sie und zog mürrisch ihr Handy hervor. »Falls es dieses verdammte Ding wirklich gibt, will ich auf jeden Fall meinen Anteil.«

# Kapitel 29

Jamie führte sie zur Stiefelkammer, einem großen Raum mit Steinfußboden, in dem Gummistiefel aller Größen standen und an der Wand jede Menge Jacken hingen, Jagdjacken, Tweedjacken und alte Wachsjacken von Barbour.

Es gab auch Kisten mit Reitstiefeln und Handschuhen.

»Am besten ziehen wir so viele Lagen wie möglich übereinander«, sagte Jamie. »Irgendwo muss es auch wasserdichte Hosen geben.«

Esme blieben noch sechs Prozent Akku.

Es gab einen Punkt auf dem Anwesen, ganz in der Nähe des Dorfes, wo man gelegentlich Netz hatte. Leider war diese Stelle kilometerweit weg, am Rand der Ländereien. Sie mussten gucken, ob sie es bis dorthin schafften, je nachdem, wie hoch der Schnee lag …

Jamie verschwand kurz, während sich Mirren in so viele Lagen alter Klamotten wie möglich zwängte. Die rochen gar nicht so schlimm, ein bisschen wie das ganze Haus, eben alt. Sie gab Theo seinen Pullover zurück, zog zwei aus der Stiefelkammer an und fügte noch eine gesteppte Jacke und einen riesigen Mantel hinzu.

Theo reichte ihr etwas, was an eine Wathose erinnerte.

Sie schüttelte den Kopf. »O mein Gott, damit werde ich wie ein Zirkusclown aussehen«, lachte sie.

»Das tust du so auch schon«, wandte Theo ein. »Aber mir gefällt's.«

»Ganz dein Stil, stimmt's?«

»Doch, echt«, versicherte er. »Es ist wirklich niedlich, und man kann nicht im Geringsten erahnen, wie du unter all den Sachen wohl aussiehst. Spannend!«

»Das kann ich mir vorstellen!«

Theo hüllte sich in ein riesiges wasserfestes Cape, das er gefunden hatte, und setzte einen Hut mit weicher Krempe auf.

»Jetzt siehst du aus wie ein Doctor Who«, sagte Mirren.

»Welcher denn?«

»Wie alle zusammen.«

»Gut«, sagte er. »Dann bin ich ja fürs Abenteuer bereit.«

Als Jamie irgendwann zurückkehrte, war er ganz staubig und hatte Spinnweben im Haar.

»Eine Spinne!«, kreischte Mirren.

Mit gerunzelter Stirn starrte er sie an. »Wie bitte?«

»Du hast da ...«

Jamie ging zu einem großen Spülbecken hinüber, über dem ein fleckiger Spiegel hing, betrachtete sich darin und begann zu lächeln. Er senkte den Kopf und schüttelte ihn, bis eine Spinne auf seiner Hand landete. Die brachte er nach draußen vor die Tür. »So, jetzt bin ich wieder spinnenfrei. Fürs Erste.« Er wandte sich an Mirren. »Dieses Haus ist vielleicht nicht der beste Ort für Leute mit Spinnenphobie.«

Mirren sog die Luft durch die Zähne.

»Spinnen sind doch toll!«, erklärte er plötzlich enthusiastisch. »Die fressen Ungeziefer und halten Fliegen fern. Was für ein Problem hast du denn mit denen?«

»Dass sie supergruselig sind?«, sagte Mirren.

»Oh«, machte er und wirkte ein wenig traurig.

Da haben wir also einen Mann, der keiner Spinne etwas zuleide tun würde, dachte Mirren. Interessant.

»Ich bringe die ja auch nicht um«, stellte sie hastig klar. Sie fügte nicht hinzu, dass sie dazu gar keine Gelegenheit hätte, weil sie umgehend die Flucht ergriff.

Aber er hörte sowieso nicht mehr zu, weil er gerade etwas aus dem großen Weidenkorb zog, den er geholt hatte. Auf den ersten Blick sahen die Dinger für Mirren aus wie Tennisschläger.

»Im Ernst?«, knurrte Esme. »Auf keinen Fall!«

»Ach, komm schon, Ess«, sagte Jamie. »Weißt du nicht mehr, wie viel Spaß wir früher damit hatten?«

Jetzt erkannte auch Mirren, was er da mitgebracht hatte. Bei den ein wenig ramponierten hölzernen Rahmen mit Lederriemen handelte es sich um Schneeschuhe, die man sich unter die Schuhe schnallte.

»Nein, mit den Dingern rumzulaufen, macht keinen Spaß, sondern ist total lächerlich!«, protestierte sie.

»Hast du etwa eine bessere Idee?«

»Ja«, knurrte Esme. »In der Stadt zu leben und außerdem die Zeit zurückzudrehen, damit wir unsere dämliche Familie davon abhalten können, das ganze Geld zu verprassen.«

Jamie lächelte.

In der Stiefelkammer war es ziemlich dunkel, weil sich der Schnee bis fast oben hin vor den Fenstern türmte. Jamie hatte wohl recht, eine bessere Lösung gab es nicht.

»Ich würde es gern probieren«, sagte Mirren. Es überraschte sie selbst, wie erpicht sie darauf war, wieder gut vor ihm dazustehen, nachdem sie sich als Spinnenhasserin geoutet hatte.

Er lächelte erneut. »Na, dann mal los. Zwei Jacken wirst du allerdings nicht brauchen, versprochen.«

Esme feixte. »Ja, man gerät dabei ganz schön ins Schwitzen.«

»Das ist quasi das nordschottische Äquivalent eines Striptease«, kommentierte Theo, als Mirren langsam den Mantel wieder aufknöpfte.

»Jetzt halt schon den Mund«, knurrte Mirren, aber mit einem Lächeln.

Er wirkte ungerührt wie immer, holte sich ein Paar Schneeschuhe und ließ dabei das Cape durch die Luft sausen, als hätte er im Leben nie etwas anderes gemacht.

Als sie bereits im Aufbruch begriffen waren, kam Bonnie herein und positionierte sich mit einem ramponierten Silbertablett bei der Tür. »Ich hab mir gedacht …«

»Oh, Bonnie, es ist echt super, hier mit dir eingeschneit zu sein«, schwärmte Jamie.

Zum x-ten Mal fragte sich Mirren, was da nur zwischen den beiden lief. Dass etwas lief, schien offensichtlich. Warum sollte Bonnie sonst weiter in dieser Bruchbude bleiben und sich so gut wie möglich darum kümmern? Es gab doch sicher eine Million bessere Möglichkeiten für eine junge Frau – Arbeitsstellen, durch die sie mitten im Leben stehen und Spaß haben würde, statt sich hier wie eine Nonne vor der Welt zu verstecken. Sicher hatte das seinen Grund, und Mirren hätte zu gern herausgefunden, ob dieser Grund rotblonde Haare, einen besorgten Gesichtsausdruck und ein Herz für Spinnen hatte.

Auf Bonnies Tablett standen vier kleine, nicht zueinanderpassende Gläser mit einem dampfenden rotbraunen Getränk.

Jamie, Theo und Esme schnappten sich jeder eins und leerten es auf Ex.

Mirren wollte sich nicht ausgeschlossen fühlen und tat es

ihnen nach, hatte aber augenblicklich den Eindruck, als hätte ihr jemand einen Schlag in die Magengrube versetzt. Dann ging das seltsame heiße Getränk direkt ins Blut über, ein Schauder überlief sie und ließ den ganzen Körper prickeln.

»Du meine Fresse!«, stammelte sie.

»Äh, genau«, sagte Jamie und grinste sie an.

»Was ist das nur?«

»Hirschbrühe, Wodka, Worcestershiresoße, Cayennepfeffer …«

»Ich fühle mich gerade, als hätte mir eine warme Bloody Mary eine Ohrfeige versetzt.«

»Tja …«

»Es ist zehn Uhr morgens!«

»Genau, wir sollten wohl langsam mal los!«

Mirren brummte immer noch der Kopf.

Sie verließen die Stiefelkammer, die im Südflügel lag, traten auf den Vorplatz hinaus und liefen um die Ecke des Gebäudes.

Westlich davon lag ein Bereich, wo sich zu den Glanzzeiten des Schlosses vermutlich gepflegte Rasenflächen befunden hatten, über die bei gutem Wetter die Damen hatten flanieren können. Von dort aus hatten sie alle Kutschen gut beobachten können, die über die lange Auffahrt herbeikamen.

Durch Fotos im Chinesischen Salon wusste Mirren, dass wohl die alte Königinmutter hier oft zu Besuch gewesen war.

An diesem Tag kurz nach der Wintersonnenwende stand die Sonne niedrig am Himmel. Aber wenigstens war sie zu sehen, das war doch schon mal was.

Auf der Decke aus Schnee hatte sich eine Frostschicht gebildet, und alles war laut- und reglos. Auch zwischen den Bäumen ging nicht die leiseste Brise, und selbst die Vögel waren verstummt.

Es war schwierig, sich an die Schneeschuhe zu gewöhnen, durch die man oben auf der Schneeschicht blieb.

Theo probierte mal, ohne sie ein paar Schritte zu gehen, und war schnell bis zur Hüfte versunken. Er lachte laut über sich selbst, während er sich zu befreien versuchte. Es war jetzt klar, dass sie ohne die Dinger ein ziemliches Problem haben würden.

Zaudernd tastete sich Mirren voran. Obwohl die Schneeschuhe alt und mit Rissen überzogen waren, hielten sie problemlos ihrem Gewicht stand. Es war schon ein seltsames Gefühl. Mirren kam sich vor wie ein Vogel oder ein anderes winziges Tierchen statt wie eine lächerliche Gestalt mit zwei unter zu große Gummistiefel geschnallten Tennisschlägern, mit einer grünen Wathose und einer Jacke, die ihr nicht gehörte.

Das mit den Schneeschuhen funktionierte trotz ihrer zögerlichen Schritte, und es knirschte dabei angenehm unter ihr. Während Jamie und Esme den kichernden Theo aus dem Schnee zogen, marschierte Mirren weiter und konnte die drei bald nicht mehr hören, da diese riesige weiße Welt alle Geräusche zu verschlucken schien. Mirren hatte große Lust, einfach immer weiterzulaufen, obwohl sie gar nicht wusste, ob das die richtige Richtung war.

Sie tappte voran und merkte schnell, dass Esme recht gehabt hatte. Das war richtiger Sport, bei dem man ins Schwitzen geriet.

Mirren hielt inne und drehte sich um. Von diesem Punkt aus war das schneebedeckte Schloss so schön, dass es einem das Herz brach. Wie konnte so etwas Wundervolles nur von so viel Traurigkeit erfüllt sein?

Mirren dachte an ihre Kindheit, in der sie mit ihrer Mutter und ihren zwei Brüdern in einem Reihenhaus in Südlondon gewohnt hatte. Bis zu ihren Tanten war es nicht weit gewesen, und ihre geliebte Großtante war oft hereingeschneit, um sie sich zu schnappen und mit ihr ein Museum oder die British Library zu besuchen.

Bei ihnen hatten immer zig Leute vorbeigeschaut, und es war in der Gegend auch nicht ungewöhnlich gewesen, dass sie ohne Vater aufgewachsen war. Mirren war zwei Straßen weiter zur Schule gegangen, und um sie herum hatte jeder in einem Häuschen wie dem ihren gewohnt.

Ihr Freundeskreis war mit ganz unterschiedlichen Typen jeder Hautfarbe kunterbunt gewesen, obwohl ihr jetzt im Nachhinein klar war, dass sie eben alle der gleichen sozialen Schicht angehört hatten.

Heutzutage würde eine Kindheit dort nicht mehr die gleiche sein, weil diese Reihenhäuser mit den Minigärtchen und den drei winzigen Schlafzimmern im ersten Stock inzwischen teuer waren. Bei den meisten war im seitlichen Durchgang angebaut oder sogar noch ein Stockwerk draufgesetzt worden.

Aber ihre Kindheit war auf jeden Fall schön gewesen: Sie hatte gewusst, dass sie geliebt wurde, hatte immer jemanden gehabt, um zu spielen oder sich zusammen YouTube-Videos anzugucken, um nach Westlondon zu fahren und sich da an Schaufenstern die Nase platt zu drücken oder zu Primark zu gehen. Mirrens Erinnerungen dominierten Furbys und Weihnachtsfeste und die jährliche Woche Sommerurlaub in Südwales.

Es war eine ganz normale Kindheit gewesen, wie Millionen und Abermillionen andere sie auch erlebt hatten. Ja, natürlich war es blöd gewesen, nicht mit beiden Eltern aufzuwachsen, aber auch nicht ungewöhnlich.

Und jetzt betrachtete Mirren dieses wunderschöne, majestätische Gebäude, die perfekten Türme mit ihren Zinnen und fragte sich: Warum sind die Menschen hier nicht glücklich? Kein einziger von ihnen! Musste man in so einer von Schnee bedeckten Welt nicht einfach glücklich sein? Und was hatte den alten Mann nur dazu gebracht, unter so erbärmlichen, geheimnisvollen Umständen einsam in den Tod zu gehen?

Mirren sog die eiskalte Luft tief in die Lungen und schaute dabei zu, wie sich die anderen mit dem lustigen schlurfenden Gang näherten, mit dem man sich mit Schneeschuhen bewegte, wenn man nicht viel Übung hatte.

Sie hatte die McKinnons ja quasi erst am Vortag kennengelernt. Aber dadurch, dass sie jetzt alle zusammen hier eingeschneit waren, kam ihr die ganze Truppe wie eine verschworene Bande vor.

Jamie mit der ewig gerunzelten Stirn, der freche Theo und Esme, die von ihnen längst die Nase voll hatte. Mirren schaute einen Moment zu den beiden Männern hinüber, die mit wedelnden Armen voranstakten. Als Theo kurz ins Rutschen geriet, begann er wieder zu lachen. Wie nervig er auch sein mochte, zumindest nahm er das Leben auf die leichte Schulter – und brachte jetzt sogar einen Moment Jamie zum Lächeln, auf dessen Gesicht die niedrig stehende Wintersonne leuchtete. Plötzlich machte Mirrens Herz einen Satz. Jamie sah in diesem Moment so anders aus, dass sie fast nachvollziehen konnte, was Bonnie an ihm fand.

Nach dem Überqueren schneebedeckter Felder war Mirren ziemlich warm. Jamie trat an sie heran, berührte sie am Arm und deutete nach oben. Sie folgte seinem Blick und entdeckte zwei Vögel, die vom Wald aus aufstiegen und am blauen Himmel Kreise zogen. Er erklärte ihr, dass es sich um Steinadler handelte.

»Oh, wow«, murmelte sie.

Ihre Flügelspanne war wirklich beeindruckend, und die Sonne brachte ihr Gefieder zum Glühen. Das scharfe, gnadenlose Profil ließ sie wie Kreaturen aus alter Zeit wirken. Plötzlich stürzte sich einer der beiden jählings in die Tiefe und verschwand aus ihrem Blickfeld.

»Eine kleine Maus weniger, die heute Abend wohlbehalten nach Hause zurückkehrt«, bemerkte Jamie nüchtern.

»Ich dachte, Landleute sind mit Begeisterung dabei, wenn es darum geht, Tiere zu töten«, sagte Mirren überrascht.

»Er ist aber ein Softie«, warf Esme ein. »Deshalb ist Forres auch als die größte Spinnenkolonie der westlichen Welt bekannt.«

»Ja, ja«, murmelte Jamie, und sie tappten weiter.

Aber Mirren war immer noch gerührt davon, dass sie diese Tiere entdecken konnte, die hier in so einer ganz anderen Welt lebten. Wie die McKinnons, dachte sie. Auch deren Welt war einfach ganz anders.

Esme kletterte an einer Stelle zwischen Wald und Feld auf einen Zaun, stellte die Füße zwischen zwei Pfählen auf den Draht und balancierte hocherhobenen Hauptes darauf.

»Einen Moment, ich will nur schnell mein Insta checken«, sagte sie, während sie ihr Handy hervorkramte.

»Nein!«, rief Jamie. »Schwesterherz, jetzt sei doch nicht albern. Ich dachte, du hast kaum noch Akku.«

»Ich kann mich doch nachher zum Auto durchbuddeln und das Handy da aufladen«, wandte Esme ein.

»Wir brauchen die Information aber jetzt«, sagte Jamie. »Komm schon, Esme.«

»Warum die Eile?«, fragte sie.

Jamie wirkte unbehaglich.

Er will ihr die Sache mit der Regionalverwaltung nicht verraten, dachte Mirren plötzlich. Himmel! Mit den ganzen Geheimnissen und Missverständnissen in dieser Familie würde man all die Bücher in ihrem Schloss füllen können.

»Na ja, die beiden hier haben schließlich ein Zuhause, in das sie gern zurückkehren würden«, antwortete Jamie.

»Was in diesem Moment aber unmöglich ist«, merkte Esme an, und damit hatte sie leider völlig recht. »Und deshalb lad ich eben noch ein paar TikTok-Videos hoch«, behauptete sie. »Tipps fürs Eingeschneitsein im familieneigenen Schloss, mit denen auch Normalos etwas anfangen können.«

»Klar, das ist ja auch eine ganz alltägliche Situation«, schnaubte Theo.

»Du würdest dich wundern«, entgegnete Esme hochnäsig. »Viele Leute freuen sich über Neuigkeiten einer Familie von Schlossbesitzern in ihrem Feed.«

»Ich nicht«, sagte Jamie leise.

»Also los«, sagte Esme jetzt. »Theo, hast du die Zahlen?«

Theo wedelte mit seinem Notizbuch herum. Dass er riesige Fäustlinge trug, minderte den teuflischen Charme des Capes doch ein wenig.

Esme hielt ihr Gesicht in die Kamera des Handys und reckte dann ihren langen Arm elegant in die Luft.

»Moment …« Sie schaute aufs Display. »2G? Mensch, ich wusste nicht einmal, dass es das noch gibt.«

»Mist«, murmelte Theo. »Wahrscheinlich kriegen wir da auch die Suchergebnisse im Binärcode verschlüsselt zurück.«

»Jetzt lies schnell die Zahl vor! Ich hab nur noch sechs … nein, jetzt fünf Prozent Akku.«

»Ja, ja, ich mach ja schon … 1847673596.«

Esme tippte die Ziffern ein und hielt ihnen dann das Handy hin.

Schweigend betrachteten alle das rotierende Symbol, während das Handy ewig suchte.

»Uff«, stöhnte Jamie. »Ich hatte eigentlich gehofft, dass wir vielleicht noch die Nachrichten checken könnten.«

»Oder die Wettervorhersage«, fügte Mirren hinzu.

Verwirrt blickten die Geschwister sie an.

»Was denn?«, fragte sie.

»Schnupper doch mal«, forderte Jamie sie auf. »Jetzt könntest du es riechen.«

Sie probierte es. Was ihr da in die Nase stieg, war ein leicht säuerlicher Eisgeruch, und die Luft fühlte sich feucht an. Ja, und? Sie zuckte mit den Achseln.

»Okay«, sagte Jamie. »Also, es wird wieder zu schneien anfangen, und zwar bald. Guck mal.«

Er deutete in Richtung Norden, wo sich am Horizont dicke Wolken zusammenbrauten, die an ein Federbett erinnerten. Richtig gemütlich sahen die aus, aber das würden sie wohl nicht sein.

»Okay, das sieht gut aus, da tut sich was … *Ja!* Es handelt sich wirklich um ein Buch!«

Theo versuchte, bescheiden dreinzublicken, was ihm aber nicht gelang. »Tja, in einem Haus voller Bücher hat sich das auch angeboten«, bemerkte er, falls irgendjemand vergessen haben sollte, dass das ja seine Idee gewesen war.

»Ich fass es nicht!«, sagte Esme. Sie zeigte ihnen das Ergebnis. »Es ist … *Lied vom Abendrot.*«

Das war ein in Schottland unglaublich bekannter Roman.

»Was ist das denn?«, fragte Mirren. Da sie in London aufgewachsen war, hatte sie noch nie davon gehört.

»Musstest du das nicht für den Englischunterricht lesen?«

»Äh, nein, aber … Moment mal, Abendrot? Im Licht der letzten Sonne, Theo! Das kam ja im Gedicht vor!«

»Aber das ist doch seltsam«, wandte Esme ein und zeigte ihnen das Buch auf ihrem Handy. »Es handelt sich um eine moderne Ausgabe mit diesem Gemälde auf dem Cover. So alt ist die nicht, die kann man heute noch kaufen.«

Mit einem Mal wurde das Display schwarz. Esme starrte kurz darauf, als könnte sie ihr Handy so wieder zum Leben erwecken, seufzte dann schwer und schob sich den nutzlosen Klotz in die Tasche.

»Im Haus gibt es doch kaum moderne Sachen.«

»Hm, vielleicht geht es um eine andere Ausgabe als die, die uns Google gezeigt hat?«, überlegte Jamie.

»Alle Ausgaben haben unterschiedliche ISB-Nummern«, stellte Theo klar. »Aber … oh.«

»Was denn?«

»Na ja, ISBN haben Bücher erst seit – na ja, seit Ende der Sechzigerjahre. Ältere Ausgaben haben keine.«

»Also«, sagte Jamie mit plötzlich gefährlich leiser Stimme, »müssen wir nur das ganze Haus durchkämmen und uns jedes einzelne Buch anschauen.«

Mit einem Mal war Mirren eiskalt. Sie stampfte mit den Füßen und schlang die Arme um sich.

»Ja, schon«, sagte Theo, der plötzlich nicht mehr so triumphierend klang. »Es wird allerdings, äh … wesentlich schneller gehen.«

»Genau«, sagte Mirren, »weil wir jetzt den Titel des gesuchten Buches kennen.«

Jamie wandte sich mit einem Ruck ab. »Es ist trotzdem noch ein Haus voller Bücher ohne jedes Ordnungssystem … Dieser verdammte alte Kerl!«

Schweigend legten sie den Weg zum Haus zurück, wobei ihr Atem als Wölkchen in der Luft zu sehen war.

Unterwegs hielt Jamie den Blick gesenkt und schaute nur ein einziges Mal auf, als nämlich ein Hase quer über eine weiße Wiese raste. Er war wunderschön und wesentlich größer, als Mirren gedacht hätte. Sie hatte noch nie einen in freier Wildbahn gesehen.

Jamies Miene wurde bei seinem Anblick sanfter, und die von Mirren auch.

»Worum geht es in diesem Buch eigentlich«, fragte sie irgendwann Esme, die an ihrer Seite knirschend voranschritt.

Statt mit einer sarkastischen Bemerkung zu antworten, wie Mirren es eigentlich erwartet hatte, setzte Esme, deren Wangen von der Kälte gerötet waren, eine versonnene Miene auf. »Oh, es ist so traurig, eine richtig schnulzige Liebesgeschichte. Sie liebt ihn so sehr, aber die beiden sind furchtbar arm und leben in einem Dorf, in dem sich alle das Maul zerreißen. Ihre Liebe für ihn reicht leider nicht aus, um ihn auf dem rechten Weg zu halten und … Es ist wirklich schön.«

Mirren überlegte. »Und das spielt …?«

»Nach dem Ersten Weltkrieg, hier ganz in der Nähe«, sagte Esme. »Mit der Handlung war Großvater wohl gut vertraut.«

»Warum ausgerechnet eine Liebesgeschichte?«

»Keine Ahnung«, sagte Esme. »Bei Romantik denke ich

nun wirklich nicht an meinen Großvater, in dessen Leben es außer meiner Großmutter wohl keine anderen Frauen gab. Und die war nicht einmal sehr nett. Nach der Scheidung hat er nicht wieder geheiratet, zu einer Zeit, als man da noch nicht sofort ›schwul‹ gedacht hat. Er ist eben einer von diesen Männern geworden, die nicht viel für andere Menschen übrighaben, aber umso mehr fürs Sammeln, für alte Fahrpläne und Rätsel. Heute würde man ihn wohl als neurodivers bezeichnen. Für uns war er damals einfach ein jähzorniger alter Mistkerl.« Sie lächelte. »Man muss auch sagen, dass alle geschiedenen Frauen der Mittelklasse aus dem Ort es wirklich versucht haben.« Sie lachte über die Erinnerungen. »Die sind mit ihrem schicksten Look aus den British Home Stores hier eingefallen und haben üblen Shepherd's Pie mitgebracht.«

»Du klingst gerade ganz schön versnobt.«

»Na«, erwiderte Esme, »dann setz doch den *Guardian* auf mich an!« Sprach's und schob sich mit ihren langen Beinen davon, bei denen selbst die Fortbewegung mit Schneeschuhen elegant aussah.

Mirren versuchte gar nicht erst, hinterherzukommen.

»Ich wünschte, wir hätten uns die Cover aller Ausgaben angucken können«, sagte Theo, als sie am Küchentisch rund um dampfende Tassen Tee und Sandwiches aus geröstetem Brot saßen.

Der Herd bullerte auf Hochtouren, und die davon ausgehende Wärme war das Wunderbarste, was Mirren je verspürt hatte. Ständig nass und durchgefroren zu sein, lohnte sich beinahe, wenn man danach in den Genuss kam, die gemütliche Küche zu betreten. Vielleicht kletterten ja deshalb Leute auf Berge, dachte sie. Wegen des tollen Gefühls, wenn man wieder unten war. Plötzlich ergab die Sache für sie viel mehr Sinn.

»Wie viele Ausgaben gibt es denn wohl von diesem Buch?«, fragte sie.

»Seit der ersten Veröffentlichung? Jede Menge«, antwortete Theo.

»Es ist seit Ewigkeiten Pflichtlektüre in der Schule«, erklärte Esme. »Generationen von Mädchen haben sich darüber die Augen ausgeweint.«

»Du etwa auch?«, fragte Mirren Jamie, der mit den Achseln zuckte.

»O ja!«, versicherte Esme. »Du hättest ihn als kleinen Jungen sehen sollen. Jedes Mal, wenn einer von den Rogers eingeschläfert werden musste, hat er wochenlang rumgeheult.«

»Hab ich gar nicht!«, protestierte Jamie. »Halt den Mund!« Trotzdem ging er mit einem Blick rasch sicher, dass Schäferhund Roger auch in der Nähe war. »Also, ruhig jetzt!«

Jamie bemerkte, dass Mirren und Theo Blicke tauschten, und biss sich auf die Zunge.

Aber Mirren wusste ja selbst, vor allem durch ihre Mutter, wie schwierig es in Familien manchmal war, mit alten Dynamiken zu brechen. »Wir haben also keinerlei Hinweise darauf, wie die Ausgaben aussehen?«

»Na ja«, wandte Theo ein, »es handelt sich um ein altes und sehr trauriges Buch. Also wird es vermutlich weder leuchtend gelb sein noch Hunde auf dem Cover haben. Vielleicht könnte jeder von uns einen Flur übernehmen und an den Regalen entlangrasen?«

»Das mit dem Entlangrasen ist zumindest eine gute Idee«, sagte Esme. »Um sie langsam durchzugucken, ist es nämlich zu kalt. Außerdem wird es nur noch etwa zwei Stunden lang hell sein. Und ich denke, es wird noch vor Einbruch der Dunkelheit wieder schneien.«

»Es ist ja beinahe noch die längste Nacht des Jahres«, murmelte Mirren. »Draußen sind die Wölfe unterwegs.«

»Ja, genau«, sagte Esme, leerte ihre Tasse und schob den wackeligen Stuhl zurück, der über den Steinfußboden schabte. »Ich übernehme den Westflügel«, sagte sie. »Da kriege ich noch den letzten Rest Sonne ab. Und im Gedicht ist ja auch vom Sonnenuntergang die Rede, also.«

Jamie verdrehte die Augen.

»Dann nehme ich den Ostflügel«, sagte Mirren. »Ich gucke gern aufs Meer raus.«

»Okay«, sagte Esme. »Versuch, dich nicht zu verlaufen und in irgendeinem Steinbruch zu landen.«

»In Ordnung«, sagte Jamie. »Macht, so schnell ihr könnt, geht in jedes Zimmer, und wühlt euch da durch die Bücher. Wir treffen uns wieder hier, bevor es zu dunkel wird. Nehmt vorsichtshalber die Taschenlampen, Kerzen und Streichhölzer mit. Viel Erfolg!«

# Kapitel 30

Sie kehrten zurück in die Stiefelkammer, um sich wieder einmal warm anzuziehen.

Draußen fiel inzwischen neuer Schnee.

Mirren griff nach der mittlerweile vertrauten gesteppten Jacke, würde auf die Wathose dieses Mal aber verzichten.

Esme stichelte: »Passt nur gut auf, dass ihr keinen Gespenstern über den Weg lauft!«

»Es gibt hier Gespenster?«, fragte Mirren.

»Jede Menge!«

»Esme!«, knurrte Jamie.

»Hast du ihnen gar nicht von den Gespenstern erzählt?«

»Nein«, sagte Jamie ein wenig barsch. »Zunächst einmal deshalb, weil es völliger Unsinn ist.«

»Das denken alle, wenn sie in Begleitung sind«, kommentierte Esme. »Aber wenn du ganz allein über einen dunklen Flur läufst, sieht die Sache schon anders aus.« Sie schaute Mirren direkt in die Augen. »Achte gut auf das Knarzen des Fußbodens. Wer hier aufgewachsen ist, kennt sich aus und umgeht die knarzenden Stellen. Aber wenn sich etwas Unerwünschtes nähert …«

Mirren lief es kalt den Rücken herunter, und selbst Theo wirkte ein wenig besorgt. »Das ist doch nur Spaß, oder?«

Esme schnaubte. »Der Einzige, der hier nach Gespenst aussieht, bist du, Geisterjunge.«

Er versuchte, eine gekränkte Miene aufzusetzen, was ihm aber nicht gelang.

»Das macht er mit Absicht«, erklärte Mirren. »Er denkt, er spielt bei *Buffy – Im Bann der Dämonen* mit.«

Esme schnaubte.

»Das stimmt gar nicht«, stellte Theo lächelnd klar. »Ich sehe mich eher in *Interview mit einem Vampir*.«

»Ich dachte, du bist Graf Zahl aus der *Sesamstraße*«, stichelte Esme.

»Okay, das reicht jetzt«, sagte Theo, hüllte sich aber in genau dem Moment wieder in sein Cape, was beide Frauen zum Lachen brachte. »Ich bin dann mal weg.«

»Fledermausaction!«, rief Esme, wodurch sie nur noch mehr lachen mussten.

»Okay«, sagte Jamie und warf einen Blick auf seine Uhr. »Dann bis gleich, bis zum Einbruch der Dunkelheit. Macht so schnell, wie ihr könnt.« Ein wenig besorgt schielte er zu Esme hinüber. »Viel Glück!«

Da sie die erste Treppe gemeinsam hochgingen, war Mirren an diesem Punkt noch ganz entspannt. Aber dann trennten sich ihre Wege, und die Schritte der anderen wurden irgendwann von den weichen, abgetretenen Teppichen verschluckt. Plötzlich war sie völlig allein.

Immerhin konnte sie sich inzwischen besser orientieren. Das Meer lag in Richtung Osten, daher wusste sie, wo sie hinmusste. Das Türmchen, durch das sie in die Höhle hinuntergelaufen war, musste sich wohl an der nordöstlichen Ecke des Gebäudes befinden und ihr Zimmer genau gegenüber. Und wenn sie die Sache logisch analysierte … Okay, gut, in diesem absurden Schloss war vermutlich nur wenig logisch, daher brachte das vielleicht nicht viel.

Aber Mirren ging einmal davon aus, dass die Dienstboten oben unter dem Dach geschlafen hatten. Die Gästezimmer, in denen sie und Theo untergebracht waren, lagen im dritten Stock, und die öffentlich zugänglichen Räume im vorderen Bereich im ersten Stock. Dann war zu vermuten, dass sich die Räumlichkeiten der Familie im zweiten Stock befanden. Sie hätte die anderen gern danach gefragt, aber die waren eilig davongeflitzt. Es war schon seltsam, hier von allem abgeschnitten zu sein. Sie konnte nicht einmal schnell eine Nachricht schreiben, um sich mit jemandem abzusprechen oder etwas zu erfragen.

Esme hatte vorhin kommentiert, dass sie hier eigentlich Walkie-Talkies brauchten, was allerdings mehr Weitsicht erfordert hätte als in ihrer Familie üblich. Sie hatte auch verkündet, dass sie nach draußen gehen und mit der Schneeschaufel so lange auf den Land Rover einschlagen würde, bis der vom Schnee befreit war, um ihr Handy am Zigarettenanzünder aufzuladen. Noch im gleichen Moment hatte sie aber nach draußen geschaut und sehen können, wie sich die Welt unter den tiefen, schweren Wolken in eine Schwarz-Weiß-Szene verwandelt hatte.

Jamie hatte ihr versichert, dass sie dann vermutlich in ihrem Auto eingeschneit werden und dort verrecken würde, weshalb sie ihren Plan am Ende aufgegeben hatte.

Mirren hörte irgendwo eine alte Uhr ticken. Wer die wohl aufzog?, überlegte sie. Vermutlich Bonnie, die auf leisen Füßen hin und her huschte, den Schritten ihrer Vorfahren folgte, so wie Jamie denen der seinen. Was für ein merkwürdiges Dasein! Aber diese Menschen fanden das Leben einer Baukostenplanerin in London vermutlich genauso komisch. Und selbst Mirren war in diesem Moment ihr Alltag mit Starbucks und Hühnchen vom Koreaner und der

Stadtbahn und Wordle und Snapchat seltsam fremd. Ihr kam der Schnee wie ein schwerer Vorhang vor, der zugezogen worden war und hinter sich alles versteckte, was bisher geschehen war. Jetzt trat sie auf eine Stelle des hölzernen Fußbodens, die laut knarzte. »Der Boden knarzt nur bei Geistern«, hatte Esme gesagt, und es kam ihr mit einem Mal vor, als sei sie schon ewig in diesem Schloss, als sei sie selbst der Geist.

Mirren erschauderte. Sie steigerte sich gerade selbst in Angst hinein, und dabei war diese blöde Uhr nicht gerade hilfreich. Außerdem hätte sie vielleicht mal fragen sollen, ob es eigentlich noch mehr Räume mit ausgestopften Tieren gab. Sicher nicht, oder? Sie drückte die Schultern durch und öffnete tapfer die erste Tür.

Unglaublich, wie heftig es nach Staub roch! Dieser Raum gehörte offensichtlich nicht zu Bonnies Vorzeigeobjekten, denn den hatte schon lange niemand mehr betreten.

Mirren hatte unwillkürlich die Hand zum Schalter ausgestreckt, bevor ihr wieder einfiel, dass sie ja keinen Strom hatten. Sie kniff die Augen zusammen und versuchte, im Dämmerlicht etwas zu erkennen. Natürlich hatte sie wieder die Umrisse unter Laken vor sich, Einrichtungsgegenstände, deren Schicksal noch nicht entschieden war und die für eine zukünftige Nutzung aufbewahrt wurden.

Mirren zog das Tuch von einem Möbelstück, das aussah, als könnte es sich um ein Bücherregal handeln – und stieß einen ohrenbetäubenden Schrei aus, als vor ihr eine Gestalt auftauchte, die direkt auf sie zuzukommen schien.

# Kapitel 31

Es dauerte einen Moment, bis Mirrens Schrei verstummte, weil ihr Gehirn ihr rasendes Herz endlich eingeholt und begriffen hatte, dass sie hier sich selbst im Türspiegel eines Schrankes vor sich hatte. O Gott, meine Herren!

Leise fluchend drehte sich Mirren um, weil sie sich bei den anderen entschuldigen wollte, die ihr doch sicher zu Hilfe geeilt waren.

Dann musste sie aber erschaudernd feststellen, dass niemand gekommen war. Natürlich nicht. Bei diesen dicken Wänden und den endlosen Fluren, die zwischen ihnen lagen, hatte niemand ihren Schrei gehört. Kein Wunder, dass Agatha Christie so viele Leute in Herrenhäusern wie diesem um die Ecke gebracht hatte.

Jetzt betrachtete sich Mirren erst einmal in dem fleckigen Spiegel. Ihr dunkles Haar war ganz wirr, und mit all den Lagen Klamotten wirkte sie viel kräftiger. Sie sah wie eine angsteinflößende Fremde aus. Wieder lief ihr ein Schauder über den Rücken, aber sie mahnte sich streng, nicht so bescheuert zu sein. Und sie musste hier ja möglichst schnell alles unter die Lupe nehmen. Es schien sich nicht um das Zimmer einer konkreten Person zu handeln, sondern einfach nur um irgendein Schlafzimmer, da sich darin nichts Persönliches befand. Die Relieftapete, die an einen Wandteppich erinnerte, hätte Mirren überall sonst furchtbar kitschig gefunden, hier wirkte sie jedoch prächtig. Im Kamin lag ein uralter, vertrockneter Blumenstrauß. Mutig öffnete Mirren den Schrank, entdeckte darin aber nichts weiter als eine tote Fliege.

Mit einem Mal wurde ihr klar, dass sie enttäuscht war. Wenn es wirklich einen magischen Kleiderschrank gab, dann würde er doch sicher in einer Welt voller Schnee in so einem Zimmer stehen.

Bei einem Blick hinaus durchs Fenster dachte Mirren aber, dass sie eigentlich längst in Narnia war. Der unzugängliche Großvater war der Professor, und Esme könnte die Weiße Hexe sein. Dann wäre Jamie wohl Herr Tumnus, dachte Mirren, und musste lächeln. Sie fragte sich, ob sich Theo am Ende als Edmund herausstellen würde.

Mirren zündete ihre Kerze an und schaute sich noch ein letztes Mal um, fand jedoch nichts weiter. Deshalb kehrte sie auf den Flur zurück, wo sie kurz lauschte. Von den anderen war allerdings nichts zu hören. Vielleicht befanden die sich ja in einem anderen Stockwerk.

Was hinter der nächsten Tür wartete, sah schon vielversprechender aus: ein recht ordentliches Arbeitszimmer. Auch hier gab es viele Bücher, sie waren aber wenigstens in Stapeln angeordnet und lagen nicht einfach nur kreuz und quer in der Ecke. So konnte Mirren mit dem Finger darüberfahren und die Titel überprüfen. Jetzt kam ihr in den Sinn, dass sie am besten irgendwie festhalten sollte, in welchen Räumen sie bereits gewesen war. Auf der Suche nach Klebezetteln fand sie auf einem Sekretär ein paar Blätter Löschpapier. In einer Schublade lagen Schreibpapier, alte Luftpost-Briefumschläge und dickes, hochwertiges Briefpapier mit dem Namen des Schlosses im Briefkopf. Im unteren Bereich der Blätter stand »Vom Schreibtisch von Laird McKinnon«. Das war also sein persönliches Arbeitszimmer, dachte Mirren und schaute sich um. Vielleicht hatte er genau hier gesessen, als er sich das Rätsel ausgedacht hatte, mit dem sie sich gerade herumschlugen.

Aber das hieß mit Sicherheit, dass er das Buch in diesem Raum nicht versteckt hatte. Nicht, wenn all die Tricksereien, mit denen sie es bisher zu tun gehabt hatten, ein Hinweis auf seine üblichen Methoden waren.

Sie griff nach einem staubigen Foto, das auf dem Sekretär lag. Darauf war ein engelsgleiches Baby in einem Kleidchen zu sehen, das im Garten auf einer Schottenkarodecke saß.

Als sie es umdrehte, entdeckte sie die Initialen JMK und die Jahreszahl 1944. Also musste es wohl Jamies Großvater selbst gewesen sein – damals hatten doch auch Jungen als Babys Kleider getragen, oder nicht? Sie fragte sich, warum wohl dieses Kinderfoto an seinem Arbeitsplatz lag. Man sollte doch meinen, dass er auch Bilder von geliebten Menschen dort aufbewahren würde, nicht nur eins von sich selbst. Was für ein merkwürdiger Typ er gewesen sein musste!

»Aber du schlägst mich nicht, Baby im Kleid!«, verkündete sie laut, um sich Mut zu machen. »Irgendwo muss dieses Buch ja sein, und ich werde es finden! Wenn das hier dein Arbeitszimmer war, ist dein Schlafzimmer sicher nicht weit.«

Sie sah sich noch einmal um und stellte fest, dass es sich bei etwas, was sie eigentlich für einen Schrank gehalten hatte, in Wirklichkeit um eine Zwischentür handelte, die sie nun aufzog. Wie lustig, dachte sie, dass jemand zwei miteinander verbundene Zimmer hatte, von denen keins ein Bad war. Allerdings war eine Verbindung zwischen Schlaf- und Arbeitszimmer gar keine schlechte Idee.

Der Raum, in dem sie sich nun befand, war so riesig, dass man darin Cricket hätte spielen können. Auf der einen Seite stand ein großes Bett. Es erstaunte sie, dass es sich dabei nicht um ein altes Himmelbett, sondern um ein Möbelstück aus dem 20. Jahrhundert handelte. Die Matratze sah wirklich bequem aus, und darauf lag ein dickes modernes Federbett.

Auf dem Nachttisch stapelten sich natürlich Bücher, sie entdeckte dort aber auch eine Schachtel Papiertaschentücher und die Fernbedienung für einen kleinen, altmodischen Fernseher, der auf einem Tischchen bei einem riesigen Fenster stand. Das reichte vom Boden bis zur Decke, und man blickte von dort aus auf die wogende See. Wie wild und wunderschön sie sich bei diesem Wetter präsentierte! Dicke Wolken hingen am Himmel, und die Flocken tanzten. Durch die enorme Scheibe war das Zimmer allerdings kalt, und Mirren versank tiefer in ihrer warmen Kleidung. Aber sie hatte hier selbst an diesem trostlosen Dezembernachmittag eine beeindruckende Aussicht vor sich. Statt der moderigen alten Dinger, die sie sonst überall gesehen hatte, waren die Vorhänge neuer, dick und stattlich. Es gab auch einen großen Kamin, daher würde es hier wohl angenehm und gemütlich sein, wenn ein Feuer darin brannte. Dann konnte man in diesem bequemen, warmen Bett liegen und von dessen Sicherheit aus dort unten die Wellen tanzen sehen.

Aber der Hausherr hatte sich hier nicht sicher gefühlt, oder? Er war einsam gewesen und war an einem eiskalten Abend wie diesem ganz allein aus dem Haus gelaufen. Erschaudernd blickte Mirren wieder nach draußen.

Rund um sein Bett standen Bücherregale, die wieder eher neu waren, zumindest im Vergleich zum Rest des Hauses. Vermutlich war das hier der einzige Ort, an dem er alles so gestaltet hatte, wie es ihm gefallen hatte, statt einfach nur die uralten Möbel vergangener Generationen mit Büchern vollzustopfen.

Als sie die Regale unter die Lupe nahm, stellte sie zu ihrer Überraschung fest, dass die Bücher darin alphabetisch geordnet waren. Los ging es mit Ackroyd, Adams, Adichi, Alighieri … Es handelte sich um eine zwar breit gefächerte, aber hochwertige Auswahl, wie Mirren anerkennend feststellte. Alles ordentlich eingeräumt.

Merkwürdig. Plötzlich ertappte sie sich dabei, wie sie mit der Hand über das Deckbett strich. Es strömte ein schwaches Aroma von Pfeifentabak und Rasierwasser aus, was Mirren seltsam traurig stimmte. Das war so ein großvaterhafter Geruch. Am Ende seiner Tage hätte der alte Mann hier bequem in seinem Bett liegen sollen. Es hätte der Mond am Himmel leuchten und ein Feuer im Kamin brennen sollen, und der Laird hätte von seiner Tochter und seinen Enkeln umringt sein sollen, die ihn vergötterten, und nicht ganz allein da draußen.

Obwohl erst früher Nachmittag war, konnte man bei einem Blick hinaus ins Schneegestöber bereits erahnen, dass langsam die Dämmerung hereinbrach.

Mirren stellte den Kerzenständer ab und wandte sich wieder den Buchreihen zu, bis sie beim Buchstaben G ankam. Paul Gallico, Alan Garner, Rumer Godden … Lewis Grassic Gibbon.

War es das etwa? Ja, tatsächlich, sie hatte das Buch gefunden, gut versteckt in einem Sammelband mit mehreren Romanen des Autors!

Diese Ausgabe war grün und weiß, sie lag schwer in der Hand, wie gebundene alte Bücher es eben taten. Aber da war noch etwas anderes … es fühlte sich zu dick an, beinahe unförmig.

Hier im Zimmer war es unfassbar kalt, und Mirrens Hände waren inzwischen so klamm, dass sie es nicht einmal schaffte, das Buch aufzuschlagen. Bei ihrem ungelenken Versuch hätte sie es vor Aufregung beinahe fallen gelassen.

Natürlich hätte sie damit jetzt sofort zurück in die Küche laufen und Bonnie bitten sollen, den Gong zu schlagen, um die anderen zu informieren.

Aber irgendetwas hielt sie zurück. Sie musste sich eingestehen, dass sie zunächst gern selbst einen Blick hineinwerfen wollte, bevor sich jeder darum reißen würde.

Dann würde sich Theo wieder mit seiner Ich-weiß-ja-alles-über-Bücher-Miene in den Mittelpunkt drängen, und Esme würde clevere Bemerkungen darüber machen, wie lange es wohl dauern würde, bis sie endlich ihr Geld kriegen würde. Und wegen alldem wollte Mirren erst einmal in Ruhe allein gucken, bevor sie ihren Fund mit den anderen teilte.

Den alten Mann hätte es doch sicher nicht gestört, oder? Nein, bestimmt nicht.

Sie hätte später nicht sagen können, was sie da geritten hatte. Eigentlich hatte sie nämlich nicht die Angewohnheit, sich in fremden Häusern in fremde Betten zu legen.

Vorsichtig brachte sie den Kerzenhalter zum Nachttisch und schob den Bücherstapel beiseite. Sie zog ihre Schuhe aus, setzte sich mitsamt ihrem Fund auf das bequeme Bett und schlüpfte unter die weiche Decke.

Mirren schob ihre Hände unter die Schenkel, bis das Gefühl zurückkam. Ihre Vermutung stellte sich als richtig heraus: Es war eine ganz wunderbare, gemütliche Decke, in der Gänsefedern raschelten. Ihre Jacke hatte sie anbehalten, und jetzt wurde ihr langsam wieder warm. Allerdings machte sie das auch schläfrig. Der Ausflug auf Schneeschuhen war ziemlich anstrengend gewesen, sodass sie echt reif für ein Nickerchen war.

Als ihr gerade die Augen zufielen, fuhr sie hoch und riss sie wieder auf. Das Buch!

Mirren zog die Hände hervor und griff danach. Sie wartete noch einen Moment ab, weil sich ihre Augen erst an das schwache Licht der Kerze gewöhnen mussten, und sagte dann: »Okay, Baby im Kleid, los geht's!«

Entschlossen schlug sie das Buch auf und stellte fest, dass es sich um eine Trilogie handelte. *Abendrot* war der erste der drei Romane darin. Er war offensichtlich oft gelesen worden, und sie fand beim Durchblättern etliche unterstrichene Sätze. Sie hoffte nur, dass die nicht den nächsten Hinweisen des Rätsels entsprachen.

Als sie die Stelle erreichte, an der sich eigentlich der zweite Roman, *Wind und Wolkenlicht*, befinden sollte, hielt Mirren inne – da hatte nämlich jemand ein Loch ins Buch geschnitten, wie ein Versteck für die Pistole eines Spions. Dieses Loch war allerdings mit Briefen gefüllt.

Ihr fiel wieder ein, wie abfällig Esme darauf reagiert hatte, dass ihr Großvater es im Internat so schwer gehabt hatte. Okay, natürlich würde sie die Briefe gleich den anderen zeigen – aber noch nicht. Sowohl Esme als auch Jamie sprachen so negativ über ihn, Mirren fühlte sich dem alten Mann, der während seiner letzten Tage mit so etwas Komplexem beschäftigt gewesen war, jedoch plötzlich sehr nahe.

Sie griff nach einem der Umschläge. Die Adresse darauf lautete *Sir James McKinnon, Fakultät für Landbewirtschaftung, University of Edinburgh*. Dort hatte der Brief den alten Herrn also erreicht.

Mirren faltete ihn auseinander. Er stammte aus dem Jahr 1962. Wie lange das schon her war! Geschrieben worden war er in ungelenker Handschrift mit einem stark klecksenden Füller. Diese Briefe hatten nichts von der Eleganz der Briefe seines Vaters.

*Liebster James,*
*ich hoffe, du hast in der großen Stadt viel Spaß. Du sagst zwar immer, dass es dort übel ist und dir dein Zuhause fehlt, aber ich denke einfach, dass so ein kluger Bursche wie du doch sicher das Beste daraus macht, und es sind ja auch deine ganzen alten Freunde aus der Schule da. Ja, manche haben früher auf dir herumgehackt, aber Menschen ändern sich doch, oder? Und bei euch ist ja immer so viel los. Bestimmt bist du schwer beschäftigt und verschwendest keinen Gedanken an uns.*
*Natürlich fehlst du mir, Geliebter. Aber ich will auch, dass du das Leben in vollen Zügen auskostest. Das mit uns war schließlich von Anfang an zum Scheitern verurteilt, oder etwa nicht? Das war einfach nie realistisch.*
*Also genieß deine Zeit in der großen Stadt bitte.*
*Ich warte hier auf dich.*

Unterschrieben war der Brief nicht. Nichts gab Aufschluss über die Identität der Person, es gab keinen Absender. Die verschmierte Handschrift verriet Mirren nicht einmal, ob es sich um einen Mann oder eine Frau handelte.

Im nächsten Brief war der Ton ganz anders.

*Als du zur Uni gegangen bist, dachte ich eigentlich, dass sich dein Leben dadurch ändern und das für uns ein Schlusspunkt sein würde, ich dich vergessen könnte und du mich.*
*Aber unser Wiedersehen kommt mir wie ein törichtes Versprechen vor. Alles, was ich je wollte und immer noch will, bist du. Ich schreibe es hier, aber ich werde diesen Brief nicht abschicken, und ich werde auch alles leugnen, wenn er je gefunden wird.*
*Aber ich will dich und nur dich, James.*

*Ich will dich und nur dich, James,* hallte es Mirren durch den Kopf.

Ein späterer Brief stammte aus dem Jahr 1964:

*Wie kühl du dich mir gegenüber verhalten hast! Aber ich kann es ja verstehen, und deine Freunde … Tja, die sind ganz schön laut. Nein, das ist schon in Ordnung, ich … ich will dir nur sagen, dass ich immer hier sein werde, so albern das auch sein mag. Aber so sieht es aus, ich werde hierbleiben. Für dich würde ich sogar …*

Hier brach der Brief ab, vielleicht deshalb, weil die Person von Tränen übermannt wurde.

Dann gab es einen, der kurz nach Weihnachten verfasst worden war:

*Ohne dich gelingt mir einfach nichts. Dich zu sehen und nicht berühren zu dürfen, ist die reinste Qual, und ich weiß, dass es dir genauso geht, das sehe ich dir doch an. Du glaubst, dass dich niemand wirklich kennt, aber ich kenne dich, und zwar in- und auswendig. Deine kleinen Marotten. Wie deine Augen zu strahlen beginnen, wenn du ein neues Buch in den Händen hältst. Wie sehr du Forres liebst, obwohl dich die Abläufe auf dem Anwesen überfordern. Ich kenne dich und liebe jeden Teil von dir, aber dein Vater hält dich von mir fern … Zumindest hoffe ich, dass es von ihm ausgeht, James, und nicht von dir.*

James war es also auch an der Uni nicht besser ergangen. Und dann hatte es eine Liebesgeschichte gegeben, er hatte eine Affäre gehabt, die unglücklich gewesen war und kein gutes Ende genommen hatte.

Inzwischen hatte Mirren den Eindruck, dass dieser Mann, der da draußen auf einem Feld in den Tod gegangen war, ihnen nicht einfach nur eine harte Nuss hinterlassen hatte. Er schien ihnen vielmehr all das erzählen zu wollen, was er im Leben mit niemandem hatte teilen können. Das Rätsel führte zu seiner Traurigkeit und seiner Exzentrizität.

Als Letztes entdeckte Mirren in dem Loch noch ein kleines Medaillon. Im Kerzenlicht sah es nicht sehr teuer aus. Sie hielt den herzförmigen Anhänger aus gebürstetem Gold hoch, um zu sehen, ob vielleicht etwas eingraviert war …

»Was zum Teufel treibst du denn da?«

# Kapitel 32

Mirren entfuhr zum zweiten Mal an diesem Nachmittag ein gellender Schrei.

Jamie hatte das Zimmer so leise und verstohlen betreten, dass sie ihn gar nicht bemerkt hatte.

Die Dämmerung war hereingebrochen, während sie in die Briefe vertieft gewesen war, die gut ein halbes Jahrhundert zuvor geschrieben worden waren. Als hätte jemand einen gefühlsbetonten Post auf Facebook verfasst, hatte hier jemand all seinen Schmerz und seine Sehnsucht in diese Briefe gegossen.

Eine Veröffentlichung auf Facebook konnte allerdings jeder sehen, während diese Worte nur für einen einzigen Menschen bestimmt gewesen waren. Und sie waren hier mit Absicht für sie hinterlassen worden, wie eine Spur aus Brotkrumen, die direkt zu diesem Bett geführt hatte.

In ihrem Schreck hatte Mirren die Kerze umgeworfen und bekam sie gerade rechtzeitig wieder zu fassen.

»Was zum Teufel treibst du denn da?«, ertönte es nun erneut.

Am Fußende des Bettes ragte jetzt wie ein aus der Dunkelheit heraufbeschworener Geist die große Gestalt von Jamie auf, der einen Kerzenleuchter in der Hand hielt.

»Ach, du meine Fresse!«, keuchte Mirren. »Mach doch so was nicht! Du siehst aus wie der Geist der vergangenen

Weihnacht! Warum hast du denn nicht den Fußboden knarzen lassen, um dich anzukündigen? Ach, nein, das hätte dich ja auch zum Geist gemacht …«

Jamie runzelte die Stirn und hörte ihrem hektischen Gebrabbel gar nicht zu. »Was hast du im Bett meines Großvaters zu suchen?«

»Ah, ja«, murmelte Mirren, der jetzt wieder bewusst wurde, wo sie sich eigentlich befand. Vorsichtig verstaute sie die Briefe und das Medaillon im Buch und legte es auf den Nachttisch. »Na ja, es war wirklich kalt.«

»Aber das ist doch sein Bett!«

Sie schob sich hoch, hüpfte aus dem Bett und zog sich hastig die Schuhe wieder an. »Tut mir leid«, sagte sie und begann sich ein wenig zu schämen, als sie sah, wie zerwühlt die Decke war. »Tut mir leid. Es … Es war so kalt, und das hier war das erste gemütliche Bett, das ich im Schloss gesehen habe.«

Er kniff die Augen zusammen.

»Du hättest klarstellen sollen, dass die Betten tabu sind.« Mittlerweile versuchte Mirren ganz eindeutig, sich herauszureden, weil sie ein schlechtes Gewissen hatte. »Ich dachte, dass es niemanden stören würde.«

»Dir ist aber schon klar, wie seltsam das rüberkommt, oder?«, sagte Jamie, der langsam etwas versöhnlicher wirkte.

»Dass du dich so an mich rangeschlichen hast, finde ich noch seltsamer.«

»Na ja«, sagte Jamie und blickte auf seine Füße. »Nach all den Jahren weiß ich, wo der Fußboden knarzt. Obwohl ich in diesem Zimmer ja eher selten war.« Er trat ans Fenster. »Mensch, da draußen tobt vielleicht ein Sturm.« Dann drehte er sich wieder zu ihr um.

»Tut mir leid«, sagte Mirren. »Es geht hier schließlich um deine Familie, das sollte ich nicht vergessen.«

»Nein, du hast schon recht«, sagte er. »Eigentlich ist es auch egal.«

»Nein, es ist nicht egal«, sagte Mirren. »Das hätte ich auf keinen Fall machen sollen. Und ich hätte sofort zurückkommen sollen, als ich es gefunden habe.«

Er begann zu strahlen, als sie stolz das Buch hochhielt. »Das gibt's doch nicht!« Mit einem Satz war er an ihrer Seite.

»Moment, Moment«, rief sie, »Vorsicht! Das ist schon älter, und da ist auch etwas drin versteckt, deshalb brauchen wir so viel Licht wie möglich. Am besten setzen wir uns damit in die Küche und gucken uns das gemeinsam in Ruhe an.«

Während er das Buch betrachtete, befand sich Jamies Gesicht mit einem Mal ganz nah an ihrem. »Das war dir klar?«, fragte er mit einem Mal und schien beeindruckt. »Dass er das Buch gern in seiner Nähe haben wollte, wenn es wirklich um eine Liebesgeschichte geht?«

»Bist du deshalb hierhergekommen?«

»Ja. Ich dachte, bei so etwas Persönlichem …«

»Ich auch …«

»Außerdem hab ich die Dienstbotenunterkünfte abbekommen, und in die hat er ja nie einen Fuß gesetzt, daher war das ziemlich sinnlos. Wir hatten also die gleiche Idee.«

»Abgesehen von der Sache mit dem Bett.«

»Nein, nein. Inzwischen denke ich, dass das sogar sehr vernünftig war.«

Draußen schneite es immer noch, durch das riesige Fenster fiel fahler, von Wolken durchbrochener Mondschein herein, und sie standen im finsteren Zimmer neben dem noch warmen Bett eng beieinander, ohne sich zu regen. In der Stille konnte man nur eins hören, wie sie nämlich ganz langsam ein- und wieder ausatmeten. Mirren hielt das Buch fest, zwischen dessen Seiten so viel Leidenschaft und Sehnsucht enthalten war, fiktive und echte Liebe, die in beiden Fällen ein Ende gefunden hatte. Ihre Hände berührten Jamies große Hände in der Dunkelheit, und er suchte mit den Fingerspitzen nach den ihren.

Ob er wohl in Wirklichkeit auch so ein rücksichtsloser Mann war, wie man es von seinem Großvater behauptete? Mirrens Wangen begannen zu brennen, als ihr ein weiterer Gedanke durch den Kopf fuhr: Aber würde ihr das denn etwas ausmachen?

»Wie gesagt: Ich hab ja nicht nur das Buch gefunden«, erklärte sie, »sondern auch noch etwas da drin.«

»Tatsächlich?« Jamie starrte es an.

»Ja, und zwar so einiges.«

»Heey, hallo!«, ertönte es durch die offene Tür plötzlich vom Gang her. Man hörte ein Poltern. »Mir ist langweilig, ich bin ganz durchgefroren, und meine Kerze ist ausgegangen. Wo stecken denn nur alle?«

»Ah«, machte Jamie, »dein Freund.« Er trat einen Schritt zurück.

»Er ist nicht mein Freund«, versetzte Mirren heftiger als eigentlich beabsichtigt.

Jamie musterte sie auf eine Art und Weise, die sie nicht deuten konnte.

Jetzt stolperte Theo zur Tür herein. »Soll ich euch mal was sagen? Wenn ich ein Räuberbaron mit einer Baumwollplantage voller Sklaven wäre, der auf dem Rücken anderer ein Vermögen erwirtschaftet hat, wisst ihr, wo ich dann mein Schloss bauen lassen würde? In Südfrankreich! Was geht hier denn ab?« Er kniff die Augen zusammen und nahm das zerwühlte Bett in Augenschein. »Oh, Entschuldigung!«

»Jetzt sei mal nicht albern, Theo, und lass deine schmutzige Fantasie ganz schnell wieder den Rückzug antreten. Das ist das Zimmer des alten Laird«, erklärte Mirren, die allerdings rot anlief.

»Du hast ja recht«, sagte Theo. »Schließlich suchen wir erst seit zwei Stunden. Damit wäre noch nicht einmal genug Zeit, um all die Lagen Klamotten auszuziehen, die du so trägst.«

Sie funkelte ihn an.

»Ich hätte es natürlich trotzdem versucht.«

»Tatsächlich haben wir etwas gefunden.«

»Mirren hat etwas gefunden«, stellte Jamie galant klar.

»Oh, Gott sei Dank«, murmelte Theo. »Darf ich mich dann bitte jetzt in der Küche auf den Herd setzen? Oder sogar da rein?«

# Kapitel 33

Die Erleichterung über die Rückkehr in die Küche war enorm. Bonnie hatte irgendwo Sturmlampen aufgetrieben und angezündet, die jetzt tröstlich flackerten und den Raum noch gemütlicher als vorher machten. Sie hatte ebenfalls Decken vor Tür und Fenster gelegt, damit es nicht mehr so zog.

Wenn sie nicht so etwas Spannendes zu berichten gehabt hätte, wäre Mirren Gefahr gelaufen, in dem Moment einzuschlafen, in dem sie sich setzte.

Sie nahmen rund um den Tisch Platz, und Bonnie servierte ihnen Tee mit einem Schuss Whisky, weil frische Milch es nicht bis hierher geschafft hatte. Dazu gab es Black Bun, einen schweren, klebrigen Früchtekuchen, der absolut köstlich war.

Mirren zeigte ihnen das Buch mit dem cleveren Versteck.

»Ich frage mich, ob er wohl ein Spion war«, murmelte Jamie.

Esme schnaubte aber nur und kommentierte, dass er dann vermutlich mehr Zeit im House of Lords verbracht hätte, wo ihm durch seinen Titel damals ein Sitz zugestanden hatte, und weniger in Secondhandbuchhandlungen, in denen er gern mal den halben Bestand aufgekauft hatte.

Jamie musste zugeben, dass sie damit wohl recht hatte.

»Hat er denn nie richtig gearbeitet?«, fragte Mirren.

»Das Anwesen zu verwalten, ist richtige Arbeit«, erwiderte Esme.

»Aber eine Arbeit, für die er wirklich kein Händchen hatte«, fügte Jamie hinzu.

»Ja, das liegt wohl in der Familie«, sagte Esme und hielt das Medaillon näher ans Licht. »O Gott, das ist ja nur billiger Tand. Wie enttäuschend! Na ja, wenn es etwas wert wäre, hätte Mummy es vermutlich längst aufgespürt.«

»Ich find es hübsch«, wandte Mirren ein.

»So, so«, murmelte Esme, und das Gefühl der Verbundenheit, das Mirren am Morgen empfunden hatte, war auf einen Schlag verschwunden.

»Was da wohl drin ist?«, fragte Jamie. »Ich konnte es nicht öffnen.«

Esme hatte hingegen perfekt manikürte Nägel, fand problemlos das Häkchen und klappte das Medaillon auf. Alle lehnten sich vor, und Theo hielt die Laterne hoch, damit sie sich das mal näher ansehen konnten.

Im Inneren befand sich ein winziges Bild.

Aber es war nicht das Foto einer jungen Frau, wie Mirren erwartet hätte. (Die Handschrift hatte niemand erkannt.)

Stattdessen handelte es sich um das winzige, uralte gemalte Porträt eines jungen Mannes. James stellte es definitiv nicht dar, weil es der Kleidung nach viel älter sein musste. Der junge Bursche mit rosigen Wangen und blondem Haar trug nämlich eine elisabethanische Halskrause. Ein Tier hatte ihm die Arme um den Hals geschlungen, das vermutlich ein Äffchen sein sollte, und beide blickten die Betrachter mit kaltem, durchdringendem Blick an. Die Farben – Rot, Blau und Gelb – waren wenig elegant, strahlten aber hell. Der Stil war wirklich uralt.

»Was?«, rief Theo aus. »Wer zum Teufel ist das denn?«

»Das kann niemand von hier sein«, antwortete Jamie. »Weil das aus einer viel früheren Zeit stammt.«

Die vier starrten das Gemälde einen Moment an.

»Was ist das nur für ein Vieh?«, fragte Jamie schließlich, kniff die Augen zusammen und hielt sich das Bild dicht davor. »Hm, ein Affe mit gestreiftem Schwanz?«

»Vielleicht ein Buschbaby?«, schlug Theo vor. »So was in der Art?«

Jamie schnippte mit den Fingern. »Das ist ein Lemur!«

Verständnislos starrten sie ihn an.

»Moment mal«, sagte Mirren. »Was ist denn mit dem Jungen mit der Halskrause? Stammt der aus einem Märchen oder so? Er trägt zumindest märchenhafte Kleidung, wie aus der Geschichte mit dem Schuster und den Wichtelmännern.«

»An irgendwas erinnert der mich …«, murmelte Jamie. »Gott, es liegt mir auf der Zunge.«

Sie starrten auf das Bild.

»Das Gedicht!«, rief Mirren und wedelte mit der Hand herum. »Denn nie verdarben Liebende noch so wie diese.«

»Ja!«, rief Jamie und überlegte einen Moment. »Denn nie verdarben Liebende noch so wie diese«, zitierte er, »Julia und ihr Romeo.«

Mirren grinste. Die bestickte weite Hose, der Dolch, den er an der Taille trug, der Schlapphut … »Das ist Romeo!«

»Genau!«

Die beiden hielt es vor Begeisterung kaum auf ihrem Stuhl.

»Ja, und?«, fragte Theo.

»Ist das nicht offensichtlich?«, fragte Jamie.

»Ja«, sagte Mirren. »Ah, nein, Moment, ich verstehe es auch nicht. Warum hatte er denn ein Medaillon mit Romeo?«

»*Offensichtlich* ist daran so gar nichts«, murmelte Theo.

»Also, das ist Romeo. Aus *Romeo und Julia*«, sagte Jamie.

»Romeo und ein Lemur?«

»Genau. Romeo Lemur.«

»Wer soll denn Romeo Lemur sein?«, fragte Esme.

»Nein, das ist kein Name. Romeo steht für R und Lemur für L, also, im Buchstabieralphabet.«

Theo zog die Nase kraus. »L ist im Buchstabieralphabet aber nicht Lemur, sondern Lima.«

Er bemerkte Mirrens überraschten Blick.

»Was denn? Beim Kneipenquiz bin ich immer gut.«

»Heutzutage ist es Lima«, erklärte Jamie, der sich nicht so leicht aus der Ruhe bringen ließ, »aber früher war es mal Lemur. Das haben sie geändert, weil Lima bekannter war.«

»Dann sollten sie Zulu am besten auch ändern«, sinnierte Theo. Er holte wieder einmal seine Pinzette hervor und zog das Bild vorsichtig heraus. Wie schön und zugleich seltsam es doch war! Als er es umdrehte, entdeckten sie auf der Rückseite im flackernden Licht eine blasse Zahlenreihe.

»Du meine Güte!«, stöhne Esme. »Großvater, hattest du den ganzen Tag denn nichts anderes zu tun?«

Mirren las die Zahlen vor: »1, 2, 1, 3, 4, 1, 4, 2.« Sie kniff die Augen zusammen. »O Gott«, seufzte sie. »Ernsthaft, was ist das jetzt? Bitte nicht Fibonacci.«

»Aber selbst wenn, was soll das dann?«, fragte Theo. »Wofür steht das nur?«

»Ist es möglicherweise ein Datum, gibt es einen Hinweis darauf, wann das gemalt wurde? Vielleicht im Dezember 1341?«

»Nicht sehr wahrscheinlich«, wandte Jamie finster ein. »Die Mode auf dem Bild ist elisabethanisch.«

»Und das ist ja auch gedruckt, nicht gemalt«, sagte Theo.

Er hielt es nah an eine Kerze, passte aber gut auf. »Wenn es allerdings um das Originaldatum gehen würde …«

»Wie gesagt, der Kleidungsstil kam viel später, da müsste mindestens Fünfzehnhundertnochwas stehen.«

»Es könnte immer noch ein Datum sein, aber auf etwas anderes verweisen.«

»Aber auf *was?*«

»Ich könnte wetten, dass er dieses Bild aus einem Buch ausgeschnitten hat«, sagte jetzt Theo, woraufhin allgemeines Stöhnen ertönte.

»Nein!«, fauchte Esme. »Nein, nein, nein, so langsam wird es echt lächerlich. Inzwischen glaube ich, dass wir am Ende gar nichts finden werden. Da wartet kein Schatz auf uns. Das ist alles für die Katz, und der Preis ist vielleicht eine Nachricht mit dem Text: ›Von der Knete ist nichts mehr übrig, krempelt halt selbst die Ärmel hoch, ihr Loser!‹ Wenn wir das Rätsel je lösen, springt uns vermutlich nur ein Schachtelteufel ins Gesicht und macht ›Hahaha!‹. Kein Wunder, dass du Mum nichts von dieser albernen Geschichte erzählen wolltest.«

»Ess …«, wandte Jamie in einem sanfteren Tonfall als üblich ein.

»Für dich steht ja nicht so viel auf dem Spiel«, knurrte Esme. »Schließlich hast du hier ein Dach über dem Kopf. Du hast einfach alles, während ich mich von Freunden aus der Schulzeit durchfüttern lassen muss und die Hälfte des Jahres von Jacht zu Jacht tingele!«

»Ich dachte, das fändest du toll!«, wandte Jamie ein. »Du hast doch immer so davon geschwärmt.«

Esme verdrehte die Augen. »Was denn, mich immer schön und elegant und charmant und unterhaltsam zeigen zu müssen und zu hoffen, dass für mich ein paar Krumen abfallen, während ich dabei von anderen Frauen umgeben bin, die jedes Jahr jünger werden? Nein, so toll finde ich das nicht.«

»Könntest du dir nicht einfach Arbeit suchen?«, fragte Mirren schüchtern. »Du hast doch bestimmt Freunde, die was mit Film oder Mode machen oder in anderen coolen Branchen arbeiten.«

Esme seufzte schwer. »Ja, allerdings. Aber du weißt ja sicher selbst, dass das keine richtige bezahlte Arbeit ist. Davon kann man nicht leben.«

»Äh«, machte Mirren, die das absolut nicht gewusst hatte.

»Du verdienst dir doch auch nicht den Lebensunterhalt damit, nach Büchern zu suchen, oder?«

»Ich bin Baukostenplanerin«, musste Mirren zugeben.

Esme schnaubte. »Siehst du. Und ich weiß nicht einmal, was das ist.«

»Das bedeutet, dass sie einen Blick auf ein Haus werfen und dann einschätzen kann, ob es womöglich einstürzen wird.«

»Wird *dieses* Haus bald einstürzen?«

Die unbestimmte Handbewegung, die Mirren machte, schien »Vielleicht« zu bedeuten.

»Na, das klingt mal nach einer unkomplizierten Tätigkeit«, sagte Esme. »Und viel besser als der Unfug, mit dem wir hier unsere Zeit vergeuden. Was meinst du, Theo? Du bist doch tatsächlich ein Büchermensch, oder?«

Theos Miene war ernst. »Viele von den Sachen hier sind bloß alter Krempel«, erklärte er. »Und das mit eurem Großvater … Na ja, so etwas sehen wir leider oft. Manchmal zählt bei Leuten mit Sammelwut irgendwann vor allem Masse, und wenn er viel bei Auktionen und so gekauft hat … war er vermutlich nicht sehr kritisch und anspruchsvoll. So jemand kauft einfach alles. Und Sammlungen, die bei Auktionen unter den Hammer kommen … Na ja, die wurden meistens vorher von den Familien durchgeguckt, die aussortiert haben, was wirklich wertvoll war.«

Esme verschränkte die Arme vor der Brust. »Also ist alles nur ein riesiger Haufen Ramsch«, sagte sie. »Wie ich seit jeher vermutet habe.« Frustriert trat sie gegen den hölzernen Küchentisch. »Er hat zugelassen, dass sich diese blöden Bücher immer weiter auftürmen, zu einem verdammten … Labyrinth. In einem Haus, das ja selbst schon ein Labyrinth war, hat er ein zweites Labyrinth angelegt. Eins aus Müll.«

»Oh, Esme …«, sagte Mirren, der diese schöne Schickimickitussi mit einem Mal leidtat, was doch irgendwie absurd war.

»Pscht!«, macht Jamie mit einem Mal, und sie wandten sich zu ihm hin.

Esme funkelte ihn aufmüpfig an, als wollte sie ihrem Bruder eins auf den Deckel geben, weil er es gewagt hatte, sie zum Schweigen zu bringen.

Aber Jamie kniff konzentriert die Augen zusammen, als wollte er alle anderen ausblenden. »Ein Labyrinth.«

»Ja«, schnaubte Esme, »das hab ich ja gerade gesagt.«

Ihr Bruder holte das Gedicht hervor und fuhr mit dem Finger über die Zeilen: »Im Licht der letzten Sonne wirst du sehen / Wie Füße auf verschlungenen Pfaden gehen / Wenn jedes Lied verklungen in der Brise / Denn nie verdarben Liebende noch so wie diese.«

»Verschlungene Pfade«, murmelte Esme.

Jamie schaute nachdenklich drein. »Ob wirklich das Labyrinth gemeint ist?«

»Na, das klingt doch vielversprechend«, fand Mirren.

»Oder es ist einfach Quatsch!«, sagte Esme.

»Das ist jetzt vielleicht etwas weit hergeholt ...«, murmelte Jamie.

»Ach, tatsächlich?«, stichelte seine Schwester

»... aber wenn man mit Romeo, also R, anfängt, dann bedeutet es vielleicht einmal rechts, zweimal links, einmal rechts, dreimal links ...«

Alle starrten ihn an.

»Ich war schon Ewigkeiten nicht mehr in dem blöden Ding«, sagte Esme.

»Na, so ganz stimmt das ja nicht. Schließlich hat sich in den Schulferien dort jemand gern zum Kiffen reingeschlichen.«

Esme ließ sich nicht zu einer Reaktion herab, aber Mirren konnte ihr ansehen, dass sie versuchte, im Kopf den von Jamie vorgezeichneten Weg nachzuverfolgen.

»Okay, was kommt im Gedicht als Nächstes?«, fragte Theo.

»Dann strebe nach der Kron aus Gold«, sagte Mirren. »Gibt es hier irgendwo Gold?«

Esme und Jamie schauten einander an.

»Es ist alles verkauft«, sagte Esme. »Einfach alles. Das ist so dämlich. Wenn wir je Gold gehabt haben ...«

»... dann ist es jetzt auch weg«, sagte Jamie.

»Das hätte er mal in das blöde Gedicht schreiben sollen!«, schnaubte Esme. »Weg ist es, all das Gold/Seid meinem Schicksal doch bitte hold/Nur ist das Schloss jetzt kaputt und oll.«

Jamie ging zu einem der Fenster hinüber. Inzwischen hatte es zu schneien aufgehört, und ein riesiger Eichenmond hing über dem Garten. »Für heute machen wir vielleicht besser Schluss, bevor Esme noch völlig durchdreht.«

»Hab mal nicht so eine große Klappe!«, warnte sie.

»Wenn es morgen nicht schneit, können wir uns vermutlich nach draußen wagen«, sagte Jamie. »Der Himmel ist klar, das ist doch ein gutes Zeichen. Hoffentlich wird alles gefrieren. So, wollen wir uns fürs Abendessen umziehen?«

»Nein, weil es viel zu kalt ist!«, rief Esme, aber er ging bereits zur Küche hinaus.

# Kapitel 34

Sie waren ganz nah dran, dachte Mirren, bestimmt! Am Anfang war ihnen dieses Rätsel unlösbar vorgekommen, aber allein heute hatten sie doch zwei Hinweise entschlüsselt. Ja, sie waren auf dem besten Weg!

Irgendwas wartete jenseits von all dem Gerümpel und Chaos dieses Schlosses auf sie.

Mirren war aufgeregt und auch ziemlich stolz auf sich.

Heute Abend entschied sie sich für ein gerade geschnittenes, ganz weich fallendes, schlichtes schwarzes Kleid im Stil der 1920er-Jahre. Es war mit Silberfäden durchzogen, und an den Flügelärmeln waren Fransen angebracht, die bei jeder Bewegung zauberhaft erbebten.

Das beeinflusste sogar ihre Körperhaltung. Weil sie das Kleid gern angemessen zur Schau stellen wollte, hatte sie einen ganz anderen Gang.

Das lockige Haar band sich Mirren zu einem tief im Nacken sitzenden Knoten zusammen, aus dem sie ein paar einzelne sich ringelnde Strähnen herauszog. Sie trug Eyeliner auf, den sie um ihre grauen Augen herum ein wenig verwischte, und fühlte sich ungewöhnlich elegant, als sie die – dieses Mal vordere – Treppe hinunterstolzierte.

Im Chinesischen Salon befand sich noch niemand, es flackerte allerdings bereits das Kaminfeuer, dem sich Mirren dankbar näherte. Sie fand es komisch, hier ganz allein zu sein. Wo steckten denn die Männer? Sie hatte eben gemeint, Theo ins Badezimmer gehen zu hören.

Mirren goss sich ein kleines Gläschen Whisky ein, verdünnte ihn mit Wasser und zog ein Buch von Elizabeth Gaskell aus dem Regal. Es war eine liebevoll gestaltete Ausgabe, die offensichtlich alt, aber kaum gelesen war. Mirren nahm auf einem der Sessel am Kamin Platz, obwohl sie sich am liebsten auf den Teppich vor dem Feuer gelegt hätte. Aber dafür war das Kleid nicht geeignet.

Irgendwann dachte sie jedoch: Ja, und? Esme machte doch auch immer, was sie wollte. Und das Kleid war der Besitzerin nicht nur völlig egal, es konnte ja auch gereinigt werden.

Am Ende streckte sich Mirren in voller Länge auf dem dicken Teppich aus und war schnell wieder einmal in *Cranford* vertieft.

Der Whisky wärmte sie von innen, die knisternden Flammen von außen, und sie merkte, wie ihr die Augen zufielen, genau wie vorhin im Bett des alten Mannes.

Ihr kam der Gedanke, dass sie nicht nur wegen der Ereignisse des heutigen Tages so große Müdigkeit verspürte. Dass sie immer so k. o. war, lag einfach am modernen Leben. Aber dessen Regeln galten hier ja nicht, und ihr Körper wollte diese Auszeit offensichtlich nutzen, um ein wenig Schlaf nachzuholen. Kein Handy. Kein Internetdating. Kein Wütendsein auf Theo oder sonst irgendwen. Kein Stress wegen der Arbeit. Keine Taschendiebe.

Ihr Kopf sank zur Seite, und sie glitt in den herrlichen Zustand zwischen Wachen und Schlaf hinüber. Aus irgendeinem Grund erschien mit einem Mal Miss Gaskell höchstpersönlich, um ihnen mit dem Rätsel zu helfen, und alle hießen sie freundlich willkommen, bis auf Esme, der ihre Schuhe nicht gefielen …

Und dann leckte plötzlich jemand Mirren übers Gesicht. Verschlafen blinzelte sie. »Was …? Ach, hallo.«

Es war Roger, Jamies Hund.

»Ich dachte, du dürftest nicht ins Haus.«

Fröhlich wedelte Roger mit dem Schwanz.

»Sobald es vier Grad unter null ist, darf er mit rein«, hörte sie Jamie sagen.

Mirren setzte sich auf und sah sich um, während sie die Hände in Rogers Fell vergrub.

Für einen zähen, abgehärteten Schäferhund, der keine Zeit für die Angelegenheiten verweichlichter Haustiere hatte, lag der plötzlich aber erstaunlich gern vor dem Kamin und ließ sich verhätscheln.

Als Mirren ihn hinter den Ohren kraulte, winselte er vor Genuss. Er drehte sich auf den Rücken und schob den Kopf noch näher an sie heran.

»Roger, sei nicht albern, jetzt bieder dich mal nicht so an!«, ertönte wieder die Stimme von Jamie.

Endlich wurde Mirren klar, warum sie ihn nicht sehen konnte. Theo und er waren hinter Bergen von Misteln und Stechpalmenzweigen verborgen, an denen noch Schnee haftete.

»Oh, wow!«, sagte sie und sprang auf.

Roger tat es ihr nach und ging sicher, dass der Kontakt zwischen Hand und Ohr nicht unterbrochen wurde.

»Das habt ihr alles von draußen geholt?«

»Es ist doch beinahe Weihnachten«, sagte Jamie und machte sich daran, den Kaminsims zu dekorieren. »Außerdem wollte ich auch gucken, ob das Eis gefroren bleibt.«

»Ich wurde gegen meinen Willen mitgezerrt«, rief Theo zwischen Blättern hindurch. »Mein Gott, ist es draußen eisig! Und ich fand es vorher schon kalt.«

»Das Zeug hält auch Hexen fern«, warf Esme ein, die im schicken kleinen Schwarzen zur Tür hereinkam.

»Hexen«, murmelte Theo und legte die Zweige auf einen der Stühle. »Nur noch ein weiterer Punkt auf meiner Liste mit Sachen, vor denen man sich hier fürchten muss.«

»Heute Nacht werden die Temperaturen weit unter null fallen«, sagte Jamie. »Am besten füllen wir die Badewannen, falls die Leitungen zufrieren. Und vielleicht könnten wir das Wasser in der Küche die ganze Nacht laufen lassen. Ich rede gleich mit Bonnie.«

»Wie kann das denn in Großbritannien noch möglich sein?«, staunte Mirren.

»Eine gute Frage«, murmelte Esme. »Na los, Theo, wir gehen mal runter in den Weinkeller.«

Mirren schaute ihn an und war neugierig darauf, wie er reagieren würde. Sie fragte sich, ob er sie heute Abend wieder ins Visier nehmen und so beharrlich bezirzen würde wie gestern.

Als er zu Mirren hinüberschaute, stieß Esme ungeduldig die Luft aus. »Kommst du jetzt, oder was?«

Es schien so, als ging es ihr um mehr als nur um jemanden, der sie in den Weinkeller begleitete. Für Mirren sah es aus, als müsste Theo in diesem Moment eine Entscheidung treffen.

Er hätte sich auch zu ihr an den Kamin gesellen können. Eine Sekunde zögerte er, sprach aber kein Wort, während sie einander anschauten.

Dann verließ Esme in ihrem kurzen Kleid den Raum, Theo setzte sich in Bewegung und folgte ihr.

Am allerseltsamsten war in diesem Moment Mirrens Reaktion: Ganz entgegen ihrer Erwartungen fiel ihr ein riesiger Stein vom Herzen. Ja, sie war erleichtert. Die ganze

Zeit hatte sie sich gefragt, was sie eigentlich falsch gemacht hatte, ob das mit Theo eine gute Idee war oder nicht. So viele Sorgen und Grübeleien, das ganze Kopfzerbrechen, für nichts und wieder nichts. In keinem Moment war sie Gefahr gelaufen, durch eine falsche Entscheidung die große Liebe aufs Spiel zu setzen. Sie hatte sich hier nicht um etwas bemüht, was ihr Leben bereichern würde. Vielmehr hatte sie viel Energie auf einen Typen verschwendet, der es nicht wert gewesen war, auf einen gut aussehenden, charmanten, aber im Grunde schwachen Mann, der nie ganz und gar für sie hätte da sein können, und wohl auch für niemand anders, wie sie vermutete.

Vorsichtig befragte sie ihr Herz, aber sie empfand tatsächlich bloß Klarheit und Erleichterung darüber, dass sie sich nicht tiefer in die Sache hatte hineinziehen lassen, dass sie nicht noch mehr von ihrem Stolz aufgegeben hatte. Es war alles in Ordnung. Die Geschichte war gelaufen.

»Wo kommt dieses Lächeln denn her?«, fragte Jamie, als Theo und Esme verschwunden waren.

Mirren schüttelte den Kopf. »Oh, das hat mit Dingen zu tun, die früher mal wichtig waren, jetzt aber nicht mehr.« Sie hockte sich hin und schmiegte sich an Roger.

»Ah, gut«, sagte Jamie. »Mensch, es wäre schön, wenn in meinem Leben auch mal Sachen nicht länger wichtig wären.«

Roger schob ihr die Schnauze unters Kinn, weil er wieder gestreichelt werden wollte.

»Das macht er, weil du eben auf dem Teppich gelegen hast. Jetzt denkt er, dass du auch ein Hund bist.«

Mirren entgegnete: »Oder vielleicht erkennt er auch einfach problemlos nette Leute.«

Roger bedachte Jamie mit einem Blick, mit dem er zu fragen schien: »Warum darf ich eigentlich nicht jeden Abend ins Haus?«

Jamie nickte knapp. »Hast du Hunger?«

»Einen Bärenhunger«, sagte Mirren überrascht, da ihr das gerade erst selbst klar wurde. »Das war heute ein guter Tag, oder?«

»Ja, das denke ich auch«, antwortete Jamie verhalten. »Aber wer kann schon sagen, wie das alles ausgeht? Vielleicht schickt er uns nur ewig im Kreis herum.«

»Irgendwann ist das Gedicht ja mal zu Ende.«

»Das schon«, nickte er. »Ja.« Er schaute sich um. »Ich glaube, er fand es schön, dass wir an Weihnachten hier waren. Also, mein Großvater. Auch wenn wir über die blöde Schatzsuche immer gestöhnt haben.«

»Schade, dass er nicht miterlebt, wie gut ihr euch bei dieser letzten schlagt.«

»Hm«, machte Jamie.

Mirren ging zu ihm hinüber. »Er war ein furchtbar trauriger Mensch, oder?«

»Ja, so sieht es wohl aus. Die Schule war für ihn eine Qual. Und dann die unglückliche Liebe … Mir kommt es so vor, als wollte er uns im Nachhinein sein Leben erklären. Na ja, *mir*. Und warum alles so ein schlimmes Ende genommen hat.«

»Auf einem Feld, ganz allein«, murmelte Mirren betrübt. Plötzlich fand sie seinen einsamen Tod noch trauriger.

»Ja«, sagte Jamie. »Auf einem Feld, ganz allein.«

Eine Weile sprach keiner ein Wort.

»Irgendwie kommt es einem nie in den Sinn, dass Erwachsene unglücklich sein könnten, oder?«, sinnierte Jamie. »Wenn man klein ist. Über so etwas denkt man schlicht nicht nach. Man glaubt einfach, dass die immer alles im Griff haben.«

»Die dürfen schließlich lange aufbleiben!«

»Ha, ja! Und sie dürfen so viele Süßigkeiten essen, wie sie wollen!«

»Und Auto fahren!«

»Genau! Ich kann kaum fassen, dass wir ständig nur jammern.«

Beide lächelten.

»Ich gehe gern früh ins Bett«, musste Jamie dann zugeben. »Das ist für mich immer ein echtes Highlight.«

»Für mich auch«, sagte Mirren. »Und wenn ich eine ganze Tafel Schokolade auf einmal esse, ist mir danach kotzübel.«

»Mir auch. Allerdings habe ich das als Kind auch schon oft gemacht«, räumte er ein. »Na ja, und als Erwachsene müssen wir uns um Sachen wie Autoversicherungen Gedanken machen. O Gott!«

»Also«, sagte Mirren, »für mich fühlt es sich jedenfalls so an, als wäre ihm das wirklich wichtig gewesen. Dass du verstehst, wie es ihm ergangen ist. Vielleicht will er so sogar dafür um Verzeihung bitten, dass er dein Erbe verpulvert hat.«

»Ja«, sagte Jamie. »Dieser Gedanke ist mir auch schon gekommen. Ich glaube … dass ihn nie jemand richtig gekannt hat.«

»Niemand kennt doch seine Großeltern je wirklich«, sagte Mirren, »nehme ich mal an. Aber deinen Großvater hat in seinem Leben vielleicht nie jemand richtig verstanden.«

»Doch. Ich glaube, die Person, die ihm die Abendrot-Briefe geschrieben hat«, sagte Jamie. »Aber aus irgendeinem Grund …«

»Handelt es sich beim Absender vielleicht um einen Mann?«, fragte Mirren. »Das könnte ein möglicher Grund sein. Äh, sorry und so.«

»Meine Mutter ist davon überzeugt, dass er schwul war«, sagte Jamie und verdrehte die Augen. »Das hätte sie wohl gern, weil sie sich dadurch ganz cool und auf der Höhe der Zeit fühlen würde.«

»Hat sie deinen Großvater nie besucht?«

Er schüttelte den Kopf. »Als sie hier nichts mehr zu Geld machen konnte, ist sie nie wieder hergekommen. Ich vermute … dass es auch mit meiner Großmutter zu tun hatte. So ist das doch bei Scheidungen, oder nicht? Da muss man sich oft für eine Seite entscheiden …« Er verstummte kurz. »Und meine Mutter hat manchmal echt üble Sachen über meinen Vater gesagt.«

»In deiner Familie gab es viele gescheiterte Ehen«, sagte Mirren.

»O ja«, seufzte Jamie.

»Also, was ist jetzt mit deiner Großmutter? Ist sie definitiv nicht die Verfasserin der Briefe?«

»Nein, auf keinen Fall!«, bekräftigte Jamie. »Deren Handschrift würde ich auch wiedererkennen, wegen all der enttäuschten Briefe, die sie mir wegen meiner Schulnoten geschrieben hat.«

Mirren lächelte. »Das hat in der Familie also Tradition.«

»Allerdings«, nickte Jamie. »Na ja. Sie war die Tochter eines Laird aus Lewis. Das Ganze war eine Art arrangierte Ehe unter Vertretern zweier Clans. Ich weiß, dass so etwas manchmal gut funktioniert, in diesem konkreten Fall … aber leider nicht. Sie hat die Ostküste nicht ertragen und dieses Haus auch nicht. Am Ende ist sie zurück nach Lewis gezogen. Ich kann mich nicht daran erinnern, je ein einziges freundliches Wort zwischen den beiden gehört zu haben.«

Mirren sank wieder auf den Teppich, und plötzlich streckte sich auch Jamie darauf aus und lag mit dem Kopf neben ihrem. Das hatte etwas seltsam Intimes an sich, war aber nicht unangenehm.

Während Jamie vor dem Kamin zur Decke hochstarrte, machte Roger es sich auf seiner Brust bequem. Der hatte sich ja erstaunlich schnell an das Leben als Haushund gewöhnt.

»Und meine Mutter ist dann zu einer ganz ähnlichen Person herangewachsen. Mein Großvater hatte nie Geduld mit ihr, und sie hat ständig Paroli gegeben, war echt fies zu ihm. Irgendwann hat sie dann erklärt, dass ihre Therapeutin ihr dazu geraten hat, sich von der Familie loszusagen. Dadurch hatte sie natürlich einen guten Grund dafür, sich nie wieder bei ihm zu melden. Das hat sie übrigens an Weihnachten vor versammelter Mannschaft verkündet.«

»Wow. Aber du hast noch Kontakt zu ihr?«

»Äh, ja, sie ruft gern an, um rumzunörgeln«, erklärte Jamie, »und um zu unterstreichen, dass ich das mit Forres ja doch vergeigen werde, genau wie er. Wenn sie mich dabei erwischt, dass ich irgendwas lese, wirft sie mir vor, dass ich seine seltsame Besessenheit von Büchern geerbt habe. Und wenn sie betrunken ist, will sie sich oft nur über meinen Dad bei mir ausheulen oder über einen ihrer beiden anderen Ehemänner, die ich leider nicht auseinanderhalten kann … Sorry, ich texte dich ganz schön zu … Erzähl du doch mal von deiner Familie.«

Auch Mirren starrte die Decke an. Es hing ein Kronleuchter daran, sie war unglaublich hoch und mit Stuck verziert. Einst hatte sich diese enorme bemalte Decke über einen

Raum voller Schönheit und unvorstellbarer Schätze gespannt.

»Äh, die ist eigentlich ziemlich normal«, sagte sie verlegen. Noch im selben Moment wurde ihr klar, dass sie hier in einem Schloss neben einem Adeligen lag und versuchte, seine Gefühle zu schonen. »Meine Eltern haben sich getrennt, als ich klein war, mein Vater wohnt aber gleich um die Ecke, und ich sehe ihn noch oft. Meine Mutter ist eine absolute Nörglerin und Korinthenkackerin und mit ihrer Arbeit immer schwer beschäftigt. Meine zwei Brüder sind beide verheiratet, einer mit einer Frau und der andere mit einem Mann. Alle vier sind einfach super und vereinen gern ihre Kräfte, um Mum ein bisschen runterzuholen, was natürlich nie klappt. Am Sonntag treffen wir uns normalerweise bei einem von uns zu Hause … und versuchen nach Möglichkeit, nicht Mum an den Herd zu lassen …« Sie seufzte. »Früher hatte ich auch noch eine Großtante, mit der ich in meiner Kindheit viel Zeit verbracht habe. Die war echt toll, und dass ich am Ende zur Uni gegangen bin, habe ich ihr zu verdanken. Sie war diejenige, die Bücher geliebt hat und mich auf die Suche nach einem verschwundenen Buch geschickt hat, womit ich also im Prinzip durch sie hier gelandet bin.«

»Ja, durch eine Familie, die du liebst«, sagte Jamie. »Während ich hier durch eine gelandet bin, in der man sich seit jeher nur hasst.«

Mirren streckte die Hand aus, griff nach seiner und drückte sie.

»Sorry«, sagte er. »Selbstmitleid ist nun nicht sehr attraktiv, darin sollte ich mich nicht länger suhlen. Das liegt wohl an dieser Jahreszeit.«

Mirren war drauf und dran, zu sagen, dass sie es durchaus attraktiv fand, biss sich aber gerade noch rechtzeitig auf die Zunge. Der Gedanke durchfuhr ihren Körper wie ein elektrischer Schlag, und sie hatte auf einmal Bedenken, dass ihre Hand gleich zu schwitzen anfangen würde. Die fühlte sich in Jamies großer, gemütlicher Hand sehr wohl.

»Ist schon in Ordnung«, sagte Mirren. »Die Vorstellung, dass an den Feiertagen immer alle glücklich sein sollen, haben Supermärkte verbreitet, die von September an ihr Weihnachtszeug unter die Leute bringen wollen. Aber wer vorher schon traurig war, wird dadurch bloß noch trauriger. Und es ist auch nur ein willkürlich festgelegtes Datum.«

»Ganz willkürlich nicht«, widersprach er. »Es liegt ja mitten im tiefsten Winter.«

»Nein, so ganz nicht«, musste Mirren zugeben. »Schon klar. Aber weißt du was: Nach Weihnachten werden die Tage wieder länger.«

Er drückte ihr die Hand. »Das stimmt«, sagte er und schaute sie an. Dann runzelte er die Stirn.

»Was denn jetzt?«, fragte sie. »Ist dir gerade irgendeine Nichte wieder in den Sinn gekommen, die dich mal hintergangen hat?«

Er musste schallend lachen. »O Gott, ich führ mich echt übel auf. Hör mal, in Wirklichkeit hab ich jede Menge nette Freunde, die mich sehr mögen.«

»Tatsächlich?«, fragte Mirren. »Bist du sicher, dass das nicht all die schreienden Esel sind, mit denen du eben in der Schule zusammengepfercht warst?«

Er ließ sie los und schlug sich die Hände vors Gesicht. »O Gott, was haben die auf mir herumgehackt!« Er lächelte dabei allerdings. »Aber das trifft im Prinzip doch auf alle Freunde zu.«

»Vermutlich«, sagte Mirren und lächelte ebenfalls beim

Gedanken an ihre lieben alten Schulfreunde, die man genau so beschreiben konnte.

»Und ich hatte auch keine unglückliche Kindheit. Nein, eigentlich nicht, weil sie für mich ja ganz normal war. Außerdem konnte ich hier frei über das ganze Anwesen toben, und Bonnies Großmutter war wirklich gut zu mir. Die war hier auch aufgewachsen.«

Mirren nickte. »Bonnie und du, ihr scheint euch ziemlich nahezustehen«, sagte sie

»Ich kenne sie schon mein ganzes Leben«, sagte Jamie, und in Mirren stieg mit einem Mal für sie ganz untypische Eifersucht auf.

»Ich muss gerade daran denken, dass wir höchstwahrscheinlich Weihnachten hier verbringen werden … und ich für niemanden Geschenke gekauft habe.«

»Ach, du je«, sagte Mirren. »Ich schon, aber die sind in einem Versteck bei meiner Mutter zu Hause.«

»Wie jetzt, Geschenke für uns?«

»Nein! Für meine Familie natürlich. O Mann, ich werd ordentlich eins auf den Deckel kriegen, wenn ich wieder zurück bin.«

»Wird man dich mit Schweigen strafen?«, fragte Jamie mitfühlend.

»Gott, nein«, erwiderte Mirren überrascht. »Ich werd mir nur ewig anhören müssen, dass sie Weihnachten verschieben mussten, um auf mich zu warten.«

Einen Moment lag der verblüffte Jamie schweigend da. »Wow. Das würden sie machen?«, fragte er schließlich. »Mensch, du kannst dich echt glücklich schätzen.«

Mirren drehte sich zu ihm hin. »Schon«, sagte sie schnell. »Aber vergiss nicht all die anderen Aspekte meines Lebens: Ich verdiene mit meiner Arbeit nicht genug, die Firma scheint den Bach runterzugehen, und ich kann mir keine nette Wohnung in einer schönen Gegend leisten, wodurch ich immer überall zu spät komme. Die Männer, die ich kennenlerne, haben für gewöhnlich Bindungsangst, deshalb weiß ich nicht, wann ich je wieder eine feste Beziehung haben werde oder ob überhaupt. Ich komme mit dem modernen Leben nicht klar, finde keine Arbeit, die mich wirklich erfüllt, und ich werde es mir vermutlich nie leisten können, eine Familie zu gründen, ein Haus zu kaufen oder mich zur Ruhe zu setzen. Mein Leben ist ein einziger Scherbenhaufen!«

Jamie verzog das Gesicht. »Ich hingegen habe zu viel Haus an der Backe und darf mich nicht aus freiem Willen für eine Tätigkeit entscheiden, die mir nicht von anderen aufs Auge gedrückt wurde.«

Sie lagen da, schauten einander an und brachen plötzlich in lautes Gelächter aus, womit sie selbst am allerwenigsten gerechnet hatten.

»Himmel!« Jamie schob Roger zur Seite und setzte sich auf. »Schluchz, schluchz … Ja, gut, ich bin ein kerngesunder junger Mann, der nicht in einem Kriegsgebiet lebt – aber mein Haus ist einfach viel zu groß!«

Auch Mirren richtete sich auf: »Schluchz, schluchz … Es ist ja so nervig, wenn man von seiner Familie ganz furchtbar geliebt wird.«

Er lachte. »Eine glückliche Kindheit zu verleben und dann zu einer gesunden, hübschen jungen Frau heranzuwachsen – was für ein Albtraum!«

Mirren schwieg einen Moment. Er hatte sie hübsch genannt, was … na ja. Fast gegen ihren Willen fühlte sie sich geschmeichelt.

Er hingegen sah plötzlich so aus, als wäre er zu weit gegangen und würde das am liebsten zurücknehmen.

Langsam erhob sie sich. »Aber all das löst auch das Problem mit den Weihnachtsgeschenken nicht.«

»Ich weiß.« Er sprang auf und entfernte sich ein gutes Stück von ihr.

Mirren sah sich um. »Das mag jetzt zu offensichtlich sein … aber vielleicht könnten wir einfach für jeden ein Buch aussuchen.«

Jamie lachte. »O Gott. Ich glaube, von Büchern haben fürs Erste alle die Nase voll.«

»Ach, ich weiß nicht«, beharrte Mirren unerschütterlich. Sie ließ niemandem abfällige Bemerkungen über Bücher durchgehen. »Trotz allem ist ein gutes Buch immer noch ein gutes Buch.«

»Ich wüsste auch gar nicht, was Esme gefallen könnte«, fügte er hinzu. »Sie liest ja eigentlich nur die *Vogue*.«

»Ah, das ist einfach«, erwiderte Mirren, ohne zu zögern. »Etwas von Jilly Cooper. Das wird sie toll finden.«

»Und, hast du von der irgendwo was gesehen?«

»Ja, ich glaube, gestern in der Ostbibliothek … Wäre es nicht witzig, wenn dein Großvater die nächsten Hinweise in Büchern hinterlassen hätte, die richtig sexy sind?«

»Das wäre kein schlechtes Versteck«, befand er.

»Das wäre ein ganz schlechtes Versteck«, widersprach Mirren. »Wenn etwas unentdeckt bleiben soll, sollte man es nicht in Büchern verstecken, die die Leute nicht aus der Hand legen können.«

Er grinste. »Siehst du, und für so etwas brauche ich dich hier.«

Sie schaute zu ihm hoch, in das besorgte Gesicht mit den eleganten Augenbrauen und der langen Nase, das von ein wenig zu langem Haar eingerahmt wurde.

Man konnte ihm ansehen, was für eine Schönheit seine

Mutter gewesen sein musste. Davon zeugten seine eleganten Züge, die großen Augen und vollen Lippen.

Abgesehen vom Knistern des Feuers im Kamin war es völlig still, und mit einem Mal war die Stimmung im Raum umgeschlagen. Das hatte wohl mit dem Wort »brauchen« zu tun und damit, dass Mirren in Jamies Blick plötzlich ein Sehnen erkannte, das sie bisher nicht bemerkt hatte.

Und ihr wurde klar, dass sich auch in ihr langsam etwas herauskristallisierte. Es lag nicht an seiner tragischen Geschichte, obwohl die wirklich traurig war. Vielmehr hatte es damit zu tun, wie er sich ihr gegenüber geöffnet hatte, dass er offen und ehrlich mit ihr gesprochen hatte, von Mensch zu Mensch.

So etwas erlebte sie bei Männern selten, und er ahnte vermutlich nicht einmal, wie attraktiv ihn das machte. Dass es von Stärke zeugte, sich verletzlich zu zeigen, verstanden die Kerle meistens nicht, und Mirren wusste aus eigener Erfahrung, dass es keine gute Idee war, wenn man ihnen das zu erklären versuchte. Von Theo konnte sie so etwas nicht erwarten. Aber an Theo hatte sie ja gar kein Interesse, wie ihr auf einen Schlag klar geworden war. Nicht das geringste. In Bezug auf ihn war es, als hätte sie einen Schalter umgelegt. Da gab es nämlich plötzlich jemanden, der ihr viel besser gefiel.

Und er empfand etwas Ähnliches, da war sie sich sicher. Während im Hintergrund das Feuer knisterte, hatte sie den Eindruck, als würden auch zwischen ihnen Funken sprühen. Jamie blickte sie unverwandt an, und der Ausdruck auf seinem Gesicht war nicht mehr von Sorge geprägt, sondern von etwas, was sie als Hoffnung interpretierte.

»Was für ein Buch würdest du denn für mich aussuchen?«

Mirren überlegte. »Eins, was traurig beginnt, aber am Ende … die Stimmung hebt.«

»Eine Geschichte mit Happy End.«

Sie blickte ihm direkt in die Augen. »Warum nicht?« Durch ihren atemlosen Tonfall war unmissverständlich, was sie meinte.

Er schob sich in ihre Richtung, nur ein ganz kleines Stück, und auch Mirren setzte sich in Bewegung, da sie sich wie hypnotisiert zu ihm hingezogen fühlte. Dabei lehnte sie sich mit dem ganzen Körper vor, wollte ihm so nah wie möglich sein. Sie erstarrte jedoch, als mit einem Mal die Tür, durch die man die Küche erreichte, mit lautem Knall aufflog und den Rest der Gruppe ankündigte.

# Kapitel 35

Die beiden zuckten auseinander, als hätten sie gerade etwas Verbotenes gemacht. Mirrens Wangen begannen zu brennen, als Bonnie durch die Tür zur Dienstbotentreppe hereinkam, dicht gefolgt von Esme und Theo. Die drei diskutierten lautstark und machten dabei einen Mordsradau.

Bonnie trug ein riesiges Tablett mit frischem Brot, Käse, Aufschnitt, eingelegten Zwiebeln und Chutney, das sie jetzt auf den Tisch stellte.

Sie bebte sichtbar und hatte ganz rote Wangen. »Ich hab schon mit ihnen geschimpft«, sagte sie zu Jamie. Dann hielt sie plötzlich inne und musterte die beiden, als sagte ihr ihr sechster Sinn, dass da etwas in der Luft lag.

Ausgeschlossen hätte Mirren diese Fähigkeit bei Bonnie nicht. Sie hatte sich vorher bereits gefragt, ob sie vielleicht von Hexen abstammte.

Esme und Theo grölten unverständlich, und Mirren wurde schnell klar, dass sie sturzbetrunken waren. Unfassbar, wie schnell sie das hingekriegt hatten! Gut, sie trug ja keine Armbanduhr mehr. Aber es kam ihr einfach so vor, als wäre die Zeit hier nicht den normalen Regeln unterworfen, als würde sie sich mal ausdehnen und mal zusammenziehen.

Und Mirren hätte nicht sagen können, wie lange Jamie

und sie zusammen auf dem Teppich gelegen und über dies und das gesprochen hatten. Vielleicht waren es nur Minuten gewesen, vielleicht aber auch Stunden. Als sie zu ihm hinüberschaute, sah sie, dass ihm das rotblonde Haar über die Augen fiel und er wieder die Stirn in Falten gelegt hatte. Wie gern hätte sie mit dem Finger darübergestrichen, um sie zu glätten und ihn zu beruhigen. Danach wäre ihre Hand dann nach unten gewandert und …

»Was zum Teufel?«, knurrte Jamie.

Mirren sah Bonnie gerade zum ersten Mal wirklich aufgebracht.

»Die sind in der Küche eingefallen! Da haben sie die Finger in den Weihnachtspudding gesteckt und den Brandy getrunken, mit dem ich ihn flambieren wollte. Wie soll ich das denn jetzt machen?«

»Ich liebe Pudding! Und den willst du auch noch flambieren?« Mirren war begeistert.

»Der Brandy war echt übel!«, lallte Esme. »Oder lecker, ich bin mir nicht mehr sicher.«

»Aber nicht so lecker wie der Schlehengin«, sagte Theo. Seine Haare waren ganz verwuschelt und sein Blick unstet.

»Ihr habt den Schlehengin getrunken?«, stammelte Jamie. »Aber der steht doch seit ewigen Zeiten da rum!«

»Und ist dabei von Jahr zu Jahr stärker geworden.« Esme grinste schief.

»Deshalb hat ihn ja auch niemand getrunken!«, rief Jamie. »Inzwischen ist er der reinste Raketentreibstoff!«

»Gut!«, versetzte Esme mit Nachdruck. »Genau das braucht diese Bruchbude, eine Rakete, die hier einschlägt und alles in die Luft jagt!«

Theo begann, sich Käse und Brot in den Mund zu stopfen, ohne einen Teller zu benutzen.

Vor Wut schnaubend verschränkte Bonnie die Arme vor der Brust.

»Es tut mir leid«, sagte Jamie, »wirklich.« Er schaute sie mit unglaublich sanftem Blick an.

Mirren wünschte, er würde sie mal so ansehen.

»Halt sie einfach nur von meiner Küche fern!«, schnaubte Bonnie wütend.

»O Bonnie Bonita, es tut uns ja sooo, sooo leid!« Mit vollem Mund sank Theo vor ihr auf die Knie. »Dabei bist du doch so wundervoll ... Weißt du, du bist einfach wundervoll. Ganz wundervoll!«

»Ja, ja«, knurrte Bonnie.

»Deshalb hättest du mich beinahe von meiner Freundin abgelenkt!«, sagte Theo und wankte durch den Salon, wobei sich jeder Teil seines Körpers ungelenk bewegte. Aus dem Glas mit einem dunklen braunen Gebräu, das er in der Hand hielt, verschüttete er wie durch Zauberei trotzdem keinen Tropfen.

»Von deiner WAS?«, rief Esme, die auf einen Schlag gar nicht mehr so betrunken wirkte.

Theo stellte das Glas ab und baute sich vor Mirren auf, die ihn fassungslos anstarrte.

»Du fehlst mir, mein Engel«, schnurrte er mit Singsangstimme, wobei er Mirren seine Fahne ins Gesicht blies. »Komm doch zurück zu mir.«

»Moment mal, ich wusste nicht, dass er dein ... Hattest du nicht gesagt ...?« Plötzlich wirkte Jamies Miene verwirrt und gequält.

Mirren hätte ja gern genauere Erklärungen abgegeben, war aber vor Entsetzen wie erstarrt. »Nein!«, rief sie daher nur.

»Doch, klar«, säuselte Theo, bevor er mit gespielten Flüstern zu Jamie sagte: »Solche Spielchen *liebt* sie einfach.«

»Ich liebe hier überhaupt nichts!«, rief sie verzweifelt aus. »O mein Gott!«

»Na, komm schon«, drängte Theo. »Schließlich hast du mich gestern Abend doch heißgemacht!«

Auf einen Schlag breitete sich Stille im Raum aus, während Mirren vor Wut schäumend dastand. Sie hatte doch bloß geflirtet und dabei nicht geahnt, dass sich ihre Gefühle ihrem Auftraggeber gegenüber von einem Moment auf den anderen ändern würden. Das hatte sie nicht kommen sehen. Ja, sie hatte sich bei Theo revanchieren wollen, und tatsächlich hatte sie sich ja auch ein bisschen einsam gefühlt, aber … das war doch gestern gewesen!

Jetzt würde man ihr wohl nicht die Gelegenheit geben, das zu erklären, und sie würde es noch nicht einmal in Worte fassen können, ohne alles nur schlimmer zu machen.

Während Jamie wie entgeistert dastand, wedelte Theo wild mit den Armen und lallte: »Jetzt mach doch mal einer Musik an! Hier ist es viel zu still, und ich will gern mit meinem Schätzchen tanzen!«

Auch Esme wirkte inzwischen nicht nur viel nüchterner, sondern ebenfalls entsetzt.

»Wisst ihr was«, sagte Jamie plötzlich. »Mir ist der Appetit vergangen. Ich glaube, ich gehe lieber ins Bett.«

»Ich auch«, sagte Mirren. »Theo, du solltest dich schämen!«

»Nein, nein, bleib ruhig«, sagte Jamie müde.

»Ja, bleib hier!« Theo packte sie mit einer Hand, während er sich mit der anderen noch ein Stück Brot schnappte.

Esme fummelte am Grammofon herum. »Ich will gern tanzen!«, verkündete sie kühn.

Als wäre all das nicht schon schlimm genug gewesen, ertönte jetzt die alte Musik, die schauderhaft klang, weil das

Gerät sie zu schnell abspielte. Und dann begann Esme mit etwas, was offensichtlich ein sexy Tanz sein sollte.

Theo schlang einen Arm um sie und den anderen um Mirren.

Wie grausig verzerrt der Walzer war, schien Esme und ihn nicht zu stören.

»Fass mich nicht an!«, brüllte Mirren, stieß ihn weg und rannte zur Tür.

Aber Jamie war bereits im dunklen Gang verschwunden, und von dem magischen Moment zwischen ihnen war nichts geblieben.

# Kapitel 36

Mit knurrendem Magen lag Mirren im Bett und zitterte vor Kälte. Sie hatte noch einmal Holz aufs Kaminfeuer gelegt und die Vorhänge zugezogen, aber das reichte einfach nicht, weil die Temperatur extrem gesunken war. Ihr Atem war sogar als Wölkchen in der Luft sichtbar.

Als sie nach oben gerannt war, war sie genervt und aufgebracht gewesen, hatte vor Wut geschäumt. Nachdem das alles verflogen war, blieb nur noch das Entsetzen aufgrund der beiden Dinge, die sich da Schlag auf Schlag abgespielt hatten: Sie hatte begriffen, dass sie etwas für den traurigen, gequälten, attraktiven Jamie empfand, nur um jegliche Chance bei ihm augenblicklich durch die Arschgeige Theo zerstört zu sehen.

Hier ging es ihr also wieder einmal wegen Theo schlecht, und sie musste sich eingestehen, dass sie sich dieses Mal an die eigene Nase fassen musste. Von Scham gequält stöhnte sie verzweifelt auf. O Gott. Natürlich hätte sie nicht so mit ihm flirten sollen. Das hatte eine Revanche sein sollen, sie hatte ihm zeigen wollen, was er verpasst hatte. Aber dieser Schuss war leider nach hinten losgegangen. Zum ersten Mal seit ihrer Ankunft hier war in ihrem Kopf für das gesuchte Buch kein Platz mehr. Mirren lag da, starrte die drapierten roten Vorhänge des Betts an und war unglaublich sauer auf sich selbst. Und ihr war so, so kalt. Am besten sollte sie jetzt sofort etwas dagegen unternehmen, aufstehen und sich wärmer anziehen.

Sobald sie das Bett verlassen hatte, meldete sich ihre Blase, also rannte sie den Flur entlang, als hätte sie das immer schon so gemacht und als sei es für sie ganz normal. Der eiskalte Toilettensitz war eine Herausforderung. Deshalb konzentrierte sie sich auf jedes Geräusch und vernahm tatsächlich in weiter Ferne Fetzen von Musik. Wahrscheinlich waren die beiden immer noch im Chinesischen Salon. Mirren setzte ein gequältes Lächeln auf, während sie sich mit eisigem Wasser die Hände wusch. Theo würde sich niemals ändern. Und sie wollte ihn ja auch nicht, sie hatte einfach nur … Sie war bloß … Okay, in diesem riesigen, hallenden, leeren Schloss mitten im Winter konnte sie es sich ja ruhig eingestehen: Sie fühlte sich so, so einsam.

Als sie den Rückweg antrat, hatten sich ihre Augen an die Dunkelheit gewöhnt. Da es nicht mehr schneite, fiel durch das Fenster am anderen Ende des Flurs das Licht des Vollmonds herein, wie sie von hier aus sehen konnte. Gelegentlich knarzte und ächzte irgendwo etwas, wovor Mirren aber keine Angst mehr hatte. Sie war traurig, war wütend auf sich selbst, Angst hatte sie aber keine mehr.

Zurück in ihrem Zimmer wärmte sie sich einen Moment dankbar vor dem Kamin, bevor sie dann eine Schublade des Schrankes aufzog und noch zusätzlich einen Pullover und Strümpfe anzog. Normalerweise hätte sie die Vorstellung, zurückgelassene Strümpfe einer fremden Person anzuziehen, oder einer, die womöglich tot war, eher eklig gefunden. Das war ihr inzwischen aber egal.

Dann legte sich Mirren eine der Decken vom Bett um die Schultern und ging zum Fenster hinüber, um den absurd schönen Mond zu betrachten. Von dem hätte sie gern ein Foto gemacht. Natürlich hätte das dann genauso doof ausgesehen wie alle Mondfotos, aber der Anblick war schon unglaublich. Das Meer lag reglos wie ein See da, und über die ungewöhnlich glatte Oberfläche führte eine silberfarbene Straße. Mirren betrachtete sie und dachte an alte Geschichten über Wesen aus anderen Welten, die an den Strahlen des Mondes herunterkletterten. Aber dann musste sie sich eingestehen, dass sie sich damit nur selbst ins Gruseln versetzte.

Draußen war es so hell, dass sie direkt unter sich die zerklüftete Steilwand sehen konnte, das Glitzern des Mondlichts auf dem Schnee. Alle Tiere schienen sich an einen gemütlichen, sicheren Ort zurückgezogen zu haben, in Löchern und Höhlen zu überwintern, sich unter Blättern zu verbergen oder in den wärmeren Süden verschwunden zu sein.

Vielleicht war irgendwo ein Dachs unterwegs, der im dunklen Winterwald herumschnüffelte, oder ein dürrer Fuchs, der in der Kälte bibberte.

Aber hier, an der Spitze der Welt, sah Mirren nur graue Schatten unten in der Tiefe auf den Felsen, die vielleicht Seehunde waren oder vielleicht auch gar nichts.

Es handelte sich um ein geheimnisvolles Reich voller Magie, und durch diesen Gedanken fühlte sich Mirren mit einem Mal besser. Das da draußen war so viel größer als ihre eigenen Sorgen. Hier in Forres Castle war Mirren so weit weg von ihren kleinen Londoner Alltagssorgen. Der riesige, unnahbare Sternenhimmel da oben relativierte die Dinge, und es gab nun wirklich schlimmere Orte, an denen sie jetzt hätte sein können.

Mirren warf einen Blick zur Tür hinüber und dachte an Jamie.

Als sie auf dem Fußboden nebeneinandergelegen hatten, er seine langen Beine ausgestreckt hatte und es sich Roger wie als Protest gegen das Konzept des Arbeitshundes auf seiner Brust gemütlich gemacht hatte, war der besorgte Ausdruck auf Jamies Gesicht verschwunden, als wäre die Sonne durch Wolken gebrochen.

Ach, das wäre sowieso keine gute Idee gewesen, sagte sie sich schließlich. Sie gehörte ja dem niedrigen Stand an, wie eine Verkäuferin oder ein Hausmädchen. Also, allein die Vorstellung von Laird Jamie McKinnon of Forres Castle zusammen mit Mirren Sutherland aus London – die war doch albern und absurd! Und sie hatte keine Ahnung, wo er in diesem Schloss eigentlich schlief. Wahrscheinlich auf der entgegengesetzten Seite, oder vielleicht lag er gerade vielmehr bei Bonnie im Bett. Sie selbst und er waren jedenfalls meilenweit voneinander entfernt. Meilenweit.

Jamie stand draußen vor Mirrens Tür und verfluchte wieder einmal seine Feigheit. Ach, das war doch alles albern, aber er hatte die Unterhaltung mit ihr wirklich genossen … Es war total unkompliziert, mit ihr zu reden. Bei ihr konnte er sich so geben, wie er war, brauchte nicht so zu tun, als würde er sich fürs Fischen und Jagen interessieren oder für Pferde oder Geld oder den Londoner Finanzdistrikt oder dafür, was Lady Dingsbums so trieb, für die Kapitalgewinnsteuer oder für die perfekte Aufbewahrung von Wein … Das waren bei seinen sonstigen Bekannten die üblichen Themen und auch bei den Frauen, die Interesse an ihm zeigten. Leider bemühten sie sich nur so lange um ihn, bis sie ihn gut genug kannten, um ihn mal in Forres zu besuchen und zu realisieren, dass weder sein Schloss noch er selbst ihren Erwartungen entsprach. Er hatte nichts mit den romantischen Adeligen aus Romanen zu tun. Vielmehr war er ein etwas verkorkster Bücherliebhaber, der oft die negative Seite der Dinge sah.

Aber mit Mirren … mit ihr konnte er über Bücher reden und über Rätsel und echte Dinge. Alles war ganz locker, sie munterte ihn immer auf, und es machte einfach Spaß, mit ihr Zeit zu verbringen. Und als er sie heute plötzlich in dem großen Bett überrascht hatte, wo sie sich unter die Decke gekuschelt hatte … Man musste schon sagen, dass es zwar kalt gewesen war, so kalt dann aber auch wieder nicht. Ihm war jedenfalls ein Stromstoß durch die Glieder gefahren, als er sie gefunden hatte, so in ihre Lektüre vertieft, dass sie ihn nicht einmal gehört hatte.

Typen wie Theo war er hingegen schon tausendmal begegnet, und er fand ihn wirklich nicht gut genug für sie. Und ihre Reaktion auf ihn … hatte doch Anlass zu Hoffnung gegeben, oder nicht? Wie sie Theo angefunkelt und empört protestiert hatte!

Jamie fragte sich, ob er sich lächerlich machte, wenn er glaubte, dass da zwischen ihnen etwas war. Roger war da zu beneiden. Der Hund hatte einfach direkt beschlossen, dass er Mirren mochte, und sich vor dem Kamin zu ihr gesellt.

Selbst wusste Jamie nicht einmal, was er hier auf dem Flur zu suchen hatte. Er empfand einfach das dringende Bedürfnis, ihr nahe zu sein und weiter mit ihr zu reden. Als er die Hand auf die Tür zubewegte, dachte er jedoch plötzlich, wie albern diese Idee war. Womöglich leistete ihr längst Theo Gesellschaft, wobei die Musik von unten etwas anderes vermuten ließ. O Gott, was würde er da wohl mit Esme anstellen? Aber besser mit ihr als mit Mirren, fand Jamie. Und wenigstens würde er dann Bonnie in Ruhe lassen.

Dennoch, was er hier vorhatte, war völlig unangemessen. Wahrscheinlich schlief sie längst tief und fest und würde ihn für einen Eindringling halten. Er benahm sich ja auch wie einer.

Mit einem Kloß im Hals starrte Jamie Mirrens Zimmertür ein letztes Mal lange an, bevor er sich abwandte und mit leisen Schritten entfernte. Er konnte ja nicht ahnen, dass auf der anderen Seite der Tür jemand stand und sie ebenso verzweifelt und sehnsüchtig anstarrte.

# Kapitel 37

Trotz ihrer Traurigkeit hatte Mirren ordentlich Kohldampf, als sie am nächsten Morgen zum Frühstück zusammenkamen. Am Tisch war mehr als eine leicht beschämte Miene zu sehen.

Esme und Theo hatten sich zu unterschiedlichen Zeiten in die düstere Küche hereingeschoben. Theo wirkte wie gerädert, während Esme ganz fantastisch aussah, als würde sie durch die Erschöpfung, die man ihr anmerkte, nur noch sexyer.

Dass sie demonstrativ nicht zusammen gekommen waren, ließ Mirren ganz stark vermuten, dass da zwischen ihnen was gelaufen war.

Denn Theo schien es sich ja nie verkneifen zu können, es wenigstens zu versuchen.

Auch Jamie war bereits wach, marschierte auf und ab, warf immer mal wieder einen Blick auf das Gedicht und wartete darauf, dass die Sonne aufging. Alle schienen ganz vergessen zu haben, was heute für ein Tag war, bis Bonnie frisch wie der junge Morgen hereinschneite und alle anlächelte. »Heute ist Heiligabend!«, rief sie und ging zu einem Transistorradio auf einer Anrichte hinüber.

Theo stöhnte. »Stellst du jetzt etwa eine Sondersendung an, die von einer Zombieinvasion im Rest der Welt berichtet?«, fragte er.

Stattdessen ertönte allerdings ein Weihnachtslied, als sie das Radio einschaltete. Es waren die jungen Chorknaben des King's College, deren liebliche, glockenhellen Stimmen *Nun jauchzet dem Herren, alle Welt* sangen.

Theo vergrub das Gesicht in den Hände. »Aahh!«, jammerte er.

Mirren versuchte sich an einem Lächeln. »Willst du uns auf diesem Wege sagen, dass wir auch heute das Anwesen nicht verlassen werden?«

»Ich fürchte nicht«, bestätigte Bonnie. »Bei den Zuständen auf den Straßen kommt ihr hier nicht weg. Außer, ihr kennt vielleicht jemanden mit einem Hubschrauber.«

»Hey, da kenne ich jemanden!«, rief Esme plötzlich. »Ach, nein, Moment, ich hab ja mit seiner Schwester geschlafen.«

»Und damit hatte er ein Problem?«, fragte Theo neugierig.

»Allerdings. Mich hat's auch gewundert.«

»Das wird schon ein seltsames Weihnachten«, sagte Mirren.

»Ohne Weihnachtsstrümpfe«, seufzte Bonnie.

»Ohne Geschenke unter dem Baum«, sagte Mirren.

»Ohne eine Mutter, die schon beim Mittagessen betrunken ist«, fügte Jamie hinzu. »Man muss auch für kleine Dinge dankbar sein.«

»Ohne eine Mutter, die die Bratensoße auf den Teppich gießt, weil jemand gesagt hat, dass da Klumpen drin sind«, nickte Mirren.

»Ohne in die Kirche zu müssen!«, rief Theo aus. »So langsam erwärme ich mich für die Sache. Wo wäre eigentlich die nächste?«

»Oh, wir haben hier …«

»… eure eigene Kapelle. Ja, natürlich.«

»Aber der Zugang ist gerade vermutlich eher schwierig.«

»Und wir haben auch keinen Geistlichen mehr«, fügte Esme hinzu, »da der letzte Sachen angestellt hat, die Geistliche eigentlich nicht machen sollen.«

»Ich glaube, heutzutage geht man fast schon davon aus«, murmelte Jamie. »Oh, Bonnie, ist das etwa Speck?«

Bonnie nahm von einem großen Silberbehälter den nicht dazu passenden Deckel ab.

»Mein Gott, ich liebe dich!«, stöhnte Esme. »Sag mal, solltest du nicht eigentlich vegetarisch essen?«, sagte sie dann zu ihrem Bruder. »Du bist doch so tierlieb.«

»Ja«, bestätigte Jamie. »Aber ich hab kein Problem mit Biofleisch aus artgerechter Haltung.«

»So, so.«

Bonnie zog sich lieber schnell zurück. »Ich hab noch einiges zu tun.«

»Eigentlich bräuchte ich dazu ein Katerbier«, sagte Esme. »Und es ist ja auch Heiligabend. Da darf man doch zum Frühstück mit Schampus anstoßen, oder nicht?«

Weil niemand reagierte, kümmerte sich Esme am Ende selbst darum. Sie gab für jeden ein bisschen Orangensaft in ein Glas, füllte sie mit Champagner auf und reichte sie herum.

Theo starrte das Getränk an, als versuche er herauszufinden, ob es helfen oder die Dinge nur noch schlimmer machen würde. Dann entschied er offensichtlich, es auf einen Versuch ankommen zu lassen, und leerte sein Glas auf Ex.

»Okay!«, rief Esme aus. »Das ist schon besser.« Sie schaute zu Jamie hinüber, der immer noch ungeduldig darauf wartete, dass es endlich hell wurde. »Versprich mir doch bitte, dass wir heute endlich den Schatz finden!«

»Wollen wir es hoffen«, sagte Jamie und umklammerte die von Mirren geschriebene Kopie des Gedichtes wie etwas sehr Wertvolles. »Wenn wir mit dem Labyrinth richtigliegen.«

»Was soll es denn sonst bedeuten?«

»Was auch immer!«, sagte Jamie. »Das könnten auch Zahlen einer alten Rechnung von der Reinigung sein.«

»Ach, sag doch so etwas nicht.«

Das köstliche Aroma des Specks waberte durch den Raum, als Theo sich damit ein Sandwich zubereitete und es nachdenklich betrachtete, während Esme die Gläser aller nachfüllte.

»Das nennt man wohl eine Rosskur«, murmelte Theo und leerte seins wieder sofort.

Mirren ging zu Jamie am Fenster hinüber. Als sie hinausstarrte, erschien in der Dämmerung wieder der Hirsch, der mit dem hocherhobenen Geweih selbst wie ein Teil des wilden Waldes aussah.

Mirren bemerkte, dass Jamie ein wenig den Kopf neigte, beinahe so, als würde er dem Tier seinen Respekt erweisen – und das hatte nichts Schwaches oder Albernes an sich, sondern wirkte der Situation völlig angemessen.

»Das wird heute wohl wunderschön«, bemerkte Mirren. Dann war sie selbst davon überrascht, dass sie so etwas über einen Tag sagte, an dem es so kalt war, dass am Fenster Eisblumen wuchsen. Aber sie meinte es ernst. »Frohe Weihnachten!«

Als er sich zu ihr drehte, stand in seinen Augen wieder dieser traurige Ausdruck. »Ja«, murmelte er.

»Ich glaube, das wird unser Tag«, sagte Mirren und versuchte, sich optimistisch zu geben. »Guck doch nur nach da draußen.«

Inzwischen erreichten erste goldene Strahlen den Boden, und der festgefrorene Schnee, der sicher unter den Füßen knirschen würde, glitzerte wie Diamanten.

»Eine ganz neue Welt«, sagte sie, immer noch so leise, als wollte sie ein scheues Tier nicht verschrecken. »Das ist doch das Versprechen des Weihnachtsfestes, oder? Egal, woran man auch glaubt. Ein Kind wird geboren, die ganze Welt ist glänzend und neu, das nächste Jahr bricht bald an. Es ist immer das Gleiche und doch immer wieder neu.«

Jamie nickte.

Auf der weißen Rasenfläche waren die Schatten der Bäume unglaublich lang.

»Meinem Großvater ist es nie gelungen, irgendetwas Neues zu erschaffen.«

»Du bist aber nicht er«, sagte Mirren. »Du bist ein ganz anderer Mensch, Jamie.«

Er lächelte kläglich. »Allerdings trage ich den gleichen Namen.«

»Das macht doch nichts«, versicherte Mirren. »Und an Weihnachten ist alles Alte neu.«

Er schaute sie an. »Hast du schon ein Buch als Geschenk für mich ausgesucht?«

Sie lächelte. »Ja.«

»Dann mal her damit, ich will mein Geschenk sehen! Darf ich es heute schon haben? Wir können es ja wie in Europa machen.«

Weil er endlich mal wieder lächelte, verschwand Mirren kurz und kehrte mit dem Kissenbezug zurück, den sie mit Büchern gefüllt hatte, als sie letzte Nacht nicht hatte schlafen können. Sie zog das Buch für Jamie hervor.

Er strahlte, als er es sah. »Das hab ich ja seit Jahren nicht gelesen!« Er schlug die erste Seite auf: »In einer Höhle in der Erde, da lebte ein Hobbit …« Er lächelte. »Ich liebe dieses Buch.«

»Gut«, sagte Mirren.

»Moment mal«, warf Esme ein. »Bist du etwa letzte Nacht aufgestanden und hast noch mehr Bücher durchgeguckt?«

Mirren schaute sie an. »Ihr habt ja keine Ahnung, wie glücklich ihr euch schätzen könnt. Dieses Schloss ist die reinste Schatzhöhle. Das hier hab ich in der Südbibliothek gefunden. Der Mond hat so hell geschienen, und ich konnte nicht schlafen, unter anderem, weil mir der Magen geknurrt hat.«

Wenigstens hatten Theo und Esme so viel Anstand, beschämt auszusehen. Mirren erwähnte nicht, dass sie insgeheim gehofft hatte, vielleicht Jamie über den Weg zu laufen, der womöglich auch nachts durch die Gänge gewandelt war. Das war leider nicht passiert. Jetzt reichte sie Esme ein Buch.

»›*Das Tal der Puppen*‹«, las Esme. »›Der Skandalroman, an den sich viele Verleger nicht rangetraut haben.‹ Oh, das klingt, als wäre das ganz mein Ding! Obwohl ich ja eigentlich nicht viel lese.«

»Dieses Buch wird dir aber gefallen.«

»Was ist denn mit dem anderen, das so sexy ist?«, fragte Jamie.

»Pscht, das behalte ich für mich selbst«, zischte Mirren ihm zu, und Jamie zeigte ein kleines Lächeln.

Theo wedelte abwehrend mit der Hand, als er sah, was sie für ihn ausgesucht hatte. Das zweite Glas Champagner hatte sich nicht gut mit dem ersten vertragen, und er war nicht in der Stimmung für höfliches Geplauder. »*A Rake's Diary*?«, murmelte er. »Tagebuch eines Wüstlings? Das ist jetzt aber ein bisschen hart.«

»Ganz im Gegenteil«, versetzte Mirren streng. »Wenn du damals gelebt hättest, hättest du ziemlich viel Unheil anrichten können.«

»Ich weiß nicht, ob ich das als Kompliment auffassen soll oder nicht«, sagte er und blätterte durch das Buch, das ganzseitige Illustrationen hatte.

»Definitiv nicht«, stellte Mirren klar.

Jamie schaute sie an und fragte sich, wie er das interpretieren sollte.

»Bonnie?«, sagt Mirren jetzt.

Gerade stellte Bonnie dampfende Teller mit Blutwurst, Haggis und Rührei auf den Tisch.

Esme bekam ganz große Augen, während Theo eher grün um die Nase wurde.

Bonnie schaute zu Mirren hinüber.

»Es ist nur eine Kleinigkeit«, sagte die.

»Die dir nicht einmal gehört«, warf Esme ein.

»Dessen bin ich mir bewusst«, stellte Mirren klar. »Aber ich dachte, wir könnten die Bücher vielleicht lesen, solange wir hier sind.«

Der Roman, den sie für Bonnie ausgesucht hatte, hieß *Im Hause Longbourn*.

»Hoffentlich findest du das nicht unpassend«, sagte Mirren. »Wenn du jetzt sauer bist, dann tut es mir echt leid. Ich arbeite ja auch nur hier.«

Bonnie drehte das Buch um. Es handelte sich um eine Version von *Stolz und Vorurteil* aus der Sicht der Dienstboten.

Mirren schaute sie angespannt an, weil sie befürchtete, Bonnie vielleicht brüskiert zu haben.

Deren Gesichtsausdruck wurde aber sofort sanfter. »Danke«, sagte sie und schaute Mirren direkt in die Augen.

Der kam es so vor, als würde Bonnie sie zum ersten Mal wirklich sehen. »Vielen Dank. Ja, ich denke … das werde ich lesen.«

»Fühl dich nicht dazu verpflichtet.«

»Doch, vielen Dank.« Bonnie presste sich das Buch an die Brust.

»Na los«, sagte jetzt Jamie. »Seht zu, dass ihr fertig werdet. Die Sonne ist endlich aufgegangen, oder zumindest fast.«

»Wie lange braucht man denn bis zum Labyrinth?«, fragte Theo. »Wenn es eine längere Strecke ist, dann sollte vielleicht einer von uns hierbleiben, um, na ja, die Stellung zu halten.«

Alle starrten ihn an.

»Die frische Luft wird dir guttun«, versetzte Mirren ohne jedes Mitleid.

Esme seufzte. »Es ist auf der anderen Seite des Sees.«

»Warum muss hier alles so weit weg sein?«, stöhnte Theo. »Unser Garten in London ist einfach nur ein Rechteck. Da ist alles an einem Fleck.«

Ihre Mutter hatte in der Vorstadt nur ein Gärtchen von der Größe eines Taschentuchs, daher sagte Mirren dazu mal nichts. »Uns ein bisschen die Beine zu vertreten, ist eine gute Idee«, bemerkte sie stattdessen. »Das wird unser Weihnachtsspaziergang nach dem ausgiebigen Frühstück.«

Sie langten noch einmal ordentlich zu und füllten auch mehrmals wieder ihre Teetassen.

Am Ende war sogar Theo wieder halbwegs in Form.

»Weißt du, was wir jetzt brauchen?«, sagte Esme zu Jamie und machte eine Kopfbewegung in Richtung Stiefelkammer.

»Auf keinen Fall!«, protestierte Jamie. »Außerdem hast du's echt nicht drauf.«

»Das stimmt doch gar nicht!«

»Und ob! Die Gärtner mussten dich immer stützen!«

»Ach, na ja«, sagte Esme. »Aber das war ja vor meinem Winter in …« Den Rest des Satzes murmelte sie nur, aber Mirren meinte »Sankt Petersburg« verstanden zu haben.

»Worüber redet ihr da?«, fragte Mirren.

»Du wirst schon sehen.«

»Aber wir gehen auf Nummer sicher, okay?«, sagte Jamie, der schon wieder eine kleine Falte zwischen den Augenbrauen hatte.

»Wenn an den Fenstern Eisblumen wachsen, dann passt das schon, das weißt du doch«, sagte Esme. »Alte Mimose, na komm, los geht's!« Sie sprang auf, gefolgt von einem stöhnenden Theo.

# Kapitel 38

Als Jamie dick eingemummelt die Tür der Stiefelkammer öffnete, die auf die Kieseinfahrt hinausging, lief Roger als Erster nach draußen.

Esme blickte kurz zum Himmel hoch, dann zu ihrem eingeschneiten und jetzt zugefrorenen Auto hinüber und seufzte.

Jamie setzte sich einen schweren Rucksack auf und stampfte nach draußen. Heute hatte er keine Schneeschuhe an, nur schwere Stiefel. »Eigentlich bräuchten wir eher Steigeisen«, sagte er.

Statt durch hüfthohen Schnee zu waten, lief man heute über die Eisschicht darauf, was tausendmal einfacher war. Und das Knirschen unter den Stiefeln war überraschend angenehm.

Was heute alles verwandelte, war die Sonne am Himmel, die so sehr strahlte, dass sie sie blendete. Als Theo die Hand in seine Umhängetasche schob und eine Sonnenbrille hervorzog, mussten die Frauen lachen.

In dem Moment ertönte plötzlich etwas in weiter Ferne.

»Pscht, seid mal leise!«

Man hörte es nur ganz schwach, und es kam nicht von der Kapelle des Anwesens. Aber da erklangen irgendwo Glocken, und der Tag war so still, dass ihr Läuten über das ganze Tal bis zu ihnen getragen wurde.

»Manche Leute haben es also durchaus bis zur Kirche geschafft«, bemerkte Esme.

»Jetzt mach mir mal kein schlechtes Gewissen«, maulte Theo.

»Nein, damit wollte ich nur sagen, dass einige Straßen passierbar sein müssen! Der Waldweg bis hier wahrscheinlich nicht, aber für andere Leute da draußen sieht es wohl besser aus.«

»Und das sind richtige Glocken?«, fragte Mirren. »Nicht nur eine Aufnahme davon?«

»Eine Aufnahme?«, schniefte Esme, als hätte sie noch nie so etwas Absurdes gehört.

Jamie hatte dazu etwas Optimistischeres zu sagen: »Na, wenn es eine Aufnahme wäre, dann würde es bedeuten, dass bei denen der Strom nicht ausgefallen ist. Das wäre doch gut.«

Es war wirklich schön, in dieser knisternden weißen Welt vom fernen Echo des Läutens begleitet zu werden, als sie mit knirschenden Schritten die Schneefläche überquerten.

So weit in Richtung Norden waren Mirren und Theo auf dem Anwesen noch nicht gelaufen. Mirren drehte sich kurz zum Haus um und versuchte, sich seinen Anblick inmitten von Schnee und Sonnenlicht ins Gedächtnis einzubrennen, falls sie nie wieder hierherkommen würde … Ach, natürlich würde sie nie wieder hierherkommen, sagte sie sich dann. Warum sollte sie? Sie konnte sich doch glücklich schätzen, dass sie überhaupt je hier gewesen war und das hatte sehen dürfen.

Und dass sie … ihn hatte kennenlernen dürfen. Sie schaute zu Jamie hinüber, der souverän voranmarschierte und auf diesem schwierigen Gelände offensichtlich ganz in seinem Element war.

Sie liefen einen Pfad entlang, auf dem der Schnee beinahe so hoch lag wie die ihn einrahmenden Mäuerchen.

In London fielen höchstens mal dünne, nasse Flocken und auch erst ab März. Oft schneite es gar nicht. Hier hingegen gab es eine richtige Schneedecke, die sich jetzt zu einer Eisplatte verwandelt hatte. Und der Schnee war nicht durch Lkw oder die Füße der Passanten in grauen Matsch verwandelt worden. Er war makellos weiß und zeigte nur hier und da Spuren von Tieren. Bei Roger, der hinter ihnen herlief, machten die Krallen auf dem Eis ein kratzendes Geräusch.

Mirren fand es schön, mal aus dem düsteren Schloss herausgekommen zu sein, und genoss die Sonne auf den Wangen. Die einzigen Laute waren das Knirschen der gefrorenen Schneeoberfläche, Rogers klackernde Krallen und das Kichern von Esme und Theo hinter ihnen.

»Also, sind wir langsam beim Labyrinth?«, fragte Mirren.

»Noch nicht«, sagte Jamie, lächelte und setzte seinen Rucksack ab. »Was da vor uns liegt, ist ein Schwimmteich. Den muss man umrunden, um das Labyrinth zu erreichen.«

»Okay«, sagte Mirren und kniff die Augen zusammen. Nun erkannte sie, dass sie einen nicht besonders großen See vor sich hatten, dessen Oberfläche sich in eine dicke Eisschicht verwandelt zu haben schien.

Jetzt schob Jamie die Hand in den Rucksack und zog einen Gegenstand aus Metall heraus, der für Mirren wie eine Waffe aussah.

»Was ist das denn?«

Er reichte ihr das Ding und gleich noch ein zweites hinterher. Es waren Schlittschuhe, aber welche, bei denen die

Kufen aus Metall an einem simplen Rahmen aus Holz befestigt waren, den man sich unter die Schuhe schnallte.

»O mein Gott«, stöhnte Mirren. »Soll das ein Witz sein? Die schicken uns doch in den sicheren Tod!«

»Nein, keine Sorge«, beruhigte Jamie sie. »Man muss sich nur erst einmal daran gewöhnen, und man fährt damit auch nicht so schnell wie mit modernen Schlittschuhen. Aber schnell brauchen wir ja auch nicht zu sein.«

»Bist du verrückt?«, rief Mirren aus. »Willst du wirklich …? Nein! Ich hab doch *Betty und ihre Schwestern* gelesen. Jetzt sei mal nicht dumm!«

»Aber das war doch ein Fluss!«, wandte Jamie ein, »während wir es hier mit einem kleinen Teich zu tun haben. Glaub mir, das ist etwas ganz anderes.«

Als wollte er das noch bekräftigen, rannte jetzt Roger auf die Eisfläche.

»Nein!«, rief Mirren. »Roger, komm zurück! Hierher, mein Süßer!«

Roger wedelte heftig mit dem Schwanz, als wollte er sagen: »Es freut mich ja, dass du meinen Namen erwähnst, aber hier ist alles klar.« Im selben Moment rutschte bei ihm wie bei Bambi eins der Hinterbeine weg, er bekam einen drolligen Gesichtsausdruck und krabbelte lieber zum sicheren Ufer mit vom Frost gezierten Sträuchern zurück.

»Okay, ich bleibe bei meinem Nein«, versetzte Mirren.

Jamie hatte sich auf einen Stein gesetzt und schnallte sich bereits Schlittschuhe unter. »Na, komm schon«, sagte er. Als zusätzlichen Beweis warf er einen Stein mitten auf die Eisfläche. Der prallte davon ab, als hätte man ihn gegen eine Wand geschleudert. »Ich mache das schon mein Leben lang.«

»Und ich bin selbst auf dem Eisplatz im Somerset House

eine Niete, obwohl man sich da an so einer Pinguinfigur festhalten kann.«

»Also hast du zumindest Übung«, sagte Jamie.

Jetzt kam Esme herbei und zog ihre Schlittschuhe aus seinem Rucksack – richtige professionelle Eiskunstlaufschlittschuhe.

Ihre herablassende Haltung entging Mirren natürlich nicht. Esme machte sich nicht einmal die Mühe, irgendwen überreden zu wollen. Ob Mirren mitkam oder nicht, war ihr eindeutig schnuppe.

Und Theo orientierte sich natürlich in jeder Situation des Lebens an den schicksten und reichsten Leuten, daher schnallte er sich bereits ein Paar der alten Dinger unter.

»O Himmel!«, schnaubte Mirren wütend. »Weißt du noch, wie Eltern früher gern gefragt haben, ob man auch von einer Brücke springen würde, nur weil alle Freunde das machen? Allerdings geht es hier nicht um eine Brücke, sondern um den qualvollen Tod durch Ertrinken in einem Eisloch, weil der Chef uns dazu gezwungen hat, uns hundert Jahre alte Schlittschuhe unterzuschnallen.«

»Der Chef?«, fragte Jamie.

Esme und Theo staksten bereits knirschend auf das Eis zu, wobei Theo ganz schön blass um die Nase war. Mirren fragte sich, ob er sich wohl gleich übergeben würde. Sie schaute Jamie an. »Na, streng genommen bist du das doch«, sagte sie.

»Hm«, machte er.

Wieder einmal war ihr überdeutlich bewusst, dass sie absolut keine Ahnung hatte, wie die Dinge zwischen ihnen standen. War da was, oder war alles nur Einbildung?

Sie zog die Handschuhe aus, versuchte, mit kalten Fingern einen Schlittschuh unterzuschnallen, und hätte sich dabei beinahe auf die Nase gelegt.

»Komm, setz dich hierher«, forderte er sie auf. »Das ist ein wirklich bequemer … äh … Stein.«

Als sie sich darauf niederließ, kniete sich Jamie vor sie und begann, ihr die Schlittschuhe stramm unter die Stiefel zu schnallen, damit alles sicher sein würde.

Es hatte etwas seltsam Vertrautes an sich, wie er da zu ihren Füßen hockte. Sie blickte hinab auf sein rotblondes Haar, das ihm bis über die Augen fiel, und dachte: Wie würde es sich wohl anfühlen? Wenn er sich jetzt vorbeugen … und ihr Fußgelenk küssen würde … In ihrer Fantasie waren ihre Füße natürlich nackt, perfekt pedikürt und von der Sonne gebräunt … und dann würde er sich langsam nach oben vorarbeiten, Kuss um Kuss, sie dabei mit durchdringendem Blick anschauen, ihr sein Lächeln schenken, das ihr durch Mark und Bein ging. Mirrens Wangen begannen zu brennen, und mit einem Mal wünschte sie sich nichts sehnlicher. Sie wollte sich in seinen Armen verlieren, sich an seinen Körper pressen, die Beine um seinen langen, schlanken Oberkörper schlingen …

»Ist was?«

»Hm?«, schreckte sie auf, als er sie tatsächlich mit seinen nussbraunen Augen fixierte. Darin entdeckte sie grüne Sprenkel.

»Du sahst aus, als wärst du meilenweit weg.«

»Nein, nichts!« Plötzlich sauste Roger herbei, leckte ihr die Hand, und Mirren brach aus Gründen, die Jamie nicht verstand, in lautes Gelächter aus. »Ja, ich war wirklich … meilenweit weg. Egal.«

Ihre Wangen leuchteten rot, und er musterte sie einen Moment neugierig, bevor er sich vor ihr aufrichtete, wodurch die Sonne sie nicht mehr blendete.

»Bist du bereit?« Er hielt ihr die Hand hin.

Mirren schaute zu ihm hoch, atmete einmal tief durch und griff danach. »Bereit, in den Tod zu gehen? Immer doch!«

Auf dem Teich zog Esme bereits ihre Kreise, und Mirren hielt einen Moment inne, um sie zu beobachten. Mit ihrer in teure Skikleidung gehüllten schlanken Gestalt sah sie total schick aus, ganz anders als Mirren, die eher so wirkte, als hätte sie ihre komplette Reisegarderobe angezogen, um die strengen Gepäckregeln einer Billigfluglinie zu umgehen.

Esme war eine tolle Schlittschuhläuferin, die sich drehen und rückwärtslaufen konnte, sodass Mirren bei ihrem Anblick ein bisschen neidisch wurde.

Theo hingegen hatte offensichtlich keine Ahnung und stakste unsicher am Rand des Teiches herum. Es gab einen Steg, von dem man im Sommer offensichtlich ins Wasser springen und tauchen konnte. An dem hielt er sich fest und stolperte voran. Er war auch immer noch furchtbar bleich.

Mirren lauschte, es gab aber kein unheilvolles Knacksen oder Ächzen. »Das Eis wird also halten?«

Esme hatte sie gehört und verdrehte die Augen. Sie blieb mitten auf dem Teich stehen und stampfte einmal heftig mit ihren Schlittschuhen. »Na los, du Stadtkind! Es ist völlig sicher.«

Schwankend schlitterte Mirren los, verlor die Balance und streckte die Arme aus.

Problemlos packte Jamie sie und schob sich ihre Hand in den linken Ellbogen. »Na komm«, sagte er und zog sie mit zum Steg.

Das Eis unter ihnen war dick und fest, und es lagen hier und da ein paar Zweige, die Esme aufhob.

»Okay«, sagte er. »Bereit?«

Mirren lächelte. »Mein eisiges Verderben«, murmelte sie und hielt sich fest, als Jamie mit ihr zusammen entschlossen auf die Mitte des Sees zuhielt.

Das Eis war hier anders als auf einer Schlittschuhbahn. Es gab an vielen Stellen kleine Buckel, wo sich Wasser und Schnee auf der Oberfläche gesammelt hatten und ebenfalls gefroren waren.

Aber die klobigen, so gar nicht aerodynamischen alten Schlittschuhe waren robust und dafür gemacht, über Unebenheiten hinwegzufahren. Das klappte erstaunlich gut.

Was Mirren allerdings wirklich überraschte, war Jamie. Die beiden entfernten sich von Esmes Pirouetten und von Theo, der sich immer noch lustlos am Steg festhielt. In der Mitte des Sees, die sie jetzt erreichten, war das Eis am glattesten, und dort begann Jamie, mit Mirren weite Kreise zu ziehen. Was für ein Gegensatz: Im Inneren des Schlosses wirkte er so nervös, während er sich hier ganz selbstbewusst und ungezwungen bewegte. Er war schnell, und die atemlose Mirren musste sich ganz schön ranhalten, um nicht abgehängt zu werden. Aber sie stellte zu ihrer eigenen Verblüffung fest, dass sie tatsächlich hinterherkam, nachdem sie endlich damit aufgehört hatte, sich über die Tragfähigkeit des Eises Sorgen zu machen oder darüber, ob sie sich gleich den Knöchel verdrehen würde, und sich schlicht auf die Sache einließ. Als sie sich an seinem Arm entspannte, wurden sie immer schneller, und er schickte sie von einer Hand zur anderen, einfach aus Spaß. Mirren schaute mit leuchtenden Wangen zum blauen Himmel hinauf, sah ihren Atem frieren und ertappte sich selbst dabei, wie sie lauthals lachte. Was für ein Gefühl sie da erfüllte, war ihr zunächst gar nicht klar, bis sie es schließlich begriff: Es war Freude.

An diesem zauberhaft sonnigen, eisigen Tag war sie hier an Heiligabend weit weg von zu Hause, konnte alles andere in ihrem Leben mal vergessen und bei dieser wunderbaren Tätigkeit einfach den Moment genießen, ohne einen Gedanken an ihr Handy oder Fotos oder ihre Familie oder irgendwelche Sorgen. Sie umklammerte einfach nur die Hand, in der die ihre lag, und fühlte sich wohl. Mirren hörte die Kufen über den harten, gefrorenen See schaben – *Erde lag wie Eisen*, dachte sie, *Wasser wie Gestein*. Sie spürte die Kälte auf den Wangen und die von Lachen erfüllte frische Luft in den Lungen, als Jamie sie unter seinem erhobenen Arm hindurchfahren ließ. Ihr gelang das Kunststück, sie kam sicher auf der anderen Seite an und drehte sich zu ihm um. Auge in Auge fuhren sie lachend weiter.

»Himmel, soll das etwa ein Walzer sein?«, durchbrach Esmes Stimme den Zauber.

Die beiden wurden langsamer und starrten einander mit rosigen Wangen atemlos an.

»O nein, auch das noch!«, rief Esme unvermittelt.

Mirren zuckte zusammen und drehte sich um. Sie war sicher, dass jetzt doch das Eis zu brechen begann. Aber das war es nicht. Stattdessen übergab sich Theo heftig würgend neben dem Steg, was diesem bezaubernden Moment ein Ende bereitete.

Auf der anderen Seite des kleinen Sees schnallten sie die Schlittschuhe wieder ab.

»Danke«, sagte Mirren, und das kam von Herzen. »Ich hatte einen Riesenspaß.«

»Vielleicht gleicht das ja ein bisschen aus, dass es außer den Büchern keine Geschenke gibt?«

»Die Bücher reichen doch. Außerdem war das für mich gerade auch ein Geschenk«, erwiderte Mirren ernst.

Er grinste. »Das sehen nicht alle so.«

Theo schien nach der Spuckerei umgehend wiederhergestellt zu sein und marschierte betont kraftvoll voran.

Die beiden legten einen Zahn zu, um ihn und Esme einzuholen.

Als sie an zwei niedrigen Nebengebäuden vorbeikamen, fragte Theo: »Was ist das denn?«

»Das sind Unterkünfte fürs Personal«, antwortete Esme. »Die stehen jetzt leer.«

Jamie schnalzte mit der Zunge. »Nein, in einem davon wohnt doch Bonnie.«

»Ach, klar«, sagte Esme.

»Wusstest du das etwa nicht?«, fragte Theo.

»Ich hab diese Häuschen noch nie betreten.«

»Ihr habt auf dem Gelände Gebäude, in die ihr noch nie einen Fuß gesetzt habt?«, wunderte sich Mirren.

Esme zuckte mit den Achseln. »Geht es mit der In-einem-Schloss-aufgewachsen-Geschichte jetzt wieder von vorne los?«

»Warst *du* denn schon mal da?«, fragte Mirren Jamie, obwohl sie nicht sicher war, ob sie die Antwort hören wollte.

»Ah, ja«, sagte er. »Als ich klein war. In dem größeren hat Bonnies Großmutter gelebt, Mrs Airdrie. Die war immer gut zu uns. Bonnies Mutter hat in Aberdeen gearbeitet – arbeitet da wohl immer noch –, daher hat eigentlich die alte Mrs Airdrie Bonnie großgezogen. Ihr Vater war Jagdführer und hat die Familie verlassen …« Er verzog das Gesicht. »Das kommt hier ja einigen sehr bekannt vor.«

»O ja«, sagte Mirren mit Nachdruck. »Ihr habt also früher zusammen gespielt?«

Er nickte. »Genau. Und Mrs Airdrie war auch eine tolle Bäckerin. Das hat Bonnie von ihr.«

Mirren runzelte die Stirn und marschierte mit knirschenden Schritten weiter. »Aber wann ist das Bonnie und dir denn klar geworden … Also, dass du das Haus erben wirst und sie darin arbeiten würde?«

Jamie grinste angesichts der Erinnerung.

Theo und Esme blieben zurück, weil Esme eine E-Zigarette hervorgekramt hatte, an der sie jetzt abwechselnd zogen.

»Oh, sie ist völlig ausgeflippt. Da war sie neun oder so. Ich sehe ihr Gesicht immer noch vor mir.«

»Was habt ihr denn gemacht? Und was haben die Leute dazu gesagt?«

»Ach, Mum hat sowieso nie verstanden, warum ich so viel Zeit mit Bonnie verbracht habe, aber ihr war das ziemlich egal. Und alle anderen sind davon ausgegangen, dass Bonnie irgendwann weggehen, vielleicht studieren würde, ich auch. Deshalb hat sich darum niemand groß Gedanken gemacht. Natürlich hat keiner gedacht, dass in der heutigen Zeit noch jemand aus der Familie bleiben und bei uns arbeiten würde, die Vorstellung war ja absurd. Mrs Airdrie war aber echt super, hat immer betont, dass ihr Häuschen ja ihr gehört hat, weil der alte Laird es ihr überschrieben hatte. Sie hat auch klargestellt, dass Bonnie natürlich studieren konnte, wenn sie wollte. Und dass wir McKinnons in einem lächerlichen, kalten riesigen Kasten gewohnt haben, während sie ein gemütliches kleines Häuschen mit großem Fernseher hatten, vor dem sie manchmal Instantnudeln gegessen haben.« Jamie lächelte verzagt. »Ich glaube, wir wussten beide, dass sie es besser getroffen hatte als ich. Ich hab so gut wie bei den beiden gewohnt.«

»Und was ist dann passiert?«

»Ich wurde aufs Internat geschickt«, erklärte Jamie. »Und danach … war alles anders.«

»Warum bleibt sie denn und arbeitet immer noch hier?«, erkundigte sich Mirren, die sich fragte, ob die Antwort vielleicht hier vor ihr stand.

»Ich weiß es wirklich nicht«, sagte Jamie auf eine Art, die Mirrens Herz zum Klopfen brachte. Entweder sagte er die Wahrheit – und dann waren die beiden nicht zusammen –, oder er war das größte Arschloch aller Zeiten. Und das glaubte sie eigentlich nicht. Allerdings hatte sie bei Theo ja auch falschgelegen. Sie war wohl keine sehr gute Menschenkennerin.

»Sie hat ihre Großmutter gepflegt, als sie unheilbar krank wurde, aber seit deren Tod hält sie eigentlich nichts mehr hier.«

»Ihr beiden steht euch sehr nahe, oder?«, wagte Mirren zu fragen.

»In unserer Kindheit war das so …«, antwortete Jamie, verstummte dann und schien dazu nicht mehr sagen zu wollen. Er schaute zu ihr hinüber. Einerseits wünschte Mirren, sie hätte auch ihre Sonnenbrille mitgebracht, weil die Strahlen auf dem vereisten Schnee furchtbar blendeten. Andererseits machte ihr Herz einen Satz, als Jamie sie ansah.

»Mit dir zu reden, ist so einfach und unkompliziert«, sagte er schüchtern.

»Na, na, übertreib es mal nicht mit den wilden Komplimenten«, neckte Mirren ihn, und er lächelte. »Vielleicht liebt sie ja einfach das Schloss«, sagte sie und blickte zum

Gebäude zurück, das an diesem frostigen Morgen in tausend Farben funkelte. »Das könnte ich gut verstehen.«

»Ja, vielleicht. Aber sie muss ja auch nicht nach Mitteln und Wegen suchen, die Reparatur des Daches zu bezahlen.« Jetzt war seine Stirn wieder gerunzelt.

Etwa zweihundert Meter nördlich vom Schwimmteich kamen sie an einem Tor vorbei, das zu ihrer Rechten raus zur Steilwand führte. Und ein Stück weiter lagen sie dann endlich vor ihnen, die sich windenden dunkelgrünen Hecken des Labyrinths mit ihrer weißen Haube.

# Kapitel 39

»Unglaublich«, hauchte Mirren.

Theo bemerkte allerdings besorgt: »Das sieht ja aus wie das aus *Shining*. Gott, mit Eiszapfen inklusive!«

»Wer hält das denn instand?« Esme schaute Jamie an. »Du etwa?«

»Nein … Okay, gut, ich komme schon manchmal mit der Heckenschere her.«

»Dann kennst du es also in- und auswendig?«

»Ich bearbeite nur die Außenseite«, sagte Jamie. »Drücken wir mal die Daumen, dass innen nicht alles zugewuchert ist.«

Am Himmel zogen Wolken auf, wodurch von Minute zu Minute die Temperatur sank. Und da sie auch nicht mehr fröhlich übers Eis sausten, wurde Mirren langsam kalt. Sie wünschte sich von ganzem Herzen, ihre Hand würde noch in der von Jamie liegen.

Der zog gerade versuchsweise am Tor zum Eingang des Labyrinths. Es bewegte sich nicht.

»Das ist abgesperrt?«

Die beiden McKinnons wirkten ein wenig verlegen.

»Schließ mal auf«, sagte Esme zu Jamie.

Er holte den großen klimpernden Ring hervor, den Mirren vorher schon mal gesehen hatte, aber keiner der Schlüssel daran würde für das Tor groß genug sein. »Das wird wohl nichts.«

Die Hecken rund um das Tor waren viel zu hoch, um darüberzuklettern. Mirren kam sich bereits wie der Prinz aus *Dornröschen* vor, der sich durch Ranken aus hundert Jahren vorankämpfen musste.

»Hm«, machte Esme. Sie rüttelte an dem verrosteten alten Tor. Es ächzte zwar, gab aber nicht nach.

»Es muss doch einen Weg ins Innere geben«, sagte Theo und fing an, seinen dünnen Körper gegen die Hecke zu pressen. »Irgendwo ist sicher ein möglicher Durchgang.«

Sie begannen, das Labyrinth zu umrunden. Seine rechteckige Form erinnerte Mirren an das Schloss, das mit seinen endlosen Fluren zwischen den vier Ecken ja auch der reinste Irrgarten war.

Als sie es zu zwei Dritteln umrundet hatten, verschwand Roger plötzlich in einer Hecke. Sie konnten ihn dahinter laut bellen hören.

»Ja, Roger«, rief Esme, »mach für uns das Tor auf!« Dann sagte sie: »Moment mal!«

»Wie ist er da reingekommen?« Jamie untersuchte die Stelle, bis er im unteren Bereich der Hecke eine Öffnung fand. »Ah«, machte er und schob sich hinein. »Ja, das klappt!«

»Warum habt ihr überhaupt ein Tor am Eingang?«, fragte Mirren, während Theo auf allen vieren begann, durch die Hecke zu krabbeln.

»Kotz jetzt bitte nicht wieder, Theo«, stichelte Esme. Dann sagte sie: »Oh, wir haben mal versucht, dafür Eintritt zu nehmen. Du kannst dir sicher vorstellen, wie begeistert die Leute aus der Umgebung waren.«

»Haben die deshalb einen alternativen Eingang angelegt?«

Esme lächelte. »Jamie versucht ja wirklich alles. Aber der

National Trust wollte Forres nicht und die Hotelgruppen auch nicht und das Militär auch nicht … Aber er probiert es weiter. Er will das Anwesen unbedingt retten. Deshalb seid ihr schließlich hier.« Esme blickte zum Schloss hinüber.

»Willst *du* es denn retten?«

Esme antwortete nicht, sondern schlängelte sich mit der gleichen Eleganz, mit der sie eben alles tat, durch das Loch.

Mirren betrachtete die grauen Wolken, die sich am Horizont zusammenbrauten. Hoffentlich würde es nicht noch mehr Schnee geben! Sie erschauderte und versank tiefer in ihrer Jacke. Dann kniete auch sie sich hin und schob sich durch die enge Öffnung in der Hecke. Ihr ging nicht zum ersten Mal durch den Kopf, dass es das seltsamste Weihnachten aller Zeiten war.

»Problem Nummer eins«, sagte Jamie. »Wir wissen jetzt schon nicht, wo wir sind.«

Im Inneren des Labyrinths war es kalt und düster. Die dunkelgrünen Hecken zierte eine Haube aus Schnee, und dazwischen lag der Gang, in dem sie nach rechts oder nach links gehen konnten. Weil die Hecken ihn geschützt hatten, war der Schnee hier nicht zu Eis gefroren. Im Sommer musste das wohl ein magischer Ort sein, dachte Mirren, aber mit dem sich immer weiter verdunkelnden Himmel hatte er etwas Bedrohliches an sich.

»Was soll das denn heißen?«, fragte Theo. »Das ist doch dein eigenes Labyrinth.«

»Du kannst mir sicher auch nicht erklären, wie dein Handy funktioniert, oder?«, wandte Jamie ein. Er schaute sich um. »Und wir müssen ja beim Eingang anfangen, wenn wir den Anweisungen des Rätsels folgen wollen. Leider bin ich nicht sicher …«

»Jetzt sei mal nicht albern!«, schnaubte Mirren. »Der liegt eindeutig in dieser Richtung.« Fest überzeugt setzte sie sich in Bewegung, nur um augenblicklich in einer Sackgasse zu landen, in der eine mit einer schmierigen Schicht überzogene Statue eines Greifs stand. »Das gibt's doch nicht!«

»Diesen Irrgarten hat mein Urgroßvater entworfen«, erklärte Jamie. »Labyrinthe waren damals total in, je komplizierter, desto besser. Das war damals vermutlich so was, wie heute mit der Achterbahn zu fahren.«

Mirren stampfte mit dem Fuß. »Euer Familienstammbaum ist wirklich voll von Pappnasen.«

»Als ich klein war«, sagte Esme mit ungewöhnlich romantischem Tonfall, »bin ich hier herumgelaufen und hab gedacht, dass das Labyrinth einfach immer weitergeht, dass ich vielleicht irgendwann bei meiner Schule rauskomme oder in London.«

»Das wäre doch cool«, sagte Theo, und dieses Mal klang es nicht so, als wollte er sich damit bloß einschleimen. »Muss man sich in Irrgärten nicht immer links halten oder so?«

»In Hampton Court schon«, stimmte Jamie zu. »Aber dieses hier ist viel größer.«

»Können wir uns nicht einfach durch die Hecken schlagen?«, knurrte Esme. »Das blöde Ding gehört doch uns.«

Alle starrten sie an.

»Wow, du klingst schon wie Mum«, murmelte Jamie.

»Das fände ich ganz schrecklich«, sagte Mirren. »Wir müssen einfach in Richtung Osten. Wer will für die Einhaltung der Richtung verantwortlich sein?«

»Wo ist denn Osten?«, fragte Theo.

»Da, wo das Meer liegt«, sagte Mirren ungeduldig, die selbst in ihrer dicken Jacke fror.

Theo war groß genug, um wie ein freundlicher Otter den Kopf hier und da über eine Hecke zu schieben. So konnte er sie in die ungefähre Richtung des Eingangs lotsen. Als sie nur noch eine Hecke davon entfernt waren, krochen sie darunter durch, so gut sie konnten. Sie waren ganz schön eingesaut, standen aber endlich auf der richtigen Seite des Tors.

# Kapitel 40

»Okay«, sagte Jamie und zog mit ein wenig zittrigen Händen den Zettel hervor, auf dem sie die Zahlen aus dem Medaillon notiert hatten.

»Mich überzeugt deine Hypothese vom Lemur ja immer noch nicht«, sagte Esme. »Und wenn das in Wirklichkeit ein Dachs war oder so?«

»Ja und, was willst du mir damit sagen?«, fragte Jamie. »Du hast zu der ganzen Sache bisher doch am wenigsten beigetragen, mal abgesehen davon, dass du ständig um neue Schuhe bettelst.«

Esme schnalzte missbilligend.

»Okay«, sagte Jamie. »Einmal rechts, zweimal links.«

»Muss man nicht als Erstes nach rechts, wenn man in die Mitte will?«, überlegte Esme.

»Ja«, sagte Jamie. »Genau, das weiß ich noch«.

Die beiden runzelten die Stirn.

»Was ist denn in der Mitte?«, fragte Mirren.

»Da plätschert ein Springbrunnen«, antwortete Jamie. »Zumindest war das früher mal so. Ich glaube nicht, dass der noch funktioniert.«

»Dann würde man da auch kaum ein Buch verstecken, oder?«, überlegte Mirren.

»O Gott«, stöhnte Theo, »wenn das jetzt wieder nur neun neue Hinweise sind …« Er sprang auf und ab, um warm zu werden. »So cool es auch ist, Weihnachten mit der Familie zu verpassen … Ich weiß wirklich nicht, wie lange ich noch bleiben kann.«

Jamie senkte den Blick und marschierte weiter. Und weil sie auch keine bessere Idee hatten, folgten die anderen ihm.

Die inzwischen völlig durchgefrorene Mirren stapfte mit gesenktem Kopf voran. An einigen lichteren Stellen war der Schnee bis zum Boden gefallen und lag dort so hoch, dass er ihr von oben in die Stiefel kroch. Daher waren ihre Füße trotz der zwei Paar Strümpfe längst nicht mehr trocken, sondern feucht und inzwischen auch taub. Mirren fühlte sich grauenhaft.

Und dieses Labyrinth war unfassbar riesig. Da sie nicht über die hohen, mit Schnee bedeckten Hecken gucken konnte, sah sie nur den bedrohlichen Himmel über ihnen.

Esme nörgelte Jamie immer noch die Ohren voll, weil sie nicht sicher war, ob diese ganze Aktion etwas brachte.

Mirren schaute auf, als sie irgendwann tatsächlich die Mitte des Labyrinths erreichten. Dort hielt sie inne und ließ erst einmal auf sich wirken, was sie da vor sich hatte. Hier gab es wirklich einen Springbrunnen, dessen Strahl gefroren war, klar und hart glitzerte. Irgendwann war das Wasser ganz unten erstarrt, und dann hatte sich Schicht um Schicht immer mehr darauf aufgetürmt, hatte sich auf seinem Weg ins Nichts ausgebreitet. Das war ein unerwarteter Anblick, und das unförmige Resultat sah aus wie eine Art Alien.

Jamie beobachtete sie dabei, wie sie den Brunnen betrachtete. »Verrückt, oder?«

»Total verrückt. Einerseits würde ich das gern anfassen, andererseits auf keinen Fall. Das sieht ja aus wie aus der Schattenwelt.«

»Wo strange Sachen passieren.«

»Wo Engel nicht zu schreiten wagen«, sagte sie, und er schaute sie aufmerksam an.

Plötzlich überkam Mirren dieses Gefühl, das sie vorher schon einmal gehabt hatte, während sie sich angezogen oder aus dem Fenster geschaut hatte. Es kam ihr vor, als würde die hauchzarte Linie zwischen den Zeiten, zwischen alter und neuer Welt, die die Realität und Gegenwart definierte, verschwimmen und als würden jetzt, ganz am Ende des Jahres, die üblichen Regeln vielleicht nicht mehr gelten.

Jamie lächelte. »Ich denke, du kannst ruhig näher herantreten … Nur daran lecken würde ich nicht.«

Dieser Satz riss sie aus ihren Träumen, und sie lachte laut auf. »In Ordnung!«

Ihm fuhr durch den Kopf, wie hübsch sie mit ihren rosigen Wangen und den funkelnden Augen doch aussah, wenn sie lachte. Dann kniff er die Augen zusammen und starrte auf den Zettel mit den Zahlen. »Noch sind wir nicht da.«

»Am Ende laufen wir bestimmt nur im Kreis«, moserte Esme. »Und ich bekomme langsam Frostbeulen.«

»Okay«, sagte Jamie, der auch nicht besonders überzeugt klang. »Dann mal los!«

Sie gingen weiter. Eins gab ihnen dabei Hoffnung: Bisher waren sie noch in keiner Ecke oder Sackgasse gelandet, hatten nie kehrtmachen müssen, obwohl Esme darauf beharrte, dass das zu nichts führen würde.

Mittlerweile waren Mirrens Zehen eiskalt und begannen zu schmerzen. So langsam befürchtete auch sie, dass sie vielleicht nie wieder einen Weg aus dem Labyrinth herausfinden würden. Ihr fiel auf, dass sie wie im Lied von König

Wenzeslaus jeden Schritt in die Fußstapfen von Jamie machte.

Der blieb plötzlich stehen, weil sich an einer Stelle einiges an Blättern und Schnee aufgetürmt hatte.

Mirren war so auf ihre Schritte konzentriert, dass sie von hinten gegen ihn prallte.

»Na, na!«, rief er und griff nach ihrem Arm, damit sie nicht strauchelte. Dann sah er sie sich genauer an. »Dir ist eiskalt, oder?«

Kläglich nickte sie.

»O Gott«, sagte er. »Tut mir leid, das muss wohl das schlimmste Weihnachten aller Zeiten sein.« Er schien zu überlegen, was am besten zu tun war. »Zeig mir mal deine Hände.«

Verblüfft schaute sie ihn an, aber er meinte es wohl völlig ernst.

Als sie die Hände ausstreckte, zog er ihr die Handschuhe aus und dann sich selbst seine.

»Ja, die sind nass«, sagte er mit gerunzelter Stirn. Er rieb ihre weißen Finger, damit wieder ein bisschen Leben hineinkam, schob sie dann in seine eigenen warmen Handschuhe und drückte sie fest.

Die Wärme war eine Wohltat, obwohl es auch wehtat, als das Gefühl in ihre Hände zurückkehrte. Seine Handschuhe waren viel besser als ihre.

»Danke«, sagte sie und schaute zu ihm hoch. Und mit einem Mal war es gar nicht mehr so schlimm, dass sie hier mitten im Nichts von einem kalten, gruseligen alten Labyrinth verschluckt worden waren. Es störte sie überhaupt nicht mehr.

Mirren war drauf und dran, Jamie mutig um eine Umarmung zu bitten, einen Schritt vor zu machen und mehr als nur seine Hände einzufordern – seine Arme, seinen langen, schlanken, warmen Körper. In diesem Augenblick war das alles, was sie wollte.

»Los jetzt!«, rief Esme. »Bevor wir hier noch festfrieren!«

»Und ich fürchte, ich muss mich gleich wieder übergeben«, sagte Theo, was keiner sonderlich konstruktiv fand.

Als sich Esme an ihnen vorbeischob, lösten sie sich voneinander und folgten ihr.

»Noch einmal nach rechts«, sagte Jamie.

Mirrens Einschätzung nach befanden sie sich inzwischen weit weg von der Mitte, eher am nordöstlichen Rand. Draußen standen Bäume, die diesen Bereich nur noch finsterer machten, und es sah innen ziemlich verwahrlost aus. Vermutlich machten sich die Leute wieder auf den Weg zum Eingang, wenn sie erst die Mitte gefunden hatten, oder stolperten nur im vorderen Bereich herum. Das hier war hingegen eine abgelegene Ecke, die von oben vermutlich weiter schön und symmetrisch aussah, aber noch weniger beachtet worden war als der Rest. In den Ecken vermischte sich Schnee mit verrottenden Blättern, was irgendwie unheilvoll wirkte.

Die Stimmung bei Mirren verschlechterte sich wieder spürbar: Sie wollte nicht mehr hier im Labyrinth herumirren, so weit weg von zu Hause und selbst weit vom Schloss entfernt. Der Hinweg war an dem schönen, sonnigen Morgen angenehm gewesen, aber jetzt dachte sie mit Grauen an die lange Strecke zurück. Und sie hatte trotz des reichhaltigen Frühstücks auch längst wieder Hunger. Das Mittagessen ließen sie ausfallen, Mirren hatte gestern nicht zu Abend gegessen und durch die ganze Bewegung plötzlich Riesenkohldampf. Jetzt hätte sie am liebsten gemütlich vorm Kaminfeuer gesessen und Jamie erzählen hören oder, besser noch, an ihn geschmiegt die Nase in ein Buch gesteckt. Sie sehnte sich nach Ruhe und Frieden und Gemütlichkeit.

»Jetzt kommt schon!«, rief Esme.

Alle zusammen bogen sie um eine weitere Ecke und erreichten eine Sackgasse. Hier waren sie wohl ganz am Ende des Labyrinths angelangt, dachte Mirren, an dem Punkt, der auf der Raute der Stelle mit dem Eingangstor genau gegenüberlag.

»Das war's?«, fragte Esme misstrauisch.

»Mehr Zahlen standen auf dem Bild nicht«, sagte Jamie, während er sich suchend umsah. Plötzlich beugte er sich vor und wirkte erleichtert. Er hatte eine Grotte entdeckt, in der eine kleine Skulptur stand. »Also wollte er uns wohl genau hierher lotsen.«

»Wenn das einer von diesen Orten ist, an denen man darauf warten muss, dass die Sonne in einem bestimmten Winkel steht, oder gar auf eine Sonnenfinsternis, dann bring ich dich um.«

Jamie kniete sich bereits hin und säuberte die Skulptur ein wenig. Dieses Mal war es kein Greif, sondern ausgerechnet eine Ananas aus Stein.

»Was soll hier denn bloß eine Ananas?«, fragte Mirren verblüfft, bevor ihr wieder die auf den Säulen am Eingang des Anwesens einfielen.

»Oh, die sind in Schottland ein beliebtes Motiv«, sagte Theo.

Esme warf ihm einen vernichtenden Blick zu.

»Stimmt doch«, sagte Jamie mit leicht gequälter Miene.

»Wieso? Hier wachsen die doch nicht«, wandte Mirren ein.

»Nein«, sagte Esme, »aber in der Karibik schon, Dummerchen.«

»Okay«, sagte Mirren. Und dann: »Oh.«

»Genau«, murmelte Jamie und rieb sich den Nacken. »Heute sieht man sie eher als Symbol für eine nationale Schande, deshalb sind auch nicht mehr viele davon übrig.«

Mirren starrte das Ding an. »Wisst ihr was? Wenn ich mein Leben lang hier in Schottland gewohnt hätte und dann hätte mir jemand eine Ananas gezeigt – eine goldgelbe Ananas mit zackigen Blättern …«

Die anderen starrten sie an.

»Eine Kron aus Gold?«, rief Jamie aus. »Meinst du?«

Mirren ließ sich von der Idee nicht abbringen. »Die Farbe stimmt, und die Dinger haben Zacken wie eine Krone.«

Alle fixierten die Skulptur.

Jamie probierte, sie hochzuheben, aber sie rührte sich nicht. Sie war fest auf dem steinernen Sockel verankert. Jetzt versuchten beide Männer zusammen, sie zu bewegen, jedoch ohne Erfolg.

»Scheißding!«, knurrte Esme und versetzte der Ananas einen heftigen Tritt. Aber der hatte nur zur Folge, dass ihr der Fuß höllisch wehtat. Esme stieß eine Reihe von Flüchen aus, die man wohl nur unter Seeleuten im 19. Jahrhundert oder in einem wirklich teuren Internat hätte aufschnappen können.

»Mann!«, rief Jamie und blickte sich um. »Mehr kann ich hier wirklich nicht entdecken!«

Theo begann in der dichten Hecke herumzusuchen, zog sich dabei aber nur Kratzer zu.

Esme hopste immer noch auf einem Bein.

Jamie fing an, rundherum den Boden zu inspizieren und dafür mit den Füßen Blätter beiseitezuschieben. Sein Nacken war ganz rot.

Derweil verdunkelte sich der Himmel über ihnen immer weiter.

Mirren trat an die Ananas heran, richtete das Licht ihrer Taschenlampe darauf und untersuchte sie sorgfältig. Sie streifte Jamies warme Handschuhe ab und kniete sich hin.

Das Muster der Ananasschale war in den Stein gemeißelt worden. Die Skulptur war in keinem guten Zustand, wobei sie auf der Frontseite, auf der sie mehr der Witterung ausgesetzt war, brüchiger aussah. Einst musste sie aber ein wahres Meisterwerk gewesen sein. Wie eine echte Ananas war sie oben mit Blättern gekrönt, die allerdings hier und da zerbröckelt waren, und jedes Stückchen Schale hatte in der Mitte einen kleinen Knubbel.

Mirren stellte sich vor, mitten im schottischen Winter zum ersten Mal im Leben eine Ananas zu probieren. Der exotische Geschmack musste doch unglaublich sein! Sie dachte aber auch daran, welche Grausamkeit den Handel mit der Karibik geprägt hatte, durch den es möglich gewesen war, dieses Anwesen zu kaufen und das prächtige Schloss bauen zu lassen.

Kein Wunder, dass im Laufe der Jahre die Bewohner alle irgendwann zu dem Schluss gekommen zu sein schienen, dass sie verflucht waren. Nein, kein Wunder.

Versuchsweise drückte Mirren auf einen der Knubbel der Schale. Es passierte natürlich nichts. Als sie den Blick über die Oberfläche wandern ließ, fiel ihr allerdings auf, dass sich einer der Knubbel von den anderen unterschied, wenn auch nur ein kleines bisschen. Sie sah sich den genauer an und erkannte, dass er aus Metall war, aber bemalt, um wie Stein auszusehen. Das Metall glänzte an einer Stelle, wo etwas von der Farbe abgeblättert war.

Mirren schaute sich um.

Während Esme und Theo über irgendetwas zu diskutieren begonnen hatten, schaute Jamie mit verlorenem Blick in die Ferne.

Als Mirren sich über die Ananas beugte, wirkte es, als würde sie wie zu einem Bittgebet das Haupt senken, und das passte ja auch irgendwie. Sie kratzte das Eis rund um den Knubbel weg und drückte ihn dann mit aller Kraft runter.

Vom oberen Teil der Skulptur her ertönte ein schleifendes Geräusch, und dann fingen die Blätter an, sich zu bewegen.

# Kapitel 41

Wie elektrisiert fuhren die anderen herum. Esmes schmerzender Fuß war offensichtlich vergessen, da sie quasi herbeisprintete, und Theo schien nicht länger gegen die Übelkeit ankämpfen zu müssen. Jamie schaute mit hoffnungsvollem Blick auf. Alle beugten sich über die Ananas.

Die Blätter hatten sich ein paar Zentimeter nach rechts bewegt, aber nicht weiter. Offensichtlich war der Mechanismus alt und funktionierte nicht mehr besonders gut. Jamie gelang es, das Ding noch ein Stück weiterzuschieben, bis es ein Loch freigab, das gerade eben für ein schlankes Handgelenk groß genug war.

»Mirren«, sagte er, »gibst du dir die Ehre?«

»Auf keinen Fall!«, protestierte sie. »Ich hab doch *Indiana Jones* gesehen. Da drin wimmelt es bestimmt nur so von Schlangen.«

Überrascht lachte Jamie auf. »Und wovon sollen die da leben?«

»Na, von anderen Schlangen! Das sind *Kannibalenschlangen!* Nein, das mach ich nicht!«

»Ach, du meine Güte!«, schnaubte Esme und zog sich die Handschuhe aus, zuckte aber augenblicklich zusammen, weil Theo zu zischen begann. »Hör auf damit! Das mein ich ernst!«

»Wenn ihr wirklich solche Angst habt, dann lassen wir doch erst einmal einen Stock da reinfallen.«

»Und was soll das bei Kannibalenschlangen bringen?«, fragte Mirren. »Den werden sie entweder fressen oder sich damit paaren, oder beides.«

Jamie leuchtete mit seiner Taschenlampe hinein. »Siehst du: keine Schlangen.«

»Na klar, jetzt lauern sie natürlich reglos am Rand.«

»Ich hab schmale Handgelenke«, sagte jetzt Theo, den es offensichtlich wurmte, das zugeben zu müssen. »Lasst mich mal ran.« Dann schaute er die Geschwister an. »Oder hat euer Großvater das Ding womöglich mit einer Falle versehen?«

Die beiden tauschten einen Blick, bevor Jamie mit Nachdruck den Kopf schüttelte. »Er war exzentrisch und unglücklich … grausam aber nicht. Zumindest nicht mit Absicht.«

Theo krempelte sich den Ärmel hoch und schob den Arm in die Mitte der Ananas, so weit er konnte. Alle beobachteten ihn, während er offensichtlich herumtastete.

Irgendwann rief er plötzlich: »O Gott, Schlangen!«, und warf sich weiter nach vorne, als würde ihn etwas hinunterzerren.

Mirren entfuhr ein kleines Quieken, bevor er in Gelächter ausbrach und sie ihm daraufhin den Mittelfinger entgegenreckte.

Dann zog er die Hand ganz vorsichtig wieder hervor …

»Meine Herren!«, rief Esme. »Im Ernst, Großvater, jetzt lass es aber mal gut sein.«

»Er hätte wohl kaum ein wertvolles Buch hier draußen versteckt, wo es Wind und Wetter ausgesetzt ist«, sagte Jamie und schaute besorgt zu den Wolken hoch.

Theo hatte etwas hervorgezogen, was wieder einmal ein Bündel Briefe zu sein schien. Sie waren in Wachspapier eingeschlagen, wohl, um sie vor Feuchtigkeit zu schützen.

»So sieht jetzt unser Leben aus«, murmelte er finster. »Wir latschen durch die Gegend und sammeln Müll ein.«

»Das ist doch kein Müll!«, riefen Jamie und Mirren wie aus einem Munde.

»Und was, wenn darin fünfundvierzig neue Hinweise enthalten sind?«, fragte Theo. »Ich wette, das sind bloß alte Zeugnisse.«

»Jetzt komm schon!«, rief Mirren. »Das ist doch ganz vielversprechend! Jamie, du hattest also die richtige Idee, was das Medaillon angeht.«

»Ich weiß«, sagte er und schüttelte ungläubig den Kopf, während er die Briefe sorgfältig verstaute.

Esme schaute nach oben. »Oh, verdammt!«

Erst fiel eine Schneeflocke, dann noch eine, und dann entwickelte sich das Ganze im Handumdrehen zum reinsten Schneegestöber.

Während es immer heftiger wurde, setzten sich automatisch alle in Bewegung, aber Jamie rief: »Moment, wir müssen doch den Anweisungen folgen, nur in die Gegenrichtung!«

»Quatsch, das finden wir schon!«, rief Esme. Aber damit lag sie gefährlich falsch. Sie eilte in einen Gang, der vielversprechend aussah. Inzwischen war die Sicht so schlecht, dass die Gruppe sie sofort aus den Augen verlor.

»Esme!«, brüllte Theo.

»Ich bin ja hier«, erklang es knurrig. »Dieses verdammte, blöde Labyrinth.«

Hastig kehrte sie zurück, weil sie in einer Sackgasse gelandet war, genau wie Mirren vorhin.

»Könnten wir nicht unseren eigenen Fußabdrücken folgen?«, schlug Theo vor.

Das wäre eine fantastische Idee gewesen, wenn der frisch fallende Schnee nicht schon die Spuren bedecken würde.

»Taschenlampen an!«, wies Jamie sie an. »Kommt, gehen wir organisiert vor. Gut, mal gucken ... Hier steht zwei links, das wären also ...«

Mit zitternden Händen setzten sie sich in Bewegung. Leider landeten sie in einer Sackgasse, und es wurde schnell offensichtlich, dass Jamie sich verzählt oder sich irgendwie vertan haben musste. Sie fanden den Weg hinaus einfach nicht.

Irgendwann standen sie plötzlich wieder vor der Grotte mit der Ananas, die inzwischen schneebedeckt war. Zehn Minuten später hätten sie die Stelle vermutlich nicht einmal wiedererkannt.

Erneut machten sie sich auf den Weg, aber jedes Mal mit dem gleichen üblen Ergebnis, egal, wie sorgfältig sie die Anweisungen auch ins Gegenteil übersetzten, wie oft Esme auch verkündete, dass sie diesen oder jenen Gang wiedererkannte, und wie oft Theo auch auf der Suche nach einem weiteren geheimen Durchgang gegen die Hecke trat. Eigentlich konnte man kaum noch etwas sehen.

»Mist«, murmelte Jamie.

»Oh, verdammt«, sagte Esme. »Himmel, wir werden hier elendig erfrieren!«

Mirren war so kalt, dass sie gar nichts mehr sagte. Sie fühlte sich wirklich so, als würde von ihr nur noch ein Hauch übrig sein und zwischen den Hecken hindurchschweben, wie ein Geist des Labyrinths.

Ihr ging durch den Kopf, dass sie es gar nicht schlimm fände, jetzt die Kleider abzustreifen und nur in einem Nachthemd durch den Irrgarten zu tollen, weiter- und weiterzulaufen, sich immer tiefer darin zu verlieren. Das kam ihr sogar wie eine zauberhafte Idee vor. Schläfrig öffnete sie die obersten Knöpfe ihrer Jacke.

Der Schnee fiel zunehmend dichter, und die beiden Männer schienen inzwischen in eine Diskussion verwickelt.

»Komm schon«, sagte Theo und hielt ein Feuerzeug hoch. »Na los. Wir brennen da ein Loch rein, durch das wir nach draußen kriechen können.«

Jamie dachte nach. »Trotz des Schnees ist das Holz so ausgetrocknet, dass du damit das komplette Labyrinth abfackeln könntest«, wandte er ein. »Und das steht hier doch schon seit Hunderten von Jahren!«

»Ja, und unsere Leichen werden auch Hunderte von Jahren hier herumliegen, wenn wir nicht zusehen, dass wir hier rauskommen!«

»Jetzt übertreib mal nicht!«, protestierte Jamie. Wirklich überzeugt klang er dabei aber nicht. »Na los, probieren wir es ein letztes Mal. Wir sind wieder am Ausgangspunkt. Die Dritte links …« Als er sich umdrehte und Mirren erblickte, die ein wenig schwankte, änderte er allerdings seine Meinung. »Verdammt!«, sagte er zu Theo, der immer noch mit dem Feuerzeug herumwedelte. »Dann versuch es eben!«

Theo beugte sich vor und hielt das Feuerzeug an einen trockenen Zweig, der als kleines Licht in der einbrechenden Dunkelheit erglühte. Durch seine Bemühungen entstand schließlich eine erste Flamme und dann noch eine.

Jamie und Esme gesellten sich zu ihm und versuchten, ihn mit dem Körper vor dem Wind zu schützen. Die Zweiglein brannten knisternd, bis ein Klumpen Schnee darauf fiel und das Feuer löschte.

Theo runzelte die Stirn und fing wieder von vorne an.

»Könnten wir irgendwas als Anmachmaterial benutzen? Wir bräuchten etwas, was leichter brennt. Wir haben doch die Briefe …«

Jamie schaute ihn ungläubig an.

»Ja, benutz die Umschläge«, drängte Esme.

»Aber das ist Großvaters persönliche Korrespondenz!«

»So langsam wird mir wieder warm«, hauchte jetzt Mirren mit verträumter Stimme.

Die anderen tauschten besorgte Blicke.

»Dann nehmt die Umschläge«, murmelte Jamie.

»Moment!«, sagte Esme und zauberte einen Flachmann hervor.

»Esme!«, tadelte Jamie sie.

»Ja, ja. Du hast doch auch keine bessere Idee und guckst hier nur hilflos dabei zu, wie sich deine Zukunft in Luft auflöst!«

Sie benetzten sowohl die Zweige als auch die Umschläge mit dem Alkohol. Jetzt hatten sie augenblicklich eine hohe Flamme, und es fingen schnell genug weitere Zweige Feuer, um etwas Wärme auszustrahlen.

Jamie schob die inzwischen ziemlich weggetretene Mirren davor. Wenn sie hier und da einen klaren Moment hatte, fragte sie sich, warum hier eigentlich ein Feuerchen flackerte.

Endlich war die Stelle in der Hecke so weit verbrannt, dass die anderen damit anfangen konnten, gegen die verkokelten Zweige zu treten. Das Feuer bäumte sich ihnen allerdings entgegen wie ein gereiztes Tier und griff um sich. Jamie hatte recht, die Innenseite der Hecke war geschützter und daher ziemlich trocken. Wie schnell das Feuer sich ausbreitete, fanden sie schon erschreckend, und Theo warf den Geschwistern einen besorgten Blick zu. Aber ihnen blieb keine Zeit. Wenn sie sich hier durch die Hecke kämpfen wollten, dann mussten sie es jetzt tun.

Mit behandschuhten Händen schob Theo verkohlte Zweige auseinander, während Esme von einem Bein aufs andere trat und ihn zur Eile antrieb.

Und dann kroch Mirren von Flammen umgeben durch die Hecke eines Schlosslabyrinths, was ihr nur bestätigte, dass es sich um einen seltsamen Traum handeln musste. Der besorgte Jamie drängte sie, schneller zu machen, aber sie verstand nicht, was das sollte. Sie hatte sich in diesem Labyrinth nämlich sehr wohlgefühlt. Es hätte sie auch nicht überrascht, wenn an irgendeinem Punkt ein weißes Kaninchen aufgetaucht wäre und sie dazu aufgefordert hätte, mit ihm Krocket zu spielen.

Endlich waren sie alle draußen, befanden sich allerdings meilenweit entfernt vom Eingang des Labyrinths und dem Loch auf der anderen Seite.

Während Esme sich bereits in Bewegung setzte, um zum Schloss zurückzukehren, blickte Jamie besorgt auf die qualmende Hecke. »Der Schnee wird das Feuer doch löschen, oder?«

Theo schaufelte mit den Händen Schnee auf den Brandherd. »Ja, klar«, sagte er. »Lauft ihr schon mal los. Ich gehe sicher, dass es auch wirklich aus ist. Bestimmt kann man die Stelle später problemlos reparieren.«

»Das setze ich wohl mit auf meine Liste«, seufzte Jamie. »Findest du zurück?«

Theo machte eine Kopfbewegung in Richtung Schloss. Der Strom war immer noch nicht wieder zurück. Inzwischen war die Welt um sie herum dunkel, und das einzige Licht stammte von den Taschenlampen und von Glutresten. Durch den dichten Schnee hindurch konnten sie allerdings ganz schwach helle Punkte flackern sehen. Das mussten wohl Kerzen sein. Wenn man sie von hier aus erkennen konnte, hatte Bonnie aber nicht nur eine oder zwei angezündet, sondern vermutlich jede einzelne, die sie gefunden hatte. Alle Kerzen im Schloss sollten ihnen den Weg weisen.

# Kapitel 42

An den Weg zurück würde Mirren später nur noch vage Erinnerungen haben. Sie würde sich nur noch entsinnen können, dass es unendlich lange gedauert hatte.

Sie umrundeten den See, dessen Eis inzwischen zugeschneit war. Auch überall sonst hatte sich neuer Schnee über die gefrorene Oberfläche des alten gelegt und war hier und da zu Haufen zusammengeweht worden. Das machte das Laufen schwierig, und es war gefährlich, weil man glatte Stellen nicht erkennen konnte.

Langsam schlitterte die Gruppe voran. Jamie schob Mirren vor sich her, während sich die heftig fluchende Esme in seinem Windschatten hielt. Es dauerte tatsächlich ewig, und der ferne Kerzenschein im Schloss machte die Dunkelheit um sie herum nicht angenehmer. Irgendwann begannen die Taschenlampen zu flackern, weil die Batterien langsam leer waren.

Jamie sorgte sich, dass sie womöglich dem Steilhang gefährlich nahe kommen könnten. Deshalb hielt er sich links von den beiden Frauen, während er sie zur Eile antrieb. Als sie endlich den Garten erreichten, ging es Mirren so schlecht, dass er sie eher trug als stützte. Es war eine unglaublich aufreibende Expedition gewesen.

»Bonnie!«, brüllte Jamie, als er schließlich mit Esme, Mirren und Roger die Küchentür erreichte. Sie sahen aus, als kehrten sie vom Südpol zurück, da sie von Kopf bis Fuß mit Schnee bedeckt waren, der Jamie sogar in den Augenbrauen klebte.

Als sie durch die Tür ins Innere der Küche fielen, wurden sie von der angenehmen Wärme des Agaherds und der Kerzen in Empfang genommen.

Bonnie war nirgends zu sehen.

Esme verzog sich direkt, um nach ihr zu suchen und dann ins Bad zu gehen.

»O Gott«, murmelte Jamie und ließ Mirren auf den Stuhl sinken, der dem Herd am nächsten war.

Sie zuckte zusammen und schaute sich um. »O Gott«, wiederholte sie, »was ist denn?«

»Nichts ... Ist schon in Ordnung«, murmelte Jamie. Plötzlich musste er sich eingestehen, dass er den Tränen nahe war. Das war doch albern, und er versuchte schnell, sich zusammenzureißen. Dann wurde ihm auch noch klar, dass Mirren es bemerkt hatte.

»Weißt du was, ich könnte heulen«, sagte sie schnell. »Gott, war das seltsam!«

Er fand es besser, wenn er jetzt konkret mit etwas beschäftigt sein würde, und kniete sich vor sie.

»Was machst du denn da?«

»Ich ziehe dir die Stiefel aus«, antwortete er. »Du musst dir die Füße wärmen.«

»Uff, allerdings«, stöhnte Mirren.

Während er ihr den ersten vorsichtig abstreifte, blickte sie wieder auf sein rotblondes Haar hinab. Sie war so furchtbar müde, hatte wenig geschlafen und wäre beinahe erfroren. Jetzt prasselten auf einmal tausend Sinneseindrücke auf sie ein, und sie hatte außerdem gesehen, dass er mit den Tränen gekämpft hatte. Na ja, das waren jedenfalls ihre

Rechtfertigungen dafür, dass sie sich mit den Zähnen einen Handschuh auszog und ihm mit den kalten Fingern sanft durchs Haar fuhr.

Als er zu ihr aufschaute, standen wieder Tränen in seinen Augen, und er blinzelte ein paarmal. Dann schloss er seine Hand um die ihre und zog sie zu sich heran. »Ich hab mir Sorgen um dich gemacht«, sagte er behutsam.

»Au!«, rief Mirren plötzlich. »Au, au, au!«

»Was denn?«

»Das tut weh!« Sie befreite ihre Hand und schüttelte sie.

»Ja, das ist, weil sie langsam wieder auftaut … Du bist wirklich eine verweichlichte junge Dame aus dem Süden, oder?«

»Ja!«, rief Mirren aus. »Und wenn ich dieses Schloss je wieder verlasse, dann werde ich jeden Abend ein Dankgebet an den Gott der Zentralheizung schicken.«

Er zog ihr den anderen Stiefel aus und stellte beide zur Seite.

»Reich mir mal die Hände«, sagte er. »Die musst du ganz fest aneinanderreiben. Das können wir ja zusammen machen.«

»Ist das denn legal?«, fragte Mirren, der ein Lächeln gelang, während er ihre Hände in seine nahm und sie rasch gegeneinanderrubbelte wie zwei Stück Holz, mit denen er Feuer machen wollte.

Theo ließ auf sich warten, und Jamie gab ihm insgeheim eine Viertelstunde Zeit. Wenn er dann nicht aufgetaucht war, wollte er sich wieder hinaus in die Kälte wagen, um nach Theo zu suchen. Seine Stiefel hatte er deshalb noch nicht ausgezogen.

Nach und nach kehrte in Mirrens taube Hände das Gefühl zurück, aber sie hätte nicht sagen können, ob sie darüber so recht glücklich war. Es gefiel ihr, wie Jamie hier vor ihr kniete und seine Hände um die ihren geschlossen hatte, und sie war nicht mehr so benebelt wie draußen. Allerdings wirkte die Küche mit der an der Wand laut tickenden Uhr und den flackernden Kerzen jetzt irgendwie unwirklich auf sie.

Dass ihr endlich warm wurde, hatte natürlich damit zu tun, dass sie in diesem warmen, gemütlichen Raum saß, aber auch damit, dass sie Jamie so nahe war.

Und diese Stimmung beschwor plötzlich den Gedanken herauf: Ich will diesen Mann, ich will ihn unbedingt, und zwar so sehr.

Als er sie anschaute, fürchtete sie mit einem Mal, dass sie das gleich laut aussprechen würde. Aber im gleichen Moment sagte er: »Ich gucke mal eben nach Theo … Hier, schau dir die schon mal an.« Und er reichte ihr die Briefe, er vertraute ihr so sehr, dass er die einfach in ihre Hände gab. Das fand sie unglaublich. Mirren schloss die Finger darum.

Jamie stellte einen Kessel mit Wasser auf den Herd, wühlte in Schubladen herum, bis er Ersatzbatterien für seine Taschenlampe gefunden hatte, und zog seine Handschuhe wieder an. »Kann sein, dass ich länger weg bin.«

»Wag es ja nicht!«, sagte Mirren.

»Ich mach doch nur Spaß. Wahrscheinlich bin ich in fünf Minuten mit Theo im Schlepptau wieder hier. Der geht bestimmt seiner Lieblingsbeschäftigung nach und kotzt sich gerade an irgendeiner Hecke die Seele aus dem Leib.«

Mirren nickte. »Soll ich nicht besser auf dich warten?«, fragte sie und hielt die Briefe hoch.

»Nein, wirklich nicht«, antwortete er und rieb lächelnd die Hände gegeneinander.

Offensichtlich war er genauso begeistert wie Mirren darüber, dass es jetzt weiterging.

»Du kannst sie für mich zusammenfassen, wenn ich wieder zurück bin. Wie aufregend die Neuigkeiten auch sein mögen – komm mir nicht hinterher! Das ist ein Befehl. Du wärst nämlich gerade beinahe erfroren.«

»Gar nicht!«

»Und ob!«

»Na, in dem Fall«, sagte sie, »hast du mich gerettet, und ich schulde dir mein Leben.«

Darauf erwiderte er nichts und blickte sie nur lange an. Dann durchquerte er die Küche, wobei er kleine Pfützen auf dem Fußboden hinterließ, und machte die Tür auf, um sich wieder in die Kälte hinauszuwagen.

Ein eisiger Windstoß war in den Raum gedrungen, und Mirren hatte gesehen, wie scheußlich es da draußen war. Sie stellte sich einen Moment direkt vor den Herd und genoss seine Wärme, bevor sie sich die Briefe vornahm.

Als sie die auseinanderzufalten begann, hatte Mirren noch vor dem Lesen bereits eine Ahnung. Das bröckelnde, schwere Papier und die verlaufene Tinte schienen Enttäuschung und frustrierte Hoffnungen auszustrahlen.

Als sie die Handschrift betrachtete, kam sie ihr bekannt vor. Ja, das war die von Jamies Urgroßvater, dem Vater des alten Laird. Wieder einmal. Die Briefe waren Mahnungen, streng formulierte Botschaften, in denen er dem Sohn befahl, sich die lächerliche Idee aus dem Kopf zu schlagen, dass er schreiben oder irgendwas mit Büchern machen könnte. In einem der Briefe ließ er keinen Zweifel daran, dass es unter der Würde eines McKinnon war, sich auf eine Arbeit als Bibliothekar zu bewerben. James wurde dafür gerügt, dass er sich nicht angemessen in die Buchhaltung und die Vorgänge auf dem Hof einarbeitete. Der Vater schrieb, der Verwalter hätte ihn als faul bezeichnet, weil er die nötigen Rechnungen nicht verschickte oder bezahlte …

So ging es weiter und immer weiter. Antworten des alten Laird enthielt der Stapel nicht. Mirren musste an sein Zimmer voll mit seinen Büchern und seinen Sachen denken. Aus irgendeinem Grund hatte sie sich ihm darin so nahe gefühlt. Jamie und Esme hatten ihn bloß als verwirrten, unglücklichen Menschen gekannt, aber so sah Mirren ihn überhaupt nicht. Vermutlich war er einfach nur enttäuscht gewesen, weil man ihm im Leben bei jeder Bemühung Knüppel zwischen die Beine geworfen hatte.

Und dann dieses verdammte, üble Schloss, dachte Mirren. Hätte er es doch einfach aufgegeben und sein eigenes Ding durchgezogen.

Das ließ sie sich durch den Kopf gehen. War das vielleicht die Botschaft, die diese Briefe vermitteln sollten? Dass es besser gewesen wäre, wenn er einen klaren Schlussstrich gezogen hätte? Dass er es sich hätte erlauben sollen, das Leben zu führen, nach dem er sich gesehnt hatte, mit der Person, die er geliebt hatte?

Vielleicht wollte der alte Laird damit sagen, dass es für denjenigen, der dieses Rätsel lösen würde, eine Chance gab. Dass Jamie dem Anwesen einfach den Rücken kehren konnte, wenn er wollte.

Mirrens Blick verlor sich in der Ferne, als mit einem lauten Knall die Tür aufflog und die beiden Männer hereinstolperten.

Theo war so mit Schnee bedeckt, dass er aussah wie der Yeti.

»Au Backe«, schnaufte Mirren, während Jamie ihn auf den Agaherd zuschob.

»Es war alles in Ordnung!«, behauptete Theo.

»Er ist direkt auf den Steilhang zumarschiert«, erklärte Jamie barsch.

Er griff nach dem Kessel mit kochendem Wasser auf dem Herd und holte ein Glas Brovil hervor, um Theo mit dem Fleischextrakt ein warmes Getränk zuzubereiten.

»Am besten genehmige ich mir erst einmal einen Whisky«, sagte Theo.

»Das ist das Letzte, was du jetzt machen solltest«, widersprach Jamie und stellte ihm die Tasse Brovilbrühe hin.

»Igitt, ich hasse dieses Zeug«, stöhnte Theo.

»Viel Dankbarkeit wird mir hier ja nicht entgegengebracht«, murmelte Jamie. »Wo steckt denn Esme?«

»Die hat vorhin gesagt, dass sie alles an heißem Wasser aufzubrauchen gedenkt.«

»Nachvollziehbar.« Er beobachtete, wie der zitternde Theo neben dem Herd an seiner Tasse nippte und das Gesicht verzog. Dann deutete er mit dem Kinn auf den Stapel Briefe.

Mirren sah ihn an.

»Also?«

»Ich denke, die sind eine Botschaft«, sagte Mirren.

»Ja, davon sind wir doch ausgegangen.«

»Nein, ich meine, eine Botschaft an dich.«

Jamie nahm die Briefe an sich. »Tatsächlich?«

»Also, streng genommen handelt es sich nur um einen Stapel Briefe von seinem Vater, in denen steht, dass sich der Sohnemann gefälligst um das Anwesen zu kümmern hat und nicht einfach machen kann, was er will.«

»Und was wäre das?«

»Hm, es fehlen ja die Antworten deines Großvaters. Aber es sieht wohl so aus, als hätte sich der alte Laird bei Bibliotheken, Verlagen und Ähnlichem beworben. Sein Vater hat dann klargestellt, dass er so eine Arbeit gar nicht annehmen dürfe, weil er hierbleiben und das Anwesen verwalten müsse.«

Jamie blinzelte ein paarmal. »Okay.«

»Ich meine …«, sagte sie und schielte zu ihm hinüber, »… vielleicht kommt dir diese Situation ja irgendwie bekannt vor.«

»Dass er Forres verlässt, wäre auf keinen Fall gegangen«, sagte er. »Er musste doch seine Pflicht erfüllen.« Jamie überflog ein paar der Briefe. »In jungen Jahren muss er sein Leben so richtig gehasst haben. Er wollte nicht hier auf dem Anwesen arbeiten, und er durfte nicht mit der Person zusammen sein, die er geliebt hat … Nein, er hat an seinem Dasein wohl wirklich keine Freude gehabt.«

»Aber irgendwas muss ihm doch gefallen haben«, wandte Mirren ein und dachte an den Mond am Himmel jenseits des riesigen Fensters zurück. »Und er hat sich damit ja arrangiert, so gut es ging, hat sich mit Dingen umgeben, die ihm wichtig waren, wie seinen Büchern.«

»Aber wieso … hat er mir das denn nicht früher gesagt?«

Mirren schaute ihn an. »Wird Kommunikation in eurer Familie etwa großgeschrieben?«

Jamie stieß ein dumpfes Lachen aus. »Und warum hieß es dann immer, dass ich meine Pflicht erfüllen muss?« Er überlegte. »Wenn ich jetzt daran zurückdenke, muss ich allerdings sagen, dass so etwas eher von meiner Mutter kam. Und von meiner Großmutter, denke ich mal.«

»Nicht von ihm?«

»Nein, deshalb beklage ich mich ja immer über ihn. Er hat mir rein gar nichts beigebracht, mir nicht gezeigt, wie man das Anwesen verwaltet, wie hier alles laufen sollte. Ich bin immer davon ausgegangen, dass er mir einfach nicht vertraut hat.«

»Denkst du, dass er vielleicht nur versucht hat, dir eine andere Möglichkeit zu eröffnen?«

Jamie schwieg.

»Ich kann verstehen, dass ein Anwesen wie dieses eine Verpflichtung mit sich bringt«, sagte Mirren. »Ich meine, es sind bestimmt viele Leute der Meinung, dass du dich deinem Los eben fügen musst. Vielleicht hat er ja gedacht, dass du diese Überzeugung mit ihnen teilst und dass er falschlag, während alle anderen recht hatten.«

»Bis zum Schluss«, sagte Jamie.

Mit einem Mal tat er Mirren so leid.

»Er war davon bis zum Schluss überzeugt. Am Ende hat er wohl gedacht: Das war's. Jetzt ist alles vorbei, und ich hab mein Leben vergeudet. Und dann ist er nach da draußen gegangen.«

Es herrschte Schweigen.

»Dieses Zeug ist widerlich!«, rief in diesem Moment Theo und knallte seine Tasse auf den Tisch. »Ich mach mich mal auf die Suche nach Esme. Die wird sicher ein Glas Whisky für mich haben. Ess!«

Gemeinsam guckten Mirren und Jamie die Briefe noch einmal durch.

»Ist dir sonst noch etwas aufgefallen?«, fragte Jamie. »Wir haben nur die Briefe, oder?«

»Genau«, sagte Mirren. »Theo hat das in Wachspapier eingeschlagene Bündel hervorgeholt. Und danach hat er noch einmal die Hand hineingeschoben, um nach Schlangeneiern zu suchen oder so, aber mehr war da nicht.«

Blatt für Blatt gingen sie die Briefe durch, die aber ganz normal aussahen.

»Mist«, stöhnte Jamie.

»Was denn?«, fragte Mirren.

»Glaubst du, die Hinweise waren vielleicht auf den Umschlägen?«

»Was meinst du?«

»Na, auf den Umschlägen, die wir verbrannt haben.«

»Und wo hätten die da versteckt sein sollen?«

»Na ja, manchmal werden Nachrichten in winziger Schrift unter Briefmarken versteckt oder so. Aber das hier … das sind ja einfach nur Briefe.«

Mirren verzog das Gesicht. »Himmel. Oje!«

»Dann hätten wir buchstäblich die letzten Anhaltspunkte verbrannt. Nach all dem Theater.«

»Aber sonst wären wir doch erfroren!«, wandte Mirren ein.

»Mensch«, murmelte Jamie und starrte die Briefe an. »Nein, das war es bestimmt nicht. Ach, komm!«

»Manche Leute benutzen doch so seltsame Techniken, was war das gleich? Unsichtbare Tinte oder Zitronensaft oder so?«, überlegte Mirren.

Jamie hielt die Briefe an den warmen Herd und durchleuchtete sie mit der Taschenlampe. »Siehst du irgendwas?«

»Nein.«

»O Mann«, seufzte er und kratzte sich am Kopf. »Vielleicht stimmt es ja wirklich, dass wir die letzten Hinweise zerstört haben.«

Langsam begann die Erkenntnis zu sacken, dass sie das Buch wohl nicht finden würden, was Mirren zu ihrer eigenen Überraschung weniger bedauerte als erwartet.

»Ist das denn so wichtig?«, fragte sie. »Die Botschaft ist doch rübergekommen.«

»Ja, *die* ist klar«, sagte Jamie. »Aber das Buch habe ich dadurch nicht.«

Mirren nahm alle Blätter, legte sie nebeneinander auf den Küchentisch und schob sie hin und her. Beide erhoben sich, um mit etwas Abstand einen besseren Überblick zu gewinnen. Jamie schaute Mirren über die Schulter und trat dazu so nah an sie heran, dass sie seinen Atem spüren konnte. Es war schon seltsam. Einen Moment lang konzentrierten sich ihre Gedanken auf ihn – darauf, wie eng sie hier beieinanderstanden, auf seinen sanften Tweedgeruch, den sie so sehr mochte, darauf, wie sein Pullover ihr Haar streifte … Sie hätte sich gern nach hinten gelehnt, sehnte sich so sehr danach, dass sie ganz weiche Knie bekam. Mirren wünschte sich, dass er von hinten die Arme um sie schlang, sie an seine Brust zog, wo sie ganz warm und sicher sein würde. Dadurch würde der Rest der Welt wohl in noch weitere Ferne rücken …

Und in diesem Moment, in dem sie sich überhaupt nicht auf die Briefe konzentrierte, sprang es ihr plötzlich ins Auge. Es war beinahe, als könnte man es auch nur dann bemerken, wenn man nicht aktiv danach suchte, als könnte man darauf bloß aus den Augenwinkeln einen Blick erhaschen.

»Sag mal«, begann sie, »warum hat dein Urgroßvater eigentlich vor manche Abschnitte einen Gedankenstrich gesetzt und vor andere nicht?«

Der Vater des alten Laird hatte mit schwarzer Tinte geschrieben, und seine Buchstaben bestanden aus breiten Strichen. Hier und da hatte seine Füllfeder gekleckst, wenn er entscheidende Punkte dick unterstrichen hatte: dass James das Anwesen nicht vernachlässigen durfte, dass er sich nicht mit den falschen Leuten einlassen durfte, dass er kein Recht hatte, sich über seine Ausbildung zu beklagen oder darüber, dass er seinen Weg im Leben nicht selbst wählen durfte.

Aber manche dieser Abschnitte begannen mit einem Gedankenstrich, als wollte er damit sagen: »Ach, und noch etwas«, wie ein Betrunkener, der seine Argumente nicht logisch strukturieren konnte.

Vor anderen Abschnitten stand kein solcher Strich.

»Vermutlich aus keinem bestimmten Grund«, sagte Jamie. Sie kannte ihn mittlerweile aber gut genug, um seiner Stimme einen Anflug von Aufregung anzumerken.

Mirren deutete auf eine Stelle. »Guck mal: Vor ›So ein Verhalten ist wirklich inakzeptabel‹ steht einer, aber vor ›Mir ist das unerträglich‹ nicht.«

Jamie nahm das Blatt und studierte es aufmerksam. »Ah«, machte er. »Ich denke … Was glaubst du denn?«

Mirren griff nach einem anderen Brief. Hier stand ein Gedankenstrich vor »Und wenn du das Anwesen einst erfolgreich verwaltest, wird dir auch klar werden, dass du längst alles Wichtige weißt, und wirst keine Zeit mehr mit diesen albernen Büchern vergeuden«. Vor »Am Ende musst du dich einfach der Wirklichkeit stellen« hatte er hingegen keinen gesetzt.

»Weißt du was«, sagte Jamie. »Ich glaube, diese Gedankenstriche stammen gar nicht von meinem Urgroßvater. Die wurden später hinzugefügt. Guck, die wurden nicht einmal mit Füller geschrieben.«

»Striche«, flüsterte Mirren, in der Aufregung aufstieg. Sie hatte schon so lange nichts Handgeschriebenes mehr gelesen. Aber nachdem Jamie sie darauf hingewiesen hatte, sah sie es jetzt auch. An diesen Stellen waren die Striche nicht so dick, das sah nicht so intensiv wie flüssige Tinte aus. Mit einem Kuli waren sie nicht hinzugefügt worden, aber vielleicht mit Filzstift.

»Jamie«, hauchte sie, »wie war das noch mal im Gedicht? Als Schlussstrich dir die Antwort nennt?«

»Als Schlussstrich dir die Antwort nennt!«, wiederholte er begeistert. »Striche!«

»Ja, genau!«, sagte sie. »Die Striche sind von jemand anderem. Das bilden wir uns nicht nur ein, oder?«

»Bisher sind wir doch nicht schlecht damit gefahren, wild drauflloszuspekulieren.«

»Stimmt schon«, nickte Mirren. »Also, was machen wir jetzt damit?«

»Na ja, diese Striche zeigen auf die Großbuchstaben. Schreiben wir die doch mal auf.«

Schweigen umfing sie, als sie sich an die Arbeit machten. Draußen heulte jetzt ein Sturm, aber hier in der Küche war es still und gemütlich.

»Okay«, sagte Mirren irgendwann. »Ich habe hier RDUS. Radius? Raus?«

»EECUFH«, las Jamie vor. »Ach nein, das bedeutet nichts, das ist nur Buchstabensalat.«

»Ja«, sagte Mirren, »aber diese Buchstaben muss man sicher umstellen.«

»Reuse?«, sagte Jamie. »Echt?«

»Wir haben leider kein T«, wandte Mirren ein. »Wir sollten alle Möglichkeiten aufschreiben.« Sie ordnete die Buchstaben in einem Kreis an. »Ich hätte mich nie als Kandidatin für *Countdown* qualifiziert«, seufzte sie.

»Was ist denn *Countdown*?«, fragte Jamie.

»Was denn, bist du etwa zu fein für Spielshows?«

»Nein, aber wir kriegen Channel 4 hier einfach nicht rein.«

Mirren verdrehte die Augen. »Okay«, sagte sie. »Dann lass uns mal ein paar Anagramme bilden. Was ist denn mit dem C? Es gibt doch nicht so viele Wörter mit C.«

»Aber mit CH. Chef. Chur.«

»Was ist denn Chur?«

»Eine Stadt in der Schweiz.«

»Sorry, aber wenn es als Nächstes in die Schweiz geht, bin ich raus.«

»Und was wäre mit CH am Ende?«, überlegte Jamie. »›Such‹ ginge.«

»Das klingt doch vielversprechend«, sagte Mirren und strich die entsprechenden Buchstaben durch.

Als sie mit den verbleibenden herumzuprobieren begannen, sprang Jamie plötzlich begeistert auf. »Ich hab's, guck mal!« Sorgfältig schrieb er Buchstaben für Buchstaben: SUCH FREUDE.

Sie starrten den Satz an.

»Wir hatten recht«, sagte Mirren, »es ist wirklich ein Ratschlag fürs Leben. Damit will er dir sagen, dass du hier weggehen kannst. All diese Briefe über Dinge, die er tun sollte, aber nicht wollte und konnte … Seine Botschaft an dich ist, dass du es anders machen sollst.«

»Also ›Nutze den Tag‹?«

»Ja, so in etwa.«

»Und warum hätte er das nicht einfach schreiben können statt des blöden Gedichtes?«

Mirren musste an das gemütliche Zimmer mit dem großen Bett und der tollen Aussicht denken. »Ich glaube, er hatte einfach viel zu viel Zeit zur Verfügung«, sagte sie. »Mal abgesehen davon, dass es ihm eben Spaß gemacht hat. Aber es war ihm auch ernst damit. Vielleicht wollte er, dass du dich ein letztes Mal in Ruhe mit dem Schloss auseinandersetzt und dabei endlich begreifst, dass du es nicht retten kannst.«

»Hm«, machte Jamie. Er schob wieder die Briefe hin und her. »Mehr kann ich wirklich nicht entdecken«, sagte er. »Keine weiteren Hinweise, das war's.«

Sie schaute ihn an. »Aber das ist doch kein schlechter Rat.«

»Ich weiß«, sagte er. »Schon klar, aber …«

Sie schauten sich noch einmal das Gedicht an.

»Mein Freund, wenn du es kannst begreifen …« Jamie runzelte die Stirn. »Und du glaubst wirklich, das war's? Damit ist Schluss? Er wollte einfach nur verstanden werden?«

»Such Freude«, wiederholte Mirren. »Das ist doch ein schönes Schlusswort.«

Auf Jamies Miene lag eine Mischung aus Verblüffung und Hoffnung. »Ich könnte also … einfach alles aufgeben?«, fragte er und schaute Mirren an. »Meinst du, das kann ich machen?«

Mirren zuckte mit den Achseln. »Ich wette, es gibt irgendwo einen botanischen Garten, in dem ein paar Spinnen gerettet werden wollen.«

»Aber wo soll ich dann leben? Wie mache ich das nur?«

»Mit solchen Fragen«, wandte Mirren ein, »schlagen sich die meisten von uns jeden Tag herum.«

Er wirkte nachdenklich, und Mirren hatte den Eindruck, in seinen Augen ganz neue Möglichkeiten tanzen zu sehen.

»Gott, Esme wird durchdrehen«, sagte er irgendwann.

»Dachte sie, dass ihr einen Topf mit Gold finden würdet und sie endlich genug Geld für eine eigene Jacht haben würde?«

»Das würde ich nicht ausschließen.«

»Also gab es in Wirklichkeit gar keinen Schatz«, fasste Mirren zusammen. »Oder der Schatz bestand vielmehr aus seinen Briefen und dem Rat, den er damit geben wollte.«

»O Himmel …« Gequält schaute Jamie sich um.

Mach es jetzt, dachte Mirren. Greif nach seiner Hand. Küss ihn, bevor ihr wieder unterbrochen werdet. Aber genau in dem Moment, in dem ihr dieser Gedanke durch den Kopf fuhr, trat Bonnie in die Küche, die eine lebende Ente gepackt hielt. Und die Ente protestierte aus voller Brust.

# Kapitel 43

Mirren zuckte zurück und stieß ein beinahe ebenso lautes Quaken aus wie die Ente.

Bonnie starrte sie an. »Jetzt hör schon auf. Das ist doch nur Quackers. Erschreck sie bitte nicht, sonst machst du alles nur noch schlimmer.«

»Du kennst diese Ente mit Namen?«, stammelte Mirren.

Bonnie ignorierte ihre Frage. »Jamie, könntest du vielleicht …?«

»Mensch, kann Esme das nicht übernehmen?«, fragte Jamie, ging zu Bonnie hinüber und griff widerwillig nach dem hinteren Teil der Ente. »Vielleicht sollten wir das auch besser draußen machen.«

»Nein, die anderen Enten haben sich nämlich verschworen.«

»Werdet ihr etwa … Was habt ihr denn vor?«, fragte Mirren.

»O Gott«, murmelte Bonnie. »Ich hab nun wirklich keine Zeit dafür, dir jetzt das Leben auf dem Land zu erklären. Jamie …«, sagte sie dann mit warnender Stimme. »Jamie, kannst du bitte mal damit aufhören, so ein Softie zu sein? Esme! Esme!«

Tatsächlich kam Esme in einem schicken Hosenanzug zur Tür herein und grinste. »Ja, ja, ihr braucht nicht laut zu werden. Ach, führt sich mein Bruder mal wieder lächerlich auf? Du hast doch auch kein Problem damit, sie später zu essen.«

»Ich weiß«, sagte Jamie. »Aber ich möchte einfach ungern …«

»Komm schon, Bonnie, wir machen das draußen.«

»Oder vielleicht in der Speisekammer …«, schlug Bonnie vor.

»Draußen!«, rief Esme.

Als sie die Tür öffnete, riss der Wind sie ihr aber aus der Hand und ließ sie gegen die Wand knallen.

Jamie ließ vor Schreck die Ente los, die die Situation ausnutzte, mit dem Schnabel nach Bonnies Arm hackte und dann ins dunkle Schneegestöber floh.

Sie sanken rund um den Tisch auf Stühle.

»Das Problem ist, dass ich eine halbe Stunde gebraucht habe, um diese Ente einzufangen«, seufzte Bonnie. »Jetzt kehrt die zu den anderen zurück und warnt sie, sodass alle in hellem Aufruhr sein werden.«

»Du bist so ein Jammerlappen«, sagte Esme zu Jamie.

»Ich weiß«, murmelte der.

»Wenn du etwas nicht selbst einfangen und töten kannst, dann solltest du es auch nicht essen.«

»Das wäre für Jamie allerdings ein Problem«, wandte Bonnie ein. »Der glaubt nämlich, dass Pflanzen leiden, wenn man sie pflückt.«

Jamie wurde rot. »Jetzt sei schon still.«

»Na, Entenbrust zum Abendessen können wir jedenfalls vergessen«, sagte Bonnie. »Ich gucke morgen früh noch mal, aber heute wage ich mich da nicht wieder raus.«

»Verständlich«, murmelte Theo, der gerade hereinkam und endlich ein bisschen besser aussah.

»Ich koche uns was«, schlug Jamie vor. »Bestimmt sind noch Sachen in der Speisekammer, oder?«

»Ja, natürlich«, sagte Bonnie. »Wir haben jede Menge Zutaten, die nicht auf Kühlung angewiesen sind.« Mit diesen Worten erhob sie sich und verschwand.

Während Jamie mal gucken ging, was die Vorräte so hergaben, konnte es Mirren sich nicht verkneifen, den anderen von ihrer Entdeckung zu berichten.

Wie erwartet war Esme darüber gar nicht glücklich. »Such Freude?«, wiederholte sie skeptisch. »Das klingt ja wie ein Spruch, den sich jemand in seine Neubauwohnung in Slough hängen würde!« Sie schüttelte sich.

»Du bist echt so ein Snob!«, schnaubte Mirren, deren Mutter ein Leben-Lieben-Lachen-Schild an der Wand hatte, was sie gar nicht schlimm fand.

»Ja«, bestätigte Esme. »Zum Glück. Wenn keiner den Standard hochhalten würde, würden wir jetzt hier sitzen und Fertignudeln essen.«

Jamie war fündig geworden und begann, auf einem alten Schneidebrett gekonnt Knoblauch zu hacken.

»Was soll das überhaupt bedeuten?«, fragte Esme. »Der Ort, an dem ich die meiste Freude finde, ist für mich *Tiffany's*, aber auch da heißt es irgendwann: ›Ja, wunderbar, Lady McKinnon, aber Sie müssten schon Geld herausrücken.‹ Das ist echt nicht okay, Großvater.« Sie runzelte die Stirn und schaute sich die Briefe noch einmal an. »Vielen Dank auch für dein Reinfall-Vermächtnis.«

In einer riesigen alten Pfanne ließ Jamie etwas Butter zergehen und gab den Knoblauch hinein, wodurch augenblicklich köstlicher Duft die Küche erfüllte.

Mirren hatte ganz vergessen, was für einen Kohldampf sie hatte, ihr lief das Wasser im Mund zusammen.

Jetzt erschien Bonnie wieder, die ein Tablett trug. »Wie wäre es mit einem Gin Tonic?«

»O Gott, ja, bitte! Ich hätte gern einen so starken, dass der mich direkt umhaut«, bat Esme.

»Also quasi einen Martini mit Tonic-Geschmack?«

»Ganz genau!«

Bonnie lächelte nachsichtig und stellte eine Schale mit gebackenen Käsebällchen auf den Tisch, die total lecker und so luftig wie Wölkchen waren.

Trotz der Sackgasse, in der sie da gelandet waren, war Mirren von seltsamer Zufriedenheit erfüllt.

Jamie machte eine Dose Tomaten auf, gab sie zum Knoblauch in die Pfanne und würzte alles mit etwas Cayennepfeffer.

Inzwischen fühlte Mirren sich wieder leicht benommen, ihr knurrte echt der Magen. Theo tat sich an seinem Gin Tonic gütlich. Man hörte den Wind ums Haus pfeifen und mit einem Mal ein lautes Krachen, das die beiden zusammenfahren ließ, während die anderen ganz ungerührt blieben.

»Was war das denn?«, fragte Mirren.

»Ach, nur ein Dachziegel«, kam von den dreien wie aus einem Munde.

»Die halten dem Gewicht des Schnees manchmal nicht stand«, erklärte Jamie, der vom Herd herüberschaute.

»Ich weiß ja, dass ich nicht in meiner Funktion als Baukostenplanerin hier bin«, sagte Mirren. »Aber dieses Gebäude ist wirklich nicht sicher. Das würde keiner Überprüfung standhalten.«

Alle lachten, aber Mirren runzelte die Stirn. Kein Buch der Welt hätte dieses Gebäude je retten können.

Jetzt begann in einem großen Topf, den Jamie auf den

Herd gestellt hatte, das Wasser zu kochen. Er gab Nudeln hinein.

»Pass besser auf, dass du den Nudeln nicht wehtust!«, rief Esme. *»O nein, mir wird so heiß! Und warum bin ich denn plötzlich ganz weich und geschmeidig?«*

»Halt den Mund, Esme!«

»*Du* bist heiß und geschmeidig«, murmelte Theo.

»Klappe!«, knurrte Esme, lächelte dabei aber.

Das hier, das ist doch Freude, fuhr es Mirren mit einem Mal ganz unerwartet durch den Kopf. Mit dieser seltsamen Truppe zusammen in der Küche an einem warmen Ofen zu sitzen, aufs Essen zu warten und einen Gin Tonic zu schlürfen. Das ist Freude!

Leckere Nudeln in Tomatensoße mit einem Hauch von Knoblauch und Zitronensaft, ein Blattsalat aus dem Treibhaus, dazu Bonnies deftiges Sauerteigbrot mit ordentlich Butter und ein Rotwein so schwer und alt wie Rubine – es war ein ganz schlichtes Abendessen und zugleich doch eins der besten in Mirrens Leben.

Sie aßen in der Küche, und Jamie überredete Bonnie dazu, dass sie sich dieses eine Mal mit ihnen zusammen an den Tisch setzte. Sie legte Wert darauf, zu betonen, dass ihr ja auch nichts anderes übrig blieb, weil es wegen Jamie heute keine Entenbrust gab.

Es wurden Geschichten von früheren Weihnachtsfesten erzählt, zu denen Dutzende Gäste ins Schloss gekommen waren. Damals war die Einfahrt mit großen Feuerschalen erhellt worden, um Autos mit Chauffeur den Weg zu weisen, und Typen, die schon betrunken hergefahren waren, wie das in jener Zeit auf dem Land nicht unüblich gewesen war.

Bonnie trug Anekdoten aus der Perspektive der Dienstboten bei. Damals hatten sie hier die Diener und Dienstmädchen der Gäste beherbergt, wodurch es zu einigen Liebeleien und witzigen Vorfällen gekommen war.

Der zweite Weihnachtsfeiertag war seit jeher traditionell der gewesen, an dem das Dienstpersonal Geschenke oder Weihnachtsgeld bekommen und danach freigehabt hatte, um Zeit mit seiner eigenen Familie zu verbringen.

Pferde und Hunde und jede Menge Radau, ein Haus voller Gäste und Personal … Das alles schien schon ewig her zu sein und lag doch in nicht allzu ferner Vergangenheit. Hier saßen sie nun zwischen den gleichen Wänden, liefen durch die gleichen Gänge, aber das Schloss mit seinen endlosen Gästezimmern war jetzt still und leer. Niemand kam mehr her, weil die Menschen heute modernen Komfort wollten und deshalb lieber ins Hotel gingen, weil sie sich vom Glitzern großer Städte verführen ließen und auf problemlosen Internetzugang Wert legten.

Mirren dachte an ihre eigene Wohnung in London, winzig wie ein Schuhkarton, die jetzt so weit weg war. Dort lebte sie inmitten unendlich vieler Menschen, war von ihren Essensgerüchen umgeben, von so viel Lärm und Theater und kam sich trotzdem allein vor. Hier hingegen … fühlte sie sich viel freier. Und allein war sie in den letzten Tagen ja auch nur selten gewesen.

Aber so ein altes Herrenhaus, weit weg von allem, von Weltstädten wie London, erbaut zu einer Zeit, als die noch nicht einmal Weltstädte gewesen waren … Was würde aus Forres nur werden? Und aus all diesen Schlössern?

Während die anderen weiter fröhlich plapperten, schaute Mirren wehmütig durchs Fenster hinaus in den Sturm, und ihre melancholische Stimmung verflog auch nicht, als Bonnie den Nachtisch holte, ein beeindruckendes Weihnachtsscheit, das sehr schokoladig aussah.

Diese Menschen hier würde sie wohl nie wiedersehen.

Jamie würde ein neues Leben anfangen und sich endlich ganz auf seine Tätigkeit als Gärtner konzentrieren können, nahm sie mal an.

Esme würde in ihre Welt von Glanz und Glitzer zurückkehren und sicherlich auf eine einträgliche Ehe hoffen.

Und Theo würde zusehen müssen, dass er Prioritäten setzte, dachte Mirren, inzwischen aber ohne jeden Groll.

In Bezug auf Bonnie musste sie sich wohl keine Sorgen machen, und was sie selbst anging … na ja. Als Mirren Jamies Spiegelbild auf der Scheibe betrachtete, stellte sie erschrocken fest, dass er auch das ihre ansah, sodass sich ihre Blicke trafen … Sie drehte sich zum echten Jamie um, der aber schnell den Kopf senkte.

Esme war kurz verschwunden und tauchte mit einer Scrableschachtel unter dem Arm wieder auf.

»Nein«, protestierte Jamie, »mir reicht's! Keine Buchstabenspiele mehr.« Mit einem Mal sah er traurig aus. »Mirren und Theo, es tut mir leid, wie das alles gelaufen ist. Hoffentlich taut der Schnee über Nacht, und ihr könnt morgen wieder nach Hause. Na ja, obwohl unsere Suche nichts gebracht hat, bin ich trotzdem froh, dass ihr gekommen seid. Noch fühlt es sich nicht so an, aber es wird mir wohl dabei helfen, mich zu ein paar wichtigen Entscheidungen durchzuringen. Danke, ich danke euch allen.« Er hob sein Glas. »›Such Freude‹!«

»›Such Freude‹!«, wiederholten die anderen.

Bonnie zog die Augenbrauen zusammen. »Wo kommt denn der Spruch jetzt her?«

»Oh, das hat der alte Laird uns geraten«, erklärte Theo

mit gerunzelter Stirn. »Es hat sich herausgestellt, dass Großvater James am Ende nicht viel mehr hinterlassen hat als ein paar Hippiemantras. Wahrscheinlich lacht der da oben gerade Tränen.«

»Freude …«, murmelte Bonnie und fragte dann ein wenig gereizt: »Seid ihr denn gar nicht auf die Idee gekommen, dass er damit vielleicht Joy gemeint haben könnte?«

»Wen?«, fragte Mirren.

»Na, meine Großmutter!«

# Kapitel 44

Alle starrten Bonnie an.

»Mrs Airdrie?«, fragte Esme, als sei sie ein wenig beschränkt.

»Mrs Airdrie?«, wiederholte dann auch noch Jamie.

»Ihr wisst nicht, wie eure alte Haushälterin mit Vornamen hieß?«, fragte Mirren.

»Aber so hieß sie ja gar nicht!«, protestierte Esme und verzog das Gesicht. »Sie hieß Joyce.«

»Ja, den Namen hat sie aber gehasst«, wandte Bonnie ein. »Deshalb hat jeder sie Joy genannt.« Sie verstummte einen Moment. »Na ja, jeder, der sie kannte, also, sie gut kannte.«

Dazu sagten die McKinnon-Geschwister nichts.

»Moment mal«, sagte Theo, der mit einem Mal ganz aufgeregt wirkte, »wo ist sie denn jetzt?«

Während die Geschwister eine gequälte Miene aufsetzten, schüttelte Bonnie den Kopf. »Sie ist vor einiger Zeit gestorben. Brustkrebs.«

»Oh, das tut mir leid«, sagte Theo.

»Euer Großvater war wirklich gut zu uns«, sagte Bonnie. »Er hat uns die Häuschen übertragen und den Fonds für mich angelegt. Deshalb arbeite ich ja auch immer noch hier.«

Alle schauten sie an.

»Sein Zimmer«, sagte Mirren plötzlich. »Deshalb ist es so

schön eingerichtet, so gemütlich und blitzsauber – weil du dich gut darum kümmerst.«

Bonnie lächelte traurig. »Ja, das ist mir wichtig.«

Jamie wirkte verwirrt.

»Jener Abend ... Da bin ich mal einen einzigen Abend nicht hier gewesen«, murmelte Bonnie, die mit einem Mal blass wurde. »Das war die schlimmste Nacht meines Lebens, also, abgesehen von der, in der ich meine Großmutter verloren habe. Ihr habt ihn ja alle nicht richtig verstanden. Tatsächlich war er der liebste, beste Mensch, den ich je gekannt habe.«

Mit fragender Miene schaute Theo sie an. »Aber wie sollen wir denn ...? Was hat das zu bedeuten? Hat er ihren Tod noch miterlebt?«

»Natürlich«, sagte Bonnie. »Und danach war er nie wieder derselbe. Nicht, dass irgendjemand danach gefragt oder sich dafür interessiert hätte. Von dem Zeitpunkt an hat er richtig damit begonnen, sich mit Kram zu umgeben, zu horten. Das war wohl seine Art, mit der tiefen Trauer umzugehen.«

Mirren schaute zu Jamie hinüber, der im gleichen Moment wie sie zum selben Schluss gekommen sein musste.

Er nickte, suchte in seinen Taschen herum und legte das Bündel Briefe aus dem Schlafzimmer auf den Tisch. »Bonnie, ist das die Handschrift deiner Großmutter?«

Bonnie warf einen Blick auf die Briefe und wurde noch blasser. »Ja, natürlich. Ich denke aber nicht, dass ihr die lesen solltet.«

»Wie alt war deine Großmutter, als deine Mutter zur Welt gekommen ist?«, fragte Esme. Sie versuchte offensichtlich, ihren üblichen herablassenden Tonfall etwas abzuschwächen.

»Das geht euch wirklich nichts an!«, knurrte Bonnie, sprang auf und verschwand in der Spülküche.

»Das gibt's doch nicht!«, rief Theo aus.

»Such Freude?«, murmelte Jamie. »Vielleicht meint er … Na ja, nach dem Tod von Mrs Airdrie ist Bonnie in das kleinere Häuschen umgezogen … Wir dachten, das größere sollte für neues Personal frei bleiben. Aber es ist natürlich nie jemand gekommen.«

»Moment mal«, sagte Theo. »Aber ihr wisst schon, was das bedeutet, oder?«

»Wenn sie … Also Bonnies Mutter … die Tochter des Laird war, dann wurde von ihr sicher nicht erwartet, dass sie als Hausmädchen arbeitet, oder?«, fragte Mirren. »Das wäre ja … Ich meine … Das ginge doch nicht, oder?«

Esme und Jamie starrten sie an.

»Oh, wow«, stieß Jamie aus.

»Was denn?«

»Also, die Mutter von Bonnie hat hier wirklich nie gearbeitet. Wir haben nie so genau verstanden, wie es sich die Familie eigentlich hatte leisten können, sie auf ein Internat zu schicken, wodurch sie in Aberdeen dann eine tolle Arbeit gefunden hat. Bonnie hingegen war immer total gern hier, was jeden gewundert hat. Sie hat das Anwesen so sehr geliebt, dass sie einen großen Teil ihrer Kindheit und später alle Ferien hier verbracht hat. Dass sie sich dann auf die Stelle hier beworben hat, als ihre Großmutter in Rente gegangen ist, hat alle nur noch mehr verblüfft. Wir waren überrascht, aber …« Er verstummte. »Wir sind doch zusammen aufgewachsen.«

»Ihr beiden benehmt euch ein bisschen so, als wärt ihr mal zusammen gewesen …«, sagte Mirren.

»Tatsächlich? Hm.« Er wirkte verwirrt.

»… oder auch … wie Geschwister.«

Verzagt lachte er. »O mein Gott!«

»Und das hat niemand gewusst?«

»Gerüchte gibt es auf so einem Anwesen immer«, antwortete Esme schlicht.

Jamie rieb sich den Nacken. »Kinder kapieren einfach gar nichts, oder? Wenn sie Sachen verstehen wollen, ist es ein bisschen so, als müssten sie ein Gedicht interpretieren. Genau wie unser blödes Rätsel hier. Niemand erklärt ihnen irgendwas.«

»Was meinst du?«

»Na, wir sind doch zusammen aufgewachsen, haben in diesem Häuschen ständig zusammengehockt, da den ganzen Tag gespielt. Und als wir etwa dreizehn oder so waren …«, er wirkte verlegen.

»Oh«, murmelte Mirren.

»Nein, nein, nichts in der Richtung. Irgendwann hieß es plötzlich jedes Mal, dass Bonnie beschäftigt sei, wenn ich vorbeigeschaut habe. Ich war ja auch auf dem Internat, und …«

»Aber weiß Bonnie denn Bescheid?«

Esmes Stimme war untypisch sanft: »Sie ist diejenige, die ihn am Ende gepflegt hat, und sie ist mit diesem Haus eng verbunden, und zwar offensichtlich von beiden Seiten her.«

»Es ist schon seltsam«, sagte Mirren. »Ihr wollt dieses Anwesen unbedingt loswerden, und sie hängt so sehr daran.«

»Wer ist denn älter?«, fragte Theo. »Eure Mutter oder die von Bonnie?«

Die Geschwister schauten einander an.

»Bonnie!«, rief Jamie, und sie kam auch.

»Ich will nicht darüber reden!«, versetzte sie allerdings

heftig. »Mein Vater war doch Jagdführer, und all das liegt längst in weiter Ferne.«

»Ich …«, begann Jamie. »Okay, aber lass mich dir wenigstens eine Frage stellen. Das Häuschen deiner Großmutter …«

»Der Laird hat es ihr überschrieben und mir das andere«, entgegnete sie augenblicklich.

»Das weiß ich, und ich will dir ja auch nichts vorwerfen oder wegnehmen. Ich wüsste nur eins gern: Wie sieht es im alten Häuschen deiner Großmutter heute aus?«

»Ich hab alles so gelassen, wie es war«, antwortete Bonnie. »Wenn neue Leute gekommen wären, hätte ich es für sie hergerichtet … Aber das war ja nicht der Fall.«

Mit lautem Krachen zerbrach auf dem Dach ein weiterer Ziegel.

»Es ist voller Geister«, sagte sie.

»Glücklicher Geister«, murmelte Jamie beim Gedanken an seine Kindheit.

»O ja«, bestätigte Bonnie und sah ihn an. »Wir haben dort viele schöne Stunden verbracht.«

»Haben die beiden … ihre Beziehung je wieder aufleben lassen?«, fragte Esme.

Bonnie schüttelte den Kopf. »Er war … Ich meine, er hat hier ja mit seiner Familie gelebt.«

Jamie ließ den Kopf hängen.

»Und als er irgendwann allein zurückgeblieben ist … Da war es wohl längst zu spät. Es war zu viel passiert, zu viele Jahre waren verstrichen. Zu dem Zeitpunkt wurde er langsam ziemlich exzentrisch, und meine Großmutter hatte ja mit mir und dem Haus genug zu tun. Dann ist sie krank geworden, hat jahrelang gegen den Krebs angekämpft … Er hat sie allerdings immer umworben, für sie Sachen gekauft, von denen er wusste, dass sie ihr Freude machen würden.«

Mirren verstand sofort. »Bücher.«

»Bücher«, nickte Bonnie.

Einen Moment herrschte Schweigen. Dann fragte Esme: »Brauchen wir einen Schlüssel, um uns in dem Häuschen mal umzusehen?«

»Äh, nein, es ist nicht abgeschlossen«, sagte Bonnie. »Ich hab immer gedacht, wenn hier Diebe vorbeikommen, dann fangen sie wohl eher mit dem Ballsaal an.«

# Kapitel 45

Draußen heulte weiter der Wind, und es schneite immer noch.

»Bei diesem Wetter können wir nicht da rausgehen«, sagte Theo entschieden. Erschaudernd dachte er an die Stunden im Labyrinth zurück. »Bis zu den Häuschen läuft man ja bestimmt einen Kilometer. Im Dunkeln und bei diesem Sturm? Dabei gehen wir doch drauf!«

»Wie kann man nur auf seinem Grundstück Gebäude haben, die man aufgrund der Entfernungen nicht unter allen Umständen erreichen kann?«, murmelte Mirren. »Jedes Mal, wenn ich denke, dass ich mich an die ganze Sache gewöhnt habe, kommt wieder so was.«

»Wir spielen heute Abend nicht noch mal Lawrence Oates«, beschloss Jamie. »Am besten legen wir uns jetzt ins Bett und machen dann morgen ausgeschlafen weiter. Du kommst natürlich mit, Bonnie.«

Sie nickte. »*Aye.*«

In Mirrens Kopf drehte sich alles, und ihr war klar, dass sie jetzt nicht zur Ruhe kommen würde. In ihrem Zimmer brannte wieder das Feuer im Kamin – geschürt von Bonnie, die sich darum bemühte, dass es hier alle schön hatten. Wie konnte sie nur all die langen Stunden hier arbeiten und sich um alles kümmern, für diese undankbaren Menschen, die … na ja. Sie nahm mal an, dass ihr Großvater sich wohl nicht undankbar gezeigt hatte. Er hatte ihr die Ausbildung finanziert und für sie den Treuhandfonds angelegt, den Jamie erwähnt hatte. Ihr gehörte das Häuschen, und es war offensichtlich ein Running Gag, dass sie mehr Geld hatte als die offiziellen McKinnon-Nachfahren.

Aber Bonnie war wohl nicht deshalb geblieben, sondern vielmehr, um sich um ihre Familie zu kümmern, um die Vertreter beider Seiten.

Nachdem sich Mirren gewaschen hatte, schlüpfte sie in ihren Schlafanzug, zog noch Strümpfe und zwei Pullover an und setzte sich ihre Mütze auf, bevor sie im Himmelbett unter die Decken kroch.

Aber es half alles nichts, und selbst der Versuch, beim Licht der Taschenlampe ein bisschen zu lesen, ließ sie nicht runterkommen.

Mirren war zwar warm, aber sie war so gar nicht müde und wälzte sich im Bett hin und her.

Draußen hörte sie den Wind heulen, plötzlich aber auch noch etwas anderes. Mirren schoss hoch. Ja, da knarzte es, er knarrte eindeutig der Fußboden!

Wenn Theo es nach all dem, was er sich geleistet hatte, doch noch einmal bei ihr probieren wollte, dann würde er aber was zu hören bekommen!

Denn Bonnie war doch sicher noch unten in der Küche beschäftigt.

Und Esme konnte es nicht sein, weil sie ohne jedes Knarzen durchs Leben schwebte, wofür Mirren sie wirklich bewunderte. Damit blieben ja nicht viele Möglichkeiten. Gut, es hätte auch ein Heer wütender Geister sein können oder eine Hexe oder sogar diese blöde Ente, die zurückgekehrt war, um Rache zu nehmen.

Aber davon ging Mirren mal nicht aus, als sie mit klopfendem Herzen das Bett verließ. Dankbar für den Schein des Kaminfeuers ging sie mit der Taschenlampe in der Hand auf die Tür zu. »Hallo?«, sagte sie leise. »Wer ist da?«

Es kam keine Antwort, man hörte es nur wieder knarzen, und zwar ganz nahe.

»Das reicht jetzt«, versetzte sie und riss die Tür auf.

Mit ein wenig traurigem, aber herausforderndem Blick stand Jamie vor ihr.

»Ich dachte, du würdest nicht knarzen«, war das Einzige, was sie herausbrachte.

Mirren warf einen Blick nach links und rechts und stellte fest, dass Jamie allein war.

»Ist das ein unpassender Zeitpunkt? Hast du schon geschlafen? Sorry, ich wollte dich nicht wecken.«

»Du hast doch vor meiner Tür herumgeknarzt!«

»Ich dachte, wenn du schon schläfst, dann würde es dich nicht wecken, aber wenn du noch wach wärst, würdest du mich hören.«

»Ich hab noch nicht geschlafen«, sagte Mirren.

»Darf ich vielleicht reinkommen? Hier draußen ist es echt kalt.«

Er betrachtete ihr Outfit aus Schlafanzug, Pullovern, Strümpfen und Mütze. »Allerdings möchte ich mich einer Dame im Nachtgewand gegenüber nicht ungebührend verhalten.«

Einen Moment schaute Mirren ihn an und ließ sich all die Argumente dafür durch den Kopf gehen, dass das eine ganz schlechte Idee war, die rationalen Gründe dafür, dass daraus doch nichts werden konnte.

Und dann dachte sie: Nun gut, es mochte nur ein Traum

sein, ein kurzer Einschub, eine Verschnaufpause von ihrem normalen Alltagsleben in der großen Stadt. Aber die würde sie in vollen Zügen genießen.

»Komm rein«, sagte sie und öffnete die schwere Tür etwas weiter.

Mirren blieb vor dem Feuer stehen, wohin ihr Jamie ohne ein Wort folgte.

»Ich konnte nicht schlafen.«

»Ich auch nicht.«

Als er sie mit seinen warmen, haselnussbraunen Augen ansah, lösten sich ihre Zweifel auf.

»Also, ich hab festgestellt … dass ich gern mit dir rede, und ich dachte, wir könnten vielleicht ein bisschen quatschen«, sagte Jamie.

»Nein«, entgegnete Mirren. »Das halte ich für keine gute Idee.«

»Ah, in Ordnung«, sagte Jamie mit verwirrter Miene. »Dann tut es mir leid, dass ich dich gestört habe.«

»Ich würde nämlich lieber … etwas anderes machen.«

Seine Augen weiteten sich. Er hatte verstanden.

Im Kamin flackerten die Flammen hoch, als er auf sie zuging. Er war so groß, dass sie sich zu ihm hochrecken musste. Sie hatte von seinen Lippen fantasiert, und wie sie vermutet hatte, waren sie ganz weich, während sein langer, drahtiger Körper ganz hart war.

Zum ersten Mal seit Ewigkeiten drängten sich in ihrem Kopf keine Gedanken mehr. Mit einem Mal war alles wie weggewischt – Sorgen über ihr Handy und verpasste Nachrichten, ihre Wohnung, ihre Familie, ihre Arbeit, Weihnachten, das Buch, einfach alles … In diesem Moment gab es nur noch die körperliche Empfindung. Und Mirren war nicht einmal aufgeregt wegen des Kusses, machte sich keine Sorgen darüber, ob sie es richtig machten. Auch die Strümpfe und zwei Pullover scherten sie nicht.

Wenn sie sich von außen hätte beobachten können, dann hätte sie vermutlich bemerkt, dass sich ihre Schultern entspannten und ihr ganzer Körper zu zerfließen schien, als sie sich mit geschlossenen Augen an Jamie schmiegte. Der hielt sie mit einem Arm fest, während er ihr mit der anderen Hand über die Wange strich. Seine Berührung war von der Sanftheit geprägt, die sie bei ihm von Anfang an wahrgenommen hatte.

Irgendwann löste er sich von ihr und murmelte: »Oh …« Sein Blick war unscharf und wie in weite Ferne gerichtet. »Oh, Mirren, du bist einfach wundervoll, die Wundervollste von allen … Das wollte ich schon so lange tun …«

»Wir haben uns doch gerade erst kennengelernt«, neckte sie ihn, aber ihre Stimme zitterte dabei, und sie stellte zu ihrer eigenen Überraschung fest, dass sie ganz weiche Knie hatte. Ihr Atem ging ebenfalls rascher als sonst.

»Aber ich dachte, du hättest etwas mit …«

»Gott, nein«, sagte Mirren. »Und …«, sie lief rot an, »… der kann dir doch nicht das Wasser reichen.«

»Himmel«, sagte er. »Du bist das einzige Gute, was mir seit so langer Zeit passiert ist …« Er schüttelte den Kopf.

»Könnten wir vielleicht weniger reden?«, bat Mirren, also küsste er sie wieder, ganz langsam und sanft, als hätten sie alle Zeit der Welt, als wären sie hier an Heiligabend in einem schottischen Schloss eingeschneit.

Unter anderen Umständen hätte sich Mirren jetzt gefragt, wie seine Absichten aussahen und ob sie den Typen schon lange genug wirklich gemocht hatte, bevor sie mit ihm ins Bett ging. Und selbst dann war die Situation oft noch von Unbeholfenheit geprägt, vor allem, wenn Alkohol mit im Spiel war. Aber so würde es heute nicht laufen.

»Komm doch ins Bett«, sagte sie. »Da ist es wärmer.«

Sie hatte gedacht, dass er vielleicht nervös sein und sich entschuldigen würde, womöglich befürchtete, es könnte so aussehen, als würde er die Situation ausnutzen.

Aber nichts dergleichen. Er griff nach ihrer Hand, riss ihr die blöde Mütze vom Kopf, schleuderte sie durchs Zimmer und drückte ihr einen Kuss auf die Stirn.

Dann zog er sie ganz langsam zum Bett hinüber, und sie folgte ihm wie hypnotisiert, angenehm überrascht, willig und unglaublich aufgeregt.

Jamie schob den Vorhang am Fußende zur Seite, sodass sie das flackernde Feuer würden sehen können.

Auf dem Bett knieten sie sich voreinander, er befreite sie von den Pullovern und begann, ihren Schlafanzug aufzuknöpfen. Jamie küsste sie auf den Mund, dann fuhr er mit den Lippen ihren Hals entlang und arbeitete sich langsam nach unten vor, auf ihre Brust zu, so sanft und zärtlich, dass ihr ein Seufzen entfuhr. Ihre Lider flogen auf.

»Ist schon in Ordnung«, sagte er. »Ich glaube nicht, dass uns jemand hören wird.«

»Ich hab doch sogar mitbekommen, wie der Boden ganz leise geknarzt hat.«

Er lächelte. »Ja, du spielst aber nicht im Team Weinkeller mit.«

Jetzt lächelte auch sie, und er konzentrierte sich wieder ohne Hast auf seine Aufgabe.

Mirren wusste selbst nicht recht, was sie erwartet hatte, konnte kaum sagen, wodurch sie sich so sehr zu ihm hingezogen gefühlt hatte. Aber hier zeigte sich ganz deutlich die Sanftheit dieses Mannes, dem so sehr davor graute, anderen Lebewesen Leid zuzufügen.

Seine weichen Lippen streiften ihre Haut und neckten sie, sodass sich Mirren entfaltete wie ein Schmetterling, sich ihm entgegenreckte, damit er jeden Teil ihres Körpers berührte. Nun streifte er ihr das Schlafanzugoberteil ab, unter dem sie keinen BH trug, und hauchte mit glücklichem Lächeln: »Sieh dich nur an, wie du in den Flammen glühst!«

»Ich bestehe doch weitestgehend aus Gänsehaut«, wandte sie ein.

»Oje!«, sagte er. »Dann wollen wir doch einmal sehen, ob wir da etwas machen können.«

Leise murmelte sie: »Ich glaube, die hast du doch ausgelöst.«

In dem Moment schloss er mit der gleichen aufreizenden Langsamkeit und Sorgfalt die Lippen um eine ihrer Brüste.

Mirren fuhr der Gedanke durch den Kopf, dass er ja Gärtner war, mit unendlicher Geduld und mit sanften, starken Händen. Aber dann konnte sie plötzlich an gar nichts mehr denken, als seine Lippen ganz allmählich, Kuss für Kuss, weiter nach unten wanderten, über ihren Bauch und zwischen ihre Schenkel.

Als sie dort seine Lippen spürte, sog Mirren scharf die Luft ein. Sie stieß ein leises Stöhnen aus und liebkoste seinen Kopf, zog ihn näher an sich heran. Das Feuer knisterte, während auch durch ihren ganzen Körper Flammen zu schießen schienen. Seine Zunge suchte und fand, und Mirrens Kopf fiel nach hinten, während sie nach so langer Zeit endlich wieder unglaublich intensive Gefühle durchfuhren.

»O mein Gott«, flüsterte sie. »Nein … später. Erst will ich dich spüren, genau da. Bitte. Jetzt.«

Mit der gleichen aufreizenden Langsamkeit küsste er sich

zurück nach oben, wodurch ihren Körper kleine Wellen der Lust überliefen.

»Sag doch bitte, dass du anmaßend genug warst, um Kondome mitzubringen«, flüsterte sie. »Denn wir können wohl kaum eben zur Tanke fahren.«

Er lachte, lächelte ein wenig kleinlaut und gestand, dass er tatsächlich welche dabeihatte.

Dann wurden sie wieder ernst und starrten einander völlig nackt im flackernden Licht des Feuers an. Es war ganz untypisch für sie, aber Mirren war überhaupt nicht verlegen, sondern ganz unbefangen.

Ruhig und selbstsicher schob Jamie sich auf sie, blickte sie unverwandt an und drang in sie ein, nur ein kleines bisschen.

Mirrens Augen wurden groß, als sie ihn in voller Größe in sich spürte, aber er lächelte weder noch entschuldigte er sich.

»Alles in Ordnung«, sagte er. »Ist okay, warte …«

Sie war ihm so nahe, spürte ihre eigene heftige Atmung und das Rasen seines Herzens, als er das Gewicht des ganzen Körpers auf ihr ruhen ließ und aufstöhnte. Mit einem Mal begann Mirren zu schwitzen. Sie zog ihn eng an sich heran, während er immer tiefer in ihr versank, ihr den Atem raubte.

Jetzt glänzten sie beide vor Schweiß, und so langsam wurden ihr die Hitze und der angestaute Druck unerträglich. »O Gott«, keuchte sie und schaute zu ihm auf.

In diesem Himmelbett mit roten Vorhängen hatten sie sich in ihre ganz eigene Welt zurückgezogen und verharrten jetzt einen Moment reglos, bis Mirren sich nicht länger zusammenreißen konnte und ihm verzweifelt die Hüfte entgegenreckte.

Mit einem harten Stoß setzte er sich wieder in Bewegung, brachte sie beide auf Trab, und bevor sie noch wusste, wie ihr geschah, klammerte sich Mirren an ihn, während er wie eine Welle gegen sie schlug. Sie passte sich an seinen Rhythmus an, bis sie völlig miteinander in Einklang waren. Mirren drückte den Rücken durch, und ihr Körper wurde komplett von einem anderen beherrscht, gegen den sie immer und immer und immer wieder prallte, bis sie mit einem Mal zu schweben, sich auszudehnen schien und ein Stromstoß ihren Körper bis in die Zehen durchfuhr, während Jamie auf ihr ein Brüllen ausstieß und sich aufbäumte.

Was gerade passiert war, hatte sie beide unvorbereitet getroffen, weshalb sie erst einmal kein Wort sprachen, nur schüchtern Blicke tauschten und ein wenig kicherten.

Mirren konnte fühlen, wie der Schweiß auf ihrer Haut trocknete, aber sie verspürte auch das Verlangen, Jamie wieder zu berühren, ihm über die haarlose Brust zu streichen, um gewissermaßen sicherzugehen, dass er auch echt war. Überrascht musste sie feststellen, dass durch diese zarte Berührung ihr Verlangen sofort wieder aufflammte. Ebenso verblüfft schaute er sie an und zog sie dann zu sich heran. Er lehnte sich mit dem Rücken gegen das Kopfende des Bettes. »Komm her«, bat er. »Setz dich auf mich. Ich will dich gern ansehen …« Sie schob sich auf seinen Schoß, öffnete sich für ihn, während er ihre schweren, prallen Brüste umfing. Sie zuckte vor Lust, die er in ihr wachrief.

Er packte sie und schaute zu ihr auf, während ihm das schöne rotblonde Haar in die Stirn fiel und die grünen Flecken in seinen braunen Augen leuchteten. Sie schmiegte sich an ihn.

»Das hilft aber nicht dabei, irgendwelche Bücher zu finden«, murmelte sie grinsend.

»Ich hab keine Ahnung, wovon du da redest«, sagte er und umfing ihr Gesicht wieder mit einer Hand, während er sie mit der anderen gegen sich presste, damit sie kein Zentimeter voneinander trennte. Er war nicht dazu bereit, sich von ihr zu lösen, und dann wurden ihre Bewegungen wieder heftiger, während Mirren die Finger in die Vorhänge verkrallte und heiser stöhnte. Die Locken klebten ihr im feuchten Nacken, während er immer wieder zustieß, sich alle Zeit der Welt nahm und nicht lockerließ, sie zum Schreien brachte, immer und immer wieder.

Danach pulsierte in ihr alles, und sie fühlte sich, als würde sie zerschmelzen. Verschwitzt stand Mirren auf und ging zum Fenster hinüber. Sie war sich dessen bewusst, dass Jamie sie nicht aus den Augen ließ, wodurch sie einerseits das Gefühl hatte, unglaubliche Macht über ihn zu haben. Andererseits war sie erstaunt darüber, welch sinnliche Kraft in ihm geschlummert hatte. Er konnte den Blick immer noch nicht von ihr lösen, obwohl er doch furchtbar müde sein musste. Als sie zu ihm zurückschaute, wurden seine Lider ganz schwer, was sie zugleich freute und doch traurig stimmte. Voller Freude betrachtete sie sein schönes Gesicht mit den langen Wimpern und den hohen Wangenknochen, bedauerte aber unendlich, dass ihr nur ein kurzer Moment mit ihm vergönnt war. Das hier war nur eine Auszeit vom echten Leben mit den üblichen Regeln, in dem er eine nervige Schickimickitussi heiraten und sie hingegen dafür sparen würde, die Wand zur Nachbarwohnung zu dämmen.

Als sie sich zum Fenster wandte, stellte sie fest, dass sich der Sturm wohl müde gepustet haben musste und es auch nicht mehr schneite. Das war natürlich gut, aber es bedeutete auch … dass sie irgendwann, schon bald, wieder nach Hause musste. Dieser Zauber würde ein Ende finden. Aber wäre es ihr lieber gewesen, dass das hier nicht passiert wäre? Hätte sie sich das besser verkneifen sollen? Einen Abend, von dem sie bereits wusste, dass sie sich daran ihr Leben lang erinnern würde? Vermutlich würde sie bis zum Ende ihrer Zeit auf Erden nach etwas suchen, was auch nur im Entferntesten daran herankam.

Der Mond leuchtete am mittlerweile klaren Himmel und tauchte alles in sein Licht … Verträumt trat Mirren näher an die Scheibe und ergötzte sich an dem Anblick, bis sie mit einem Mal erstarrte. »Jamie!«, zischte sie laut. »Jamie!«

»Was denn?«, ertönte seine Stimme so schläfrig wie amüsiert. »Okay, vielleicht kriege ich ja noch ein drittes Mal hin. Du bist einfach so unglaublich, unfassbar sexy …«

»Jamie, komm her und guck dir das an! *Jetzt sofort!*«

# Kapitel 46

Mirren zeigte auf etwas, und Jamie war endgültig wach, als er ihren Tonfall bemerkte. Er sprang auf und schnappte sich eine Decke, um sie beide darin einzuwickeln.

»Wenn es hier nur um einen echt tollen Mond geht, könntest du vielleicht ein wenig beeindruckendes Foto davon machen und es mir später zeigen?«, sagte er noch, verstummte aber, als er sich dem Fenster näherte.

»Was ist das da?«, fragte Mirren. »Ist das irgendwas ganz Normales hier auf dem Land, von dem ich nichts verstehe, was wir aber ruhig ignorieren können?«

Jamie sagte erst einmal nichts und lehnte sich vor. »Verdammt«, murmelte er. »Nein. Nein, ich denke …« Er trat noch näher an die Scheibe heran.

Am Horizont war ein gleichbleibendes orangefarbenes Leuchten zu sehen.

»Mist«, sagte Jamie. »Weißt du, was in dieser Richtung liegt?«

Mirren sah ihn an und zuckte mit den Achseln.

»Das Labyrinth.«

»Himmel«, stammelte Mirren. »Also hat Theo das Feuer nicht komplett gelöscht?«

»Scheinbar, der stand doch völlig neben sich«, sagte Jamie. »Wir können von Glück reden, dass ich ihn da draußen im

Schnee gefunden habe. Aber auf die Idee, noch mal zum Labyrinth zurückzugehen, bin ich nicht gekommen … Es war so kalt und nass, dass ich dachte, wenn ich keine Flammen sehen kann, ist alles in Ordnung. Aber in Wirklichkeit ist Schnee ja trocken, und wir haben auch noch mit Brennstoff nachgeholfen. Vermutlich wurde der bis in die Wurzeln gesaugt, und als es zu schneien aufgehört hat, hat ein kleines Glimmen gereicht … Himmel!«

»O nein«, seufzte Mirren. Dann runzelte sie die Stirn. »Aber es geht doch bloß um das Labyrinth, oder? Und davon sind wir hier so weit entfernt, dass uns das Feuer nicht erreichen wird, oder?

»Ja.« Jamie schüttelte den Kopf. »Aber es ist schon schade um das alte Ding …« Plötzlich erstarrte er.

Mirren schaute zu ihm hoch.

»Die Häuschen befinden sich aber ganz in der Nähe«, murmelte er.

»Bonnies Häuschen.«

»Und das von Joy«, sagte er.

Die Erkenntnis traf Mirren wie ein Schlag – der Ort, den sie morgen beim ersten Tageslicht aufsuchen wollten. »Und darum müssen wir uns Sorgen machen?«

»Es hat ein Strohdach.«

»O nein«, stöhnte Mirren. »O Gott.«

Er sah sie an.

»Sollten wir die Feuerwehr rufen?«, fragte sie.

Er schüttelte den Kopf. »Die würde es ja nicht einmal bis hierher schaffen.«

Sie starrten hinaus.

»Der Wald ist wohl nicht in Gefahr«, sagte er. »Der ist weiter weg. Mit den Personalunterkünften sieht es allerdings anders aus …«

»Bonnie schläft doch noch hier im Schloss, oder?«

Er nickte. »Aber das Häuschen von Mrs Airdrie …«

»Such Freude«, sagte Mirren.

»Das wäre wirklich töricht«, sagte Jamie. »Da draußen ist es schließlich immer noch gefährlich.«

»Ja, das ist es«, sagte Mirren.

Die anderen weckten sie nicht. Nachdem sie alles an Kleidern angezogen hatten, was sie hatten finden können, holte Jamie zwei Feuerlöscher und packte sie in einen Rucksack. Sie legten neue Batterien in ihre Taschenlampen und schnallten sich Schneeschuhe unter. Bei den Vorbereitungen arbeiteten sie ganz harmonisch als Team zusammen, aber ohne Lachen oder Scherzen.

Bevor sie das Schloss durch die Küchentür verließen, zog Jamie Mirren einmal an sich heran und küsste sie heftig.

Wieder schien sie innerlich zu zerfließen.

»Wenn ich zum Rückzug blase, nehmen wir die Beine in die Hand, okay?«, mahnte er. »Ich hab schon mal gesehen, wie ein Strohdach in Flammen aufgegangen ist, und das geht ruckzuck!«

Mirren schluckte. »Okay«, sagte sie. »Keine Heldentaten.«

»Genau«, nickte er. Er griff nach ihrer Hand. »Dann mal los.«

Draußen wurden sie von beißender Kälte und Wind gepackt, und es hatten sich vom letzten Schneefall überall Verwehungen gebildet. Die Taschenlampen brauchten sie nicht, als sie sich vom Haus aus dieses Mal schnell in Richtung Norden auf das Feuer zubewegten. Als sie den Teich umrundeten, brachte der Wind den Geruch von Rauch mit sich, und sie konnten die Flammen prasseln hören.

Als Mirren nach oben schaute, erstreckte sich über ihr der klarste, funkelndste Sternenhimmel, den sie je gesehen hatte, und der Vollmond leuchtete über dem Meer. Hand in Hand mit Jamie lief sie mit den Schneeschuhen voran, so schnell sie konnte.

All das fühlte sich an wie ein Traum. Selbst die Kälte konnte ihr kaum etwas anhaben, weil sie bei diesem Tempo wieder ins Schwitzen geriet.

Das Labyrinth hatten sie schon von Weitem gesehen, weil es inzwischen lichterloh brannte. Von oben musste es wohl ein toller Anblick sein, wie seine Gänge und verborgenen Ecken glühten. Die Hitze brannte auf den Wangen, als sie näher kamen, und Mirren betrachtete traurig den Irrgarten. Immerhin konnten sie froh sein, dass das Feuer die kleinen Häuser der Dienstboten noch nicht erreicht hatte.

Mirren blickte Jamie an, der nickte und die Tür des ersten Häuschens öffnete.

Aus alter Gewohnheit betätigten sie den Lichtschalter, aber es gab ja keinen Strom. Im Inneren war es viel dunkler als draußen, und mit der Taschenlampe kam sich Mirren wie eine Einbrecherin vor. Sofort begann der üble Rauchgestank hereinzuziehen, und durchs hintere Fenster wirkte das Feuer im Labyrinth plötzlich erschreckend nahe.

Sie waren direkt in den sauberen und ordentlichen Hauptraum des Häuschens getreten, in dem Teppiche auf einem Steinfußboden lagen. Eine Holzheizung war in die Kaminöffnung eingebaut worden, um die herum gemütliche alte Sessel standen. Durch einen seitlichen Durchgang erreichte man eine kleine Küche, in der ein Tisch aus unbehandeltem Holz stand. Es war wirklich hübsch. Selbst unbewohnt und kalt wirkte das Häuschen immer noch gemütlich. Wie Bonnie gesagt hatte, hatte sie hier nichts verändert. Jamie setzte seinen Rucksack ab und ließ das Licht seiner Taschenlampe durch den Raum wandern, bis es eins der Familienfotos an der Wand erhellte – es zeigte Bonnie als Baby.

»Das gibt's ja nicht«, murmelte er.

»Was denn?«

»Sie sah genauso aus wie Esme in dem Alter. Wow.«

»Aber du bist doch schon mal hier gewesen, oder?«

»Ich hab praktisch hier gewohnt. Aber auf so etwas habe ich damals nicht geachtet.« Er schaute zur kleinen Wendeltreppe hinüber, die nach oben führte. »Und im ersten Stock war ich noch nie. Der Bereich war Mrs Airdrie vorbehalten.«

Der große Wohnbereich war sauber und aufgeräumt, ohne jeden Kram. Hier standen nicht einmal Bücher. In der Küche gab es Besteck in den Schubladen und riesige Töpfe und Pfannen, die für nur zwei Personen viel zu groß waren, dazu angeschlagene Einzelteile von teuren Geschirrservices.

»Vielleicht brennt ja einfach alles herunter«, sagte Jamie, »und das Feuer breitet sich nicht weiter aus. Es stehen nur ein paar einzelne Bäume in der Nähe, und der Boden ist steinhart. Wir sollten retten, was wir können, und dann so schnell wie möglich hier verschwinden.«

Trotzdem wurden sie langsamer, als sie in der Dunkelheit die knarzende Holztreppe hinaufstiegen, und hielten vor Spannung den Atem an. Was sie dort wohl finden würden?

Oben gab es zwei Türen. An der linken hing ein Schild mit Bonnies Namen, daher war das offensichtlich früher ihr Kinderzimmer gewesen. Vor der rechten blieb Jamie stehen und holte einmal tief Luft. Mirren dachte, dass er vermutlich angeklopft hätte, wenn das nicht so gruselig gewesen wäre. Er legte die Hand auf die Klinke und machte die Tür auf.

Das Zimmer war einfach, aber wirklich schön eingerichtet. Es hatte einen dunklen Holzfußboden mit einem dicken, flauschigen roten Teppich, auf dem ein großes Bett mit weicher Decke stand. Es gab noch ein paar weitere hübsche Möbel in verblichenem Weiß, und im Kamin stand eine Vase mit Trockenblumen. Hier hatte sich jemand eine Oase erschaffen, sich mit sorgfältig ausgewählten Dingen umgeben und sich immer gut darum gekümmert. An den Wänden hing geschmackvolle Kunst, und auf einer Seite grenzte an den Raum ein perfektes kleines Bad.

Alle drei Außenwände hatten Fenster, und die Aussicht von hier war sogar noch toller als von Forres aus, weil man gen Süden direkt auf das Schloss guckte.

»So etwas hatte ich nun wirklich nicht erwartet«, flüsterte Mirren. Durch die Fenster war der Feuerschein zu sehen, und sie stellte bei einem Blick hinaus fest, dass die Hecken im Moment noch ihre Form behielten. Ob sich die Flammen weiter ausbreiten würden, konnte sie schlecht sagen.

»An irgendetwas erinnert mich das hier«, sagte Mirren. Dann fiel es ihr ein. »Ach, an das Zimmer deines Großvaters! Das ist ja das gleiche Bett und auch der gleiche Nachttisch. Mein Gott, sogar die gleiche Lampe! Ich hatte mich schon gefragt, warum das alles viel moderner war als im Rest des Schlosses!«

»Ah«, sagte Jamie und runzelte die Stirn. »Natürlich. Er hat … diesen Raum nachbilden wollen.«

»Den Ort, an dem er glücklich gewesen war«, sagte Mirren.

»Genau.«

Jamie stützte sich mit der Hand auf der zauberhaften Kommode neben dem Bett ab. Dann warf er einen Blick auf seine Uhr. »Hm.«

»Was denn?«

»Guck mal.« Er zeigte ihr die Uhrzeit. »Gerade ist der Weihnachtsmorgen angebrochen.«

Es war eine Minute nach Mitternacht. Als Jamie sie zu sich heranzog und an ihrem obersten Knopf herumfummelte, war das Feuer plötzlich vergessen. »Darf ich jetzt mein Geschenk aufmachen?«

»Ich sehe doch aus wie eine Vogelscheuche«, lachte Mirren. »Mal im Ernst, wenn du mich je wieder mit Wimperntusche und Lippenstift zu Gesicht bekommst, wirst du wohl einen Herzinfarkt kriegen.«

»Ich würde es gern drauf ankommen lassen«, sagte er.

Der Gedanke an ein späteres Wiedersehen, an irgendeine Möglichkeit einer gemeinsamen Zukunft, ließ beide einen Moment innehalten.

»Na ja, auf jeden Fall geht das jetzt nicht, wegen des flammenden Infernos«, mahnte Mirren.

»Schon«, murmelte Jamie. »Und ich geb ja auch ungern an. Aber weißt du, ich kann notfalls echt schnell sein.«

Sie lachte zunächst, verlor sich jedoch sofort in seinen Augen. »Mensch, ich bei dir auch.«

Als er sie heftig und leidenschaftlich auf den Mund küsste, musste sie sich eingestehen, dass sie sich ihm tatsächlich hier und jetzt wieder hingeben würde, weil sie ihm voll und ganz verfallen war. Einen Augenblick lang gab es nur noch sie beide, und sie sanken ineinander verschlungen aufs Bett.

Aber dort landete Mirren mit dem Rücken auf etwas Hartem. »Au!«

»Was? Was ist denn, mein Schatz?«

»Äh«, machte sie und schob die Hand hinter sich. Wenn sie sich nicht aufs Bett hätten fallen lassen, an genau dieser Stelle, dann hätten sie es wohl nie gefunden. In die Matratze war ein kleiner buchförmiger Gegenstand eingenäht.

Sie setzten sich auf und schauten einander an.

»Nein!«, hauchte Jamie.

»O mein Gott«, sagte Mirren. »Denkst du etwa …?«

»Was soll es denn sonst sein?«

Im schwachen Leuchten der Flammen starrten sie einander an.

»Es muss das sein, was wir suchen«, sagte Jamie. »Ich kann es direkt spüren.«

Mirren nickte. »Das denke ich auch.«

Jamie riss den Matratzenschoner an der Naht entlang auf und schob die Hand hinein. Nachdem er ein bisschen herumgetastet hatte, zog er eine verblichene weiche Versandtasche hervor. Er reichte sie Mirren: »Guck du da rein.«

»Auf keinen Fall, die Ehre gebührt dir.«

Am Ende machten sie es ganz vorsichtig gemeinsam. Darin befand sich etwas, was in zig Lagen Blisterfolie eingepackt war.

»Etwa noch mehr Briefe?«, fragte Mirren atemlos.

Jamie schaute sie an und schüttelte den Kopf. »Das denke ich nicht.«

In diesem Moment war auf dem Dach ein Krachen zu hören.

# Kapitel 47

Mirren entfuhr ein Schrei, und Jamie blickte auf.

»Lauf!«, rief er. »Raus, raus hier, los! Renn zum Haus zurück!«

»Nicht ohne dich!«, kreischte Mirren. »Ich würde ja doch nur auf dem Teich durchs Eis brechen und ertrinken.«

»Okay«, sagte Jamie. Vorsichtig schob er das Päckchen in die Innentasche seiner Jacke. »Komm mit!«

Nachdem er sich unten den Rucksack mit den Feuerlöschern geschnappt hatte, hasteten sie aus dem Haus.

Das Feuer hatte auf einen nahen Baum übergegriffen, von dem ein brennender Ast aufs Strohdach geknallt war.

Jamie reichte Mirren einen Feuerlöscher. »Weißt du, wie man so ein Ding benutzt?«

»Nein, keine Ahnung!«

»Okay, na ja … Hauptsache, du triffst dich damit nicht selbst im Gesicht.« Er zeigte ihr, wie man den schwarzen Sicherungsstift herauszog, und dann richteten sie den Schaumstrahl aufs Dach.

Mirren war dabei alles andere als zielsicher, während Jamie die Stelle geschickt einkreiste. Nachdem er die Flamme erstickt hatte, bedeckte er für alle Fälle noch den Ast und auch den brennenden Teil des Baums mit einer ordentlichen Schaumschicht.

»Okay«, schnaufte er, als das erledigt war. »Gut.«

Keuchend ließ er den Feuerlöscher sinken.

In diesem Moment drehte sich Mirren um und musste feststellen, dass eine niedrige Hecke Feuer gefangen hatte, die zum Küchengarten führte – die Flammen rasten in Richtung Schloss.

Sie konnte hören, wie sich dort Roger die Seele aus dem Leib bellte.

»Schnell!«

So schnell ging es mit den Schneeschuhen dann aber doch nicht, vor allem nicht bei Mirren. Verschwitzt und rot hetzte sie zurück, während ihr jeder einzelne Muskel wehtat und sie zutiefst bereute, nicht mehr Zeit auf dem CrossFit-Gerät verbracht zu haben. »O Gott«, schnaufte sie.

Jamie behielt die brennende Hecke im Blick. »Wir müssen die anderen aus dem Bett trommeln, nur für alle Fälle. Obwohl ich nicht glaube, dass das Feuer das Haus erreicht. Nein, bestimmt nicht, das kann nicht passieren.«

»Wir haben auch nicht gedacht, dass es die Häuschen erreichen würde.«

Mit gerunzelter Stirn warf Jamie einen Blick zurück. Während das Labyrinth weiter brannte, schienen die Personalunterkünfte im Moment wieder sicher zu sein.

»Am besten suchen wir alle Feuerlöscher zusammen, die wir finden können, und auch Eimer. Die können wir mit Schnee füllen.«

Als sie durch die Küchentür hineinstürzten, raste Roger an ihnen vorbei nach draußen und blieb dort wütend bellend stehen.

Jamie lief zu dem riesigen alten Gong hinüber und begann, heftig darauf einzuschlagen. »Aufstehen! Los, los, kommt runter!«

Mirren stand direkt hinter ihm. »O Gott«, murmelte sie plötzlich. »Denkst du, Theo und Esme sind vielleicht …?«

Er schlug sich die Hände vors Gesicht und musste beinahe lachen. »Herrje!«, sagte er. »Was sind wir nur für eine Truppe?«

Aber Esme rannte bereits mit wehendem Morgenmantel herbei. »Das Labyrinth brennt!«, rief sie.

»Ach, tatsächlich?«, schnaubte ihr Bruder. »Unglaublich. Gut, dass wir hier gerade nur aus Spaß den Gong geschlagen haben.«

»Das Feuer wird das Haupthaus nicht erreichen«, versetzte Esme stur.

»Nein, aber womöglich mein Häuschen!« Alle drehten sich zu Bonnie um, die jetzt herbeieilte.

Schließlich kam als Letzter Theo, der sich hastig angezogen und für alle Fälle auch seine Umhängetasche geschnappt hatte.

Bonnie starrte nach draußen. »Das Feuer … das wird auf die Häuschen übergreifen!«

»Bis jetzt sind sie sicher«, erklärte Jamie. »Wir haben gerade geguckt.«

»Ihr wart da draußen?«, fragte Bonnie.

»Ja«, sagte er, »einen Moment lang sah es gar nicht gut aus, weil ein Ast aufs Dach gefallen war. Aber der Wind hat inzwischen gedreht, es wird sich nicht weiter in die Richtung ausbreiten.«

»Okay«, sagte Bonnie. »Aber was genau macht das Feuer denn?«

»Was meinst du?«

»Sicher verglüht es langsam, oder?«, warf Theo optimistisch ein. »Es tut mir ja so leid. Ich dachte wirklich, ich hätte es gut gelöscht und es wäre alles aus.«

Jamie winkte ab. »Du hast dein Bestes gegeben.«

Mirren wurde innerlich ganz warm. Sie hatte diesen Mann wirklich ins Herz geschlossen.

Bonnie schüttelte den Kopf. »Ich glaube nicht, dass es von allein wieder ausgehen wird.«

»Ich weiß«, sagte Jamie. »Wir wollten jetzt alle Feuerlöscher zusammensuchen.«

Bonnie nickte. Dann hielt sie plötzlich inne und legte den Kopf schräg. »Könnt ihr das hören?«

Alle erstarrten und lauschten. Man hörte ein Knacken, dann eine Art ächzendes, schleifendes Geräusch.

»Was ist das?«, fragte Esme.

Bonnie schaute sie an.

»Schmelzendes Eis kann es nicht sein«, sagte Jamie. »Wir haben doch Temperaturen unter null.«

»Ich fürchte …«, murmelte Bonnie, »… das ist was Ernsteres. Wenn ihr irgendetwas unbedingt braucht … dann holt es am besten jetzt.«

Alle standen einen Moment fassungslos, ungläubig da.

Jamie streckte die Hand nach Mirren aus und zog sie an sich heran. Er hatte offensichtlich keine Ahnung, aber Mirren war schließlich Baukostenplanerin und wusste, was los war. Sie schaute Bonnie an und nickte.

»Was meinst du nur?«, fragte Esme.

»Ich denke wirklich …«, sagte Bonnie.

Das Ächzen wurde lauter, und es begann überall zu knirschen. Ja, sie hatten hier wirklich ein Problem.

»Die Leitungen«, sagte Mirren leise.

Bonnie nickte. »Die sind ja unglaublich alt. Ich meine, wir hatten vorher schon mal üble Jahre … Aber die Rohre mussten gerade ziemlichen Belastungen standhalten … Erst Eis und Schnee …«

»… und jetzt Hitze durch das Feuer«, führte Mirren ihren Satz zu Ende. »Das muss das Material ziemlich strapaziert haben.«

Beide Frauen nickten.

»Die Rohre führen von Norden her herunter und sind ziemlich weit vom Hauptnetz entfernt. Früher kam das Wasser hier aus einem Brunnen. Euer Ururgroßvater hat das Anwesen ans Wassernetz anschließen lassen, zu der Zeit, als die Bahnschienen verlegt wurden. Und ich glaube nicht, dass die Installation seitdem erneuert wurde … Jamie, hast du dir die Schemazeichnungen mal angeguckt?«

Während das Knacken zunahm, legte sich ein schuldbewusster Ausdruck über Jamies Miene. »Aber wir haben doch schon mal Rohrbrüche reparieren lassen«, brachte er rechtfertigend vor. »Sogar jede Menge.«

»Ja, und dann wurde an den entsprechenden Stellen etwas ausgebessert. Aber durch Feuer erhitzt wurden diese Leitungen noch nie.«

Das Ächzen und Krachen wurde immer lauter.

Mirren fuhr herum.

Aus Richtung der Spülküche war leises Plätschern zu hören. Und plötzlich sah sie es: Durch den Spalt unter der Tür lief Wasser herein, und zwar schnell.

»Okay, uns bleibt keine Zeit, um noch irgendetwas zu holen«, sagte Bonnie mit entschlossener Stimme. »Wir müssen hier raus.«

»Aber wohin denn?«, fragte Esme. »Die Häuschen sind ja näher am Feuer.«

»Ich weiß«, sagte Jamie. »Aber wenn wir Feuerlöscher mitnehmen …«

Das Wasser sprudelte wie ein munterer Quell, breitete

sich auf dem Fußboden aus und stieg unglaublich schnell. Die Hälfte der Küche war bereits überflutet.

Sie rannten in den Empfangsbereich des Hauses, um das Schloss durch die Haupttür zu verlassen. Was sie da sahen, ließ sie jedoch erstarren.

Wasser strömte die zentrale Treppe hinab und breitete sich an deren Fuß in alle Richtungen aus.

Aber das war noch nicht das Schlimmste.

Dieses Gebäude stand bereits seit Jahrhunderten, und es war immer wieder etwas verändert oder angebaut worden. Leider war dabei auch ziemlich viel gepfuscht worden, und man hatte es jahrelang vernachlässigt, sich nicht darum gekümmert, kein Geld hineingesteckt. Daher wurde es quasi nur noch von Klebeband und Hoffnung zusammengehalten, von Vogelnestern, zig Schichten Farbe und Tapete.

Fassungslos sahen die fünf, wie das Wasser in Windeseile um ihre Füße herum anstieg. Dann bemerkten sie entsetzt, wie über der Eingangstür ein Riss erschien, der wie ein Blitz in Richtung Decke schoss.

Jamie stürzte nach vorne und versuchte, die Tür zu öffnen, aber das Wasser drückte gegen das ohnehin schon verzogene Holz. Er hatte keine Chance.

Als sie in die Küche zurückhasteten, kamen sie in genau dem Augenblick dort an, als aus dem Abfluss des riesigen Spülsteins eine Fontäne von schwarzem Wasser hochschoss. Der Boden bebte unter ihren Füßen.

Jamie schaute Mirren an. »Bricht das ganze Ding … womöglich über uns zusammen?«

»Ich hab doch gesagt, dass wir Helme brauchen.«

Sie wichen zurück, umringt von schmutzigem, stinkendem Wasser, in dem jetzt auch noch Gegenstände schwammen – Stühle, Teller und sogar Bücher, die von irgendwoher bedrohlich aus der Dunkelheit auftauchten.

Mirren dankte dem Himmel dafür, dass es nirgendwo einen Kurzschluss geben konnte. Es war auch so schon furchtbar genug.

»Wollen wir die Fenster einschlagen?«, rief Theo. Das Wasser ging ihnen bereits bis über die Knie. Es ergoss sich offenbar aus jedem Waschbecken im Schloss, jeder Toilette, jedem Loch in der Wand, unaufhaltsam wie ein Fluss, der über die Ufer trat.

Sie wateten zurück in den Hauptbereich. Aber da sah es inzwischen noch schlimmer aus, wie sie sich eingestehen mussten, als eine Standuhr an ihnen vorbeischwamm.

»Wir müssen irgendwie hier raus!«, drängte Jamie.

»Das Türmchen!«, sagten Mirren und Esme im selben Moment.

»Okay«, keuchte Bonnie. »Dann aber schnell!«

Dem Strom entgegen kämpften sie sich die Treppe hinauf.

Weil das Wasser jetzt durch jede Öffnung des Gebäudes drang, stank es überall, wo sie hinkamen. Mittlerweile begannen die Wände zu bröckeln, es klatschten Stücke von Simsen und vom Deckenstuck ins Wasser.

Theo schrie auf, als ihn ein großer Brocken am Kopf traf.

Dann fiel ein Bild von einer Wand, die krachend auseinanderbrach.

Durchs Wasser watend hasteten sie Flure entlang, bahnten sich ihren Weg durch ein Meer aus Büchern.

Es machte Mirren traurig, sie hier schwimmen zu sehen: die Arbeit eines ganzen Lebens, die Memoiren eines lange vergessenen Helden, die Geschichten von Kriegen, deren Teilnehmer längst alle unter der Erde waren, unverständliche alte Witze, Schmetterlingsbestimmungsbücher, die Geschichten von Königinnen und Königen aus alten Zeiten und fernen Ländern. Eine Ausgabe von *Alice im Wunderland* kam an ihnen vorbei und schien sich darüber zu wundern, dass sie sich jetzt selbst auf eine abenteuerliche Reise machen würde. Cricket-Almanache umringten sie, während ein Stück von Shakespeare so majestätisch vorbeiglitt, als wüsste es nur zu gut, dass nichts seiner zeitlosen Gültigkeit etwas anhaben konnte.

Mirren blickte genau im richtigen Moment durch die Tür der Ostbibliothek, um den riesigen Kronleuchter hinunterkrachen zu sehen.

Auch die kleine Tür in der Ecke des Türmchens leistete hartnäckig Widerstand. Als sich die fünf mit aller Kraft dagegenwarfen, gab sie endlich nach, sodass die versammelte Mannschaft beinahe die Treppe dahinter hinuntergekullert wäre.

Hier befanden sie sich in einer Ecke ganz am Rand des Schlosses, in einem Bereich, der von Hand aus uralten, sehr, sehr soliden Materialien erbaut worden war, aus steinernen Blöcken. Geschnörkel in der Form von Gipsputten oder schicken Friesen fehlte hier. Es verliefen keine Rohre in den Wänden, die Chaos hervorrufen konnten, es gab keine Deckenstrahler, die sich lösen konnten. Vom Rest des Hauses her waren aber grauenhafte Geräusche zu vernehmen.

In diesem pechschwarzen Treppenhaus richtete auch das Licht ihrer Taschenlampen nicht viel aus.

»Dass mir hier keiner stolpert«, mahnte Esme, als sie den Abstieg begannen. »Ein falscher Schritt, und ihr purzelt bis ganz nach unten.«

Ihre Stimme wurde als Echo zurückgeworfen, und Mirren erschauderte. Panisch hielt sie sich an den Wänden fest, während hinter ihnen die Hölle losbrach. Wasser umspülte ihre Knöchel, und sie konnte ihre Füße weder sehen noch spüren, aber zum Glück Jamies tröstliche warme Hand, mit der er sie weiterzog. Er ließ sie in keinem Moment los, obwohl er selbst das Gleichgewicht mit zwei freien Händen wohl problemloser gehalten hätte.

Immer weiter stiegen sie mit klatschenden Schritten hinab, und langsam bekam Mirren wirklich Angst, erst recht, als Bonnie irgendwann ausrutschte und Jamie die freie Hand ausstreckte, um sie gerade eben noch zu packen.

»Hab dich!«

Mirren erhaschte im zuckenden Licht der Taschenlampen einen Blick auf ihre Gesichter, und eine Sekunde lang sahen sich die beiden sehr ähnlich.

»Danke«, sagte Bonnie, und es ging weiter.

# Kapitel 48

Als sie schließlich am Fuß der Treppe die Tür aufstießen und die feuchte Höhle betraten, stieg ihnen heftiger Salzwassergeruch in die Nase.

»Dass es bei euch so zieht, hat wohl auch hiermit zu tun, oder?«, sagte Theo.

Wie Regen fiel immer noch Wasser durchs Treppenhaus herab.

Jamie verlor keine Zeit, sondern watete sofort hinüber zu dem ein wenig heruntergekommenen Boot, das an einer Kette am Rand der Höhle vertäut war. Um das eiskalte Wasser scherte er sich dabei nicht. Er machte das Boot los und half den anderen hinein, bevor er es über das kleine Ufer aufs Wasser hinausschob. Das Meer war eisig, seine Oberfläche aber ruhig, und die Männer ruderten aus Leibeskräften. Die Frauen saßen reglos da, weil sie komplett durchgefroren waren und auch erst einmal verarbeiten mussten, was sie gerade erlebt hatten.

Als sie etwa fünfzig Meter von der Höhle entfernt waren, mussten sie es beim Schein des Vollmonds entsetzt mitansehen: Das Schloss fiel wie ein Kartenhaus in sich zusammen, zumindest der vordere Bereich, der mit ohrenbetäubendem Lärm einstürzte. Die Türmchen sanken senkrecht hinab, bevor alles von einer Schuttwolke verschluckt wurde.

»Mein Gott«, hauchte Mirren.

Jamie blickte mit gequälter Miene Richtung Land. »Roger hat sich doch bestimmt in Sicherheit gebracht, oder?«, murmelte er.

»Hunde sind ja nicht dumm«, sagte Mirren.

»Manche von ihnen schon«, kam es von Esme. Aber sie war genauso fassungslos wie die anderen.

Der hintere Bereich des Schlosses mit der alten Kapelle und dem Turm aus Stein, der sich jahrhundertelang den Angriffen von Wikingern und Plünderern widersetzt hatte, stand immer noch, und die Ruine war ins Licht des riesigen Mondes getaucht.

Ungläubig starrten alle in Richtung dessen, was nicht mehr da war. Es herrschte Stille im Boot, in der nur noch das Klatschen der Ruder zu hören war.

Mirren rückte näher an Jamie heran und schlang ihm die Arme um die Taille. Behutsam ließ er seinen Kopf auf dem ihren ruhen, während sie schweigend vorandümpelten.

Irgendwann befand Jamie es als sicher, sich einen Platz zum Anlegen zu suchen. Aber als sie gerade aufs Ufer zuhielten, ertönte plötzlich ein lautes Geräusch, und wie aus dem Nichts tauchte ein riesiger dunkler Umriss vor ihnen auf.

Ein Scheinwerfer blendete sie, und mit breitem schottischem Akzent rief jemand: »Alles klar? Alles okay da unten?«

# Kapitel 49

In der Kabine des Seerettungsschiffes war es wohlig warm, man wickelte sie in rote Decken und gab ihnen heißen Tee zu trinken.

Ein Sanitäter untersuchte sie, verband Theo den Kopf und verkündete, dass sie zwar alle unter Schock standen, aber viel Glück gehabt hatten.

Es stellte sich heraus, dass jemand die Seerettung von einem vorbeifahrenden Tankschiff kontaktiert und ein Feuer gemeldet hatte.

Mirren entschuldigte sich immer wieder, weil das Team für sie am Weihnachtsmorgen so früh hatte rausfahren müssen.

Darüber lachten die freundlichen Männer und Frauen aber nur. Der eine oder andere sagte sogar, dass er auch zu Hause inzwischen wach wäre, weil seine Kinder vor Aufregung nicht mehr würden schlafen können.

Andere hatten sich für diesen Tag freiwillig gemeldet und fragten, ob die Truppe vielleicht gern bleiben und sich bei ihrem Weihnachtsfrühstück gleich mit dazusetzen wollte?

Um jetzt zu schlafen, waren ohnehin alle zu aufgewühlt, und sie hätten ja auch nirgendwo hingekonnt.

In Buckie, wo sich die Station der Royal National Lifeboat Institution befand, war inzwischen der Strom zurückgekehrt. Dort angekommen konnten sie alle duschen und wurden dann mit Sweatshirts mit der Aufschrift RNLI versorgt, während ihre eigenen Sachen in den Trockner kamen. Obwohl alles getan worden war, damit sie es schön warm und gemütlich hatten, überlief Mirren immer mal wieder ein Schauder. Dauernd sah sie den Umriss des Schlosses vor dem Sternenhimmel vor sich.

Theo konnte endlich sein Handy aufladen und zog eine Grimasse, als er die Menge an Nachrichten sah, die augenblicklich einging. Am liebsten hätte er es sofort wieder ausgestellt.

Zum Frühstück gab es als Erstes sahnigen Porridge mit einem Schuss Whisky, zur Feier des Tages. Alle hauten ordentlich rein. Als Nächstes wurden Würstchen, Haggis und Kartoffelpfannkuchen aufgetischt, wozu es getoastetes Brot und jede Menge Tee gab.

Mirren kam es auch hier wieder vor, als hätte sie im Leben noch nie so etwas Köstliches gegessen, und da war Jamie ganz ihrer Meinung.

Selbst Esme machte keine Bemerkungen über Vegetarier und Nichtvegetarier, das war doch mal was.

Generell sprachen sie wenig. Jeder ging in Gedanken der Frage nach, was vom Schloss noch übrig war und welche Kosten die Schäden verursachen würden. Als ob sie das einschätzen könnten.

»Ich werde wohl Mum anrufen müssen«, sagte Jamie leise zu Esme.

»Ach, der ist das doch egal«, erwiderte seine Schwester.

Mirren drückte ihm die Hand und fand es traurig, dass das vermutlich sogar stimmte.

»Also war alles umsonst«, seufzte Theo irgendwann. »Wir haben nichts gefunden.«

Jamie schaute auf und blickte Theo an, der gerade seine vierte Scheibe Toast verspeiste.

»Mensch!«, sagte er. »Das hätte ich ja beinahe vergessen …« Er ging zu seiner Jacke hinüber, die an der Wand hing, und schob die Hand in die Innentasche. »Gott sei Dank habe ich die nicht in den Trockner gegeben.« Er zog das kleine Päckchen heraus. »Hast du das schon mal gesehen?«, fragte er Bonnie, die den Kopf schüttelte.

Alle umringten ihn.

»Es kann durchaus sein, dass es gar nichts ist«, sagte er warnend. »Vielleicht finden wir nur noch mehr Briefe oder Hinweise auf eine Stelle, die es jetzt nicht mehr gibt.« Aus dem Umschlag zog er das Päckchen in Blisterfolie hervor.

»Moment!«, rief Theo und wühlte in seiner Umhängetasche herum. »Ah, da sind sie ja …«

»Du hast die Handschuhe aus dem Schloss gerettet?«, fragte Mirren.

»Ich bin schließlich beruflich hier!«, rief Theo aus. »Du aber längst nicht mehr, oder?«

Als sie rot anlief, grinste er allerdings, um klarzumachen, dass es nur Spaß war.

Im Gemeinschaftsraum des Rettungszentrums zog sich Jamie die Handschuhe an und wickelte im Licht der zweckmäßigen Neonröhre eine Lage Blisterfolie nach der anderen ab. Am Ende hatten sie ein zerfleddertes kleines, uraltes Buch vor sich.

Niemand wagte es, das Buch zu berühren, alle fixierten es nur wie hypnotisiert. Es war wunderschön. Der Einband war aus bemaltem Holz, und der perfekt darauf positionierte, aufgedruckte Schriftzug war zu einem matten Blutrot verblichen. Offensichtlich war es unfassbar alt. Mirren konnte nicht entziffern, was auf dem Titelbild stand. Darauf war auch noch das Gesicht eines Mannes zu sehen, das wohl einst mit Goldfarbe daraufgemalt worden war. Er schaute sie unter schweren Lidern direkt an, als würde er sie durch Jahrhunderte hindurch anblicken.

»Ich hab sogar Hemmungen …«, sagte Jamie, der offensichtlich zu entscheiden versuchte, ob er es aufschlagen sollte oder nicht.

»Nicht anfassen!«, rief Theo plötzlich erschrocken. Mit einem Mal hatte seine Stimme nichts Frotzelndes mehr an sich.

Alle starrten ihn an.

»Was ist das denn?«, fragte Jamie.

»Ich weiß nicht, also, bin mir nicht sicher, aber …« Er griff nach seinem frisch aufgeladenen Handy. »Ich denke … Aber das kann ja nicht sein.« Hastig begann er zu googeln. »Oh«, machte er dann. »Oooh. Nein, das gibt's doch nicht!«

*»Was denn?«*

»Das Protoevangelium.« Er schüttelte den Kopf. »Nein, das glaube ich einfach nicht.«

Mirren schaute sich das uralte Buch an und wunderte sich darüber, dass es so eine Reaktion auslösen konnte.

»Das Protowas?«, fragte Esme.

»Das Protoevangelium.« Er blickte sie an. »Ein Evangelienbuch.«

»Moment mal, wie das von Matthäus, Lukas und Johannes?«

»Genau«, hauchte Theo. »Aber nicht von denen, sondern von James.«

»Von was für einem James denn?«, fragte Esme. »Etwa von unserem Großvater?«

»Nein. Dieser James ist besser als Jakobus bekannt. Er war der Bruder von Jesus.«

Die Reaktion war perplexes Schweigen.

»Jesus hatte …?«

»Na ja, das ist umstritten, um es milde auszudrücken«, erklärte Theo. »Dieser Text stellt vor allem Jesu Geburt in den Mittelpunkt.«

Alle starrten das Buch an. »Und es stammt aus jener Zeit?«

»Nein, nein, von damals haben wir keine … Es wurde später gedruckt, 1552. Aber die Kirche wollte die Verbreitung verhindern, weil es ihr darin zu viel um Maria ging. Auf der ganzen Welt gibt es nur noch ein bekanntes Exemplar. Eins! Es befindet sich im Musée National in Paris und ist eine uralte griechischen Übersetzung des syrischen Originals. Und es ist, na ja … Man geht davon aus, dass der Stil daran angelehnt ist, wie die Menschen in Galiläa damals gesprochen haben. Von allen existierenden Texten ist dieser vermutlich das, was an eine zeitgenössische Darstellung am nächsten herankommt.«

Es starrten immer noch alle fassungslos.

»Diese Ausgabe ist also von *1552?*«, fragte Mirren.

»Das weiß ich nicht«, sagte Theo. »Wir müssen sie unbedingt jemandem vorlegen, der uns das sagen kann.« Er schluckte so heftig, dass Bonnie ihn tätschelte.

»So ergriffen habe ich dich ja noch nie gesehen«, sagte Mirren.

»Das ist etwas ganz, ganz Besonderes.« Ehrfürchtig wickelte Theo es vorsichtig wieder ein. »Gib gut darauf acht«, wandte er sich eindringlich an Jamie.

»Gott, nein«, sagte Jamie. »Ich hab heute Abend schon etwas Wertvolles verloren. Mirren, nimm du es besser an dich.«

Mirren schaute Theo an. »Mach du das mal«, sagte sie sanft. »Vielleicht kriegst du so auch dein Schild im British Museum.«

# Kapitel 50

Inzwischen war der Weg zum Anwesen wieder befahrbar, weil ein Räumfahrzeug der Feuerwehr ihn geebnet hatte. Der Brand war unter Kontrolle gebracht worden, es hing allerdings noch schwerer Rauchgeruch in der Luft, und die Hecken des Labyrinths waren schwarz. Bei guter Pflege würden die Eiben aber wieder neu austreiben.

Roger hopste fröhlich herbei, als die Truppe zurückkehrte, und Jamie machte um den Hund so ein Tamtam, dass Mirren lachen musste.

»Ich dachte, das wäre nur ein Arbeitstier!«

Jetzt kam Roger auch zu ihr herüber, um sie angemessen zu begrüßen.

»Ist er«, nickte Jamie. »Und von jetzt an wird seine Arbeit vor allem darin bestehen, sich den ganzen Tag streicheln zu lassen.«

Die Feuerwehrleute warnten dringend davor, den Bereich des ehemaligen Schlosses zu betreten oder sich ihm auch nur zu nähern. Geblieben war bloß ein riesiger Haufen aus Schlamm und Trümmern. Jenes riesige Vermögen, all das Geld und die Macht … und jetzt waren nur noch Schutt und Asche übrig.

Der Mann von der Rettungsstation, der sie gebracht hatte, hatte angeboten, auf dem Rückweg Theo wieder mitzunehmen, der den nächsten Zug nehmen wollte.

Als sie gerade loswollten, war vom Tor her plötzlich ein Motorengeräusch zu hören, und jemand fuhr auf einem riesigen schwarzen Motorrad herbei. Mit viel Getöse kam es zum Stehen, wobei es Eis in alle Richtungen schleuderte.

»Ian!«, rief die normalerweise so gleichmütige Bonnie und rannte auf ihn zu.

Als der große junge Mann den Helm abnahm, kamen leuchtend rote Haare zum Vorschein. Er packte Bonnie, die sich ihm in die Arme warf, und küsste sie vor aller Augen heftig auf den Mund.

Irgendwann mussten die beiden mal Luft holen. Erst da warf Ian einen beiläufigen Blick in Richtung der anderen. »Alles okay?«, fragte er lässig, als hätte er nur auf dem Weg irgendwohin kurz vorbeigeschaut.

Er reichte Bonnie seinen Ersatzhelm, den sie begeistert aufsetzte. Dann sprang sie hinter ihm aufs Motorrad, und sie fuhren mit einem Dröhnen in einer Wolke aus Rauch, aufwirbelndem Schnee und Kies davon.

»Was ist denn?«, fragte Jamie, als er Mirrens Gesichtsausdruck sah.

»Na ja … Ich habe mich anfangs ernsthaft gefragt, ob Bonnie wohl weiter hier arbeitet, weil sie so verliebt in dich ist.«

Jamie warf den Kopf in den Nacken und lachte. »O mein Gott! Nein. Nein, ich denke, das war es nicht.«

»Also wirklich«, sagte Mirren und schmiegte sich an ihn. »Ich kann nicht verstehen, warum du die Vorstellung, dass dich jemand mögen könnte, so witzig findest.«

Er drückte sie ganz fest.

Sie bezogen Quartier in Mrs Airdries Häuschen, wo Jamie später auf und ab zu marschieren begann.

»Was grübelst du denn da vor dich hin? Du solltest dich langsam mal hinlegen.«

»Das kann ich nicht«, sagte Jamie, »dafür bin ich viel zu aufgedreht.« Er betrachtete die Fotos auf Mrs Airdries alter Kommode. »Weißt du, Bonnie ist drei Monate älter als ich.«

Mirren zog die Augenbrauen hoch. »Aha.« Einen Moment herrschte Schweigen, während sie zu begreifen versuchte, was er damit sagen wollte. »Schlaf doch erst mal eine Nacht darüber.«

Jamie schüttelte den Kopf. »Tag für Tag hat sie sich um ihn gekümmert, um ihren Großvater, *unseren Großvater*. Sie hat den Haushalt geführt, hat dafür gesorgt, dass er es schön warm hatte, war für ihn da, während wir anderen nur gemeckert haben. Das hier ist ihr Zuhause. Na ja, was davon noch übrig ist.«

Mirren lächelte. »Vielleicht würde sie ja denken, dass du ihr einen Haufen Schutt und Asche andrehen willst.«

»Nein, das glaube ich nicht«, sagte Jamie.

»Wieso nicht?«

»Ich hab dir doch von den Leuten von der Heritage Foundation erzählt. Die hat der hintere Teil interessiert, aber alles vorne nicht.«

»Ja, und?«

»Jetzt ist ja nur noch der hintere Teil übrig.«

»Ah!«, machte Mirren.

»Ich glaube, damit könnten die schon was anfangen.«

»Mit der Ruine?«

»Hm-hm.«

Bonnie sah müde und glücklich aus, als sie am nächsten Morgen zurückkehrte. Sie setzte sich mit Jamie im Häuschen ihrer Großmutter zusammen, lauschte seinen Ausführungen mit ernster Miene und nickte. Dann schmiedeten sie gemeinsam einen Plan.

Den Erlös aus dem Verkauf des Buches würden sie verwenden, um die Steuern zu bezahlen und das Anwesen wieder herzurichten. Es würde dann an Bonnie überschrieben werden, die es verwalten und das, was vom Schlossgebäude noch übrig war, der Heritage Foundation verpachten würde. Jeder von ihnen würde eins der Häuschen behalten, und Esme würde das Gärtnerhäuschen haben können, wenn sie wollte.

»Und was wirst du jetzt machen?«, fragte Bonnie.

»Das weiß ich nicht«, gab Jamie zu. »Darüber habe ich bisher noch nie nachdenken müssen.« Er schaute Mirren an. »Wie ist denn so das Leben als Baukostenplanerin?«

»Tatsächlich habe ich das hier verdrängt«, sagte sie. »Außerdem bin ich mittlerweile vermutlich gefeuert.«

»Werd bloß kein Podcaster«, stöhnte Bonnie.

»Hm, okay. Ich lasse mir das mal durch den Kopf gehen.«

»Irgendjemand müsste sich ja um das Labyrinth kümmern«, sagte Bonnie nachdenklich.

Jamie lächelte. »Willst du mich etwa als Gärtner einstellen?«

»Hast du eine bessere Idee?«

»Und was wirst du machen, wenn er es nicht übers Herz bringt, Schnecken zu vernichten?«

»Ihn vom Grundstück jagen!«, lachte Bonnie. »Nein, das war ja nur Spaß!«

Mirren griff nach einem der alten Fotos: Joyce als junge Frau mit den gleichen runden Wangen und dem rostbraunen Haar wie Bonnie. »Glaubst du, dass sich die beiden womöglich … in einem anderen Leben wiedergesehen haben?«

Bonnie zuckte mit den Achseln. »Keine Ahnung, wer kann

das schon sagen? Ich weiß nur, dass er sie sein Leben lang geliebt hat. Und sie hat ihn auch mal geliebt.« Sie schielte zu Jamie hinüber. »Aber manches stecken Frauen wohl leichter weg.«

»Da widerspreche ich dir nicht«, murmelte er.

»Wie konntest du denn nur hierbleiben?«, fragte Mirren. »Wie hast du das ertragen? Warst du gar nicht verbittert?«

»Der alte Laird hat mir alles ermöglicht, was Jamie und Esme auch hatten, die Schule und die Ausbildung und so. Ich war in Edinburgh auf der Kochschule, aber da hatte ich bloß Heimweh, weil es mir in der großen Stadt gar nicht gefallen hat. Wie ihr es dort aushaltet, kann ich wirklich nicht verstehen.«

»Hm«, machte Mirren.

»Außerdem sind die Mieten da so hoch, für Wohnungen, die ganz furchtbar sind, die reinsten Schuhkartons!«

»Hm«, kam wieder von Mirren.

»Warum sollte man sich das antun, wenn man kostenlos in so einem schönen Häuschen wohnen und dabei von so wunderschöner Landschaft umgeben sein kann? Hier bin ich in der Nähe meiner Familie, Ian hat seinen Hof gleich nebenan, und all meine Freunde sind vor Ort, also …«

So langsam war es Mirren eher peinlich, Bonnie je für ihr Leben auf dem Anwesen bedauert zu haben.

»Hör mal«, sagte Bonnie zu Jamie, »der alte Laird war ein guter Mensch. Ich weiß, dass eure Mutter viele Probleme mit ihm hatte und immer über ihn geklagt hat. Vermutlich hat ihre Haltung auf euch abgefärbt. Aber wenn man ihm gegenüber freundlich und geduldig war und es geschafft hat, den weichen Kern hinter der harten Schale zu erkennen … Er war einfach ein bisschen anders, das war alles. Heutzutage gibt es dafür vermutlich einen Fachausdruck.«

Jamie nickte. »Inzwischen bedauere ich, ihn nie richtig gekannt zu haben.«

»Besser spät als nie«, sagte Bonnie.

Noch einmal nickte Jamie mit Nachdruck. Als sie sich zum Gehen anschickte, sprang er auf. »Und es tut mir leid, wenn ich dir je das Gefühl gegeben habe …«

Bonnie schüttelte den Kopf. »Nein, keine Sorge. Wir waren doch immer gute Freunde, oder? Aber als ich es wusste und du nicht … na ja.«

»Ja, wir sind Cousin und Cousine!«, strahlte Jamie. »Das ist schon irgendwie cool. Schließlich bist du viel netter als meine Schwester. Aber erwähn ihr gegenüber besser nicht, dass ich das gesagt habe.«

»Wenn wir jetzt alle eine Familie sind, sollte ich Esme vielleicht Ians Bikertruppe vorstellen«, überlegte Bonnie.

»Na, das will ich sehen!«, rief Mirren aus.

Als am nächsten Morgen die Sonne auf dem Schnee glitzerte und zum Fenster hereinfiel, übersäte Jamie Mirrens nackten Körper mit Küssen. Das war, bevor er über ihre üble Aussprache lachte, während sie ihm aus einem Sammelband aus dem Regal Gedichte von Burns vorlas.

Am Ende blieb ihr dann nichts weiter übrig, als sich langsam mal fertig zu machen.

»Fahr bitte nicht«, flehte er.

»Aber ich muss doch irgendwann zurück!«, protestierte Mirren. »Sonst bringt meine Mutter mich um. Und Nahtoderfahrungen hatte ich in letzter Zeit wirklich genug.«

»Weißt du«, sagte er, »in den alten Nebengebäuden sind immer noch jede Menge Bücher übrig.«

»Ja, und?«

»Was wäre denn eine Schlossruine ohne Buchhandlung?«

Sie schaute ihn an. »Führ mich nicht in Versuchung.«
Er zog sie zurück ins warme Bett.
»Doch, mein Schatz, genau das habe ich vor.«
»Such Freude«, murmelte Mirren schläfrig. »Ich glaube, ich habe sie gefunden.«

# Nachwort

Es ist Frühling, und Mirren ist mittlerweile in Jamies Häuschen miteingezogen.

Ihr klägliches kleines Apartment in London hat sie vermietet, und zwar für so viel Geld, dass sie deshalb ein richtig schlechtes Gewissen hat. Darum hat sie auch keinen Hehl daraus gemacht, wie niedrig da der Wasserdruck ist und wie laut die Nachbarn sind.

Trotzdem fanden die Mieter ihre Wohnung immer noch tausendmal besser als alles, was sie sonst so besichtigt hatten.

Ein wenig widerwillig hat sich Mirren in der Zwischenzeit auch ein neues Handy zugelegt. Da sie im Häuschen sowieso keinen Empfang hat, hat sie aber nicht wieder das Gefühl, direkt im digitalen Hamsterrad gelandet zu sein.

Ihre nette Chefin hat sie im Januar ins Büro gebeten und ihr mitgeteilt, dass die Firma leider schließen musste, man ihr aber eine ordentliche Abfindung zahlen würde, woraufhin Mirren ihr Bestes gegeben hat, um eine angemessen traurige Miene aufzusetzen.

Jamie legt sich ordentlich ins Zeug, um auf dem Anwesen alles wieder so herzurichten wie früher, und im Küchengarten beginnen bereits alle möglichen interessanten Pflanzen zu sprießen.

Die Schüler, die über die Buckelpiste hergebracht werden, um die Ruine zu besichtigen, sind aus offensichtlichen

Gründen meist eher an der geheimen Höhle interessiert und aus genauso offensichtlichen Gründen auch an Bonnies Scones.

Aber oft bleiben ein oder zwei von den ruhigeren Kindern stehen und hören Jamies Erklärungen zu humaneren Methoden der Schneckenentfernung zu oder bewundern die von ihm gepflanzten Osterglocken rund um den immer noch deutlich erkennbaren Bereich, wo sich früher der vordere Teil von Forres Castle befunden hat. Bis das Labyrinth wieder in einem guten Zustand ist, wird es dauern, aber es ist zu retten.

Heute werden keine Besucher kommen, und es steht etwas ganz anderes an.

Deshalb lässt Mirren, die sich wieder einmal mit Papierkram herumgequält und Bücher sortiert hat, es damit erst einmal gut sein.

Noch ist hier viel zu tun, aber Jamie wird für sie im alten Stall Regale einbauen, und dann wird das schon.

Ihr Budget besteht aus Geld vom Verkauf des Buches, Mirrens Abfindung und der Miete für ihre Wohnung.

Darüber hinaus hat Jamie doch tatsächlich herausgefunden, dass es für Forres eine Police aus dem Jahr 1896 gibt, die die zweihundert Jahre alte Versicherungsgesellschaft in Edinburgh als gültig anerkannt hat.

Leider standen ihnen dadurch für das gesamte Anwesen nur 18 000 Pfund zu, aber auch die waren durchaus willkommen.

Esme genießt ihren Anteil am Geldsegen aus vollen Zügen, was Mirren ihr absolut gönnt, und ist gerade braun gebrannt von einer Reise nach Australien zurückgekommen.

Roger hat sich inzwischen als Haushund zur Ruhe gesetzt und läuft leider Gefahr, ziemlich moppelig zu werden.

Mit ihm zusammen umrunden Mirren, Jamie, Esme und Bonnie jetzt auf dem Weg zur alten Kapelle die Ruine, während die Sonne sanft auf den Ozean scheint und ihre Strahlen über die Wellen tanzen lässt.

Hier wächst alles so schnell, und seit der Schnee geschmolzen ist, wogt überall das reinste Blütenmeer aus Schneeglöckchen und Osterglocken. Bald wird Moos die letzten sichtbaren Steine des vorderen Bereiches von Forres Castle überwuchern. Dann wird die Natur alles wieder übernommen haben, und es wird so sein, als hätte es diesen Teil des Schlosses nie gegeben.

Der Gruppe schließen sich Ian und Bonnies Mutter an, die ihrer Tochter sehr ähnlich sieht, aber auch den beiden McKinnons, wie Mirren findet. Sie ist eine sympathische Frau, die immer noch nicht recht fassen kann, wie sich für sie das Blatt gewendet hat. Als sie zu Mirren sagt, dass sie »den jungen Jamie« noch nie so glücklich gesehen hat, droht wiederum Mirren vor Glück beinahe zu platzen.

Ihre eigene Mutter und ihre beiden Brüder werden zu Ostern kommen, und Mirren kann es kaum erwarten, ihnen alles zu zeigen. Aber heute geht es erst einmal um Jamies Familie.

Hinter dem Hof der Kapelle liegt der Friedhof, auf dem wie Generationen von Dienstboten auch Mrs Airdrie begraben ist und wo sich das Mahnmal für die jungen Männer befindet, die einst auf dem Anwesen gearbeitet haben und nicht aus dem Krieg zurückgekehrt sind.

Angesichts des erhabenen Mausoleums für die Mitglieder der Familie, das dort auch steht, läuft es Mirren eher kalt den Rücken herunter.

Jamie nimmt sich der Sache an, wagt sich (ziemlich mutig, wie Mirren findet) ins Innere des Mausoleums und holt die silberne Urne seines Großvater hervor, um etwas von seiner Asche in der Nähe von Mrs Airdries Grab zu verteilen. Direkt darauf streut er aus Respekt vor ihr aber keine.

Es ist so kalt wie hier oft im Mai, der Wind weht von der See her, und Mirren hat mit einem Mal ein Gefühl, das sie öfter überkommt. Dann hat sie den Eindruck, als hätte Zeit plötzlich keine Bedeutung mehr, und es erscheint ihr beinahe so, als würde das Schloss hinter ihr noch stehen, als läge Schnee und als würde ein alter Mann ins Freie treten, der sich noch gut daran erinnert, wie hier einst alles hell erleuchtet und voller Leben war. Ein Mann, der sich innerlich leer und hohl fühlt, aber darauf hofft, den folgenden Generationen ein besseres Leben zu ermöglichen. Ein Mann, der sich wünscht, dass etwas Besseres auf ihn wartet, und der mit der Überzeugung in den Tod geht, dass er auf seine Art und Weise sein Bestes gegeben hat und seinen Erben damit retten wird, wenn der denn gerettet werden will.

Jamie zieht aus seinem Portemonnaie die Kopie des Gedichtes, die Mirren von Hand geschrieben hat und von der sie gar nicht wusste, dass er sie immer mit sich herumträgt.

»Denn nie verdarben Liebende noch so wie diese«, liest er. »Dann strebe nach der Kron aus Gold/Am Ende ist das Glück dir sicher hold.«

Als sie sich im Sonnenschein von der Kapelle entfernen und an der leeren Stelle vorbeikommen, können sie einerseits immer noch nicht fassen, dass dort nichts mehr steht. Andererseits macht das aber gar nichts, denn sie haben ja einander und freuen sich jetzt bereits auf ein paar leckere Scones, die auf sie warten.

Der gusseiserne Herd hat alles überlebt und wurde aus den Trümmern unter großer Anstrengung mit der Hilfe von Ians Bikertruppe geborgen, von der Esme übrigens begeistert ist.

Alle müssen lachen, als Bonnies Mum überlegt, ob ihre Mutter wegen der Asche rund um ihr Grab jetzt nicht sauer sein könnte. Schließlich hat sie ihr Leben lang gegen jedes einzelne Staubkorn erbittert Krieg geführt.

Das Meer kracht gegen die Steilwand, wie es das immer schon getan hat, das Gras wächst, und ihre Schritte hinterlassen auf dem morgenfeuchten Rasen Fußabdrücke, die langsam verschwinden, als der Tau trocknet.

# Anmerkung der Autorin

Dieses Buch ist ja eine Art Märchen, und ich hoffe, dass ihr beim Lesen darin eintauchen konntet und so viel Spaß hattet wie ich beim Schreiben, nämlich jede Menge!

Wenn ihr allerdings London kennt, dann habt ihr während der ersten Kapitel vermutlich gedacht: Aber wertvolle Bücher werden doch in der British Library aufbewahrt, nicht im British Museum!

Und damit habt ihr völlig recht. Aber ich liebe einfach das geradezu magische Ambiente im British Museum. Auch die British Library hat ihren ganz eigenen Zauber, aber sie ist nun einmal ein kantiger Bau aus rotem Backstein. Der Lesesaal des British Museum hingegen ist mir bei meinem ersten Besuch in London wie ein Ort aus einem Märchen erschienen. Deshalb sollte er unbedingt in Mirrens Geschichte vorkommen. Tatsächlich wurden die meisten Bücher daraus seit dem Ende der 1990er-Jahre in die damals neu gebaute British Library umgesiedelt.

Heute kann man den Lesesaal des British Museum nur im Rahmen einer geführten Tour besichtigen.

Ich hoffe, ihr akzeptiert diese Erklärung und vergebt mir die dichterische Freiheit – und frohe Weihnachten!

# Dank

Ich danke Jo Dickinson, Sarah Ballard, Deborah Schneider, Rachel Kahan, Liv Bignold, Kate Burton, Katie Espinall, David Shelley, Jen Wilson, Helena Fouracre, Alainna Hadjigeorgiou, Fiona Brownlee, Kirsty Theocharous und Wendy McLay, Lauraine Harper-King, Katy Archer, Linda McQueen, Rachel Eley, Juliette Winter, Tom Holland, César Castañeda Gámez, Sam Downs bei C&W und Victoria Haslam und Bekah Graham bei Amazon.